东山坳

杨逸 著

作家出版社

目录

001 / 引言

003 / 第一章　驴铃铛

008 / 第二章　左轮

011 / 第三章　劝架的人

017 / 第四章　未知的旅途

027 / 第五章　酒窝儿

042 / 第六章　赶集

046 / 第七章　麻奶奶

050 / 第八章　懵懂

060 / 第九章　庞大海

073 / 第十章　大医扶魄

081 / 第十一章　捎话儿

083 / 第十二章　伤口与眼泪

087 / 第十三章　一封长信

091 / 第十四章　铁匠爷爷的故事

103 / 第十五章　告别

109 / 第十六章　失落的人

114 / 第十七章　离去

122 / 第十八章　从天而降

131 / 第十九章　坐立不安

133 / 第二十章　打听来的疼痛

148 / 第二十一章　战事

156 / 第二十二章　贷款

167 / 第二十三章　窘迫

172 / 第二十四章　骂声响亮

177 / 第二十五章　偶遇

181 / 第二十六章　金宝和招弟

188 / 第二十七章　变故（风云）

195 / 第二十八章　来无影，去无踪

199 / 第二十九章　月夜奔逃

202 / 第三十章　第二次贷款

204 / 第三十一章　大学同窗

208 / 第三十二章　最初的爱情

211 / 第三十三章　救我于水火

216 / 第三十四章　罗主任

222 / 第三十五章　出路

226 / 第三十六章　父女养猪

231 / 第三十七章　就医

235 / 第三十八章　照面儿

239 / 第三十九章　世间多怨偶

250 / 第四十章　熄火

257 / 第四十一章　野猪来了

260 / 第四十二章　机遇

270 / 第四十三章　执拗的女人

275 / 第四十四章　始料未及

279 / 第四十五章　迎难而上

284 / 第四十六章　一波又起

289 / 第四十七章　各执己见

293 / 第四十八章　心痛

297 / 第四十九章　成年人的抉择

301 / 第五十章　归去来兮

305 / 第五十一章　漂泊的日子

309 / 第五十二章　不期而遇

313 / 第五十三章　天心月圆

引 言

不知道多少年以前
人们来到这里
给山和河起个名字
骑马的坐在马背上
放羊的跟在羊身后
牛儿吃草卷起舌头
狐狸和土狼
寻找着野兔子的窝

不知道多少年以后
人们回到这里
山和河还叫从前的名字
骑马的还在马背上
放羊的还在羊身后
牛儿吃草卷起舌头
月亮和村庄
吟唱着山坳里的歌

不眠夜,听到一首歌。似小石河,似东山坳。隐约中,夜气浮开,心跳荡出胸口,如马蹄踏过空谷。

又细听。不是小石河,不是东山坳。心跳却无法再安生。歌声随月光漫溢窗外,又泅回窗里。恍惚着,听歌里的马打了个响鼻。

心头一热。四下围拢的竟是羊咩牛叫,山高水细。

经过那个桥,爬上那个坡,眼前蠕蠕而动,是春天的桃花,夏天的白榆,秋后的山梁,冬天的大雪。

村庄盘坐在山坳,炊烟和落日拾起动物的鬃毛,捻成祖母黑白照里的发髻。父辈身体里的骨头,像坚硬的良木,打造成一副副木犁,斜插在田垄。有人在日子里将错就错,有人挡在命运的风口,把岁月搬弄出声响。山林静谧,旧马灯在老马厩里慈眉善目。

那片年年盛开的山桃花曾对我说,我走到哪里,它们就开到哪里。

第一章　驴铃铛

人们乐于把过去的事叫作故事，不管大小，只要已经过去的，都是故事。

我要讲的故事发生在东北。具体点儿说，东经126度交叉上北纬43度，叉出个不起眼的小村子：韩屯。韩屯不大，在普通地图上还不够画个顿号。有村户百十来家、村民四百余口。韩屯有座山，名叫东山，它像道高大的屏障，挡在韩屯东面。韩屯就囫囵个儿地窝在东山坳里——我所讲的人和事，都在东山坳。

原先，村头有口老井，井边有几棵老榆树，头很大，发量浓密。每到夏天，老榆树顶着满头墨绿，给身旁生产队大院儿撑出块荫盖。荫盖下边是牲口棚，长长的一趟，里边一排木槽，槽头上拴着二三十头牛、马。生产队的牲口都住集体宿舍，吃大锅饭。就外边有个单间儿小灶，招风惹眼，也不怕遭妒忌。

单间儿住的非牛非马，是头灰毛长耳驴。这驴骟过，未婚未育。别的牲口日出而作，日落而息，它不光上白班，还常上夜班；别的牲口都有外号，它只有大号；别的牲口每天一进一出，这驴几进几出。还有个不同之处：它有个铜铃铛，脖子下挂着，走起路来叮当响。

就要问了，啥驴这么特殊？就会答了，拉磨驴，专给女人当帮手，拉碾子拉磨，满耳朵张家长李家短。

这驴吃过百家饭，谁家牵去干活儿，都会喂些上好的草料。这驴也挨过百家揍，最窝囊的童养媳踢过它，最老的小脚老太捶过它，连刚会走路的淘气娃娃，也在它蹄子上撒过尿。早先这驴每天都要患得患失几回，一会儿觉得自己重要，一会儿又感觉自己卑贱。它的毛病在生产队来了另一头骗驴那天，忽然就好了。它去拉碾子，不再懒洋洋。路过村里小破庙，不再东张西望。路上遇见红事，不再斜着眼偷看新郎的大红花。遇上白事，驴脸也能挂出一脸悲伤。谁喂它吃草，它就用柔软的鼻子去蹭人家的手。没多长时间，后来那只骗驴又被带走了。

就这样，生产队的拉磨驴一直都是它。驴的木槽子上刻着几个歪扭的字：为全体社员服务。

这头驴有个癖好。它干活时不叫，走路时不叫，专门在傍晚收工回来，老半天不迈单间儿的门，可地打滚，嘴里"咴儿咴儿"地一个劲儿叫。就为这，到它老死，留在韩屯的大号没变过——叫驴。

叫驴走后第二年，生产队解散了。韩屯家家又有了地，队里的牲口也被分了个七零八散，有三家分到一头牛的，也有四家分到一匹马的。地是农民的命根子，种地又离不开牲口，牛鞅子、马鞭子自然都成了稀罕物。张三家捞着了，李四家没捞着，火药味儿就往外冒。分到最后争抢起来的正是叫驴脖子上那个铃铛。许是起初觉得小，不起眼，许是大伙儿都盯着大物件抢，总之最后没啥可分了，才想起还有个铃铛。就为这副驴铃铛，一帮人从生产队屋里吵吵到院儿里。

一个脑瓜尖尖的瘦高个子说："那驴，一直我喂，对我多有感情就不用说了吧？单说这铃铛，要不是我护着，那年不就扔炉里炼钢炼铁啦！"这人叫郑万山，原先是生产队饲养员。屯里人说到他，不管说的啥，临了总会带上一句："那姓郑的可是牛角上抹油——又尖（奸）又滑呀！"

郑万山话音刚落，另一个说道："要这么说，这铃铛最早可是我入社时带进来的，你知啥是物归原主？"说话的叫韩富贵，四十开外,浓眉大眼却含胸佝背。不过嗓门儿煞是洪亮,人称"韩屯第一穷"。韩富贵这话不无道理。入社时,是他牵来一头青骡子,这铃铛就在那头青骡脖子上。

韩富贵仨闺女,没儿子,家里有个病婆娘。他媳妇先天哮喘,除了嘴巴不饶人,身子骨要多糠有多糠。韩富贵身子也不瓷实,胎带的风湿病,关节全都变了形。他家也分了几坰地,可惜种不动。舍不得过去的生产队,可惜又回不去。

郑万山就不服了:"韩富贵,少耍埋汰——你说的那是哪年月的事?"

韩富贵更不服:"耍埋汰谁能耍过你?你咋当的饲养员,谁还不知道?"谁都知道饲养员是队里挣工分最多的,但棒劳力当不上,郑万山当年从山坡上滚下来,一瘸一拐了半年多,就当上了。一提这话茬儿,郑万山鼻子沟都泛白,眼看着汗就要冒出来。韩富贵身边站着的老铁匠,这时赶紧拍了拍韩富贵肩膀,说道:"富贵呀,说铃铛,你不是想要铃铛?"韩富贵从不跟老铁匠斗嘴儿,又说回了铃铛:"我不要,谁也不要。我一要,全都想要。都他妈的——眼皮子浅、腚沟子深!"

院儿里又是一片七吵八嚷。

一个鼓眼珠子的老头,嘴巴松开烟袋锅,像是鼻子里哼了一声,对老铁匠低声说道:"他们几个,争啥争呢?要那么论,这铃铛最早是人老阚家的。"这老头姓庞,脖子上有个瘿袋。

"老庞头,你个老粗脖儿,"韩富贵不光嗓门儿大,耳朵也机敏,冲着老庞头嚷,"分老阚家浮财那前儿你多大?三四十有吧?我才十来岁,咋还没我有记性?那头青骡子不是分给我家了?"老阚家是当年第一大乡绅,家财万贯,整个东山都是他家的。斗阚大地主最积极的就是韩富贵他爹,分财产分得最多的,也是韩富贵他爹。

老庞头被损得灰头土脸,举着烟袋锅,不敢吭气儿了。这人平时话挺少,老两口儿拉扯个外孙子,名叫庞大海,日子紧巴巴。倒是郑万山,心也不服嘴也不服,又戗戗道:"韩富贵,你嗓门儿大,你倒是问问铃铛那物件儿,它想跟谁?"

院儿里舞马玄天,正在难分难解,村小学左校长走了过来。迈着四方步,不紧不慢。

左校长细眉细眼,架副眼镜。走路挺胸抬头,颇有几分文气。怪就怪在常年只戴一只套袖,有时藏蓝,有时墨绿,弄得总有一只胳膊失真。那天他左胳膊一半浅灰(衬衫是灰的)一半藏蓝,抬起来扶了扶眼镜,站住了。

"乡里乡亲的,大家不要吵嘛!"

"左校长,来得正好,您给评评理,韩富贵是不要埋汰?"

左校长温和地笑了笑,"多大个事儿,说来听听。"

"嘻,屁大个事儿。"郑万山儿子叫郑四方,正在村小念书,数他最知道见啥人说啥话。

"你个孬种!左校长,斗大个事儿。"韩富贵脾气直,总说自己下辈子再起名就叫韩正义。

"说说看,松花她爸。"韩富贵大闺女叫韩松花,也在村小念书。韩富贵跟谁都敢耍驴,就跟两个人不耍:一个左校长,一个老铁匠。要不是这位左校长,韩松花怕是连学都没的上。每学年那五块钱学费,在老韩家是天大个数。眼瞅着别人都上学了,韩松花跪在地上,央求韩富贵让她也去上学。韩富贵差点把牙咬碎,骂了半晌,出门去找了左校长。见了面儿先骂自己混蛋,明明养不起,还一个接一个,连生了三个。生完又塞不回去,连五保户都没资格申请。两口子像俩废人,一丁点来钱道儿也没有,每天太阳一出来就愁,月亮挂头顶时继续愁。左校长知道他家啥样儿,二话没说就去大队开证明,又是申请又是上报,韩松花的学费一分也不用交了。韩富贵一琢磨,老二老三离上学也不远了,就把那两个减免学费的事,提前对左校长千恩万谢了一番。左校长最怕村里哪个娃没学上,韩富贵等于用自己的娃戳了左校长的软肋。校长答应了——万一申请不下来,那俩娃学费,他从工资里掏。

韩富贵围着左校长转了五六圈,抢铃铛的事才算说清楚,正要继续转，有人受不了了。

"韩富贵，你让叫驴附体啦？那是左校长，你当磨盘啦？"

有人哄笑，有人加纲，说叫驴回来了，给自己转迷糊了。韩富贵借这话表现出一副勃然大怒的样儿，抓起拴着铃铛的绳套，二话不说，自脑瓜顶一套，叮叮当当，把自个儿拴住了。

"松花她爸，你这气性，还真是挺大。"左校长到底有文化，憋住了，仅带一丝微笑，别人没这功夫。一时间，老榆树的荫盖里没了好动静，大笑声连成片，听着像野鹅狂叫。韩富贵丢了面子，却捞到了实惠，象征性地又喊了两嗓子，两条腿一高一低，把自己拐回家去了。

这位左校长不是别人，正是我爸。他回家学抢铃铛那件事时，我七岁，读村小一年级，跟韩松花、郑四方还有老庞头的外孙庞大海一个班。我爸那天说完那事儿，加了句总结："有人的地方就有矛盾，有矛盾就需要有解决矛盾的人。"我觉得我爸有吹嘘他自个儿的成分，我妈说那是知识分子的通病。我想，既然是通病，我爸肯定也得上了。不过我还是抱了一线希望，问我妈："所有通病都有疫苗吗？"我妈以会计对待账本的认真态度对我说："哪能呢？我听说外国有个什么滋病就没疫苗！"我对我妈的回答不太满意，又说不出不满意在哪儿，于是又问："妈，你算知识分子吗？"

我妈是村供销社卖货的，主要负责入口的东西，酱油醋、青方红方，尤其是来自海边的一种小咸鱼，最紧俏。那年头，为了买青红方时能多得几滴汤汁，我妈就被拥戴为全韩屯最受欢迎的人。不管春夏秋冬、阴晴雨雪，谁见到她都一扫脸上的阴霾和惆怅、劳累和疲惫，大老远就欢声笑语、不是亲人胜似亲人地招呼："彩霞！小王！王彩霞！"重点是：我妈有个理论，只要挣工资、吃卡片儿的，几乎都是知识分子。她就是到点儿就开支的。

面对我的询问，我妈态度越发认真，皱了皱眉头，使劲儿思索一下，对我说："算，我觉得我算。"

我心想，看来我妈说的那个知识分子的通病，是真的。没有疫苗也是真的。她和我爸都得了。

可我妈好像早已忘了那话。因为接下来她又一次郑重地对我说："天伦，只要挣工资、吃卡片儿的，准准的都错不了，你以后也得当个知识分子。"

这话一直陪伴我，隔三岔五萦绕耳畔。直到高三那一年。

第二章　左轮

我叫左天伦，十一岁前，这是我唯一的名字。十一岁那年，村长家的电视里演了个电视剧。俩男人玩儿命，一个叫许文强，一个叫冯敬尧。他俩用来玩儿命的家什叫左轮手枪，可以装六发子弹，能转。那天晚上，全韩屯的未成年男孩儿都挤在村长家，他们看完这个镜头，又在各回各家的路上互相看了两眼，我的新名字就诞生了。左轮，左轮手枪的左轮。

左轮的使用期限截止到我高中毕业。这也不是我安排的，我跟这两个字一样，管不了它们降临在我头上，也管不了它们离我而去。复读一年后，我考上一所大专，尔后就失去了它们。

我的第三个名字叫左助理。这个名字始于几年前，我从县里某委调到了兴盛镇，安排给我的职位是民政助理，后边还有个缀——副科级。我的工作很杂，辖区内五保供养、最低生活保障、慈善救助、医疗救助、临时生活救助、制止乱葬和违规治丧……就不一一罗列了。除去这些，还有一项最难也最耗费精力却最能体现工作能力的，那就是调解纠纷。事关乡村文明建设，调解纠纷就成了我工作的重中之重。当然不是黄瓜辣椒鸡鸭鹅狗的纠纷，有时却也和它们脱不了干系。它们长错了地方，或者互相掐了架，战火就会波及它们的主人。一旦纠纷上升到人与人，我就要充当灭火器，冲锋陷阵。记得我第一次调解的是丁家村一对相亲的老年男女。男的七十八，女的七十五。男的一见面就问，还能办事儿不？女的也直截了当，不试我哪知道，老头儿都没十多年了。做媒的就问男的，印象咋样？男的说，长得一般。做媒的又问女的，印象咋样？女的说，太一般了，跟武大郎似的。做媒的就把话传给了俩人。这二位，后来不但动用了各自子女亲戚掐架，连关系过得去的邻居都动员起来了。我一共去调解了四次。第一次，我感叹星星之火可以燎原。第四次，正赶上稻花飘香，蛙声连绵，我的思绪竟飞回了小学一年级，飞回我父亲左校长说出那句话的那一天。"有人的地方就有矛盾，有矛盾就需要有解决矛盾的人。"三岁看老，左校长当时就知道我日后将以调解人和人的矛盾为生吗？那是我又一次对父亲心悦诚服，那也是我又一次由衷地承认：左校长是个知识分子。

三年前的四月，寻常一天。我来到镇政府，走进办公室，像过去的每一天一样，坐在椅子上，感受它与地面摩擦出的第一声钝响。昨天泡过的茶叶在透明玻璃杯里，舒展到它们的极限。桌子上摞着各种文件，几支没了油的中性笔纵横交错，换了笔芯照样用，可就是不爱换。台历停在上个礼拜，有两个随手记下的电话号码，笔迹潦草。窗台上一盆吊兰、两盆绿萝，粗壮的根茎破土而出。这屋算我一共俩人，上面有规定，每人办公空间不得超过三平方米，就跟那位凑合到了一块儿。那人姓郭，喝水带伴奏，拿文件兰花指。好歹他也是个爷们儿，实在是让人瞧不惯。我自己一屋时，上班第一件事就是拖遍地，室内卫生绝对过得去。现在那拖布都快硬成水泥雕塑了。那三盆花我还浇一浇，一是在我这边窗台上，一是杯子里总有隔夜茶。

正往花盆里倒隔夜茶，桌上电话响了。我扫一眼来电显示，是顶头上司。

"邴镇长。"

"小左，你过来一趟。"

我看了看挂钟，七点四十二，又看一眼，还是。来这么早干啥？我甩了自己一个疑问。老邴为啥也来这么早？脑子里迅速升起一团疑窦。

　　只隔一个屋。门虚掩，我敲一下，推门进去。老邴在椅子上坐着，脸浮肿，鼻子两边鼓出两个大眼袋。招呼我："坐，坐。"我继续垂手而立："邴镇长，这么早？"

　　"来了伙高中同学，喝到后半夜，不敢回去吵我太太。"

　　我笑了笑。我没法让自己笑得发自内心。如果你看到老邴的长相、了解他的出身，我相信你在听他说"我太太"三个字时，也只能做到皮笑肉不笑。八年前不是这样，八年前他还跟原配一起过日子。据说那时他提起原配总是"我老婆、我媳妇"，有时还强调，"女大三，抱金砖"。说实话，连这我也觉得挺别扭。老邴五大三粗，像剃了胡子的黑脸李逵。这人性格也有几分冲，酒过三巡就挑平时心里有气儿的骂。我一向以为，这种性格的爷们儿说啥也不会找个大媳妇，大一个月、大一天都不行。可他找了个大三岁的。那时他已经是副镇长，跟现在一样。我至今仍记得在得知他以前履历时内心的震荡。他很年轻的时候就已经是大队会计了，按我母亲的话说，那也该是知识分子啊，可他一爆粗口，简直就是半个大老粗。

　　这人身上纠结着诸多别扭。可加一块儿也比不过"我太太"这仨字儿。我很好奇，什么样的后老婆能把他拿捏成这样？我太太，以为这里是黄浦江畔旧上海呀？

　　老邴的椅子跟我的一样，不能转，不锈钢弯成的椅子腿。我听到一声熟悉的钝响，老邴那大块头站了起来。

　　"收拾收拾，咱俩，下韩屯。"

　　这我可没想到。我只知道韩屯两个女人在掐架，也不是一天两天了。要为这种事，老邴吩咐一声，我跑一趟也就行了。他亲自下去，能为哪般？

　　"再不去，打这儿来了。不像话。"

　　听这话还就是为两个女人掐架。我赶紧往门外走，嘴里说："是不像话，都惊动镇长了。"

第三章　劝架的人

其实我在劝架方面并没什么天赋，实在是摔摔打打了很长时间，才找到一些门道。我对此进行过思考，剥夺了我劝架天赋的，首先应该是性别。劝架是件婆婆妈妈的事，而我是男的。其次是我那几乎不拌嘴的父母，没对我有过任何劝架的锤炼。一度我感觉自己会成为左校长的走板或走眼，直到遇到那对儿奇葩的离婚夫妇。

这俩人把婚离完，回柳屯家里拿东西。房子归男方，女的搬不动，抽冷子连撕带踹。最后导致动手的是个肥皂盒，按协议，一人一半。女的就要盒底儿，把盒盖儿留给男的。男的一看，盒盖儿是鼓溜的，放哪都放不住，就不干。打到村委会主任满大力那儿，满大力跟俩人都相熟，劝哪个都劝不住。把我找去，美其名曰："刺儿头就得找领导，给俺打个样，提高提高水平。"

柳屯当时正走在全民致富的道路上。柳屯小米做成了品牌，价格节节上涨。这确是满大力的功劳。满大力比我大点儿，四十七八，学历不高，初中生。放到眼下，村主任未必轮得到他。可是在柳屯，满大力可说是劳苦功高，他这个村主任很受拥戴。这人身上至少验证了两句老话，一句是：撑死胆儿大的，饿死胆儿小的。另一句是：要想富，找门路。满大力就是应了这两句话富起来的。不过后来他常挂在嘴边的话是：要富一块儿富，一个不算数——据我看，这人情怀还是有点儿的。

满大力的第一桶金是从江边沙子里淘的。松花江从柳屯东面流过，到柳屯分出个汊子，就是这个不大不小的江汊子成全了柳屯。市里几个有钱人来垂钓，鱼没钓几条，想法倒是汩汩冒。有人提议抓把沙子回去测测石英含量，自告奋勇来当向导的满大力，就像金钱豹嗅到了羚羊血，盯住人家要手机号。该着满大力跟钱有缘，这人有只好鼻子、有副好眼神儿，外加一张好嘴儿。这边老板们沙场一开工，那边满大力就天天过来软磨硬泡。目的就一个，赊给他一辆半挂车，也叫翻斗子，让他往外运沙子。有钱人也是人，爱听好听的，同情倒霉蛋儿。满大力嘴里就集合了得癌的老爹、痴呆的老娘、进监狱的小舅子、跟自己吃苦受罪的瘦老婆。话分人说，满大力说话招人听，吃苦耐劳的样儿招人信，也就该着他如愿以偿。第二年，那辆赊来的车就归了满大力，等于是空手套白狼。那时候，周围的沙场已经有了三家。市里房子变着花样盖，房价噌噌涨，沙子也跟着水涨船高。满大力又赊来三辆车，人力费抵车款，磨来磨去，再转年他就有了四辆车。

柳屯当时没别的，家家户户种小米。柳屯地处长白山区向松辽平原过渡的丘陵地带，清朝时候，这里种的小米当过贡品，说起来都是好汉的当年勇。后来寂寥了。满大力为感谢沙场老板，五斤一袋，每人五袋，总共装了三十袋柳屯白小米，挨个送。这叫就地取材，可着现成的用。满大力精着呢，假如柳屯产蜂蜜，他准保送蜂蜜。如果出木耳蘑菇，那肯定是木耳蘑菇。嘴上抹蜜，比送啥都重要。可惜柳屯只有小米。满大力就开始兜圈子，说蜂蜜木耳蘑菇都有营养，可保不准遇到特殊体质，把人吃过敏。他们这小米看着就是小米，其实吃进肚里的既有营养又有历史。听的人就难免好奇。满大力就讲一遍清朝当贡米那段儿旧黄历，见听的人有了兴致，又继续煽呼："俺屯这小米，到现在都用烀熟的紫苏做口肥，拌在谷种子里，一块儿种下去。种的时候，女人光脚丫儿在前边踩格子，男人在后面，手里敲着点葫芦，梆、梆两下，后脚一蹬，实实成成，就种上了。薅谷子是老娘们儿的活，一到那时满地都是撅起的屁股，花花绿绿、有肥有瘦。那活男人干不了，蹲不住。谷穗儿都是人工剪，您想想，秋阳高照，整村妇女，像谷穗儿一样连成片，都包着五颜六色的花头巾，一张张丰收的笑脸红扑扑，那是啥场面。"

老板们很愿意听，满大力就趁热打铁，弄上两杯甜兮兮的小米酒一灌，有的老板就开始为柳屯小米惋惜：这么好的东西，哪能养在深闺人不识呢？这年头酒香也怕巷子深啊！这么一惋惜，商机就露出了苗头：打造啊！包装啊！推广啊！树品牌啊！往外卖啊！

这基本上就是柳屯小米的成名路。有了这条路，柳屯村民也都奔向了脱贫致富的阳光大道，满大力也就顺理成章当上了一村之长。

扯远了。回头说那两口子。满大力找我解决问题，我自然要去。人的名树的影，满主任在镇里很受待见。虽然我对他原始积累阶段那一系列讨巧行为不以为然，不过我也深谙致富之难，尤其带领全村致富是何等难上加难。回看这些年，满大力在其位谋其政，可说是全县都有名的脱贫攻坚带头人、乡村振兴的身体力行者。看人要着眼大方向，总的来看，我对满大力是认可的。

我先给那俩人说了番一日夫妻百日恩、千年修得共枕眠、结婚证不在了孩子还在等话，他们的反应竟比孙悟空听到紧箍咒还难受。我又接着说，你们现在日子好了，肥皂盒块八毛钱的小物件儿，大的都分了，这么个小东西，互相谦让一步。女的不干，男的也不干。这让我特别下不来台。手在裤兜里焦躁地抓着，窗外一个看热闹的村民隔空来了句："抓阄呗！"

"也是个办法，满主任，写俩字条。"

女的抓到了盒盖儿，男的抓到了盒底儿。消停了。像两个泄气的瘪球，连肩膀、耳朵都耷拉了。轮到我给自己找面子，就对满大力说："看来，光物质脱贫，远远不够啊！"

满大力说："左助理，到底有高度，我这脑子里就两样，挣钱，拉架。"

"那也对。那哪够？"我沿着找面子的方向又前行了几步。

那件事对我确实造成触动。架要怎么拉？架的本质是啥？那对分道扬镳的夫妻，看似争的是肥皂盒，实际到底在争啥？争出结果时为啥反而都不要了？都说"穷咯叽、富和谐"，他们明明已经过上了富裕日子，那样斤斤计较又是为的哪般？这些问题，我思而无果。我想跟左校长唠唠这些，回家后拿出他的照片看了半晌。他在照片上，笑得很标准，很慈祥，也很有距离。他走了十年了。走之前我没太多话跟他说。我和他堪称典型的中国式父子，有着崇高的儒式父子关系：你不说，我不问。你威严，我礼貌。当我意识到，似乎正是这种东西，让我没有强烈的爱恨，让我不能进入争执双方的内心，去对他们的爱恨情仇感同身受——我已经没人可以坦陈这种遗憾。

那次之后，我在劝架的专业度上有了些提升。我不再把自己当成旁观者居高临下，每次我都会倾听双方的陈词、双方的理由、双方的辩解，从中找到劝架切入点。这让我增加了劝架的和解率，也有了些口碑。当然，这也给了我被提拔的可能。

只是可能而已，尚有无穷变数。世间的事经常如此，没成绩，不行；光有点儿成绩，也不行。自从学会了深入思考，我的快乐越来越少。戏言往往有理。

例子是现成的。例子可以是八竿子打不着的，例子也可以近在咫尺——跟我一屋之隔的老邴，就是例子。

我听过关于老邴的两个传说。一个发生在他五六岁，一个是在他将近五十岁。

五六岁的老邴据说是淘小子一个，别说鸟窝，耗子窟窿都要掏一掏。有一回在自家当院儿，围追堵截一只大黑蚂蚁，眼看要抓到，蚂蚁就地一钻，进了洞。老邴不认输，先用二齿钩后用铁锹，几乎掘地三尺，就是不见蚂蚁踪影。再挖挖不动了，绝望之际上手去掏，竟然掏出个壶样的东西。老邴看着像尿壶，正好有尿，就没客气。他爸妈从地里回来，没问青红皂白，对着院儿里的坑和装着尿的壶，扑通一声，跪下了。老邴记得爸妈一宿没睡，老实巴交的两口子坐炕头合计到天亮，到镇上派出所报了案。没几天，老邴家院子被掘了个底儿朝上，除了几片碎瓦再没掘出啥。又过了些天，镇政府给老邴家送去张奖状，并告知他们全家：根据《文物保护法》的规定，我国地下、水下和领海中遗存的一切文物，属于国家所有。发现文物及时上报或上交，使文物得到保护的，由国家给予精神鼓励或物质奖励。末了又特意强调一句：主要是精神奖励。奖状是老邴亲手接过来的，他爸妈一个劲儿推他，他一个劲儿往后躲，老邴只能舍我其谁了。后来，老邴小时候住过那块儿圈定为什么什么遗址，说是地下有座两千年前的城池。这么一算，老邴居然是第一个发现埋藏了两千多年线索的人。他爸妈不让说这事儿，可般般儿大的淘小子都对老邴很佩服，尤其是那泡尿。"真尿性！"小孩儿不懂拍马屁，小孩儿眼里，老邴是货真价实的这三个字。

第二个是年近五十，老邴完成了人生两项重大决定：离婚、再婚。

都说离婚容易，可我知道绝不是那么回事。这就像两个品种的树，种在一个坑儿里，几十年过去，虽然树梢时不时互相抽打，可根儿早都结结实实长成一团了，不想嫁接也嫁接上了。老邴虽是净身出户，那也是抽刀断骨，生生辜负了原配前妻。更绝的是他的再婚紧跟其后，哪怕装模作样隔上一两年呢。那一阵儿，关于老邴的说法接二连三，应接不暇。一会儿说，老邴很色，抛妻弃子，诚不是东西。一会儿说，老邴糊涂，看着吧，过不上两年准得后悔。其实大伙儿真正关心的不是这个，大伙儿关心的是什么女人能让年近半百的男人这样。我当时不在镇里，我听说时已经过了上百张嘴。传到我耳朵里是这样的——老邴这位新太太，只比老邴小三岁，现在长什么样没见过，年轻时倒是全县公认第一美。那时她是县吉剧团台柱子，唱二人转出的名。艺名叫郁树，可静可动的身段儿，可娇娥可飒爽的扮相，雌雄莫辨，神秘可人。当年跟评剧团在一个楼时，大她将近二十岁的评剧团团长，不但为她离了婚，还吃过安眠药。可她后来嫁的却是京剧团团长。老邴只离了婚，并没吃什么药，却跟她领了证。众人判断：这是人老珠黄遇上了官运亨通，老邴要不是副镇长、不是一把镇长候选人，你试试会啥样。

人们的话结合一些是是非非的实际，总是显得很有道理。上届镇政府换届时，他就列好了架子，打算跟另一个副镇长老阚，一决胜负。老阚何许人？回到开头看看叫驴那个铜铃铛，就能猜个八九不离十。当年第一大乡绅阚大地主，正是阚镇长的亲爷爷。

想到这些，我心里不由得涌起几分古意，几许类似旧时文人的感怀和惆怅。念天地之悠悠，独怆然而涕下。纵一苇之所如，凌万顷之茫然。美人何处在？明月万山头。明日隔山岳，世事两茫茫。这种心情难以描述，唯古诗词可勾勒，疏而有意，淡而无形。总之我想表达的是：人生际遇，有时真不可思议。

阚、邴二人各有一帮拥趸，两帮人表面老张小赵，点头哈腰，实际楚河汉界，拎得门儿清。有段时间，都风传老邴是一把镇长，铁定无疑。原因就是老阚的家庭出身，大伙儿怎么都觉得会是个问题。到红头文件下来，老阚板上钉钉当了一把手，话锋才转了：人家老阚有海外关系，镇里招商引资靠着他呢！老邴再根红苗壮又咋样？这一个离婚、一个再婚，把他自个儿耽误喽！

上一轮，老邴就没提拔上去。下一轮就在下半年，老阚到点儿了，老邴还有四年，镇里人都说，这回妥妥能接老阚。至于老邴那位子，众人也给安排了接班人。此接班人不是别人，正是那位桃李满天下的左校长的独生子，我，左天伦。

我爸没借着我一点儿光，我却在他离去十年后，仍在承蒙他的荫庇。这让我想起儿时韩屯村口的老榆树，想起老榆树隔着院墙送给生产队大院的荫盖，想起荫盖正中的驴单间。它们在我眼里曾经那么平淡无奇，多年以后，已成记忆的它们，却如此饱含深意。

不知道人们的说法会不会成真，有老邴上次的前车之鉴，还有从各种渠道得知的各种人的前车之鉴，没等到盖着大红章的红头文件下来之前，我总是一边憧憬，一边对自己做着善意的敲打和提醒。有时我也会像五岁时的老邴接过奖状一样，内心暗涌着一种舍我其谁的莫名气概。这没法解释，大概我潜意识里也觉得没人比我更了解基层状况，没人比我更合适。以柳屯和韩屯为例，这两个屯子其实面临的是两种典型问题——一个是精神脱贫，一个是物质脱贫。我对此各有预想。我的预想只有在合适的位置才有可能实现，这想法让我踌躇满志，自觉在主观意念里超越了眼下的平庸。有时我又暗暗庆幸，正是这种"平庸"让我既没有老一辈儿家庭出身的苦恼，也没有为女人离婚再婚的污点。起码，我没硬伤，无可挑剔。

可是谁知道呢，现有的业绩是不是足以让我更上一层楼，老邴会不会推举我当他的接班人，我会不会实现心中的抱负。我为向他表忠心，为挤进他的核心圈，一年里把自己喝断片儿两回了。我恍惚记得是老邴的声音说："这小子还行，现如今，谁还舍得把自个儿喝这熊样？"

那句话确实是道分水岭，那之后他对我近便多了。精准扶贫，他把我安排到韩屯，用他自己的话说，这叫用心良苦。别管我心里是不是真想回韩屯扶贫，他这么说了，我就要表示感激，要表示出真心实意的感激。这两年，韩屯我确实常回去，可是单独跟老邴下韩屯，这突如其来的第一次，还是给了我不小的惊吓。

一段未知的旅途，就在这个四月的清晨，空降在我身上。

第四章　未知的旅途

东走是柳屯，西上是韩屯，不东不西是镇政府。当时我来镇政府报到那天，门卫老头以为我是外地来的，还跟我打哈哈。他说的靠谱。往韩屯去要一路爬坡，别说全镇，全县海拔最高的都是韩屯。

韩屯窝在东山坳里，三面环山让村子像个漏斗形的风口。尤其冬天，强风好似肌肉发达的手臂，打着旋儿摇晃百十家房盖，发出的声音像几十只野狼在合唱。苍白的雪片从山尖儿一路飞舞，在村子上空接受大风的抽打。多年前，这一大片山都姓阚，山上每棵树、每块儿石头也跟着姓阚。冬天是老阚家发财的好时候。树被伐下，绑在爬犁上，顺着雪道拉到松花江边，开春时候再编成木排顺流而下，到了东大滩上岸拆排，一番交易，就变成了银票。剩下的枝枝杈杈绑成捆，摞在船上，一路划到临江门，卸下来再装上马车，到了柴草市，一卖一买，又是一堆钞票。山货（诸如野鸡、狍子、木耳、核桃、蘑菇等等），也都如法炮制，运出去，卖掉。老阚家的钱就这样，越挣越多。后来他家去镇上开杂货店，卖针头线脑，也卖花圈和棺材料。再后来城里也有了他家的买卖。他家在当时，别说韩屯，整个乡（当时还叫兴盛乡）里都是蝎子屁屁——独（毒）一（遗）份（粪）。

新中国成立后，山林悉数收归国有，伐木卖石都属违法，韩屯靠着山也不能吃山了。由于地势高，无霜期短，加之三面环山，耕地几乎都在半山坡，这就让韩屯的贫穷像娘胎带的一样紧紧缠在身上。唯独从东山沟里流下来的小石河，似乎不知贫穷为何物，不紧不慢地围韩屯转了大半圈儿，才唱着小曲儿流进松花江。

村西头有个石碾，老铁匠当年讲过，这是个有故事的老物件。

那是在清朝末年，东山坳来了对衣衫褴褛的爷俩。得知父子二人一路辗转闯关东，风餐露宿身无分文，韩屯人施的施舍的舍，没啥值钱东西，可父子二人穿的有了，肚子也饱了。逗留两日，上路前为报答韩屯人这番接济，便打了副碾盘留下了。才知道这父子都是石匠，怀揣凿石为宝的手艺。

这副碾盘一直用到现在。

自从有了这个碾盘，韩屯村民就有了套不成文的老规矩。谁家起大早在碾盘上放了把小笤帚，碾盘就归谁先用。没人争抢，后来的人都自觉在旁边等着，嘴里娴熟地吐着毛嗑的皮。年轻小媳妇要看护她们的小儿，年长的箍在一块儿扯闲话。扯什么的都有，谁家孩子下生时屁股先露面儿，谁家老人咽气儿时圆睁着两眼。早年唠求雨，涝年怨老天在东山坳上空凿了个大窟窿。当年老铁匠讲完石碾的事，特意说了句话。大意是：人生在世，得饶人处且饶人、能帮人处且帮人。他说这话时的表情语气，我到现在还记着。

老邴开着他那辆旧宝来，据说这车十四五岁了。我坐在副驾驶座上，心慢慢提到了嗓子眼儿。以前没坐过老邴的车，不知道他开车这个风格。上来就猛一脚油门，直接从镇政府大门冲上那条窄长的公路。这路从前就是在山岗上开出的沙石路。这些年镇里进行新农村建设，在沙石路上铺了水泥，可水泥就铺在中间窄窄一长条，两边还是原来的老土路。整条路窄得，总感觉迎面两辆翻斗子如果遇上，一不小心就得有一个下到沟里。老邴岁数也不小了，开车真不该这么激情四射。

"车就是机器，机器就是堆破铜烂铁，别惯那娇毛，踩就完了。"

老邴手握方向盘，脚踩油门，嘴里对我说着。他粗壮的身子结合他对机器的认识，在狭小的驾驶室里竟显得很轻盈，很有活力。这激发出一个八年驾龄的人一丝信任。看来人家还是心里有底、脚下有数。

"不知你开车犯不犯困，我是怕犯困。"老邴说着，打开广播，直接就是县交通台。我深恶痛绝的那副女烟嗓劈面而来。

"你一个大老爷们儿，在外面吆五喝六、人模狗样，回到家却把拳头挥向伺候你吃伺候你穿的妻子、老婆——那可是为你生儿育女跟你吃苦受罪的少年夫妻呀！对不起，我一点儿也不同情你，非但不同情，我还要送你几句话：天作有雨人作有祸，不是不报时候未到，你就等着吧，你的报应就快来了！再见！"

"骂得好！活该！"这是老邴。

"对不起，这位女士，既然你都觉得自己打热线电话莫名其妙，我就要奉送你几句：作为一个破坏别人家庭的第三者，你确实莫名其妙，你确实自轻自贱，你确实啥也不缺，唯独缺骂！我的时间很宝贵，导播已经接通了其他听众的热线，你继续去找别人骂你吧！再见！"

"好！骂得好！"这也是老邴。

我通过老邴的声音可以想见他此刻的表情是何等热血沸腾、义愤填膺、同仇敌忾。我的心中充满费解。一个黑脸李逵般的大老爷们儿，怎么专爱听这些离婚、家暴、第三者的破事儿，我确实琢磨不透，这人怎么能如此痴迷此道。

在我们县，这个女烟嗓只要开车的人都知道，县交通台著名主持人，叫什么倩，主持那档节目叫什么倩有话要说。我私下觉得她应该姓甄，全名甄倩（真欠）。我也知道，时下流行反向规劝，电视里的相亲节目也动不动就成了现场互撕。什么倩这个档次的,旨在骂醒梦中人,美其名曰为对方好。可我实在不敢苟同。且不说效果如何,这种充斥各种媒体的戾气,除了滋长暴躁和浮躁,能提高谁的道德水准和谁的个人修养呢?我在某些方面大概落伍了。这个倩绝对成不了诸葛亮,被她骂的也绝不是王司徒。这种骂的意义在哪儿,我一直找不到。我在调解纠纷中遇到的都是难缠的主儿,骂哪个都会让我没法收场。

倩的骂声果然让老邴情绪波动,这直接作用在老宝来身上了。这老伙计就像挨了鞭子的老马,炮蹶子奔跑在蜿蜒的公路上。他的主人死命拽住辔头,在烟嗓的鼓舞下猛踩脚下的破铜烂铁。老马像闭眼狂奔的战士,远远看去,奔跑的曲线犹如马蹄画出的游龙,就快九曲十八弯了。我的心再次回到嗓子眼儿,耳畔几乎听到老马的粗浊气喘,真怕它哪下口吐白沫,甩了马镫马鞍,也甩了我和老邴。

我十岁那年曾目睹过本村一个壮汉被惊马一脚踢死。壮汉姓尚,名叫尚全有,当时五十来岁。生产队解散时,他和另外两家分得一匹灰白色的大青马,外号叫大青。大青头顶黑褐色的马鬃,英武魁硕,个头比别的马高出一块儿。分马时队长开玩笑说,都按大小个站个队,哪几家个子高,大青就跟哪几家。尚全有个头矮小,可体格健壮,是典型的"车轴子汉"。队长那话就是句玩笑,真分起牲口谁都盯着高大壮。幸亏有抓阄这招儿,应了"人算不如天算"这老话。抓完阄,只见尚全有欢欢喜喜地跺了几下脚,走到大青跟前,用一双恨不得笑出声的眼睛前前后后摩挲着大青。他也不知该谢自己这双手还是啥,只感觉冥冥中跟大青缘根深种。尚全有稀罕大青,很快就到了无人不知的地步。大青归他养,另两家负责草料,按说他只拥有大青三分之一所有权,可在他心里,大青简直就是他第四个儿子——他已有三个儿,尚大祥、尚二祥、尚三祥。仨儿子长得三副样,可身板却全都跟他一个样,都是标准的"车轴子汉"。冷不丁有了高大的大青,那是抬一下马蹄、仰一下马头都能被尚全有看出一股气宇轩昂的劲儿。他和大青的第一站不是他家那几亩地,是铁匠铺。老铁匠叮叮当当给大青上马掌,他就搂着大青脖子,用下巴上的胡楂儿顺着蹭完再戗着蹭。老铁匠赞叹道:"马看四蹄人看四相,这可真是咱村最好一匹马!"说完又给尚全有提着醒:"上了马掌可就成了四只铁蹄,可让你那仨小子离远点儿!"尚全有笑着应道:"大青通人语,没事儿。"

都知道牛好喂马难养,可大青自打跟了尚全有,不但越发健壮,那头黑褐色的马鬃还齐整得像女人的秀发,油亮亮闪着缎面儿般的光泽。尚全有从不给自己梳头,却弄了把大牛角梳子专门梳理大青的鬃毛和马尾。一回大青给另一家干活,那家恨活,一个劲儿抽鞭子。大青满身大汗,马鬃都汗漉漉地粘在背上,那家人却不满意,嘴里吆喝着又扬起鞭子照大青后背就是狠狠一鞭。恰好尚全有路过,那清脆的一响抽得他肝肠寸断,一场抢鞭子的仗说干就干起来了。这场仗下来,大青还叫大青,尚全有多了个外号,马疯子。

那场意外发生在春天的傍晚,粉白的山桃花从山脚开到了半山坡。那天大青干完活,尚全有在院子里卸马鞍。马鞭子在房檐下挂着,上次他给夺过来就再没打算还回去。那马鞭子又长又粗,杆是用三根细竹条拧成麻花劲儿后箍在一根曲柳杆上,鞭绳是油透了的牛皮条编成的蒜瓣辫儿,挥动起来虎虎生风,传说车老板子拿着它,遇到几只狼都没事。尚全有思忖着只要没了这鞭子,那两家休想再抽打大青一下。他跟往次一样轻手轻脚,用一双糙手揉着大青后背的绳子印。大青也格外听他摆弄,眼皮温顺地垂着,间或微微抖动一下柔韧的马尾。西边天空麇集着几块洁白的云朵,一路往东铺成菲薄的云片,抬眼望去,像一大片祥云笼罩在东山坳上空。

"啪!"一声炸裂般的脆响。云彩登时震散了,眨眼只剩头顶那片天无穷无尽又深不可测地蓝着。尚全有大儿子尚大祥站在当院儿,手握马鞭,神色带几分窃喜和得意。还没等尚全有抢下马鞭,"啪"又是清脆的一声,锋利的鞭鞘儿恰巧抽在了大青耳朵上。挨了鞭抽的大青甩飞马鬃,嘴里发出不成调的嘶鸣,睁着满是惊悚的马眼高高抬起前腿,把身子拉成了大张的巨弓。"兔崽子!马毛了!"尚全有刚骂一声，大青已哎儿哎儿狂叫着冲向院外。"大青！"尚全有知道门口村路上这时辰人正多，老的少的来的往的，大青这个疯样踩上哪个都像踩了片儿树叶。他拼死命拽住马笼头，可受惊的大青一拧脖子就把他提了起来，一对前蹄紧跟着爆发出铁锤般的蛮力。"大青——"尚全有嘴里还在喊着，胸前发出咚的一声。只见那矮壮的身子一侧（音：zhāi），像挨了镰刀的苞米秆，扑通一声，仰面倒在地上。

带马掌的铁蹄踏过尚全有健壮的身子，腾——腾——腾，随着马掌叩击地面发出那铿锵有力的撞击声，惊马不知所措地在屯子里狂奔。那是它跑得最危险却也偏偏是最恣肆的一次，像暴风也像闪电。只见那黑褐色的马鬃狂浪地飞舞，肌肉在油亮的皮下紧绷出目空一切的桀骜。炸裂的马鞭声把它推进巨大的恐惧，又在骤然而至的恐惧中跑向无法卜知的命运。院子里的尚大祥已经把魂儿吓飞了，他目瞪口呆，哪承想无意中听到老铁匠的半个故事，抽冷子甩下马鞭竟甩出这样一场横祸。

就在半个时辰前，老铁匠在村口给一帮半大孩子讲流传到民间的皇宫旧黄历，讲的是在太和殿门口甩鞭子的事儿。尚大祥从地里回来，路过村口老榆树只听了一句，一双脚就像被钉了铁钉，动弹不了了。老铁匠嘬着烟袋不慌不忙地说："听好喽！这个叫'鸣鞭'，也叫'响净鞭'，是古代宫廷'朝会'紧要一环，早在康熙爷之前万历帝那个时候，就有啦！"半大孩子自然要刨根问底，老铁匠卖了会儿关子，还是竹筒倒豆子一样讲了出来——"净鞭"也叫"静鞭"，甩的是用黄丝编织成的鞭子，鞭鞘儿涂蜡，打在地上啪啪作响，目的是警告臣下：皇上即将驾到，上朝参拜就要开始，大家要马上肃静。甩"静鞭"的太监那得挑选，要挑有手劲儿的，鞭子要甩得响、甩得脆，甩不好可是要挨板子打屁股的！尚大祥听到这儿，神思早就飞到了家里那杆马鞭身上。心里琢磨着：拿马鞭当静鞭甩甩，看看会啥样？反正只要不抽大青，老爹又能说出啥不是来？偏没想到甩鞭子果真是门功夫，那啪的一响是听到了，鞭鞘儿却不偏不倚甩在大青最敏感的耳朵上!

躺在地上的尚全有一定很害怕,他越来越微弱的呻吟声充满了对生命尽头的恐惧。这场景是我童年的噩梦,如果不是亲眼所见,我宁愿相信是老铁匠编的瞎话。大青后来停下了,那是另一桩往事了。永远睡去的尚全有很快就被抬进了屋子。刚刚目睹过生命消逝的东山,一如远古甚至史前那般平静。云彩又悠荡回来了,染着薄暮的红晕张望心有余悸的东山坳。人们纷纷叨念,都觉得太不可思议了——马疯子尚全有这辈子能抓阄儿抓到大青是他最自豪的事,可丧命在最疼爱的大青铁蹄下,那岂不是比吃饭噎死还不可想象的事?偏偏就成真了,大青真把最疼它的尚全有踢死了!在那个遥远的场景里,前一刻是死亡的惨烈,后一刻是每张脸上的悲戚,人们对待别人的不幸全是不胜唏嘘的表情。这大概也是我如此讨厌这个倩的原因,她的骂声中没有丝毫疼痛和怜悯。

"各位听众今天暂且到这儿,下面还是雷打不动的——广告!走过路过您可千万不要——错过!"倩的这句话几乎让我谢天谢地,尤其要谢接下去的卖药广告。对我来说,倩和她的节目此刻意味着安全隐患,直接危及两条壮汉的生命。

"给我太太打个电话。"老邴说着关了广播,拨通手机。那边说什么我听不见,驾驶室只有老邴粗哑低沉柔情似水的声音。

"小郁,我在去韩屯的路上。呃,昨儿晚,睡得还行——我也没什么事儿,就想问问你在干啥。"

对方大概说了一二三四五,描述自己在干啥。老邴边听边笑吟吟——我看不到,可是傻子都能感觉到。

"那行,小郁,你中午补一觉。"电话在这对恩爱夫妻的嗯嗯唔唔声中挂断。我眼前浮现出一个刚睡醒的女人,穿着丝绸睡衣,面庞光润白皙,声音慵懒,风韵犹存。这联想让我心里升起一股似有若无的妒忌。说真的我一直想不明白,什么样的男人才能拥有那样的女人。

老宝来开始跑直线。窗外的杨树一棵棵往车后退去,两旁残留着玉米秸秆的大地,在一片广阔的灰黄色中,像在等待时令,等待种子,也像在等待肥力。它们看上去急需雨水的滋润,哪怕只是毛毛细雨,也能驱散这沉闷的干燥。迎面不时有拉沙子大车飞驰而来,声嘶力竭又生气蓬勃地吼叫着,跟我们擦身而过。这要持续到拐上土路,进入小石河流域。这段公路与松花江是两条平行线,跑的多是拉沙子大车。

老宝来在老邴脚下像个老怨妇,嗓子沙哑,貌似随时都能崩溃。这状态根本坚持不到韩屯,那二十里老土路,还要翻个大岗,就是辆新车,没点皮实劲儿也够呛。我扭曲着内心给老邴点了支烟,本想委婉表达一下对车况问题的担心,话到嘴边临时改成:"你这车里挺干净啊。"没想到,老邴很稀罕这话,咬着过滤嘴立马回我:"还行哈?我太太利索人一个。"

话音刚落,老宝来就跟愤怒的前妻似的,猛一耸嗒,定住了。放眼四顾,正停在了岗梁上,满眼都是荒草杂树。我心想,这可真叫前不着村后不着店啊。

愿不愿意也得下车了。我蹦到地上,感到自己虽然四十好几了,可到底山沟里出身,身手还算敏捷。老宝来给自己找的位置还算凑合,是马路右侧,距路边壕沟四五公分。它要是再往中间蹭点儿,对面来的大卡车就得掉另一侧沟里去。这马路窄得像根肠子。

"妈的,撂这儿了,这老破车。乡里那台新别克我他妈根本摸不到边儿,阚大爪子整天霸着。"

我听着老邴的牢骚,尤其他嘴里竟直接称呼阚乡长为阚大爪子,意识到自己此时只能装聋作哑。

老邴很快找到了病根儿,敲了敲空空带响的油箱对我说:"昨晚喝蒙了,今儿又走得急,忘了加油这码子事。这脑袋,得钱儿治了。"

我在岗上的春风里迅速幻想自己此刻要是县长会什么样。我得板着脸,撇下嘴角,含而不露地说一句:"邴镇长啊,是不太精打细算啦?你又不是天天下村屯嘛!"四月初的风还是凉飕飕的,吹醒我不是问题。只听得我殷勤的声音在自告奋勇："邴镇长，你车里等着，我去淘弄汽油。"

我拦了两辆轿车，答案一致：箱里油不多，开回县里还百十里地呢，不好意思。我又拦了辆拉沙子大车，司机很粗犷，直接喝我："上来！我把你卸到最近的加油站！"我坐在飞奔的大卡车上胆战心惊——这大家伙是喝柴油的！我拦它，等于没事找事啊！我冒着冷汗，感到自己所过之处飞沙走石，甩出的每粒石子儿都能变成子弹。我想对那哥们儿说，太快了吧？这不赶上飞了吗？话到了嘴边又改成："开这个挣得多吧？一天多少趟啊？"那哥们儿倒也实诚，直接交底："还行吧，按趟算，六千打底，冬天没活，干闲。"

我的本意是买二十块钱汽油，可加油站的人说根本不够，交出那五十块时，我的心有点儿疼，这有点儿难以解释，跟拿不拿得起没什么关系。我媳妇马白云是小学老师，过日子那叫一个精打细算。姑娘左凌儿念高一，成绩一直名列前茅。这五十块没花给她娘儿俩，我还上来内疚劲儿了。

往回走时又拦了好几辆车，没人往那边去。有辆小蹦蹦车一直跟着我——十块，就十块，我跟你说了，往韩屯去你坐不上顺风车。小蹦蹦车那男的一直在磨叽，我就一直爱理不理。都是为了十块钱，谁也不认识谁，他都不嫌磨叽，我怕啥。

其实我还真怕，怕拉沙子大车轮子底下甩出来的石子儿飞我身上，怕那大车横冲直撞，小蹦蹦车在那大家伙面前就是玩具。等了老半天，我果然没等到顺风车。想到领导眼巴巴等着我的汽油，我对开蹦蹦车那男的说："坐你的，走吧。"

老邴没守在老宝来上，我从蹦蹦车上下来，他才从咸菜梗色儿的荒地里抬腿迈上马路，吐了口嘴里的沙子，整出一脑门抬头纹，问我："你说咱这车因为啥杵这儿了？"

"因为啥？"

"那边，是片坟茔地。"

"那有啥。"

"前朝的,一个姓吴的官员太太,不,姨太太,剩半个坟台子还在那呢。"

"邴镇长,你还讲究这个?"

"不是讲究,我听人讲过,说那是个风流娘们儿,下葬时还有不少人惦记呢。"

那边确实有个墓园,已经很破败了。墓主人是满族正黄旗人,姓乌雅氏,丈夫位高权重,生前享尽了荣华富贵。故去那年四十多岁,据说依旧一副花容月貌。当时那是个风水很讲究的墓园,乌雅氏双足的方位还有一个用三块石头修成的小坟台,用来摆放祭品。早些年,每逢清明忌日都能看到有人来拜祭她,在坟台前铺好纸钱,以火焚烧。后来慢慢不再有人过来了。眼下那里只剩残石荒草,还有一些徒留残桩的枯树。

"和咱啥关系。"我掌控着语气和表情。老邴知其一不知其二,我听老铁匠讲过墓主人的事儿,不过我没法纠正自己领导。

"偷着美吧你!小左,你跟老韩头那大闺女咋回事?哎,对了,汽油,花多少钱?"

没等我用"没几个钱"故作大方,老邴接自己的话说:"能报销。就刚才,北岚村八楞子正好路过,二话没说就倒过来半箱油。"

后面的话都成了过耳轻风,飘摇着散去。唯有那句"小左,你跟老韩头那大闺女咋回事?"让我浑身一震,好似被箭射中的飞禽,好似被传言骗掉的驴马。顷刻间,我明白了老邴安排我到韩屯扶贫的用意,领悟到他和我单独奔赴此行的目的。我看到了对方粗犷外表下缜密的内心,意识到传言这东西一旦抵达是非者口齿,注定会生出翅膀、长出腿脚,直到在任意一个乐于相信的人心里生根发芽。

老邴带着意味深长的微笑重新钻进车里。接下来的韩屯之行,已不是未知的旅途这么简单,我已经嗅到了山雨欲来,已经感到了险象环生,已经预感到自己仕途的下一步,几乎可以说是前途未卜、命运多舛。

第五章　酒窝儿

当年的韩富贵已是现在的老韩头。

当年起哄抢铃铛的人，多数都已故去，老庞头、老铁匠自不必说，连郑万山也作古多年了。还就是这个老韩头，拖着最差的身子骨儿，活成了那拨人里的长命冠军。

老韩头已过古稀之年，大骨节、风湿病一路毁着他，彻底把他毁成瘫子终日卧在炕上，也有十多年了。可他一直顽强地活着，嗓门一直洪亮，韩屯人说他那副嗓子也就当年那头叫驴能有一比。关于他一直活着这件事，有人说应了老话，破车轴子扛嘎嗒，也有人说多亏了他那个大闺女，没黑没白伺候着。

老韩头的大闺女名叫韩松花。

在我开始讲述她之前，我需要定定神，稳定一下情绪。我这样说，一定会有更多的人认定，我跟这个女人有着非同寻常的关系。我不能解释，我没法解释。人活在世上，嘴是用来说话的，也是用来把话咽下去的。眼睛是用来看人看事的，也是在面对一些人一些事的时候，用来故意闭上的。

很久以前，韩松花这名字也就只是个名字，因为想住松花江边没住上，只能守着村旁这条小石河度日，韩富贵给大闺女取了这么个名字。这是他老韩家起名的传统，缺啥咱就叫啥。缺富贵，咱就叫富贵。缺钱财，咱就叫金宝。缺男孩儿，咱就叫招弟。韩松花两个妹妹的名字也跟着出来了，韩金宝、韩招弟。综观老韩家近两代，叫富贵的没富贵，叫金宝的没发财，叫招弟的非但没招来弟弟，反而成了老幺，俗称老疙瘩。唯独韩松花，虽然没住上江边，可毕竟"松花"二字至今也还没有反义词。

韩松花的奶奶是外乡人，她老家井水里缺硒，人人都有大骨节病。她也有，手脚都长得支棱巴翘。可松花奶奶脑子好，早早就想到了嫁到外地，改良后代。有人把她介绍到韩屯这穷地方，除了又穷又不会过日子的老韩家，再就没有哪家肯要她。松花奶奶叫什么，怕是连韩松花也不知道。只知道奶奶坟上有块儿小碑，碑上刻着韩赵氏。那就是她老人家来过人间仅有的记号了。

一心想改良后代的韩赵氏，第一胎就是个大儿子。她抹了把额头淌下的汗，歪头一看，心想，老天爷真是开眼，这孩子可真俊，真周正。韩赵氏的心第一次撑满了幸福，她咧开嘴，哇哇哭着，又像哈哈笑着。

可她大儿子的手脚却越长越丑，像是生怕村里人不知道他是外乡女人所生。韩赵氏傻了眼，嘴里不停念叨，怕啥来啥，怕啥来啥。据说她还自己采来中药，配在一块儿，天天喝。都是凉血的药，老人们说，女人血凉了就不会再怀上娃。可韩赵氏越喝越怀，怀上就捶不掉、蹦不掉。每次生产完，她都会罩着满身大汗吓死过去，死活不敢看自己的娃。好在除了大儿子，后面生那五个，骨节都不算大。

这么一来，她的大儿子韩富贵，就成了他那一辈儿里，唯一一个完整继承了韩赵氏基因的人。

韩富贵小时候跟别的男孩儿一样，有颗时刻想飞跑的心。可越长大，他的腿脚越不争气，经常是心跑到人前了，人却摔在土沟里，啃了一嘴泥。等长到半大小子的时候，他也被韩松花的爷爷赶去种地。锄头握在他手里，像握住了过油的铁球，说掉就掉。每到这个时候，韩松花的爷爷就会踹上一脚，照着大儿子结实的屁股。嘴里再咒骂两声，妈的废物，吃啥啥不剩，干啥啥不行！

韩松花的爷爷从不对韩赵氏说这样的话。他对乡亲说，我婆娘离乡背井跟我过，左生一个右生一个，不容易。这截然不同的态度，让韩富贵心中发生了无声的扭曲。他不明白，长成这样明明是老娘给的，为什么挨打挨骂的却是自己。

这样的韩富贵，也完整继承了亲爹亲娘的命运——找不到好样的对象。三十岁了，好歹让媒婆撮合了二十来遍，娶了本村有名的病秧子。

韩屯有句老话，啥爹揍出啥儿子。韩富贵对自己的婆娘，跟他爹对他娘，简直一模一样。哪怕正跟全世界吹胡子瞪眼，扭头看到自己病歪歪的女人，马上就像洋蜡被剪了芯，动静都没了。

韩松花的爷爷是以他特殊的死法在韩屯出名的。他一辈子最爱吃地瓜，可韩屯种不出黄瓤的甜地瓜。韩松花的姑姑出嫁前，她姑父家给她爷爷送去一袋地瓜。那天她爷爷一个接一个吃地瓜，连口咸菜都不就。眼瞅着瘪瘪的肚子越撑越圆，好像不放放气儿，就要爆了。可她爷爷却放不出来气儿了，她爷爷的肠子不会动了。就这样，当天夜里，韩松花的爷爷被她老姑父送来的黄瓤地瓜，活活憋死了。村里人都觉得是奇事，说，从没听说地瓜能撑死人，还说，能被地瓜撑死的，得是贪吃成啥样的人哪。

韩松花的爷爷入土那天，虚岁才过六十。他死得很不光彩，韩屯人现在教育孩子别贪吃，还会偷着拿她爷爷说事儿。

"还吃？还吃？也学那老韩头，活活把自个儿撑死？"

村里人说这话，其实没啥恶意。事实就是这么回事。可听在她爷爷后人耳朵里，这话可真有滋味啊，连苦带辣，都有了。

村里人都担心韩松花老姑的婚礼就这么泡汤了。姑爷撑死了老丈人，红事肯定变白事了。可仅仅过了三七，她老姑就过门儿了。再不过不行了，老姑的肚子说啥也盖不住了。里面的娃再有俩月，就要钻出来了。

老姑结婚那天，老姑父租了生产队那头驴，去接的亲。那天，叫驴可闯了个大祸。

韩松花老姑身上其实还有孝，就没戴红花。因为是结婚，也不可能戴白花。老姑父让老姑坐在驴背上，说了句，接媳妇儿喽！叫驴熟悉这话，听完就开始扭着脖子四下踅摸。它肯定是在找大红花。找了半天没找到，叫驴觉得自个儿接错人了，就原地扭腰撅腚，尥了个大蹶子。老姑砸在了地上，砸出一片灰尘，还把肚里的娃给砸了出来。

老姑父吓麻爪了，可脚还好使，他把叫驴踢得咴儿咴儿叫。好在七活八不活，老姑肚里的娃后来活了下来，小名儿就叫驴蛋。从那以后，叫驴更孤僻了。

我要讲的关于韩松花的第一件事，是韩富贵把铃铛抢回家后，让韩松花去赊酒的事。

那天韩富贵进了屋，喜滋滋地吩咐韩松花："松花，去，打二两酒回来。"

韩松花静静地站着，等着韩富贵给她打酒钱。韩富贵又说了一遍："去，给爸打二两酒去。"

韩松花很久没见自己父亲这么高兴了，就没敢提酒钱的茬儿，继续站着。

松花妈正在炕上拆棉裤，她们姐仨的。她年年都要拆一遍，再做一遍。拆完把棉花一番敲打，晒暄腾了，重新缝上。韩松花的给韩金宝，韩金宝的给韩招弟，韩松花捡母亲的棉裤穿。

韩富贵也不知是对松花妈还是对韩松花，要么就是对棉裤，兴奋地说着刚才的丰功伟绩。

"些个不要脸的，就不能惯着，这铃铛，它就是咱家贡献给生产队的。"

"不当吃不当喝的，抢它有什么用。"松花妈头也没抬一下。

"用处可大了去！"韩富贵一屁股坐在炕上，嗓门似乎把棚顶灯泡撞得呼扇了几下。

"这是阚大地主的铃铛，这是带财的好物儿。瞧着吧，这回咱家可快好啦，铃铛一挂，横财就到，你就等着吧！"

松花妈把眼睛垂得更低了，眼看就要掉进棉花里了。

"你不信？我知道你不信，最起码——"韩富贵卷起衣角，老兵擦枪一样，仔细擦着铜铃铛，"最起码，它能镇宅辟邪，驱魔降妖。再不济，它还能保佑咱这仨丫头，以后都找着金龟婿。松花，杵那干啥？还不去？"

韩松花扛不过去了,只能实话实说了。

"爸,我拿啥打酒……"

"酒瓶子啊,你说拿啥?"

"孩子是说,酒钱在哪?"松花妈说道。

"呃,那个……先赊二两。"

韩富贵最会给韩松花出难题。村供销社卖油盐酱醋也卖酒的,不是别人,是我妈王彩霞,韩松花的王姨。

"你王姨卖酒你还怵啥?你王姨最稀罕你,快去。"

韩富贵根本不知道,越是喜欢韩松花的人,韩松花越没法张口。

进了供销社,王彩霞的脸果然笑得像年画一样,眉毛缝里都流动着喜气。韩松花一下子明白了一个道理,喜气这东西不是一个富贵的铃铛能带来的,它像花一样,根儿在人的心里,开在人的脸上。

韩松花知道我妈稀罕她,王彩霞逢人就说:"松花咋不是我闺女哟?"我妈喜欢女孩儿,可她生的是男孩儿。

"瞧瞧谁来啦?咱乡最俊的小丫头来啦!"

另一个卖日杂百货的李姨,也笑着说:"别说咱乡啊,我看,咱全县也找不出比松花还俊的丫头!"

她们的话,给韩松花擦了红脸蛋。赊酒的事,就更说不出口啦。

"王姨,李姨,我帮你们干点儿活吧!"

"松花呀,你爸妈上辈子是做了多少好事积了多少德呀,生了你这么又俊又懂事的闺女。"

"松花呀,家里又缺啥啦?"

韩松花简直要哭啦!要不是二位阿姨主动这样说,她父亲要喝的酒,看来是打不回去了。她是无论如何也张不开口啊!

韩松花抬起头,从兜里掏出两个鸡蛋,冲着二位阿姨,感激地笑了。

韩松花用鸡蛋给她爸换酒,这差不多是我对韩松花的第一个印象。我妈在饭桌上讲这件事,讲得声情并茂。"天底下咋有这么懂事的孩子?"这句话她至少重复了三遍,直到我含着饭嘟囔了一句:

"像我不懂事似的。"

我第一次替韩松花庆幸，是在十岁那年，那匹惊马目空一切，从尚全有家院子横冲出来，在蜿蜒的村路上扬起烟雾般土黄色的灰尘。野草拦它，它把野草踏成泥。石子儿拦它，它让石子儿满天飞。它跑过的地方，苣荬菜齐刷刷倒下，大蓟草被碾出紫色的汁液。就在人们都以为只有杀死它才能换来平安时——不可思议的一幕发生了。

惊马对面走过来三个小女孩儿。三个女孩儿挽着竹篮子，里面是采回喂鸡的苣荬菜。她们远远看到了自家院门，那扇院门像眼看要化透的冰溜子般摇摇欲坠。还没来得及奔向那柴门，惊马就带着腾腾杀气冲将过来。韩屯人从没像那一刻那样憎恨一匹灰白色的成年大马。他们几乎不管牛马骡子叫牲口，张口闭口要么"那伙计"，要么直呼外号。可那天大青马与仨女孩儿狭路相逢那一刻，人们都在挣命地狂喊："畜生！你这该死的畜生！"都知道自己不是惊马的对手，便想用声嘶力竭的叫骂救下那三条小命。可大青马像是鬼迷了心窍，只管高抬马蹄，眼珠通红，发出魔鬼附体般的嘶鸣。伴着这嘶鸣，一些人不敢再看，倒吸着凉气死死闭上眼睛。另一些吓得圆睁双目，他们眼睁睁看着仨孩子中最大那个，反身一扑，扑通一声，两个妹妹被扑倒在身下。"老天爷呀！要了命了！"有人为最上面那女孩儿哭喊上了，喊声回荡在东山坳，像呼哨那样尖厉。

能飞的都扑棱棱往天空飞去，这会儿才知道东山坳藏着这么多麻雀、红点颏、蓝点颏、铜嘴、花树子。鸟儿们一起振翅的声音犹如骤烈的暴风雨即将来临，山桃花慌张地从枝头跌落——就在这惊心动魄的一刻，连鸟雀都以为另一起悲剧即将发生的一刻，那匹狰狞的灰马却像被施了咒语，又好似马背上有个从天而降的神汉死死勒住了缰绳——它的后腿笔直，两条前腿在半空弯曲，伴着大口大口的粗气，弯曲的前腿缓缓垂落，一如那时它裆间软弱无力的生殖器。大青马停了下来。没踏上铁蹄、没再疯跑，却是迟疑着尥下了钉着马蹄铁的蹄子，擦着女孩儿身边——吁吁喘着粗气，站住了！

扑倒妹妹的女孩儿就是韩松花。这事儿越传越玄，起初说大青马那会儿魔怔了，眼睛里根本看不出啥是啥。后来演绎成韩松花勇斗大青马，简直是新一代草原英雄小姐妹。再后来就变成大青马被韩松花镇住了，镇住大青马的不是别的，是韩松花那张漂亮的小脸蛋儿。

开始我还不太相信，后来听着看着，我就坚信不疑了。

大青马站住后，人们像水波一样围了一圈儿又一圈儿。尚大祥拎着鞭子，眼珠血红，扯着喉咙嗷嗷叫骂："畜生！我宰了你！"手里的鞭子却无法甩起。他被人们箍住了。人们开始数落大青马，说它丧良心，活活把拿它当眼珠子的尚全有踢死了。数落声像河水决堤，漫过东山坳，淹没了大青马。它怵怵地站着，灰白的身子不住颤抖，突突地打着哆嗦。

我和韩松花般般儿大，那之前我眼里看不出美丑。那之后，经过与同村女孩儿比较，我相信了人们的说法：大青马是被韩松花的脸蛋儿给镇住的。如果不是那张脸蛋儿，绝不会有那离奇的一幕。

那时候，人们说起她那张脸蛋儿，经常是以一声"哎呀"起个头，我到现在还能绘声绘色地学出来——

"哎呀，咱村松花，不会是七仙女儿托生到老韩家了吧？"

"哎呀你说，松花那眼睛咋长的？水灵灵两颗大葡萄。那对小酒窝儿，王母娘娘跑她妈肚儿里给画的吧？"

人们总这么说，韩松花在我眼里就好看起来。韩松花一好看，我见到她就开始越来越别扭。

韩屯小学在村边儿上，我们这拨孩子每天都要穿过小石河才到学校。那阵子不管在学校、在路上，尤其是在小石河的那座小桥上，每次见到韩松花，我都像撞见了恶魔。我的脸比木头还僵硬，腿脚比桥柱子还强直，气哼哼地从她身边飞跑过去。

郑四方认为我得了神经病。连那么懦弱的家伙都这样说，我也对自己产生了怀疑。有一天，放学路上没有韩松花，我用最交心也最狐疑的语气问郑四方："你说，好看吗，咱村那个韩松花？"

郑四方用不确定的眼神看着我,我在他的眼神里看到了我问话时的眼神。我的好朋友郑四方思索片刻,以一个三年级男生的诚恳对我说:"你回去,问问你爸妈,我回去,也问问我爸,还有我妈。"

铁匠爷爷说过,郑四方他妈把他生早了,他就该一直待在他妈肚子里。

"问完,明天俺俩碰一碰,就知道好不好看了。"

我觉得郑四方的神经病比我重,就不服气地问他:"为啥说我神经病?"

"跟我妈学的。"

"你妈?说我呀?"

"说我爸,她说我爸神经病。"

这就对了。村里谁不在背后说郑万山不着调啊。这个人有副闲不住的腿脚,除了种地,天底下好像没有他不爱干的事儿。原先,他最爱给黄皮子、野兔子下套,一张皮剥下来,连着那生灵的小头颅,能卖好几块钱。生产队解散后他就挨家挨户收细参、穿龙骨这类药材,也收松子榛子核桃这些山里的坚果,再拿去城里卖掉。说他没钱,村里数他穿得人模狗样。说他有钱,郑四方那几块钱学费他都掏不出来。后来知道他每次进城为啥一待就是好几天了,是认识了一个收山货的女人,那熙熙攘攘光天化日的地方,两人就好上了。城里离韩屯上百里,口风原本传不过来。可郑万山日有所思夜有所梦,经常半夜紧闭双眼,像当年高呼口号一样高喊那女人的小名儿——蝶儿,小蝶儿。郑婶儿跟婆娘们学了,都说她男人身子肯定是丢了。郑婶儿信了,又不愿信,眼神儿变得直直的。她男人嫌弃她五大三粗,尤其厌烦她那双四十码大脚。她就家里外面地说,她男人得了神经病。我们村有个不成文的认识:神经病干啥都不是故意的,只要得了神经病,干啥都不犯法。郑婶儿说她男人神经病,是寄希望于她男人不是故意失身的。郑四方说我是神经病,就万万没道理了。我抗拒这三个字等于抗拒郑万山,我宁可变成女的也不想成为郑万山,于是我带着小学三年级男生特有的固执继续强调:"我不是神经病。"

郑四方从生下来就睡小米枕头,后脑勺彻底消灭了头骨的弧度,长得像块方方正正的砖头。我目睹着一块方砖是怎样烧成红色,作为班里唯一离开学校还扎红领巾的男生,比我大三个月的发小,终于磕磕巴巴地说出他眼中我的病根儿。

"平时……没病,见到韩松花……不是跑就是瞪,就来病啦……"

"我没有——"

"我爸,见到我妈,跟你一样,不是跑就是瞪……"

那时候,我完全没意识到自己正拥有着世上最宝贵的东西,长大后我才知道那种东西被伟大的哲学家和思想家定义为纯粹的友谊。以此推断,我也曾是个最纯粹的朋友——每次我说郑四方是缩头乌龟、胆小鬼,都是张口就来,绝不会思前想后,更不会把心里的话打个漂亮的包装,再作为礼品送出去。纯粹的友谊让我再不能用神经病的方式面对韩松花,我确实就像变了个人。

我首先承认了韩松花好看。

四年级的作文课上,语文老师把韩松花叫到黑板前,不让她坐凳子,必须保持站姿一节课。韩松花成了那节课的题目,每个人都要写一篇三百到五百字的韩松花。第二天,语文老师手拿三十余篇韩松花,面色既高兴又凝重,对全班说:"我敢保证,这是咱班真实水平,谁也没抄谁的。"我相信听到这里,连倒数第一都会感受到学习生涯的第一次鼓舞。老师又继续说道:"谁也没抄谁的,还能写得一模一样,你们老师我,感到挺惭愧。"

当年的这个奇迹是这样两行字:韩松花有双铜铃般的大眼睛,一对活灵活现的小酒窝儿,还有一张粉扑扑的小脸蛋儿。这句话被三十份作文写了三十次。它的出处正是老师的嘴。老师教我们怎样抓住人物特点,指着韩松花的脸这样描述了一番。

我也是这么写的。我这么写是因为我对此毫无异议。我这么写是我当着全班承认了韩松花好看。

没想到，承认之后我要面临的，却是更大的难题。

要知道，当时在农村，没人对我们进行过美育教育，没人能传授该怎么面对美。相比之下，我们天生就知道怎样面对恶、坏、饥寒甚至传说的妖魔鬼怪，就是不知道怎么面对好看。孙悟空见到好看的就打，这多少也让我看到了村里人对待好看的态度。村北面有个三十多岁的寡妇，大伙儿都说模样挺俊俏。我也常见到，不明白那尖下颏儿、吊眼梢儿、杨柳细腰是不是真俊俏，只知道全村女人都叫她骚狐狸，我就只管见她就躲。韩松花是小姑娘，自然没人那样说她。可韩松花毕竟是"好看"，"好看"就像一个特殊的物种，把我难住了。

我总是躲着她。那时候我不知道世界上曾有个叫歌德的人，为了一个叫绿蒂的姑娘，献出饱蘸情意的《少年维特之烦恼》。如果我当时有幸知道，一定会羡慕少年维特，至少他知道自己喜欢绿蒂。我什么都不知道。甚至我一边躲着一道叫"好看"的难题，一边整日寻找这道难题的漏洞。我想找出韩松花的毛病，能让我像面对邪恶和坏蛋一样，划清界限，嗤之以鼻，继而抛之脑后。

一个寻找漏洞——俗称找毛病的人，往往无须扬鞭自奋蹄，往往对此有着无穷的精力。但是请相信，我的找毛病没有任何恶意，我不过是想让自己面对好看能坦然，能不再手脚无措，能像不知好看为何物时一样，无忧无虑。

做这件事我有个得天独厚的条件。韩松花家和我家住斜对过儿，隔着村里那条几米宽的老土路。不过，我家住的是瓦房，是全村最好的房子和宅院——早前它们姓阚，是阚大地主家的老宅子。宅子这东西也分人住。老阚家住时，院门连同门窗总是张灯结彩，雕花的木头配上屋顶的青瓦，离老远就闻到一股富贵味儿。分浮财那会儿，几户人家为争这宅子打圈儿架，都怕自己抢不到便宜了别人，没少干"毁"宅子的事。后来还传了一阵儿这宅子闹鬼，白天没事，晚上谁住谁见鬼。不知是真是假，反正最后哪家也没捞着，用作了村部。村部搬走卖给左校长的时候,除了门窗还算完整,屋顶的瓦残的残、破的破,只好全部换了一遍。旧时的青瓦不见了踪影,大片儿大片儿崭新的石棉瓦一罩,阚家老宅顷刻间朴素了许多。对于左校长入住这宅子,村里非但没人反对,反而变得众口一词了:这宅院,就得左校长那样有德行的,才镇得住。

我家屋门两边一年换副对联,到现在我还记得,有一年贴的是"明月松间照,清泉石上流"。窗户玻璃上的福字和窗花,一贴就是半年。韩松花家住的是间泥草房,房梁支棱出一块儿,像瘦人支棱出的大骨头。泥草房住一段就该苫一苫,可这活又并非人人能干。到山上去割苫房草是个辛苦活,苫一次要用好多捆。请人来帮工就得供人吃饭,对于老韩家那捉襟见肘的日子,这事儿根本承受不起。老韩家那矮趴趴的泥草房就总也不苫,哪塌了就往哪塞进去几捆稻草。房子这东西说来也怪,铁匠爷讲过,再破的屋,只要还有人住,它就不会塌。韩松花家那小破屋从来不苫,倒也不塌。里面漏不漏,可就不晓得了。

韩松花是老韩家起得最早的那个。老韩家没有公鸡,只有两只老母鸡。邻院公鸡一叫早,韩松花就会蹑手蹑脚从泥草房闪出来。她每天的第一件事儿是倒尿桶。尿桶里起码有她妈、她爸、她和她俩妹妹,每人至少一泡尿。要不是这么多人共同炮制,绝弄不出那满满一桶、咣咣当当、一不留神就外溢的险象。夜尿倒在房后的小茅坑,屋门口有口大缸,舀一瓢,涮涮,再倒掉。洗了手,韩松花就直奔鸡窝。摸一把,一个蛋。再摸一把,啥也没有了。送进屋里,又出来抱树枝,她家烟囱就冒烟了。

如果是冬天下雪,接下来就能看到穿着旧粗布棉袄的韩松花扫雪。从屋门口扫到院门口,扫出一条能走人的小道。她的头发散下来几绺,糊在嘴上,她吐出去,没一会儿就冻上了。这时她的脸就会变得很神奇:像被三伏天的太阳烤着,红扑扑地冒热气;又像掉进了三九天的松花江,眉毛挂满白霜,头发结着冰凌。最奇妙的是,她还对自己扑哧一笑,酒窝儿一出来,脸上连春天的小花都有了。

那会儿好多人家都窖冬菜，把白菜土豆萝卜储存在地下菜窖里，一冬天就靠着它们了。那年秋天，不知谁给韩松花支招，说萝卜就地埋下去比放窖里好，不会糠心。姐仨就一块儿挖了个坑，把萝卜埋上，还插上了高粱秆。等往外抠的时候天寒地冻，高粱秆不见踪影，准确位置也找不着了。韩松花连着刨了好几天。冻土层硬得跟石头似的，刨开一块儿就得跑回屋里哈一会儿，要不手该冻掉了。最后也没刨出来，萝卜就好像在地底下化成水了。她爸心疼萝卜，也恨萝卜，连她和萝卜一块儿给骂了。

夏天比冬天好过得多。一大早，韩松花准会去河边采野菜喂鸡。有时候是她自己，有时带着她妹妹。韩金宝勤快，能帮韩松花干活。那个韩招弟可不，烂泥一样趴在韩松花后背，脚还像蹬马镫一样蹬韩松花胯骨。韩松花胳膊挽着菜篮子，手还要兜住韩招弟的屁股，那个屁股就让人特别不舒服。可韩松花好像很喜欢韩招弟，野花遍野的时候，她每次不但给鸡割回口粮，还给韩招弟套了圈儿野花野草编的花环。韩招弟就更加放肆，嘴里喊着"嘚儿驾，嘚儿驾"，手里还拿几根野草当缰绳，勒住韩松花的脖子。韩松花像不知痛痒，酒窝儿又挂了出来。

就在那年冬天，韩松花"捡"了个猪崽儿。具体怎么捡的，我也不大知道，听说是当时村长家的猪流产了，流出几个不足月的小猪崽儿，村长感觉养不活，就把最小那个给了韩松花。那猪崽儿浑身上下红鲜鲜的，一根毛也没长出来，闭着眼睛连喝水都不会。韩松花就撬开猪拱嘴儿，用小勺一口一口喂进去。从那以后，我只知道韩松花天天背着的不再是韩招弟。别人家猪都在圈里养，她那只猪在她怀里养。养到转年夏天，那只猪也长成了粉白的一团儿。不算胖，也看不出傻不傻，光看见大早上跟韩松花去割野菜，傍晚韩松花放学一进院儿，就眯着小眼睛，摇头晃脑跑过来。

韩松花家把地包出去了，实在没劳力。房后有块菜地，除了豆角黄瓜西红柿，种得最多的是萝卜。从水萝卜到大萝卜，从春种到秋。后来知道，那是韩松花给她妈种的，都说萝卜润肺，对哮喘病有好处。除了萝卜,她家几乎用一半菜地,种了片黄豆。豆子收了,除了偶尔换豆腐吃,全都用来下酱。一缸酱要吃上大半年,一次只能舀个碗底。这吃法也是吃一堑长一智来的——

老韩家从韩松花她爷爷那辈算起,都出了名的不会过日子。当年斗地主分浮财那会儿,贫下中农排号领浮财,每次都是韩松花她爷爷排第一号,老韩家就分到了不少好东西。最有名的是口炕柜,据说是用东北最珍贵的刺楸木做的,一根钉子也没用,却严丝合缝到水都进不去。炕柜后来归了他家大儿子,就是韩松花她爸。还有些桌子椅子、穿的用的,分给了老韩家别的子女。结果,这些东西也没让姓韩的富起来一个。屯里都说,那日子让他们家过得,可真叫稀松拉胯呀!生产队那时候,虽然家家都挺穷,可家家起码还有个大酱吃。队里每年给各家分十斤黄豆做酱,老韩家可倒好,上顿换豆腐吃,下顿还换豆腐吃,没几天就把豆子换了了。到蘸酱菜下来,家里连点儿酱都没有,端个空碗可哪借。生产队一解散,别说十斤黄豆,一斤一两也没人白给了,这才在后院种了片黄豆。

种是韩松花种,收也是韩松花收,酱也要韩松花下。那年割黄豆那天,小猪还围着韩松花跑前跑后,第二天傍晚,韩松花就坐在荒凉的菜地里呜呜哭上了。

哭了一会儿,韩金宝鸟悄儿走过去,挨着韩松花蹲下,脸埋进膝盖,也跟着哭。

韩招弟最后出来的,像把支不起来的破伞,靠在韩松花后背上,一块儿哭。

韩金宝是三姐妹中长得最不好看的,那副嘴唇儿厚厚的,总像被辣椒辣肿了。她咬了口厚嘴唇儿上的眼泪,对韩松花说:"姐,别哭了。咱就想,去年这前儿,不也没有猪。"

韩招弟看着韩松花的脸色,见大姐不表态,就骂二姐:"咋不把你卖了?卖猪干啥?"

韩松花谁的话茬也不接,就是呜呜哭。早上她去上学的时候,小猪还拱着她的裤腿送她到门口,傍晚一进院儿,没见到喜滋滋跑过来的小猪，只看到母亲一反常态坐在院子里。她的棉袄是绿底儿的，上面有梅花和喜鹊。虽然很旧了，那图案却永远都是喜上眉梢的意思。

"妈，多冷啊，怎么出来啦？"

松花妈挤了半天，没挤出一丝笑，眼泪却下来了。

"松花呀，妈有罪，妈对不住你。"

母亲软弱的样子让韩松花一下子预感到，一定有个巨大的悲伤在等她。她想自己安排这个悲伤，于是忙不迭地说："米没了？豆油瓶子打碎了？妈，是不是棚顶又让耗子嗑漏啦？"

松花妈打起了哆嗦。这让韩松花意识到她那些安排都是错误的。其实从一开始她就知道那些都是错误的，母亲的样子就是答案。

"小猪——"

"妈！"

"你爸给卖了。"

"卖了？卖哪去啦？"

韩松花冲进了院子。小猪的傻笑还在，小窝还在，小猪不在了。韩松花脑子嗡嗡响，心就像被菜刀剁成了八瓣。她又像股风一样冲进了屋子。

"为啥呀？小猪招你惹你啦？"她连爸都叫不出口了，浑身剧烈哆嗦着，上下牙拼命打架。她以为父亲会对她破口大骂，可是没想到，她的父亲就是蔫蔫地躺在炕上，一声也不吭。

眼泪暴躁地奔涌出韩松花的眼眶。好一会儿，韩富贵才声音嘶哑地开口了。

"一分钱难倒英雄汉哪。谁让你没那个命，摊上这么个废物爹。"

"小猪——卖了一百块。"

"给你妈在卫生所开了一个礼拜的针，买了一个月的药。"

"剩下的，阳历年，你们姐仨，一人买双鞋。"

"唉，金宝和招弟的棉鞋，今年都没法穿啦。"

"要是还能剩下一点儿，给你妈买瓶雪花膏。到底也托生女人一回。"

韩富贵断断续续说着,韩松花越来越无力地哭着。

她知道自己和小猪的缘分,只能就这样生生给掰断了。她想恨,却不知该恨谁。小猪变成的一百块钱,规规矩矩地平躺在父亲身边。那是韩松花有生以来,老韩家最大的一笔财富。这笔财富却没给这个家带来快乐,每个人都看着它,默默流着眼泪。

其中包括,卖掉小猪的韩富贵。

那天傍晚,韩松花姐妹三个一直哭到月亮爬上了她家烟囱。还是韩松花先起身回了屋里,没一会儿,扛着弯月的她家烟囱缓缓冒出了七扭八拐的白烟。

那之前那之后,我都没再眼见韩松花那样哭过。我心里还好奇,韩松花哭的时候,她那酒窝儿开的能是什么花?难不成会是三九天的冰凌花?

看到这里,估计有人会为我担心,成天这么看人家,岂不是找骂?偏就没有。世上的事有时就那么没逻辑,整个小学的后两年,我一直在找韩松花的毛病,几乎一直在落空。我这么个大活人,逮空就蹲在自家院门口装模作样,不是用石子儿画道道儿,就是肢解蚊子、苍蝇、天牛,再就地埋了它们——可在韩松花的眼里,我居然像空气一样,一直被她视而不见。我蹲在院门口做的那些,我妈总结为天伦这孩子有些晚熟,我爸则说,看来以后上了初中,天伦的生物能学得不错。

韩松花的无知无觉,让我那时曾伤感地认为自己平庸。我常想,韩松花为什么一眼也不看我呢?难道我连她家房檐下那个驴铃铛都不如?风吹铃铛那美妙的叮当声不仅能给韩松花的辛劳伴奏,也时不时给韩富贵的吼骂伴奏。我和我的注视却连那铃铛声都不如。可我又想,韩松花要是看到我呢?我也能变成蚊子、苍蝇、天牛,手指头抠个小坑就能无影无踪了?结论是,我没地方可躲,一百个小坑也藏不下我,只能悄悄庆幸自己的不起眼了。

第六章　赶集

四年级那年冬天，韩松花家传出过一次像集体合唱般的哭声。

那年秋天，韩松花家后院除了两垄萝卜，她还种了两垄大白菜。白菜一共收了三百斤，晒了几天，放到缸里腌了一半，另一半韩松花她妈让她背到集上卖掉。一起卖掉的还有一些下酱剩下的黄豆、她妈手缝的鞋垫儿，这些东西能给老韩家换回来一些钱。

集在乡里，一大早，韩松花领着韩金宝和韩招弟，搭乘乡亲的牛车出了韩屯。招弟头一回坐这么长时间牛车，才走一半，她就吐了。

"姐，我要死啦。"

"别瞎说，呸呸呸。"韩金宝吐着唾沫，村里人都是这样吐走晦气的。

"我没瞎说，我害口啦。"

赶牛车的老麻家大叔，笑得呛了唾沫。

"这个招弟，这个虎妞，你知啥是害口？"

"老娘们儿把吃的东西吐了，就说自己害口啦。"

"哈哈哈——"

"以后快别这么说啦，怀上娃娃的老娘们儿吐了，才叫害口。"

车上还有几个乡亲，都笑得直捂肚子，好像他们都是怀着娃娃的孕妇。韩招弟只管蔫儿着，索性趴在韩金宝腿上了。

集上卖啥的都有。除了秋菜、干菜、木耳、蘑菇、松子、榛子，还有用麻绳绑在一块儿的山鸡。都是死的，可是卖鸡的会吆喝说：嘎嘎新鲜的野山鸡哟。韩松花在野山鸡跟前儿停了会儿，回想起夏天时公山鸡找对象的情形。它学名叫红腹角雉，满身红色带白斑点的羽毛，像故意织成的一样。它的脸是蓝色的，为了找对象，它能把蓝色的脸变长,一直垂到肚子。它那副卖弄美貌的样子有点儿滑稽,好像已经凭着美貌把整个林子征服了。

这会儿,征服整个林子的美貌外加它的配偶,被同一根麻绳捆着,上面挂了个牌儿,写着十五一对。十五除以二,那副美貌值七块五。

"白菜咋卖?"有人问韩松花。

"一毛五一棵。"

"咋这贵呀?"

"姨,没有帮子的,差不多都是菜心儿。"

穿大格子外套的女人挑白菜的空当,韩金宝跑了过来,恨不得揪掉自己脑袋的样子:"姐!招弟没了!"

"啊?在哪儿没的?"

韩松花腾一下站起来,踮起脚抬眼望。四面都是人,除了人就是人能吃的东西,它们互相拥堵,都把对方堵得寸步难行。哪有招弟的影子啊?

韩松花回身给了韩金宝一巴掌,打在肩膀上。她第一次打人,打的是她大妹妹。

"不是让你看好她吗?"

"我——"韩金宝一着急就说不出话,只会哭。

"快去找!"韩松花什么也顾不上了,大格子外套在埋怨她,说自己刚费劲巴拉把钱数好,等着交给她呢。她真的顾不上了。

"金宝,你跟紧我!"韩金宝也是她妹妹,她也不能丢。别的——大白菜,黄豆,鞋垫儿,韩婶儿快累瞎的眼睛和一天天的心血——唉!韩松花来不及对它们摆摆手。

"招弟!招弟!"

集上密密麻麻的人群,眨眼就把韩松花和韩金宝的喊声淹没了。韩金宝的脸憋红了,红到发紫的时候,她哇的一声大哭起来。

"小妹,你在哪呀?小妹,我替你丢哇!"

韩松花茫然寻找着,她好像什么都听不到了。世界上哪来的这么多人,他们像骨头和肉堆成的海,把她小妹吞掉了。

韩松花扯着韩金宝,一直找到集外面,又从集外面找回集里面。这样来来回回不知多少趟,太阳就要西沉了。

麻大叔的松子也没卖成,一直跟着找。集散的时候,当间的位置还剩了一小堆儿,有几棵白菜,一袋黄豆,十副鞋垫儿。不知道谁给归拢一块儿还给看着的,一样也没少,就是变不成钱交给韩婶儿了。

麻大叔说:"松花、金宝,咱去派出所报个案,这样找不是办法。"

派出所警察说,他们肯定给找,能不能找到谁也不敢保证。从派出所出来,韩松花看到身边的韩金宝,才大半天的工夫,金宝的脸看上去又黑又瘦,像三天没吃饭没睡觉了。

"拿我去换吧,叔。"韩金宝怯怯地跟警察商量。

"跟谁换啊?傻孩子,先回家吧。"

韩松花一直没说话。她舍不得金宝,也忍不住在心里怪金宝。

回到韩屯天早都黑了。韩金宝站在院门口,不敢进去。韩松花跟她一起站着。她不是不敢进,也不怕挨父亲的打骂。要是打骂能把韩招弟换回来,她情愿被打死。可她的两条腿,已经成了僵木头,怎么也迈不进院门。

"姐!姐!我姐回来啦!"

韩招弟的声音从窗户飞出来,像梦一样敲打韩松花的脑袋。她不敢喘气了,怕把这个梦吵醒。

"松花、金宝,招弟在屋呢!"麻大叔松开牛套头,蹦到地上。

"招弟——"韩金宝叫了一声,扭过身子背对着韩招弟,抽噎起来。

"招弟,小妹,你跑哪去啦?"这是韩松花问的。

"有个卖棉花糖的,招弟跟在他后面,不知不觉就溜达出集了。"说话的是二祥哥,是尚大爷的二儿子。他今天也去出集了,正是他恰好看到韩招弟,又把韩招弟带回韩屯的。

还没等外人都走光，韩富贵就对韩招弟说："你趴那。"

韩招弟说："趴那干啥？"

"非得让你长记性不可。"

韩招弟说："我不趴。"

韩富贵一巴掌就呼在韩招弟稚嫩的小脸儿上。

"你为啥这么馋，你咋就这么馋啊！"韩富贵几乎捶胸顿足了。

韩屯人都知道，韩富贵的爹是吃地瓜撑死的，这特别的死法一直是韩富贵的心病。偏偏韩招弟从小就馋。家里油水少，半夜三更饿得肚子叫，别人都忍着，只有韩招弟，要么捂着肚子哼哼，要么偷偷下地翻找能入嘴的东西。每次让韩富贵发现，都会惹来一顿吵骂："你为啥这么馋，你咋就这么馋啊！"骂完这句准会接着另一句："爹呀，你咋死不是死，咋就偏偏馋死了？你死都死了，咋还把你那馋痨传染给招弟啦？"

"爸，你打我吧，你拿我出出气吧！"韩金宝知道父亲最恨招弟的馋，怕妹妹再挨打，扑通一声趴在了炕上。

韩松花的眼泪唰一下跑了满脸。一天了，最急的时候她也没哭，她想的是，哭有啥用呢，有哭的工夫去找人啊。这会儿她却再也忍不回去。韩金宝白天已经挨了她一巴掌，她不能让金宝再挨打了。

"爸，今天都赖我，我是大姐，你打我吧！"

韩婶儿呼呼喘着，说了声："你敢动松花一下，我死给你看。"

韩富贵的手就那样扬着，像被黯淡的灯光固定在半空了，扬了好半天，屋子里回响起啪的一声，紧接着，又是一声。

"我早该死呀，我咋不死呀，我这个废物。"

韩富贵打的是他自己的脸。打完左脸又打右脸。韩松花姐妹三个冲过黯淡的灯光，一起扑了上去。

这一幕，是麻大叔学给麻奶奶，麻奶奶后来又讲给我母亲的。那天晚上老韩家的哭声传遍了韩屯，把我母亲也惊动了。

第七章　麻奶奶

　　第二年秋天，一个傍晚，乡亲们都往村口麻奶奶家跑。大家边跑边喊："快呀！腿脚跑得快点啊！"

　　我和郑四方放学路过村口，想着麻奶奶家怎么了，也跟着跑了过去。院子进不去，人们都在门口叠罗汉。我看到韩松花也在。院子里不知从哪弄来的一副简易担架，用两根圆木棍子和粗麻绳扎的，上面躺着个男人。我听见麻奶奶扯住男人的手哭喊："老大呀，你可挺住啊！"

　　我明白了，担架上是麻大叔。抬担架的有麻二叔、麻三叔，老尚家的二祥哥、三祥哥、麻奶奶家后院的许端午，也都在。

　　"抬到公路，再拦辆车，没别的招儿。"

　　"赶紧吧！"

　　"我先来，不行你再换手。"许端午对三祥哥说。

　　人一躺在担架上，要比平时沉一倍，乡亲们都这么说。麻大叔足有一米七五，担架两头抬着，中间还有几双手托着。

　　"麻大叔咋啦？"郑四方问乡亲。

　　"脚，踩空啦。"

　　"踩哪呀？"

　　"踩松树枝，二十多米，连根绳子也没绑。"

　　麻大叔擦着我的衣角被抬出了他家院子，我看到他嘴角都是血，干了一层，上面还有一层新鲜的。

　　"大叔啊。"韩松花没忍住，唤了一声。麻大叔眼睛闭得死死的，头随着担架的颠簸一晃一晃的。

　　"大叔啊。"韩松花又轻轻唤了一声。她一定是想起了麻大叔去年秋天赶牛车出韩屯的样子。那天他穿着麻奶奶给缝的黑棉袄，腰间扎了根麻绳,早上脖领子灌风,他不时缩起脖子,拍牛背的时候再把脖子支起来。那天他还领着韩松花和韩金宝四处找招弟,又从棉袄里面摸出两个焊熟的地瓜,给了韩松花和韩金宝。

韩松花满眼悲伤。她那双黑黑的眼睛在替她说着心里的期盼:担架上躺着的,和给她地瓜的,不是一个人该多好啊!

"大叔,你可一定回来呀!"

担架在二里地外的公路边等了二十来分钟,有辆大卡车停下了。乡亲们拽住麻奶奶不让她上车,麻奶奶却一下子浑身是劲儿,像股狂风,谁也拽不住了。

麻大叔再回韩屯的时候,就是一罐灰了。麻奶奶跟他一块儿回来的,才隔了两天,她变成另一个人了。像是有人拿着巨大的针管抽遍了她的全身,皮都皱了,打满了褶子。她只比我父亲、比韩富贵等人大几岁,看上去,真成了他们的娘亲辈了。

乡亲们说:"节哀吧,人死不能复生。"

还说:"你这么多儿子,还有老二老三呢。"

他们扭过头小声说:"白发人送黑发人,活要命啊!"

麻奶奶好像聋了,不掉眼泪,也不说话。就是抱着个大肚罐,贴胸口紧紧抱着,一分钟也不撒手。麻奶奶家那时开了个小卖铺,开了三年了,那种大肚罐她家还有好几个,里面装的都是酒。唯独她抱的这个,里面是麻大叔。

麻二叔说:"妈,坑都挖好了,你以前不是常说,入土为安。"

麻三叔也说:"就在我爸跟前儿。我爸都等好几天了。"

来帮忙的乡亲们说:"老二老三,我们劝着,你俩去给你爸烧点纸,让他再等等吧。"

这样又过了三四天,该烧头七了,麻大叔还在麻奶奶怀里。麻奶奶更瘦了,头发一天白一层,乱糟糟披散着,像土豆发霉长的毛。

韩松花回家告诉了她父母,韩富贵头几天只是叹气,说老麻家就麻老大最能干、最老实,还说,好人不长命啊。到了头七那天,他听说还没下葬,就拖着两条僵腿,去了老麻家。门关上,也不知道他跟麻奶奶说了啥，只听见麻奶奶像最老的鹰一样，发出古怪瘆人的哭声。

当天夜里，麻大叔的骨灰罐子就不见了。有人说麻奶奶给埋到别处去了，也有人说麻奶奶是给水葬到松花江去了。第二天一大早，天还没亮透，老麻家就噼里扑棱打起来了。

"我爸旁边那坑咋办？你想留给谁？"

"你安的什么心哪？"

"你是咒老三还是咒我？你个老巫婆！"

整个韩屯都在说老麻家的事，连我父母都是，白天说的一个样，半夜说的又是另一个样。

"这个老麻太太，命也是真苦啊！她年轻时恋着的后生，就是采山货时摔死的。她带着遗腹子嫁到韩屯，嫁给比她大二十岁的老光棍儿，又生了俩儿子，老光棍儿就没了。这么多年，仨儿子都是她一个人拉扯，日子都是她顶着。男孩儿能吃，她呀，常常就只能吃个碗底，还说自己胀肚。只有麻老大心细，把碗里的饭拨给他妈。"

"可惜啊，这麻老大竟然跟他亲爸一样，也从树上掉下来，摔死了！"

没想到的事却还在继续。才入冬，土还没冻硬，人们又跑向了老麻家。

这回院子里没有简易担架，只有一个躺在地上的瘦小身体。上身穿着黑棉袄，那种立领和竖绗的明线，跟麻奶奶给麻大叔做的棉袄一样。脚上是一双翻毛鞋，有点儿烂底，被水泡成了老棕色。

麻大婶摸着棉袄袖子下面通红的小手，眼泪没来得及掉下，就昏死过去了。

老麻家又打得人仰马翻。

"你连你孙子都给妨死了！你咋不死啊？"

麻二叔和麻三叔都在咒骂他们的母亲。麻大叔的儿子偷着去松花江找他爸爸，松花江不上冻，索性就让他和他爸爸永远在一起了。

东山的后山，上次给麻大叔挖的坑里，到底填上了老麻家的后人。他叫铁柱,是麻大叔唯一的儿子。人们都说,眼瞅着,最后一锹土培上,麻老二和麻老三,大大松了口气。铁柱有副好嗓子,又清脆又亮堂。每次他唱"从前有座山",能划过半个韩屯,飘到东山上。如今他躺在后山的冻土里,再也唱不出了。

埋了铁柱,麻奶奶就魔怔了。

"大儿呀,你是不是我大儿呀?"

"铁柱,好大孙儿,去摸你妈咂儿,别摸奶奶啦。"

她总是来来回回在韩屯游荡,嘴里念叨这样的话,直勾勾地把人抓住。人们只好躲着她。

麻奶奶抓住我的时候,我跑开了。只有抓住韩松花时,韩松花没躲,也没扯掉她的手。不仅如此,她还伸出手背,擦掉麻奶奶厚厚的眼屎。麻奶奶抱住她,她也没推开。麻奶奶身上说不出什么味儿,可韩松花不嫌弃她。

"大儿呀,今年咱不去打松子儿,日子紧巴就紧巴,咱不去呀。"

韩松花点了点头。

"大儿呀,这棉袄领子还是矮呀,雪粒子都灌进来啦。"

"妈再给你缝件高领子的吧?"

韩松花又点了点头。麻奶奶嘴唇颤抖着,用粗黑的手指,摸上了韩松花的小脸儿。

我听见韩金宝问韩松花:"姐,你为啥不怕麻奶奶,她是老魔怔啊。"

韩松花好半天没出声,后来缓缓地说:"金宝啊,魔怔在魔怔以前,都是有话没人说的人。"

韩金宝愣了。在她俩身后的我,也愣住了。

"金宝啊,其实,麻奶奶心里苦着呢!"

听韩松花这样说,我一下子想起半夜偷听来的秘密。我记得父亲小声对母亲说完,还叮嘱道:"麻老大是遗腹子的事,大概只有韩富贵知道,咱们不要往外说。"

"韩富贵咋知道的?你又是咋知道的?"我母亲疑惑不解。

"要说人跟人，还真是奇妙。韩富贵之所以知道，是因为老麻头下葬那天，他对老麻太太说了句话。"

"什么话？"

"韩富贵说，麻婶子，人都说你各路，依我看，你倒是个好人。"

"这个韩富贵，嘴跟刀子一样，他嘴里能说出谁是好人，那可赶上西边出太阳了。"

"整个韩屯，韩富贵就说过俩人是好人，我一个，老麻太太一个。就为这句话，老麻太太在韩屯谁也不信，就信韩富贵。她谁的劝也不听，就听韩富贵的劝。"

韩松花那天没再跟韩金宝多说什么。可她说的这两句，让我隐隐觉得她似乎也知道麻奶奶的秘密。她是怎么知道的？难不成也跟我一样，半夜睡不着偷听到的？我摇了摇头，怎么可能呢，韩松花可跟我不一样啊！

第八章　懵懂

小学六年，我出过最远的门是去姥爷家。我姥爷家不在别处，就在离我家三十多里的柳屯。本来这也不是去北京天安门那么难以实现的事儿，可就为这件事儿，我爸买了辆自行车，一辆二八大永久。

那时候买自行车得凭票，我妈虽然身在一线，可是韩屯能买起自行车的少到几乎没有，乡社里分票时总把韩屯跳过去。为了这张票，王彩霞贡献出一沓布头。每块布头都一尺见方，都是她平时用秤高秤低攒下的字母饼干、咸盐白糖，跟供销社另一个营业员李秀珍换来的。李秀珍负责卖日用百货，都是不能入口的东西。自行车到韩屯供销社那天，我妈扛着大永久，一路小跑，进了院儿、进了屋，才让大永久平躺在南炕上。那天余下的时间她没干别的，一直修改钩了好几遍的那个车座套。那东西是红色的，很鲜艳。第二天是礼拜天,大永久第一次下地就被赋予艰巨的任务。我爸骑在鲜艳的座套上,前面驮着我,后面驮着我妈。村路不能骑,山根儿不能骑,碎石路也不能骑。好不容易上了公路,玻璃碴子把前带扎坏了一次,铁钉子又扎进后带一次,我爸手生,为了躲马车,又倒在路边儿草丛里一次。骑车加上补带、上车链子,从早上到中午,就都在路上了。这也使得柳屯最初留在我童年记忆里的印象只有三个字:在路上。

柳屯那时候,除了没有山,在我眼里跟韩屯就像一对双儿。柳屯的马也拉粪蛋儿,柳屯的牛粪也干巴在村路上。柳屯人见到我们家大永久,也跟韩屯人一样:放下手头一切事,站在原地,笑容满面,久久凝望。此情此景再次成为我妈教育我的好时机。王彩霞面带喜悦的红霞对我说:"天伦你看,还得吃卡片儿吧?"

我姥爷家也住瓦房,是土瓦房,我模模糊糊记得,柳屯人对我姥爷说,老丈人是校长,姑爷子也是校长,老王校长当年,可没少做好事啊!姥爷当时七十多了,听人这么说,脸上露出一种近乎感激的神情。我妈就在进屋后,嬉笑着叫了声:"王校长。"姥爷愣住了,好几秒才回过神,问我妈:"叫我啊?"

我总想起姥爷那一刻的样子。当时觉得可笑,如今每次想起,都涌起一股心酸。我总用姥爷那一刻的样子揣想假如我爸还活着,听到有人喊出时光那头的"左校长",会不会也是姥爷当年那种神情。

跟我一起上初中的不光有韩松花、郑四方、庞大海,还有一个连我都没想到的人。当年那个不可思议又已成事实的消息,曾让我很长时间反复问自己:难道,我万一真考上大学,我爸也能调到我读那所大学当校长?

没错,跟我一起上初中的还有我爸。他被调到兴盛镇中学当了副校长,大伙还是叫他,左校长。

左校长帮郑四方、庞大海申请了学费减半,给韩松花申请到唯一一个学费全免。这回不是韩富贵求他,是他主动去找的韩富贵,从晚上六点足足说到十点半,保证老韩家一分钱不用掏,韩松花才又有了学上。他回到家时口干舌燥,喝着水跟我妈学韩富贵有多犟——

兴盛镇中学离韩屯十几里地,这还是翻过一道大岗,抄近道走。因为父母的身体,韩松花不能住校,只能走读。摆在她眼前只有两条路:要么不念,要么就要每天起早贪黑赶路。

韩富贵告诉韩松花,听句劝,趁早别念了,白遭罪。

"念完这三年,你还指望能继续念高中?那就得去县里,这个家,难不成你撇给金宝、招弟?"

韩松花被问住了,无言以对。她从没想过把这个沉重的家撇给两个妹妹。她们在她眼里,还是孩子啊。就在这节骨眼儿,我爸进屋了。

"富贵呀,我来是告诉你个喜事。松花这孩子真是块学习的好料啊,升学考试,全乡她考了第一名。"

"那还不多亏了你?你这辈子,净积德啦!"韩富贵冲着我竖起了大拇指。

"我要是真有德,就该把松花带出息喽,这孩子可真是个学习的好苗子啊!"

"她呀,托生前也没张开眼睛看看,就隔着一条老土路,托生到你那院儿,跟托生到我这院儿,能一样吗?嗐!"

"富贵呀,你要是也觉得拖累了松花,就听我的,让这孩子继续念。"

"拿啥念哪?念完又能咋的呀?"

"车到山前自有路,听我的,必须念。至于拿啥念,不用你操心。"

"你供她?不行不行,我韩富贵这辈子,已经欠你太多啦。"

"她自己能供自己。"

"咋说?"

"正好,乡里刚通知我,调我去兴盛乡中学,继续当校长。学费我能帮她申请全免,以她的成绩,还能申请到助学款。到了高中,助学款的数额就更多了,反正只要往前走,路肯定是越走越宽。"

本以为韩富贵被说服了,没想到,他又重重地唉了一声,对松花妈说道：

"桃子啊，要不，咱俩喝点儿敌敌畏，死了得了！"

说完，把碗里的凉水，一口倒进了肚子。

"只要俺俩这两个废物活着，你记着，韩松花就没好。嗐！她好好一个孩子，样样都好，没有一样不好——她咋就这个命啊！"

韩富贵变形的手指使劲捂住鼻子眼睛，亮开嗓门哭号起来了。

我爸嘴里说着："别难受，富贵你别难受。"眼睛里也哗哗流着泪。

院门就在这个时候被推开了。进来一个身穿黑衣、头发花白、浑身上下脏兮兮的老太太。

"富贵呀！"

老太太没进屋，贴在窗户上，用手挡住光。

"富贵呀！"

韩富贵几乎是手脚并用爬到了窗户那里，打开了窗子。来的是老麻太太。她手伸进衣襟里摸了半天，摸出个紫红色的手绢包，鼓鼓的，塞进韩富贵手里。

"富贵呀，我听老铁匠说，咱屯别的娃都要上初中了，就咱松花，你不让她上。我寻思着，你是手里太紧啦！这几个钱儿，是我这些年攒的，我那两个孽障不知道，你拿去，给松花上学用。"

韩富贵使劲推搡着，说啥也不要。

"富贵呀，我知道太少，啥也解决不了，我不是给你的，我是给我孙女松花的。"

韩富贵攥住老麻太太的手，嘴和变形的手一起哆嗦着。

"不要，麻婶子——"

"我魔怔了，这钱没魔怔，婶子求求你，可不能让松花没书念哪！"

我爸学到这里，我妈已经抽抽搭搭哭上了。

"多亏了麻婶子啦！"我爸叹息道。

"唉，韩富贵也实在是没招儿啊！就是可怜松花这闺女啦！"

我爸一听更加激动，居然说："天伦不念都不能让韩松花不念啊！"

我想这可能是我爸的心里话，就批评自己，咋不睡着呢？咋偷听呢？听到实话了吧？难受了吧？

可是越想睡越睡不着。只听我爸继续慷慨陈词道："韩松花天天料理那个家，又是爹妈又是妹妹，还能次次考第一，咱哪忍心看这么好的孩子没书念哪？"

我妈忍住抽泣，很庸俗地呼应道："穷人孩子早当家呀！"说完又庸俗地叹了口气，"唉！"

我爸还是很激动，又拿他的工资向我妈承诺："到了高中，实在不行，学费从我工资拿吧。"

我妈居然又一次同意了："行！左右咱家就一个。"

我睡北炕，我爸妈睡南炕。他们明明小声嘀咕得好好的，忽然就没了动静。我以为这是替韩松花激动够了，睡着了。正迷迷瞪瞪，又听见我妈好像哭了。哭声特别小，像用鼻子哭的。我吓得忘记了什么是困，迅速支棱起耳朵。只听王彩霞用颤抖的哭腔说："不行了，要死了。"作为王彩霞唯一的儿子，我再也躺不住了。

"妈！你咋了？"

伴着我爸妈一阵手忙脚乱以及一番牵强附会的解释，我的初中生活和我的青春期，一块儿开始了。

韩松花家还住我家斜对过儿，可我再没出现在我家院儿门口。那段时间，我的想法就像东山顶的云彩，变化很快。首先我发现，韩松花的好看已经成为一种朴素的民间真理——就像十五的月亮十六圆、饿死的骆驼比马壮、会哭的孩子有奶吃——正确得理直气壮。接着我发现，韩松花家的破院门，不知被谁、在什么时候，给修了修。那门不再摇摇欲坠，门里还支了根棍子，大写的Y字形，棍杈儿中间挂了个柳条筐。在我路过她家院门时，听到韩松花好像在跟谁争吵。她嚷着："贪小便宜，真丢人！"另一个人也嚷："别念了，找个能给彩礼的，赶紧嫁！"

我心里涌起一阵难过，逃回了左校长家。

很快我就知道，韩松花家院儿里那个柳条筐，每天都像聚宝盆一样，能变出些好吃的。隔着窗户看出去，每次都是韩招弟去筐里掏出来。有时是河虾，有时是泥鳅，有时是苞米地瓜，有时是山核桃，有时是几片干萝卜缨子，有时是一把白雪。

屯里的女人又有新鲜事嚼舌头了。有的女人说，这是有人惦记上松花了。有的女人说，松花她爸妈这是在告诉人家，谁送的多，谁就有门儿。还有的女人说，赶上着急卖松花了。

她们一口一个韩松花，却又没说韩松花本人。我隐隐发现了女人的说话艺术。即使这样，她们的话还是扎到了我青春勃发的心脏。我想趁哪个三更半夜，拿钩子挑下韩松花家那柳条筐，再一不做二不休，把那贪吃的筐踹成碎渣。可我只是想想而已。我妈跟我李姨说，人吃了总比糟践了好，有人帮衬松花一把，总比看她笑话好。我妈的话无意中解脱了我，我原谅了自己不敢踹筐的怯懦。

到底是谁给韩松花家送吃的，我也不知道。郑四方说，备不住是庞大海。我觉得这话有道理。小学时候，庞大海还没这么高，班里有几个小子总骂他是石窠儿蹦出来的。庞大海那时总溜边儿，越溜边儿看着越好欺负。有一次，一个小子说庞大海有馋痨，偷吃了他书包里的地瓜。当着全班，庞大海实在没台阶下，冷不丁抄起破板凳就抡上去了。后来还是左校长跑到班里，死乞白赖把庞大海抱住了。庞大海眼睛通红，像蔫耗子变成了凶神恶煞，恨不得隔着左校长把那小子瞪死。嘴里还狠实实地嚷："王八羔子，你等着！"那天放学，韩松花寸步不离，劝了庞大海一道。不知怎么劝的，那小子三天后再来上学，庞大海没再揍他。那之后，庞大海几乎对韩松花百依百顺，长着眼睛的都能看出来。

那会儿在学校里，总能名正言顺地看到韩松花的酒窝儿。左校长和班主任串通一气，连续给了韩松花好几件好事儿——当学委、当课代表、第一批入团。他们想跟韩富贵把腕子掰到底。左校长在自家饭桌上对王彩霞说："想什么法儿也得让松花念下去，一旦辍学结婚，这辈子——"

"就完了。"王彩霞替左校长说。

"那可不。"

"那可不。"

左校长和班主任的密谋，让韩松花一坐到教室里就笑呵呵的。她不知道这是密谋，左校长见到她和见到我一样，面色温和，没有表情。她也没因为我是左校长的儿子，多看我一眼，或者额外跟我说句话。我知道这不怪她。班里同学见到我几乎都那样，除了我的好朋友郑四方。在别人眼里，我和郑四方能成为朋友，是因为我们搭配，从外表到性格，都搭配——长得都不起眼儿、发言都不积极、学习都中不溜、从小都不咋光膀子、不打架、不斗殴，就是没人试过我俩挨骂还不还口、挨揍还不还手。

那时兴盛镇中学也刮起了港台风。第一红人名叫翁美玲，往后排号，名字就多了。郑四方家别的没有，港台明星画片儿倒是贴了半壁墙。这都是郑万山带回来又亲手贴在墙上的。都是女明星，一个男的也没有。郑四方家就成了我最爱去的地方。每次在他家写作业，对我来说，都是一次装模作样。这种装模作样倒也给了我崭新的灵感，我终于写出了跟小学时完全不同的韩松花——她有一双关之琳的大眼睛，一对巩俐的小虎牙，还有两个黎姿的小酒窝儿。这种写法很是让我陶醉，尤其是我并没写在本子上，而是用小米粒那么大的字儿，密密麻麻地写在了几何书上的几何图形里。这都是被班里那个叫罗海燕的女生逼出来的智慧。

我讨厌罗海燕。她老装出一副大义凛然的样，实际却是个最爱偷偷摸摸的人。她不光抄韩松花的作文，连我的也挑几个句子抄。她抄完别人的东西非但不感激，还四处说是别人抄她的。偏偏她这种人，特别会表现，老师们都很喜欢，说她上进要强，又红又专。她是班长、团支书，是学生中的特权人物，批评人有专利。韩松花天生笑模样，本来班里没人跟她过不去。后来罗海燕几次公然让韩松花下不来台，就有几个女生总找韩松花别扭。一次交团费，韩松花兜里一分钱也没有，罗海燕板着那张斗争脸跟全班说："十二份团费,都因为韩松花一人不能往学校交,大家说说,丢了算谁的?"

那几个女生异口同声捧臭脚:"韩松花赔呀!谁穷谁有理啊?"她们长得都跟罗海燕一个样,心里的嫉妒都在浑身上下写着呢。

韩松花窘得就差没钻书桌膛了。当时我兜里也没钱,可好在我还有个近在眼前的爸。跟我爸要来钱,没等悄悄把好事做上,郑四方告诉我,有人借钱给韩松花了。原本我还紧张,万一韩松花过来谢我,那么近瞅着她,我该咋办,该咋说。说来也怪,知道她不用来谢我了,我还松了口气儿。

我跟左校长嘟囔过,说罗海燕似乎就是人们常说的两面派,抄韩松花作文,还处处为难人家。左校长却只是淡淡地对我说:"天伦,别想那么复杂,松花都没说啥,人家不大可能抄你的。"我就不能再说什么了,罗海燕确实总排前五,比我成绩好多了。

罗海燕每天都苦大仇深,说自己万一上不去高中,这辈子就葬送了,就活不下去了。等待她的将是永远的一亩三分地、是背着玉米黄豆爬山路、是跟她父母一样,在贫穷中把一辈子从头看到尾。她发誓不想这样,她说她的理想就是打拼到城市,活成跟她父母不一样的人。她跟每个老师都这么说,教研室更是天天去。老师们一旦面对具体人具体事,早就忘了叫唤雀儿有食、会哭的娃有奶,啥好事都给她。班主任还有话,兴盛镇中学如果有一个保送县高中的名额,也给罗海燕争取。班主任认为,韩松花只要想继续念就肯定能考上,罗海燕不一定。

罗海燕有事没事就跟我找话说,是唯一一个夸过我长得"帅"的女生。这个陌生的字眼把我吓坏了,尤其出自一个黑得冒亮的女生之口。那时候我已经知道美丑,罗海燕对我的夸奖给我上的是另一门课:讨厌的人说出好听的话,会让人浑身起鸡皮疙瘩。庆幸的是,我的好朋友跟我一样讨厌她。郑四方告诉我:"那天,在学校厕所边儿上,罗海燕听说你是校长儿子,眼睛里立刻冒出了贼光。"

相比之下,全班最困难的韩松花,脸上从来没有罗海燕式的悲苦,嘴里也从没说过"如果如何如何,就会活不下去"的句式。她脸上最多的表情，就是酒窝儿里开出两朵细小的花。那两朵花不是故意开给谁的，据我观察，那两朵花好像是开给全世界的。

韩屯到兴盛镇中学，抄近道也有十几里地，中间还要翻过一道岭，两边都是密林子。那道岭很高很陡，上岭、下坡，都得手脚并用。韩松花每天下午三点准时离开学校，赶回家给她爸妈做饭。风和日丽还好说，逢上大雨大雪，我和郑四方不互相做个伴儿都不敢走了。林子里布满坟圈子，旧坟竖块儿小石碑，新坟插着木棍儿，棍儿上飘扬着白布条。赶上大雨，天色灰黑，小石碑开始哀嚎，白布条也成了会扯人的鬼手：呜呜——嗷嗷——吓得只想跑。可脚下却又滑得直刺溜，黄泥搅拌着野草，稍微快点儿就是个跟头。心是那个心，想给韩松花做个伴，胆儿却不是那个胆儿。就瞅着窗外，啥也学不进去。可韩松花没事，不是一次没事，是次次都没事。不但没事，第二天一坐在教室，小脸儿保管还是红扑扑的，那酒窝儿见到黑板也开花，见到书本也开花。当时班里不按时放学的就俩人，韩松花一个，庞大海一个。他俩也不是一块儿出去的，一开始就没往一块儿想。

庞大海大我们一岁，上了初中就像施了化肥，个子噌噌长，肩膀有我们一个半宽，才上初二就冒胡楂儿了。他姥爷姥姥跟他老姨住前后院儿，原先一直他老姨照顾着。上初中没多长时间，照顾他家老人的重任突然就落在了他头上。庞大海跟班主任说，他老姨手指头骨折了，他得顶上去，给那老两口做饭。他老姨骨折大概一直没好，因为庞大海直到初中毕业，一直晚来早走。

很长时间以后我才知道，陪韩松花翻岭子、穿树林的，从来就是这个庞大海。就连韩松花上次的团费，也是他借的。

郑四方跟我说时我没太在意，那会儿我正为一件事烦恼：给韩松花写了封信却不敢交给她。我大致记得自己写了些啥，现在简单复述一下也无妨了。我说，我们从小一起长大，却没怎么说过话，想一想，这都怪我。我还说，连罗海燕那样的女生都把走出大山沟作为人生最大梦想，松花你更应该相信自己，以后考上县高中，再考上好大学，你爸妈到时一定能跟你一起过上好日子。我至今不知道这封信算什么，主题是什么，只记得写它时我很激动。我的激动至少喂饱了十只蚊子，后来落了满地。我没心思打它们，都是撑死的。

我的烦恼终结在目睹韩松花那对酒窝儿，专门为庞大海开出花朵那一刻。

过程是这样的：庞大海自从听了韩松花的劝，再没打过仗。可这家伙好像精力无穷，逮住空就往山里钻。有一天，他从东山摘回一帽兜圆枣子，以为别人眼睛看不见，就明目张胆地放在了韩松花课桌上。韩松花一抬眼，话还没出口，眼睛先笑了。酒窝儿里开的像是蜜花，一股甜味儿。

正是这股子甜味儿，让我第一次知道了自卑是什么滋味儿。在庞大海面前，我就像个小蚂蚱子（小型手扶拖拉机），而他是台崭新的东方红牌链轨拖拉机。别说我这么一堆儿一块儿，兴盛镇中学任何一个男生站在他面前，都不过是一堆儿一块儿，不比我强多少。有一回左校长逼着大伙儿说说长大后最想干的是啥，说谁也别顾虑，咋想就咋说。庞大海说的居然是他想当兵，上前线打仗。我估计，没一个人觉得他这话靠谱，可是却没一个人敢说他异想天开——庞大海太高太壮了。

那封信就决定不给了。

没过几天，郑四方却背着我偷摸展开一封信，蹲在学校厕所的茅坑儿上，明明没屎没尿，却蹲得一心一意、实实诚诚。伴着大苍蝇们的袭击，如饥似渴地看着信。这激发出我有生以来最强烈的好奇心。在他家写作业时，我趁他没在屋，很顺利地从他书包里拿出那封信。然后我又第一次知道了差点惊昏过去是什么滋味儿。

大概五行字，开头：郑四方同学。落款：你的同学韩松花。就冲这个落款，中间那三行，不想看我也必须看了。大意写着：谢谢你的鼓励，我们一起努力。还有，罗海燕也是咱们的好同学，也值得过上她梦想的好日子。

我脑袋嗡了一声，空白了几秒。没想到，这非但没让我昏过去，还让我灵光乍现：我写那封信，难不成，被郑四方抄袭后，转送给了韩松花？

伟大而纯粹的友谊，在那一刻，输给了我们共同拥有的青春期。

我人生的第一仗，就在我的好朋友家里，以噼里扑棱、舞舞扎扎、连抓带咬、连薅带踹的形式，献给了他。

同样，这也是他人生的第一仗。两个一向被认为"懦弱"的男生，为了心中不可名状、无法定义、对同一位异性的感情，以炕当战场，爆发出生来首次"怒发冲冠"。没有一句对骂、攻击、质问，就是直接决斗。事后我曾暗自得意，毫无疑问，我，左天伦，是个爷们儿。紧接着的念头又让我黯然了：郑四方也是个爷们儿。不管我平时在心里怎么取笑他是个孬种，八九岁了还不摸他妈嘎儿不睡觉，上小学了还让他妈背着过小桥——这一仗都向我证明，每个爷们儿都有苏醒的那一刻。

郑四方挂了彩，鼻血飞溅到我胳膊上。我也没好到哪去，上嘴唇儿被门牙硌出个口子。即便这样，我也没忍心骂他一句，×你妈；他也没忍心骂我一句，×你妈。王彩霞总给他字母饼干，郑婶儿给我烀过无数次苞米面大饼子。我们的疯样儿，还有挂彩的狼狈相，王彩霞没看到，郑婶儿赶上了。

"四方！我拍死你！"这是郑婶儿进屋后第一句话。

"因为啥？你想干啥？"第二句。

"跟你爸一样丧良心，没有你左大爷，你还念个屁！"

那天之后，我和郑四方还搭伙结伴。那天之后，我和郑四方心里都埋下了看不见说不清的东西。

第九章　庞大海

庞大海其实是半个韩屯人。他妈是韩屯的，他爸不是。他爸家离韩屯三十多里，那地方叫北岚村，也是个比韩屯好不了多少的穷地方。

人说没娘的孩子像根草，庞大海就是被扔在韩屯的一根草。

庞大海他妈是老庞头大闺女，下生时头顶一圈儿"白帽儿"。其实是女人怀孕时寒大，生下的孩子头顶会有一层白膜。这说法太科学了，那时候没人这么说。那时候人们说的是，这样的娃妨人克人，命比石头硬。

这女娃长大后在韩屯找不到婆家，庞大海他姥给媒婆送了捆儿上好的黄烟叶，媒婆才应承下来。十里八村跑个遍，好歹撮合了北岚村的一个后生。没承想，成亲才一年，后生就让江水冲走了。说起来，江水年年收人，以往收的都是些水里翻跟斗的淘小子。那事儿一出，北岚无人不说，大海他妈这命，真比石头都硬啊。

男人没了，庞大海他妈就更苦了。起早贪黑在地里干活，冬天也不能闲，跟男劳力一样上山采石头。庞大海都不记得他妈长啥样，就知道还没满周岁，他妈就被石头砸死了。本来，庞大海是长孙，按理说爷爷家应该留他，可他奶奶就是不肯，就说他妈石头那么硬的命都给克没了，何况他们土埋脖颈的人哪。

那年庞大海的两个姨还没出嫁，一家四口住着矮趴趴的小土房。房盖儿上直掉土坷垃，像是来场冰雹就能给砸土里的样儿。家里净愁事儿，一年到头寻不到一点儿乐子，老庞头天天锁着眉头。

庞大海来韩屯那天包着小棉被，一个健壮的老太太把他放在老庞头家门口，临别看了他一眼，之后就脚底板儿抹了油似的，顺着来路走了。那个老太太是庞大海他奶奶。那会儿是冬天，东山坳下着雪。雪花一片片落在庞大海脸上，又化成冰凉的水，流进小嘴儿里。庞大海吧嗒着没滋没味儿的雪水大哭大叫，他老姨耳朵尖，推门跑了出来。他老姨叫庞红苗，当时十八岁，会绣鸳鸯，会织毛衣，还爱养鸡鸭鹅狗。红苗老姨看到他，就像看到摇尾乞怜的小狗，心软得拿不成个儿了。她把庞大海塞在胸前，泪珠比黄豆粒儿还大。庞大海他姥看着他姥爷，姥爷盯着红苗老姨怀里的他，谁也不说话，最后姥爷摇了摇头。

姥姥要把他送回奶奶家,红苗老姨不给。老姨抽抽搭搭地说:"送回去,就得扔山上喂狼了。"姥姥也哭,边哭边说:"这孩子命更硬,一下生就把爹妈都克没了,咱家谁能扛住他克啊?"

正哭哭唧唧,媒婆来了,像根玉米棒子,歪在门框上沥雪水。媒婆腰上的烟袋锅全湿了,滴滴答答地往地上落着烟油子味儿。媒婆说:"俺也事后才知道,这孩子他爸降生时,也戴圈'白帽儿'。"姥姥眼睛噌地瞪起来:"你说啥?"媒婆踮起脚看了看老姨怀里的庞大海,说道:"俺是说,不关这娃啥事儿。"

就这么着,庞大海这棵草,成了老庞头家的一员。

庞大海从小就块头大,胃好像也大,一年到头吃不到几回肉,就最馋肉。馋肉也吃不到肉,就看啥都像肉。烧蚂蛉、烧蚂蚱、烧青蛙都能解解馋,河里的青鳞子、小岛子啥的,就更不用说。在年幼的庞大海眼里,那可是正儿八经的肉呢。

那时候冬天格外冷,乡下孩子也没几个能穿上正经棉鞋的,庞大海的手脚也跟别的小子一样长满冻疮,痒得钻心,一挠就冒黄水儿。老庞头家那屋子,到了半夜就四下冒冷风,灶坑里那点热乎气儿前半宿就散没了,炕上拔凉。庞大海经常睡着睡着,手脚一挓挲,像受了惊吓的蛤蟆,一泡尿就把炕上人全给淹醒了。

"这么大了还尿炕,给你丫长长记性!"

屁股就常在半夜挨老庞头的巴掌,美梦总被庞姥擦尿时的唠叨打断。在梦里庞大海练着狗刨,河水在他手里哗哗响。他姥爷划着苞米叶子做的小船,偏要带他上岸。他使劲扒拉开撑船用的高粱秆儿,伸手抓向那条银光闪闪的青鳞子。馋肉的胃正泛起甜蜜的饥饿,老庞头骨节粗如树疙瘩的手就把他拎了起来。美味的青鳞子每次都到了庞大海嘴边,又被屁股传来那啪的一声震到九霄云外。

那时红苗老姨也嫁了,老庞头家院子里只剩两只老母鸡,一条老黄狗。老母鸡隔天下个蛋,不给鸡食里拌上点儿苞米面,就干脆不下蛋。平时庞姥在家做饭收拾园子,忙的时候和老庞头一起下地。

菜园子就在屋后，地要走上一二里。老庞头家有吃不完的土豆，一年四季几乎顿顿都是土豆。春天是小白菜炖土豆，夏秋是豆角炖土豆、烀茄子蒸土豆，冬天就是白菜、酸菜炖土豆。庞大海几乎天天央求庞姥："能不能别做土豆了？"庞姥说："你懂啥，土豆可是好东西，又当饭又当菜。"他又央求老庞头："去集上割块儿肥肉炖豆角呗！"老庞头是个闷葫芦，说话慢。一碰到央求就瞅着他，老半天才口型夸张却又语调温和地说："赶明儿的。"

老两口隔几天就互相拔罐子，庞大海听到火罐里那刺啦刺啦的燎皮声，身上就起鸡皮疙瘩。庞姥说："去镇上买几贴膏药吧。"老庞头还是老半天才吐出那几个字："赶明儿的。"

庞大海吃不下土豆，有一阵儿长得大脑袋小细脖儿，肋条骨在两边支棱着，依次排开。瘦也就算了，瘦着瘦着他还来病了，黄疸肝炎，急性的。那阵子，庞大海成天肚子疼，撒尿比豆油色儿还深。后来打了半个月针，大夫说，这病根儿上就是营养不良来的。姥姥姥爷口挪肚攒的那点儿钱，全被庞大海败害没了。一次，他听屯里人说，生吞泥鳅治这病，就记住了。

小石河里有鱼有虾有蜊蛄，数泥鳅最多。才六岁，庞大海就去学抓泥鳅。有时拿盆去扣，有时搬开石头，用手一抓。泥鳅溜滑的，半天能抓到一根儿就够运气了。别的孩子抓了泥鳅，拿回家炖豆腐吃，庞大海就直接生吞。他们骂他，大海，你有馋痨吧？庞大海就憋哧憋哧生闷气。他看到过他们有时也生吞，还互相指着肚子，大声叫着："鼓包了！快按住！"喊完他们就查数，看泥鳅在谁肚里死得快。

生泥鳅其实一点儿也不比土豆好吃，一股土腥味儿。可好歹那也是肉啊！病刚好，庞大海就更馋油星了。庞姥家有个荤油坛子，偶尔炖豆角，会挖一勺放到锅里。荤油坛子常年有股哈喇味儿，即使这样，也总是引诱庞大海趁姥姥姥爷不注意，趴上去舔一口。随着他俩腿脚越来越不好，荤油坛子经常空着它那圆鼓鼓的肚子。

庞大海生吞活泥鳅到底让老庞头赶上了。

那天，老庞头从苞米地回来，钻到小石河里洗澡。才将六月，河边倒也不秃，只是草又细又矮，芦苇荡连个模样还没有。庞大海正辨认着那黑不出溜的是谁的瘦屁股，他的屁股就挨了一巴掌。这回老庞头是真气着了，眼里冒火，嘴巴里直吼："连洗带尿的地方，你就生吃？再有病，扔了喂狗！"

"喂狗就喂狗！"

庞大海一生气就使劲呼哧，两排肋条骨直要破皮而出。河那边的半大小子像看耍猴那样看着庞大海，河水里翻腾着他们早就说顺嘴的那句："大海，就说你有馋痨吧？"

没等庞大海出个动静，老庞头这回先来脾气了。

"王八羔子，远点儿滚、滚、滚着！"老庞头顾不上气得口吃，语调和口型一样狰狞，吼骂着，套上了裤衩。

河里染了夕照，水凉了，颜色却暖了。老庞头已经在岸上，庞大海却憋着满肚子委屈，脚往深里走。

"哪去？回来！"

"喂狗去！"

"你个外甥狗，不记吃专记打！"

又走了好几步，老庞头没跟上来。水流在庞大海大腿根儿打着旋儿，腿就像被蟒蛇缠住了，越缠越紧。庞大海站住不敢动了，像根生怕被冲走的树杈子。

"我说大海呀！"老庞头不知啥时站在了身后，曲着一双大手，语调有点儿卑微，"你是——想快点儿好病吧？"

庞大海感觉到姥爷心疼了，不知怎么，哇一声，哭了起来。吓得河里小鱼四下逃窜，顾头不顾腚的。

"那也不能——嚯！"老庞头抱起庞大海。那双手像个大榔头，骨节支棱着。苍老的眼泪从宽宽的指缝里漏出去，掉进脚下的小河。

老庞头背庞大海回家，脖子上挂着呱呱湿的黄胶鞋，用一根麻绳拴着。胳肢窝夹着锹铲，那两样最怕丢的家什。

"我说大海呀，那么爱吃鱼，姥爷给你养鱼吧。"

"养鱼？咋养？"

"跟村里申请，守着山脚下，憋出一小块儿鱼塘。"

"姥爷，拿啥憋呀？"

"就拿小石河的水。"

"我还是爱吃肉。"

"猪，姥爷养不动，鱼也是肉，卖了钱，还能买肉。"

庞大海点着头，脑门磕在老庞头又弯又瘦的背上。进了村，老铁匠正在老榆树下抽旱烟。见到这爷俩，摇着头说："大海这小犊子，命还真大！"

同样的话，从老铁匠嘴里说出来，韩屯孩子总能听出心疼。韩屯孩子——包括我，都喜欢老铁匠，都管他叫铁匠爷爷。

那时候，铁匠爷爷的炉子里总是生着火。我打他门口路过一次，通红的火苗就撵我一次："天伦小子，赶紧家去，今儿没工夫讲故事。"

不撵还没事，一撵，脚就来了犟脾气。进了屋，旮旯儿里一蹲，看火星子溅在铁匠爷爷脏抹布一样的围裙上，听他把红铁砸得叮当乱响。有时天擦黑了，他手里还没闲下，我只好像个蔫巴狗，咋进来咋出去。有时他活少，没一会儿就卸掉两只熊爪子一样的手套，头也不回地问一声："哪个肚子在打鸣儿？"我就赶紧站起身，自报家门："铁匠爷爷，我！"

见我肚皮稀瘪儿，就赏过来半穗苞米。见我宁饿不吃，就佯装生气，再就着炉火点着烟袋锅，坐下，直几下后背，赏过来一个故事。

铁匠爷爷的故事里有人，也有天地、山河、稻谷、草木和节气。

我最爱听他讲松花江。他讲：古时候的松花江，一向应时而动，冬天结冰，春季开化。开化有讲究，有文开江和武开江之分。所谓文开江，指的是春季江冰自然融化，少许冰排簇拥江水缓缓而下。远远看去，只感觉春天近在咫尺，江水日渐敦厚，天地中规中矩。武开江却一派爆裂奔腾，犹如野兽猛醒，气势夺人。那情形出现在气温骤然回暖之年，江面在一夜间断裂开来，成块的冰排前呼后拥，排山倒海般顺江倾泻。武开江时的江面，奔涌着墨汁般的鲁莽，狂妄不羁，粗野多变。直到丰满水电站建成，那一江水才自此告别了结冻。每逢数九寒冬，只见江水冒着蒸腾汹涌的白汽往前流淌，给一路的大树小树都裹上了树挂。北风吹拂，两岸白枝摇曳，蘸过水银一般，熠熠生辉，美如仙境。

这样的故事哪能不爱听。这样的故事哪能忘脑瓜后呢！

后面再细说铁匠爷爷的故事吧。继续说庞大海那祖孙俩——

没几天，小石河守着山脚那块儿，真就垒起一圈儿低矮的土坝，憋出个小鱼塘。不知道老庞头从哪儿弄来一些小鱼崽子，放到鱼塘里就开始撒欢儿。

老庞头那天累熊了，全身的骨头咔咔作响。庞姥稀罕吧嚓地端上了一碗鸡蛋羹，对老庞头说："补补吧。"老庞头端详半天，药丸大的眼珠子在眼皮中间晃悠了一圈儿，摆摆手说："不好这口儿。"庞姥也看了半天，转身对庞大海说："我也不好这口儿。"庞大海就信了，稀里呼噜，吃了个溜干净。

红苗老姨知道了鱼塘的事儿，兴高采烈地说："是得琢磨着挣点儿钱，大海眼瞅上学了，往后用钱地方多着呢。"庞姥把腔子里的老烟痰咳出来，说："红苗老姨，这还用你说，我和你爸早晚得把老命搭给他。"老庞头又不耐烦地甩出一句："净说那没用的！"老姨摸着庞大海后脑勺，说："妈，你那嘴别总跟刀似的，大海这孩子懂事，将来你俩能得他的济。"

那时候铁匠爷爷常跟庞大海说："别看你姥爷现在这熊色，过去可是咱韩屯干农活一把好手！秋天割豆子，年轻人都嫌扎手，可豆子在他刀下，就像茬子条那么顺溜。你姥爷套牛车，多倔的老牛都像懂人话似的，先规规矩矩站着，到你姥爷嘴里一吆喝，老牛就曲着前腿儿低下头，牛角伸过地上的车辕，乖乖地把自个儿套上。"

"咱庄稼人不抗老哇！"铁匠爷爷说着，紧拉几下风箱，铁匠炉里红彤彤的火焰，一蹿一蹿地喷着白火苗。

其实铁匠爷爷不说这句庞大海也知道，从他有记性，姥爷在他眼里就是个老头：缺了颗门牙，满身骨头都生了锈，弯了直不起，直了弯不下。他姥爷啥都舍不得买，除了去痛片。白瓷缸子里的去痛片一见底，准保就伸手管庞姥要钱。那时庞大海太小，每次看到姥爷买回去痛片就心生嫉妒。心想：一馋去痛片你就买，我馋肉馋得见到活猪都流口水，咋不见你给我割条儿五花肉回来？

有了鱼塘，老庞头家的去痛片就下得更快了。过去老庞头每天早上吃两片，现在是早晚各两片。庞大海听姥爷对姥姥说："身上疼，你也吃，别舍不得了。鱼要能卖几个钱儿，先买它一箱去痛片回来，管够吃。再把房子翻盖喽。"庞姥说："大海得吃肉，大夫咋说的？营养上找。"

"那也够。"

"这辈子咽气儿前，咱还能不能住上瓦房了？"

庞姥这么一问，老庞头就不说话了。他把裤腿挽到膝盖上，腿上的血管像七扭八歪的大蚯蚓，嘴里招呼着："大海，跟姥爷住鱼塘，你敢不敢？"

庞大海当然敢！

后来只要回忆起往事，庞大海都泪眼蒙眬地感慨："鱼塘边儿上住那个夏天，那不就是无忧无虑的日子吗？娘的，当时想啥了？当时咋不知道啊……"

老庞头搭了个小窝棚，三角形的，盖着茅草。白天坐在小窝棚里，能看到绿色的鱼塘不时冒着水泡。东山上的树叶被风吹起，兜兜转转，转到鱼塘上方，奔着水面上自个儿的影子扑下去。鱼儿有时打挺，露出白肚皮，有时把嘴伸出来，啥也不说，嘎巴两下，眨眨眼。有时游着游着，干脆扭个大弯儿，像是要用自己的嘴咬自己的尾鳍。青蛙不知打哪儿来，一生十十生百，蛙声像圈儿栅栏，把鱼塘圈在中间。老庞头让庞大海用蚂蛉网兜苍蝇、蚊子，还让他抓蚂蚱挖蚯蚓。老庞头说，这些都投鱼塘里喂鱼，多少都不嫌多。

"姥爷，想吃鱼。"

"瘦小着呢，没啥吃头。等长大了再吃。"

老庞头一这样说，庞大海就把嘴噘起来，冲鱼塘撇石子儿。

"到秋天，秋天就能吃了。"

老庞头的抠门儿总让庞大海气哼哼，可到了晚上，鱼塘又像会勾魂儿一样，让他半步都不舍得离开。只要韩屯天上有的，鱼塘里就一定有。天上的月亮是圆的，鱼塘里的月亮就圆得像从天上剪下来又贴到水上的。月亮变成了弯钩，鱼塘里就会多了把白亮的镰刀。星星会在天空悬着，也会在鱼塘里趴着，天上的那些，鱼儿们够不到，水里的却一张嘴就吞掉一个。鱼塘边的蚊子成群结队，连鼻孔都敢钻。老庞头就拢起蒿草，点上火，一边呼扇着冒起的烟一边对他说，对蚊子就该烟熏火燎。这当口儿，庞大海绕到窝棚后面，手掌用力一拍，就会有萤火虫被震落。把萤火虫们塞进捡来的玻璃瓶子，倒扣在窝棚里，一盏夜明灯就亮了起来。

庞大海躺在草垫子上，数着玻璃灯里萤火虫闪亮的屁股，问他姥爷："山里边儿，有熊瞎子吗？"

"早前有，现在，早就没有啦。"

老庞头说完，嘴上就冒出了旱烟泡。他缺的那颗门牙，像在嘴里挖了个黑洞。

"我说大海呀。"

"嗯？"

"把身子骨儿锻炼好，把钱攒下，长大才能说上个好媳妇。"

"说媳妇干啥？"

"你尿炕，有人给你擦。"

"那不尿呗。"

"你想肉吃，有人给你做。"

"真的啊？那我要。"

"睡吧，大海，鱼都睡啦。"

"你呢，姥爷？"

"姥爷得盯紧。"

"铁匠爷爷说，山里没鬼，鬼其实是山魈。"

"那老把式,没他看不透的人,没他不知道的事。"

等庞大海一觉醒过来,薄厚不均的白雾把鱼塘低低地罩住了。百灵鸟站在山脚的榆树梢上,不吃不喝就开始唱歌。老庞头也像被鱼塘的水汽润了喉咙,低声唱着小调:

武松你做事无道理,路过本县你破坏规矩,
吃醉酒大胆闯禁区,把那虎爷置于死地。

这陌生的曲调唱给庞大海一个陌生的姥爷,他不由得把耳朵竖起来。那调子坑坑洼洼也铿铿锵锵:

那老虎它与我有情义,它、它、它——
没有招你,没有惹你,没有吃你,没有伤你,没有害你,没有骂你,老实巴交它死呀死得屈。

庞大海敢说,姥爷那副破锣嗓子唱的是天底下,至少是整个东山坳,最好听的小调。他在姥爷低沉悠扬的哼唱里,呼吸着清晨潮湿的空气,幻想当冬天到来,姥爷家已经变成了三间大瓦房,房檐下挂着姥姥晒好的红辣椒,门里面挂着姥爷的羊角锤子。火炕被姥姥烧得直烫屁股,他坐在饭桌旁,对红烧鲤鱼根本不屑一顾,他的筷子直勾勾地冲向用盆盛的猪肉炖粉条,里面一块儿土豆也没有。那一年,他的整个夏天都在幻想带给味觉的舒适和满足里度过,包括那些大雨倾盆的时刻。

那天雨来得急,老庞头穿着塑料布做的雨衣,猫着腰,生怕小河涨水,把塘里的鱼冲走。鱼塘边儿疯长的野草,被雨水一砸,滑溜溜地趴了一圈儿。老庞头腰僵了,腿硬了,一出溜,身子就进了鱼塘。庞大海吓慌了神,嘴里连喊着:"姥爷!姥爷!"老庞头眼珠球大,眼皮上沾了黄豆大的泥巴也顾不上抹一把,大声对他说:"大海,把那根绳子拴那棵树上。"庞大海不知道从哪来的能耐,真把绳子拴上了。老庞头使劲拽着绳子从鱼塘里爬出来，像不会直腰的黑猩猩。

"姥爷，你还挺厉害！"庞大海由衷地说。

"回去二十年，这算个啥。"老庞头倒有几分抹不开了，抓了把耳朵。

"姥爷，你脸上糊了鱼屎。"

老庞头就拿手抹脸，越抹越黑。他在滚滚雷声里笑起来，被旱烟熏哑的雷声从他嗓子滚到嘴边那圈儿胡子上。

"姥爷，你牙上也有鱼屎。"

老庞头知道庞大海诈他，却咧着嘴，笑得跟外孙儿一样傻。

立秋那天，老天像在土地里也埋了颗太阳，把东山坳烘烤得滚烫。疯长的玉米高粱，才几天工夫就焦了梢儿，眼见着绿身子泛黄，没了韵致。越往山脚鱼塘走，人们脚下越是干鱼鳞般卷起的土皮，嘎吱嘎吱地发出脆响。赶着往鱼塘来的人们，脸上都露出了黑黢黢的苦相。

这些人里有铁匠爷爷，有刚刚还在院子里织渔网的庞姥，也有我。我们都往鱼塘跑，是来看满塘翻白的死鱼。塘子里的情形让青蛙都瞠目结舌，像吃了哑药。只有知了不知深浅，还在那没心没肺地喊叫。来的人远远就能看见，塘子里白白的鱼肚皮漂满水面，鱼嘴微张，鱼目圆睁，都应了给人发明的那个词，死不瞑目。

庞姥姥跌坐在晒蔫的蒿草上，手里抓着草，嘴巴张成洞，费力地喘粗气。老庞头蹲在小窝棚旁边，佝偻成一团。那老脖子上的皮又红又松，像煺了毛的公鸡。铁匠爷爷松耷耷的眼皮彻底垂落了，我找了半天，没找见他眼珠在哪儿。

"谁干的缺德事呀？"

"怕是有人得了红眼病！"

"咋也不该眼红大海姥爷家呀，老的老、小的小，连个硬实人都没有，嗐！"

"这是弄的乐果吧？鱼都死啦？"

"嘻，咋下得去手！"

没多大会儿工夫，来了两个穿水靴子的，把鱼捞上来，装到路边一辆卡车上。铁匠爷爷问老庞头："你估摸，能是谁？"老庞头摩挲一把老泪："我这样的，能得罪谁呀？"

鱼都装上了停在土路边的卡车。庞大海急红了眼，不顾那铁家伙把膝盖磕掉块儿皮，爬上去就抓鱼。

司机吆喝他："嘿！你要干啥？"

"我家的鱼，我姥爷给我养的！"

"不想活啦，傻小子？"司机脖子上有条发黄的白手巾，他用手巾抹着额头，一把就把庞大海拎了下来。

"王八羔子，远点儿滚着！"庞大海攥着拳头，愣头愣脑地骂道。

司机脸黑下来，一把抓住他。"骂我？小猴崽子！"庞大海不知从哪儿蹿出的委屈，张牙舞爪扑向他。

"大海！"老庞头像路边苞米变的，喊着就把庞大海拦腰抱住了。

"撒的什么野？"老庞头的大手像把铁榔头，庞大海手脚蹬不过，就大声号叫，我的鱼，我要吃鱼！

"反了天啦！"脸上就挨了老庞头一巴掌。庞大海感觉就像三九天被剥了皮，在铁匠爷爷那炉子前烤着，生疼生疼的。卡车突突了几下，开走了。空气里只剩下腥腥的鱼味儿。

太阳偏西了，路边的紫苏被夕照染得更紫，蚂蚱嘛里扑棱乱蹦，扫帚梅的花瓣儿成了蚂蛉交尾的婚床。人们无心看这些，都锁着眉头，苦着脸，替老庞头惋惜。老庞头把庞大海交给他姥，朝另个方向走了。

"你们先回吧，我转转。"

铁匠爷爷也调了头："我跟你一块儿。"

庞姥扯着庞大海，进屋就趴在炕上。庞大海按着稀瘪的肚子，紧贴炕角佝偻着。他有些日子不尿炕了，梦却照做不误。他盼望在梦里好好吃顿立秋饭，有鱼有肉，姥姥、姥爷笑呵呵的，一边看他吃，一边把钱数出割豆子的唰唰声。可是梦就像那强盗司机，越想伸手抓它，它越是拿他当个玩笑，当个屁！庞大海翻来覆去，左右骨碌，直到月亮在窗外探头探脑，他才反应过来：怪不得睡不着，这不是姥爷的小窝棚，是姥姥的小火炕。

鱼塘空了，那小窝棚还在吗？庞大海想着每晚波光粼粼的水面，掉在水里变成鱼食的星星，姥爷的烟袋锅儿，东山坳最动听的小调……他的眼前模糊起来，一滴眼泪顺着鼻子，溜进了牙缝儿。

"大海，醒醒。"庞大海吓得一抖，手就按在了撒尿的地方。

"大海，起来，吃饭。"叫庞大海起来吃饭的和那会儿扇他嘴巴子的是一个人。庞大海斜了这人一眼，脸冲下，趴在炕上，不动。奇怪，窗户外面黢黑黢黑的，也听不见公鸡叫早，这时候吃什么饭？这人比他还犟，抓起他的裤衩，把他整个拎起来。庞大海低头揉着眼睛，偏不看他。

"还没到半夜，抢秋膘还来得及。大海，动筷儿。"老庞头说完，庞大海才彻底醒过来。饭桌就在炕上放着，庞姥坐在他对面，眼睛像被开水烫过，又红又肿。桌上有条大大的鲤鱼，酱红色，鱼身上开着两朵胡萝卜切成的五瓣花。大鲤鱼隐隐冒着热乎气，缕缕肉香随着那热乎气穿过鼻子，抓挠庞大海胃里的馋虫。他偷偷掐了腿根儿一把，生疼。要是梦，这么使劲掐，也肯定醒了。庞大海犟不下去了，别说姥爷只扇了他一下，就是左右各一下，他也决定先把这条鱼吃进肚子再说。

庞大海的腮帮子像门轴上了铅笔铅，越嚼越灵活。他的胃像个气球，越塞越大。不大会儿工夫，一条大鲤鱼全进了胃，给吃它的人，从心到脸，涂了遍快活。吃快活了忘性就上来了，庞大海嬉皮笑脸地问老庞头："是咱家的鱼吧？真好吃！"

"是咱家鱼，是好吃。"老庞头夹了片鱼汁里的葱花，笑得干巴巴。

那顿立秋饭，是庞大海吃过的最香的一顿饭，香到不管啥时候想起，嘴里都会涌起大量津液。他还总想起姥爷问姥姥的话："你为啥不吃？"他姥姥瘪着嘴，颤声说："吃啥不都得拉出去？"

这话是真理。就在那个夜里，饱食了一整条鱼后，庞大海的胃停止了运转。他不住地打嗝，肚子胀成个鼓气儿的大蛤蟆。姥姥闻了闻他的嘴，说道："大海伤食啦。"后半宿，老两口轮流给他揉肚子，揉到天微亮，庞大海开始蹿稀，三五分钟就一趟。到他终于不蹿了，人也软在了炕上，一天没起来。庞姥姥说："大海这顿鱼吃的，少说掉了三斤秤。"可当庞大海不再蹿稀，他的脑子又被变成粪肥的大鲤鱼整个占据了。那条鱼可真香啊！

第十章　大医扶魄

初二那年春天，屯里来了个姓栾的医生，是当时村长冯万里的远房亲戚。

冯万里能当上村长，还有一番曲折的经历。他的上一任村长得了急病，人说没就没了。村长没了，村长的位子却不能空着。村长的位子只有一个，盯住村长位子的，却有好多个。

尚大祥想当，穿了身干净衣服去了乡里。尚大祥以为，这事也遵从个先来后到，谁先去谁就能先当上。他确实是最先去的，结果是，他成了最先被打发回来的。

乡里说，他资历为零，成绩无从谈起，这个想法很荒唐。

尚大祥觉得很窝心，又觉得乡里说得句句在理。他就窝着心，蔫头耷脑地回来了。

尚大祥回来后，想当村长的人一下子就踊跃了。大伙说，连大祥那样的，都能试巴试巴，我差啥呀？还说，一个甩鞭子甩死自己老子的二货都能照量，我不比他强百倍。

在争当村长这件事上，尚大祥给韩屯带了个很不好的头。

连我都听说乡里那段时间净忙着接待韩屯人了,男女都有,想当村长的理由也是五花八门。有一个是想趁活着当上村长,给自己在东山后面划个上佳的位置,死了睡进去。

"毕竟,那可是千年万年的觉,在这边当不上村长,到了那边,就轮不到好地方睡觉。"

还有一个跟邻院闹矛盾,起初是一根辣椒钻出篱障爬到了邻院,邻院觉得送上门的不吃白不吃,于是就给吃了。辣椒仗一干就是好几年,总想打明白,总也打不明白。

"这口恶气,不当上村长,这辈子都出不去。"

这种思想境界的,不用寻思,统统都给打发回来了。

另有一个,当时五十多岁了,一向很老实。可是村长的空位子却一下子让他有了理想和抱负。他连续递交了五份抄写工整的入党申请书,对于识字不足三百个的半文盲,他的做法很让乡领导欣慰。

"村民们如果都有你这思想觉悟,咱们乡的思想文明建设,包括五讲四美三热爱,可就要拔头筹喽!"

得知申请入党是为了胜任村长,乡领导又锁住了眉头。

"这个嘛——村长最好是党员,党员却不都是村长,我这么说,你能听明白不?"

还有一个势在必得的小伙子,也奔着村长位子跑到乡里去了。这小伙子就是许端午。

"年轻人,有抱负是好事,说说看,你有什么想法,什么举措,想通过什么方式带领全村致富。"

"叔——您这岁数,肯定是我叔吧?"

"嗨——"像抹了蜜一样的嘴一开一闭,自己就成了来人的叔了。乡领导尴尬了。

"叔,我们屯想靠种地致富,那绝对是白扯。不搞多种经营,瞧着吧,全乡都富了,韩屯也富不了。"

"怎么个搞法?地是庄稼人的根,要打地的主意——不能脚不沾地呀!"

"搞法可就多了，最近连城里都在养康贝尔鸭，韩屯人太守旧，怎么宣传好养好卖，就是没人信。"

"你多大？"

"二十四。"

"啥学历？"

"初中。"

"这样吧，小伙子，你先拿自己试验试验，看看能不能养成，能不能挣到钱，你先把自己致富了，以后再换村长，备不住能轮到你。"

许端午不甘心，但也想抓住一个隐约而遥远、实现概率很渺茫的承诺："一言为定呗，叔？"

就这样，最后当了韩屯新任村长的，是一次也没去乡里找领导的冯万里。冯万里能当上村长，跟他表现好有关。他早就入党了，党龄快二十年了。一向村里有什么大事小情，他都冲在前面。远的不说，就在前年夏天，连续多日大雨滂沱，平日里啥脾气都没有的小石河也疯狂起来，汹涌的河水眼瞅着就要冒漾。韩屯在大山沟子里，也就是河边那三十多亩地是大平地，分地的时候，家家都不松口，因为地少人多，每家也就分到了三垄两垄。这要是给淹了，受损失的可是全韩屯啊。村长敲锣，招呼大家去修河堤坝，冯万里第一个冲到了河边。

冯村长上任后，先是挨家挨户走，询问困难，在村民心里留下的印象挺不错。他的这位远房亲戚栾医生刚到韩屯，就被村民们围了一层又一层。韩屯太盼望一位好医生了。

栾医生四十多岁，改革开放后，他在城里承包了一家医院，挣到了钱，也遭了算计。一场普通的感冒发烧，被他原单位同事用加大剂量的地塞米松退热，结果催化了医生肺子里原有的钙化点。栾医生的半个肺子烧没了，所幸，好歹捡了半条命。大概有些心灰意冷，栾医生背着最早行医时的医疗箱，带了许多常用药品，来韩屯行善。

小病倒好说，可惜栾医生发现，村户们几乎没有小病，都是慢性病、器质性疾病。上了岁数的，个个都是老慢支、个个浑身长骨刺，从眼睛到内脏，细检查起来，都是病。栾医生意识到，自己就是带来十倍百倍的药，也解决不了皮毛。问了一圈儿村里孩子，哪个以后想学医？都摇头，包括左校长的儿子我，脑袋也摇成了拨浪鼓。

韩松花家不是排在最后面的，可是栾医生到了老韩家，带来的药品便都用没了。

韩松花她妈本想跟栾医生好好打个招呼，她一向最尊重医生。大概太激动了，招呼没打出来，一口痰就把她憋得没了人样。风尘仆仆的栾医生，眼看着松花妈一口气没喘上来，翻了白眼。

栾医生无论到哪家，身后都跟着一群村民，来老韩家也一样。他张开手，平静地拦住了大伙："都留步吧，别跟病人争氧气。"又对韩松花说："窗户门都打开。"

松花妈心情平复一点之后，症状也得到缓解，我听到一口痰被咳破的声音，好似一张完整的塑料布被雷劈了个洞。

栾医生伸了伸手，说："水。"

韩松花急忙递了过去。这一刻她发现，跟栾医生修长干净的手相比，她家搪瓷缸子上的泥垢看上去那么脏、那么厚。韩松花替缸子脸红了。

栾医生轻轻掰开松花妈的嘴，把两片氨茶碱放了进去，又倒进几滴水。

"别急，慢慢咽下去。"

又过了一会儿，松花妈气喘吁吁地说："本想着好好跟大夫打声招呼——"

医生笑了，说："病号都是这么打招呼，这不就认识了。怎么样，好些了？"

松花妈点点头。几滴眼泪随着她的点头，落在了医生手背上。

"别犯愁，常见病。人的心情，有时候比药还起作用。"

"大夫，你这人，像菩萨。"

"呵呵，菩萨都是身宽体胖啊。"栾医生身材高大，可是一点也不胖。

"你从说话到一举一动，我看着，咋都像菩萨。"

松花说的也是大伙心里所想。这位城里来的医生，让人不自觉想尊重他，却又感觉一丁点儿架子都没有。他把氨茶碱和去痛片都给老韩家留下了。

"松花，赶紧，倒水，倒水。"韩富贵吩咐着。他这个家里，能用来招待客人的，也就是热水了。

韩松花用干丝瓜瓤把缸子好顿蹭，白亮了，才倒上水，用双手捧给了栾医生。"谢谢叔。"除了这三个字，也不知说什么才好。

栾医生笑呵呵的，问韩松花："几年级啦？"

"初二。"

"能排第几？"

"我姐回回第一。"韩招弟从小就爱抢话。

"了不起呀，丫头。依叔看，学习这么好，以后学医，你爸妈和你全村，都能借你光啊。"

韩松花更加不知说什么才好了。这话一头扎进了她的心。一向她最不敢想的就是未来，不敢想未来的自己在做着什么，是一副什么样子。如果能像栾医生这样，悬壶济世救死扶伤，修一副菩萨的面容，那韩松花真想马上就跑到未来啊。

"叔给你留本书，是古人留下的中草药鉴别，药与药的相克相生，嗯，还有些方剂。要是感兴趣，得空你就看看。"

"叔，真能给我留下？我想看！"

栾医生的眼睛里，此刻流露出真诚的赞许和欣慰。韩屯一行，韩松花是唯一一个想当医生的人。

那本书就留在了老韩家。书的目录页背面，韩松花看见了几行苍劲的钢笔字：一服成气候的中药，讲究君臣佐使。君者，养命；臣者，养性；佐使者，治病。君臣佐使，相互配伍，各有千秋。

栾医生走的时候，意味深长地看了一眼炕上侧歪着的松花妈。

她因为刚犯完病，脸色蜡黄，看上去格外虚弱。这个女人的眼睛里找不到一种光亮，那种光亮，大概就叫作希望。那一刻如果有人问韩松花，比贫穷更摧残人的是什么，我想她一定会告诉问话的人，是病痛，是常年死死纠缠住一个人的病痛。栾医生也一定看到了，他当医生几十年，看到过各种各样的疾病、各种各样的病人。

"常见病，吃点草药，来年开春儿，准好了。"可栾医生留下的却是这样一句话。

松花妈作了个揖。那是拜菩萨的手势。

栾医生离开韩屯的时候，村民都来送他。韩松花起了个大早，去山上采的猫腿儿和蕨菜，实实诚诚的两大捆，用草绳捆了好多道儿。栾医生不要，韩松花硬给塞进手里。他是菩萨，他应该知道在渴望护佑的人心里，菩萨的笑纳意味着护佑。

"叔，我妈真能好吧？"

"能，准能。"栾医生想是早已知道，自己必须是菩萨。

"谢天谢地！叔，我替我爸妈谢谢你！"

两大颗眼泪从韩松花眼里跌落，可她使劲儿抿嘴儿笑着。她那对酒窝儿里还开着小花。

栾医生被韩屯人簇拥着，走出了东山坳。他的两旁是已经垂下头的艾蒿，起伏的山岗，爬满茸茸绿草的土地。他坚定的步伐，让我第一次知道什么是昂首阔步、大步流星。就在昨天，他还对村长说，这次下乡给他很多触动，回城以后，他还是要好好开医院、好好当医生。

"说不上什么时候就能帮上谁啊。"

他还说，他老父亲曾在他幼年时给他讲过四个字：大医扶魄。在韩屯，他再一次感受到，这四个字个个都有灵魂。他把父亲留给他的四个字，留在了给韩松花那本书的扉页里。

在韩屯人挽留和期待的目光里，栾医生吸吸鼻子，抹了把眼泪，渐渐走远了。

他答应半年后再来，可是好几个半年一晃就过去了，他却再也没来。后来听冯村长说,栾医生回城后又病了三年,剩下那半条命就没有了。

韩松花不知道栾医生的遭遇和苦处,她只知道,这位仁慈的医生给了她一个梦想。她原以为,梦想不属于穷山沟,不属于山沟里的穷女孩。是栾医生告诉她,梦想给了人自己能够选择的出身、心胸和广阔的精神世界。他告诉韩松花,不必为了一个搪瓷缸子自卑,山里的热水照样温暖,有最朴素的甘甜。那天他走后,韩松花把那本书看得滚瓜烂熟,还对照着插图,认识了很多中药——生地、熟地、柴胡、白术、枸杞子、黄连、半夏、党参、炙草、五味子……她认为这是她唯一能报答栾医生的方式。

东山成了韩松花实践的最佳地点。但凡得空,她就去东山给母亲采草药。东山巍峨高大,林深草密,不时有倒木仰翻在脚下。峭壁处看不见草木生长,巨石锈如生铁,壁缝间却总有珍稀的草药,昂昂然探头探脑。

采得最多的是柴胡、连翘、甘草这些治哮喘的药材,松花妈喝不了那么多,她就拿集上卖掉。有了那本书,她不仅敢卖,还言之凿凿告诉买主,这个怎么用,那个怎么吃。卖的钱她不作他用,在学校交团费、班费。别的费用都免了,这两样罗海燕说了算,她一定要如数交上。草药在乡下不是什么稀奇物,卖不了几个钱,凡是买的都是冲着韩松花那番讲解去的。

"白术这味药,通常都说它健脾止泻。其实药物无非平衡人体阴阳,帮助人体驱走病邪。病邪排出去了,人体自会复其常。"

"手里有方子的,缺哪味就取哪味。手里没有方子的,药啊,可不能乱买乱吃。"

每次说着这样的话,韩松花都感觉栾医生的神韵好像就附着在她身上,她仿佛能看到栾医生满眼仁慈、慢条斯理、不慌不忙的样子。听的人越围越多,她也便觉得自己确确实实有了梦想。

她把梦想写在了作文里——《假如我是名医生》。

……假如我是名医生，即使我不能治好世界上所有的病症，可是一定会有一些人，因为得到了我的医治，告别了漫长的痛苦。当他们能下地、能行走、能用双手去改变他们的生活，久违的笑容一定会回到他们的双眼，慈悲和宽容一定会回到他们干涸已久的心灵。

　　假如我是名医生，我会把自己当作每个患者的亲人，用我的技术，也用我的眼睛和话语，让他们看到希望，看到只有一次的生命，会在希望的灌溉下，爆发出多么顽强的韧性。

　　假如我是名医生，我会牢牢记着"大医扶魄"这几个字，在我人生懵懂之时带给我的震撼。能救治一颗灵魂的医生，与攻克一项难症的医生，同样伟大。

　　假如我是名医生，我可能在田间地头，也可能在某家医院的红十字下；我可能头顶风雨冰雹，也可能脚踩坚冰深雪。我希望自己能出现在每一个无助的病人身旁，把他们的白天恢复成忙碌，夜晚转为宁静。

　　当这个世界的每个人都能日出而作、日落而息，那意味着每个人都拥有健康的身体。那一定是我作为一名医生，最幸福的时刻……

　　梦想让十五岁成为韩松花记忆中最明亮的一年。高人指点的人生果然不一样，那时她每天都想，假如梦想真能实现，她要做的第一件事，就是进城去找栾医生。循着冯村长的线索，她相信一定能找到。到那时，她就有能力好好表达自己的感谢了。

　　在得知栾医生病故前，这个想法在韩松花心里长成了一棵树。没承想，这棵树已经被死亡的飓风，连根拔起了……

第十一章 捎话儿

　　那天在山脚，没等往林子里进，韩松花远远看见箍了一堆人。都认识，全是韩屯的。有几个在挖坑，你一锹我一锹，嘴里不停说着话。她心想这是挖的什么？脚已不知不觉到了跟前。只看一眼，韩松花的心就抽成了一小团儿。地上是匹干瘦的老马，肋条骨一根一根在皮下面凸耸着，马尾巴变成了懒女人脑后的小笤帚，干枯的鬃毛也不剩几根。瘦脱了相的马嘴微微张着，眼睛也跟嘴巴一样，明明定住不动了，可就是渺茫地张着，不知道想说什么、想看什么。

　　"这不是——大青吗？"韩松花脱口叫了出来。

　　"松花丫头，别靠前儿！大青死了！"有个头发花白的汉子说道。

　　"死了？死了？可——眼睛明明还睁着——"

　　韩松花愕然地咕哝着，挖坑的男人们你一言我一语，说的都是大青的死。他们说这马晦气，踢死了尚全有，就是没瘦成这样，大伙再馋肉也不愿意吃它的死肉。能挖坑埋了，一万个对得起它这辈子的劳碌了。

　　"没死，大青没死——眼睛睁着嘞！"

　　"死啦！跟人一样，松花丫头，人死不也有闭不上眼的？"

　　"叔，咱给它阖上眼，行不行？"

　　韩松花央求了好一会儿，花白头发的汉子才应承了。他走过去，阖了三四回，那双失了神的马眼就是闭不上。

　　"不是叔不帮，这畜生诡异，松花丫头，忙你的去吧！"

　　"叔，我试试，行不？"

　　拗不过她，屯里人原本也都稀罕她，也就答应了。韩松花走过去，捋了捋马鬃，用手心把马脸上的泥草末子轻轻掸下去，这才轻声说道："大青，我知道你后悔，知道你想跟尚大爷说你对不住他——唉！大青，你放心去吧，我帮你捎个话——去我尚大爷坟上。我还知道你懂事，其实你的心好着呢——你没忍心踢我，生生站住了——可我也没能力管你，我家那个样儿——大青，你要是听懂了我的话，就把眼睛——还有嘴，都闭上，安心走吧！下辈子——要是真有下辈子，你再托生成最健壮的儿马子，好好帮我尚大爷把日子过好——你说行不，大青？"说完，韩松花顾不上抹掉眼泪，用两只手轻轻抚上那两只无望的马眼，停了会儿，又挪到嶙峋的马嘴下面，小心翼翼地往上一托。

"闭上了！哎呀！奇了你呀，松花丫头，都闭上了！"

"俺的老娘啊，真奇啦！这大青马，不就是那年差点踩上松花那畜生？"

有人想起那一幕，众人纷纷用不可思议的语气嘟囔起来。他们说，当年这畜生就被松花那漂亮的小脸蛋儿镇住一回，如今死了，不看看松花这小脸蛋儿就是不肯闭眼啊！又说了什么，韩松花就听不到了。本来她是去采药，却碰上了临要入土的大青马，韩松花的心被突如其来的这场永别搅成了一锅苞米面糊糊。

这几年每次遇到大青，都只看到它一副颓靡的样子。屯里人说，一还一报，谁欠了谁，早晚也是要还的。他们说尚全有把大青的魂儿带走了，剩下大青不光要挨鞭子干活，还要时不时被人啐一声"晦气东西"。大青不是老韩家的，韩富贵警告韩松花好几次，离那畜生远点儿，不然就把她锁家里甭想再上学。韩松花虽也知道尚大祥如今最爱干的就是拿鞭子抽大青，另两家也可劲儿使唤大青干活却不给好好喂，可她一个小姑娘家，除了遇见时用含着千言万语的眼神远远看着大青，也实在没有法子让最俊逸的大青马变回从前的模样。碰别人家牲畜是大忌，万一那牲畜有了病有了灾，在贫穷的东山坳，被赖上几乎就要倾家荡产了。

韩松花绕到后山，在一堆坟圈子里找到尚全有的坟。坟前立了块儿小碑，要不是它，韩松花不会知道这里埋着一个叫尚全有的人，埋着他这辈子辛苦甘劳的每一天。韩松花原本站着，想了想，两膝着地，跪下了。

"尚大爷，我来替大青捎个口信儿……大青走啦……"忍了一路的心疼和不舍，这会儿终于变成了抽泣，"大青它阖不上眼，心里一直愧着尚大爷……尚大爷一定知道，大青不是故意的……"

柞树叶子在头顶簌簌响着，几束纤细的阳光穿透叶隙射在坟头上。说完大青的事，韩松花并没站起，还是忍不住低低地啜泣。

"尚大爷，我知道那天，是你救了我和我妹妹，一定是——我也不知道，该怎么报答尚大爷——"

韩松花磕了三个头，又喃喃说道："我替我妹妹谢尚大爷。"

不管别人怎么传说她和大青马那一幕，在韩松花心里，始终默默感念着尚全有。她觉得是尚全有冥冥中伸出庄稼人那双有力的手，拉住了大青马。她也感念大青马。她坚信那生灵是善良的，哪怕它错踏在恩人的胸口。可她改变不了那件事的结局，十几岁的韩松花已经知道，有些苦楚只能咽在肚子里，今天不能说，明天也不能说，说了也不能改变什么——就像不能假设大青没受到惊吓、尚大爷还能每天笑眯眯地喂马。

时间是逝水啊，一分一秒也回不去。那就好生珍惜眼下的一切吧！韩松花想着这念头，擦掉眼泪，穿过草趟，往山上走了。

第十二章　伤口与眼泪

山上没有人，没有欢乐，也没有悲伤。山上此时只有茂密的枝叶，没成熟的果子、潮热的微风。

悲伤的是独自爬山的人。爬到了山顶，在一面陡峭的石壁前，韩松花停了下来。一棵茁壮的悬崖藤扯住了她的心。她要感谢它，对于一个刚刚与大青诀别的女孩子，它的出现是多么善解人意。

韩松花认得它，它也叫鸡血藤，是治风湿病的药材，而她父亲就是个老风湿。风湿扭曲了她父亲的肢体,也扭曲了她家的生活。她恨风湿,恨哮喘,恨这世上所有的病痛。它们缠上了谁,谁就没好了,谁就变得整天龇牙咧嘴鸡皮酸脸。一物降一物。"鸡血藤你发发威吧,你祛了我父亲的病吧!"

这样想着,韩松花的意念和她一起,奔着崖壁上弯曲飞舞的鸡血藤就过去了。

但凡当时不那么心切、不那么心急,韩松花都不会把自己当成壁虎,幻想着能在那片鸡血藤上爬上爬下。那东西是挑地方长的,它可以长在悬崖上,可韩松花却变不成壁虎。

果然,很快就打脸了。

还没采上一半,韩松花出了一身汗,鞋底也像是跟着出了汗,哧溜哧溜滑。

"哎呀!"

她发出一声惊叫。一块风化了的石头头也不回地向密石和杂草深处滚了下去。韩松花以为自己骨碌下去了,脊梁骨倏地拔拔凉。惊吓让她清醒了。她意识到自己正吊在崖壁上,手一松,刚才那块石头就是她的下场。韩松花告诉自己抓住,千万抓住,可又感到身子像塞满了铅块那么沉,随时都能坠落到下面的鸟屎上,兴许连个滚儿都打不成,就会叽里咕噜滚到山下去——她挂的位置离地足有一丈高!

韩松花脑子里回响起父亲说爷爷的语气:爹呀,你咋死不是死,咋就偏偏把自己撑死啦?她由此推断待会儿自己被人抬下山,她父亲韩富贵一定鼻涕一把泪一把,对她说:松花呀,你咋死不是死,咋就把自己送上悬崖摔死啦?

于是韩松花坚定地警告自己:绝不许这么死,一定要爬上去。

可她整个人就像哪哪都抹了肥皂,哧溜溜打着滑,怎么都爬不上去。

"别乱动!抓住啊!"

一个男孩的喊声像火苗一样燎着韩松花的脚心。

"我没乱动啊！"

一听见人声，冷静突然从韩松花身上撤退了，她开始慌乱，恨不得一下子蹬住石壁。可石壁却一个劲儿往外推她，抠在手里的藤蔓和石头，这会儿也像突然爬满了青苔，湿漉漉滑腻腻。韩松花像抱叶的寒蝉一样觳觫着，战战兢兢地屏住呼吸。脚下又传来男孩焦急的吼声："抓住！千万别松手！"

是庞大海。

眼前这一幕比他姥爷当年掉鱼塘里还惊险，于是他也像姥爷当天一样大声吼叫。扑棱棱，扑棱棱——被惊起的都是些大鸟，喜鹊和乌鸦结着伴往天空冲去。

庞大海一个虎跳蹿了上来，举起手臂紧紧抱住了韩松花的双腿。那双没着没落的脚终于蹬住了石头。

"呼——呼——"

韩松花的胳膊腿一块儿打着颤，呼哧呼哧喘着粗气。她的汗珠大滴大滴落在庞大海身上，氤氲成一小块儿人世冷暖，缓缓渗进他那又脏又旧的衣服里。

"你咋会在这儿？"韩松花问庞大海。

"不咋。"他也呼哧呼哧喘。

好一会儿，他们才像两只丢了壳的穿山甲，狼狈不堪地从石壁上爬了下来。到了山下，疼痛突然找上门来。韩松花左腿膝盖下面划开了一道二寸长口子，庞大海左手的小拇指，骨折了。

松花妈一看到她，脸上就不剩血色了。

"你想不想让我活啦？你直接拿把刀，捅死我得了。"松花妈心里疼得直跺脚，嘴上还在冒狠话。

松花妈虽然什么体力活都干不了，可只要喘得不那么厉害，就坐起来靠着被垛做点针线活，要么就是扒一扒豆子，切一切萝卜条、土豆片儿，让金宝招弟拿院子里晒成干儿。那天一看韩松花腿上的口子，松花妈手上的针就瞎了眼，照着中间那根手指头扎进去小半截。

韩富贵的反应跟韩松花下山时想的，一点都没差样。他指着韩松花腿上的口子，暴跳如雷。

"这要是割在脸上，破了相，你想嫁个全乎人，那是做你姥姥的黄粱大梦！"

韩松花没回嘴，什么也没说。这骂声代表她有爹有妈，自打知道庞大海没爹没妈的滋味，她就发自心底觉得家里的吵骂声也不是什么不能接受的声响。尤其今天，骂声里全是心疼。

韩富贵拖着腿，费劲地从炕上下来，走到门边，掀起门帘，到外屋地往棚顶张望。一双脚想踩到灶台上，却只把锅铲碰掉在地。

"爸，你要干啥？"韩松花跑过去扶住了他，她流着血的腿又进入了韩富贵的双眼。韩富贵指着韩松花的腿，嘴里说："够下来，够下来！"

韩松花听明白了，抬头往上看。棚顶挂着不知干巴了几年的丝瓜叶，韩富贵想够的一定是它们。

"爸，给你。"

韩富贵不能久站，蹲在灶台旁让韩松花把捣蒜臼子拿给他。闻了闻干得透透的丝瓜叶，他用手捏碎，放到捣蒜臼子里，咣当咣当研磨起来。外屋地又小又热，不一会儿韩富贵的一颗大汗珠子就滴进了捣蒜臼子，溜圆的，在青白色的碎末上打了个滚。

"废物哇，我这废物！"韩富贵狠实实骂着自己，又用笨拙的手指把那滴汗抠了出来。研得不能再细了，倒在手心一些，冲韩松花嚷道："还呆呆的干啥？伸过来呀！"丝瓜叶的粉末随着那只手的颤抖，覆盖在一道血肉模糊的伤口上。

"疼不疼？"

"不疼。爸，我自己上吧……你歇着去吧。"

一直扯着门帘儿巴望的韩金宝，不声不响地哭了。

"那个庞大海，让他滚远点儿！"韩富贵又抽冷子扬起了嗓门。

"爸，别扯人家，今天幸亏他救了我。"

"怎么偏偏他救你？我可告诉你，他那是门旮旯里伸拳头，使着暗劲呢！"

"我们俩同村同路,又一个班。"

"你要跟我犟这个,那就趁早别念了,拾掇拾掇,在镇上找一个。"

"我姐才多大呀,爸——"金宝像生怕真把姐姐嫁出去,小声央求着。

"才多大?过去十二三就生孩子了!谁让你们托生在这穷家,想过好日子,趁早滚蛋,奔着好人家去!"

韩富贵恨恨地嘟囔着,韩松花本不想有任何表示,可那些粉末撒在伤口上太疼了,她没忍住,咧了下嘴。韩富贵一哆嗦,住了手。韩松花看到一滴眼泪从父亲眼里掉下,不偏不倚落在了她的伤口上。

人的眼泪可真咸涩啊!它落在伤口上,就把受伤的人也惹下了眼泪。

韩富贵不吵不骂时说过,丫头片子能投胎两次,第一次没投好那叫命,要是第二次还没投好,那叫睁眼儿瞎!

第十三章　一封长信

左校长原本是柳屯的女婿。当年他第一批上山下乡去了柳屯,被柳屯小学王校长相中,撮合他跟女儿王彩霞恋爱。王校长长于看人,这个姓左的小伙子稳重踏实,谈起恋爱也是诚诚恳恳,剜坑儿就是菜,既然同意处了就一心奔着结婚。

婚后不久便来到韩屯任教。左校长中师学历,才二十几岁,就当起了韩屯村小学的校长。人人都叫他左校长,他叫什么名字,反而越来越没人知道了。

左校长是个好人,真正意义上的好人。他的好不是蒙昧的好,而是清醒地看透对方,知己知彼的好。这些是我有些年岁以后,逐渐想清楚的。

他能接受别人的缺点、目的、令人不齿的手段，并把这些理解为人性的一部分。这种巨大的包容让他一直是韩屯的一道光芒，也让我在成年后，曾替他感到委屈。是韩屯这么个又小又穷的山沟子，委屈了他。

左校长到了韩屯以后，韩屯就没再出现新的文盲了。以前的文盲慢慢都老了，他们觉得认不认字都是一回事，只要会吃喝拉撒，就能把一辈子过到头。这观念也让一些文盲的儿孙，生下来就冒着变成新文盲的风险。

左校长就豁出两条腿，挨家挨户走。又把嗓子也豁出去，一趟一趟游说。文盲在道理上赢不过，就摊出手头的困难。文盲姓啥的都有，困难却都一个姓：钱。

"哪有钱念书啊？"

"左校长，有了钱就让他念。"

左校长下次去就带了钱。他一个月的工资能挤出三个文盲子女的学费。后来国家有了政策，符合条件的家庭可以半免或全免学费。

这些也要左校长挨个儿给跑。那些年，总是左校长求着文盲子女上学，他不光要给办，还要看各家的脸色。文盲没文化但挺会用词，那时候形容给他们办事的左校长是"低声下气"，左校长也不反驳、不解释。后来还是铁匠爷爷看不过去了，吸了口烟袋锅说了句："这就叫好心当成驴肝肺。"

左校长却呵呵笑了，说："胜利了。"

他指的是又有一个孩子上学念书了。

初三上学期，我父亲——左校长，收到一封长信。信是作业纸写的，足足八页。用的是圆珠笔，最耐水的笔了。可即便如此，纸上还是有多处洇过的痕迹。足以想见，写信的人是饱蘸了多少眼泪。作为一个勤勤恳恳的农村教育工作者，左校长很少能收到学生的信。再确切点儿说，那是他第一次接到学生的信，而且是女学生的信，尤其是一封长得让我这种作文一般的人绝望的信。

左校长把信放在抽屉里，表情和动作都很庄严。这让我的好奇心油然而生。通常情况下，只有每周一升国旗，我才有幸目睹这种庄严。我只好逼迫自己做出了不君子的行为。我想验证一下我的预感。我果然成功了。

正是罗海燕写给左校长的。是一封由"您"和"我"两个字贯穿始终的长信。我像做贼一样，逮住时机就看几行，足足逮了三天的时机，才把信看完了。看完我比没看时更迷茫：左校长回信了吗？左校长会咋做？

罗海燕本名叫罗秀娥，上学识字后，她发现自己名字带着旧社会的腐朽，就毅然决然找到村干部，亮出户口本，要求改名。去一次不行，村干部忍不住直笑她，她就去了一次又一次。村干部让她缠得不耐烦了，问她，你想改啥名吧？她说，要带翅膀的，能飞起来的。村干部说，罗天鹅？罗家雀？罗海燕？她一听带鹅的就受不了，家雀又太不起眼，就选了后面那个。她爸妈不识字，听说她改名了，指着户口本问，念啥呀？罗海燕指着罗海燕仨字儿骄傲地说：罗海燕。

除了这段，别的我都了如指掌、几乎能倒背如流了。罗海燕每篇作文都在痛陈革命家史，内容排列起来，依次是：生她时她妈四十六，她爸四十九，她上小学，全班数她爸妈最是老头老太太，她心理受到严重伤害；她两个哥两个姐都成家早，小学时，整整六年，她都跟大哥的大儿子在一个班，她大侄儿特别老实，不管班里班外，只要见到她，准保一口一个老姑，她为此整整受了六年伤害；从小学三年级开始，她爸妈的腿脚就都不利落了，她每天既要上学，又要喂鸭喂鸡，农忙时还要跟着下地，每次她背着玉米黄豆爬坡，都感觉到一种与年龄不符的心如刀绞。在烈日下，她瘦小的身躯深处，总是在发出痛苦的呐喊（无声的）——这就是命运吗？我罗海燕生在山沟子里，就注定要死在山沟子里吗？接下来，她一定会运用强烈的排比句式：老天爷，你听着，我不甘心！不甘心！不甘心！

罗海燕不甘心，我却在为左校长担心。我把信放回原处，尽量保持原封不动的样儿。左校长不提这事，我就要装作不知道，啥也不知道。

好在左校长跟王彩霞很有话唠。没两天,晚饭桌上,我妈夹了一筷头酱茄子,先叹了口气,然后问:"你打算咋办?"

"是有点儿……挠头。"

"哪个都可怜吧?都生在穷地方。"

"年轻人,想努力飞到外面去,也是好事儿。"

听到这儿,我心里一急,差点呛了口饭。

"不过——"

"咋?"

"我在罗海燕身上看出个问题。"

"啥问题?"

"她觉得谁都对不起她,特别是她说那个命运。谁都欠她的,她的问题在这儿。"

"呃——咱就不懂了。"

"女孩子这么自卑,这么极端,这不好。这跟有理想有抱负,不是一回事儿。"

"嗯。"

"这么说吧,这孩子本质上是以自我为中心的人,这种人就是出息了,以后走上工作岗位,也容易不择手段。"

听到这儿,我使劲儿咽了口饭,自己都被那咕噜一声震撼了。我想,怪不得左校长能当校长。

"天伦,不是爸爸说你,你也缺理想、缺抱负。"

我的脸也被剥了皮,我也在铁匠爷的炉子前烤着脸。

"爸,怎么才算不缺……"

"中考完多看看书、多看看名著。你喜欢武侠小说,我也不反对,不能光看热闹,那里也有磊落担当,有侠肝义胆。都想着逃走,把这穷地方撇给谁呀?都想着自己,你们这代人,谁还能挑担子啊?"

那是我父亲,左校长,说我说得最严厉的一次。连我妈也不敢发表庸俗的言论、不敢庸俗地叹气了。

"唉！都说我向着韩松花，我看得准没错，就那孩子，心里有别人，想着自己成材了，给大家好日子过。那篇《假如我是名医生》，把我都感动得落泪啦！只可惜，家里是真拖她后腿啊！"

事情果真都按左校长说的来了。

第十四章　铁匠爷爷的故事

左校长落下了一样，他儿子除了爱看武侠小说，还爱听铁匠爷爷讲故事。铁匠爷爷的故事让我一厢情愿地认定，全屯孩子里，铁匠爷爷只跟我情投意合。那些听故事的日月，韩松花要伺候她爸妈，庞大海经常不见踪影，郑四方有时偷着去打雀儿、抓蝈蝈。我时常觉得铁匠爷爷的故事只属于我一人。

那会儿秋天一到尾声，庄稼人脸上就浮上了一层浅浅的轻松。家家户户闲下来的犁耙锄锹，都排成一溜儿，挂在各家院墙上、屋檐下。农具挂起来时，地便收割干净了。之前密密麻麻的地豁亮起来，一阵风刮过，干黄的叶片唰唰唰往下掉。早晨和傍晚，落叶铺满了院子，还有屯子里的土路。东山变得重峦叠嶂，霜打过的叶子五颜六色。

铁匠铺这时便开始热闹了。庄稼人用了一年的锹镐锄镰，有的需要蘸火，有的需要加加钢。闲下来的人们纷纷来到铁匠铺，互相交换着各家的老黄烟，喝着炉子旁的开水，山里山外、东家西家地闲唠起来。大锤小锤的击打声伴着加钢淬火冒起的阵阵热气，让老铁匠的小屋里充满人间烟火气。

我要等铁匠铺寂寞下来才能守来故事。铁匠爷爷的故事像铜帮铁底的松花江，从不改变流向，总是带着熠熠光彩从东山坳穿流而过，一直流进我的心。我也说不清自己是在铁匠爷爷的故事之前就开始了对松花江的向往，还是因为他的故事热爱上松花江的。他讲的故事里原本有瞎话、有传说，可我记得最牢的，却差不多全都关乎松花江。

铁匠爷爷也不算是东山坳的坐地户，他的爷爷是松花江上的老渔民，铁匠爷爷不愿意打鱼，十几岁入了木帮，春夏祭江放排，冬天进山采伐木头。一年冬天，铁匠爷爷跟木帮来到东山，在韩屯孙铁匠铺子里，认识了孙铁匠的闺女朝凤。朝凤不会说话，是个哑巴，可一双手却巧得伶俐无双。她缝的布老虎眼睛像会眨巴，虎须子一颤一颤却拔不掉，须子下面那张虎嘴儿里像藏着虎娃娃的咯咯笑。

那日雪大天黑，铁匠爷爷便在孙铁匠铺子里落了脚。看到朝凤在缝布老虎，稀罕吧嗒地拿起一个端量半天，跟孙铁匠说，这小东西要是拿到北山庙会上，准能卖上价钱。

孙铁匠听说过北山庙会。那时候整个东北，最有名的庙会就是吉林北山庙会。铁匠爷爷就讲起了北山庙会的摩肩接踵，万人空巷。

"跟着人群挤到半山腰，回身往山下一看，嗬！中间过道上全是人，你挤我，我挤你，一点儿缝都没了。为着赶庙会，人人都精心打扮了一番。男的全穿着长袍马褂，头上戴顶礼帽。女的个个穿着旗袍，头上也戴着浅色的遮阳帽。"

"好看吧？"

"那是啊！不光人好看，往远处一放眼，能看到满城青瓦房，连成片的绿树，那可真叫'四面青山四面景，半城垂柳半城江'啊！再近看眼前盘山道的两边，全是临时搭的棚子，卖百货日杂的、卖茶水吃食的，也是满满当当坐的全是人啊！"

朝凤眼睛都舍不得眨一下，痴痴地听着。她跟寻常哑巴不一样，人都说十哑九聋，朝凤就是那个例外。她不聋。

年轻的铁匠爷爷受到朝凤目光的鼓舞，一时关不上话匣子了。他兴致勃勃地讲着——

北山庙会是从关帝庙、药王庙、玉皇阁相继建成后开始的，主要有农历四月初八的佛诞节（佛祖释迦牟尼的生日）、四月十八的三霄娘娘庙会、四月二十八的药王庙会，还有农历五月十二（关帝生日）、五月十三（关帝单刀赴会）、六月二十四（关帝庙会）三个关帝庙会日。

因吉林是满族聚居地，满族人又十分敬奉关帝，所以清朝期间，北山庙会最热闹的是关帝庙会。每逢这天，除祭祀焚香膜拜关帝外，酬神演关公戏是主要内容。到了民国时候，北山庙会活动转移到了四月十八的娘娘庙会和四月二十七至二十九的药王庙会。其中，四月二十八是药王庙会的正日子，相传这一天是药王孙思邈写成《千金方》医书后升天之日，也有传说是孙思邈的生日，另外还有传闻说，这一天是孙思邈治好唐太宗公主的怪病，被封为药王的日子。

药王庙会当天，不仅吉林城里万人空巷，邻近州县的人也都争相过来赶会，就连黑、辽二省的老百姓，也通过松花江水道、古驿道和后来修建的吉长、吉沈等几条铁路来上庙进香。为此民间还出了一条民谚——千山寺庙甲东北，吉林庙会胜千山。

北山庙会上最让小孩儿挪不动步的，就是卖布老虎的小摊。不管男娃娃女娃娃，站在布老虎跟前儿就抓心挠肝，有的还哭叽尿嗓地央求着大人，买一个吧，给我买一个吧。也难怪小孩儿这样，庙会上那些布老虎确实活现，确实好看。吉林生产的布老虎在当时远近闻名，广受妇女小孩儿喜爱。说起布老虎，其实从古代就已经在中国民间广为流传了，是地地道道的民间工艺品。在人们心里，老虎象征着驱邪避灾、平安吉祥，还能保护财富。这些手工缝制的布老虎，虽然改变了老虎的原形，身躯、尾巴、四肢都被大幅度收缩变短，可再怎么变，它也还是老虎。

城里常见的布老虎，是用棉布或丝绸缝制成形，内部填充的是锯末子、谷糠、棉花或香草，表面用彩绘、刺绣、剪贴、挖补等手法描绘出虎的五官和花纹。布老虎以头大、眼大、嘴大、尾巴大的造型来突出其勇猛神态，虎头及五官则显示出天真稚气，透露出儿童般可爱的憨态，寄托着吉祥纳福的心愿。

一段吉林庙会，铁匠爷爷就把韩屯的巧姑娘朝凤给讲醉了。一段吉林庙会上的布老虎，又把朝凤的心，彻底抓走了。朝凤的心整天在韩屯天上地上乱飞,就盼着木帮小伙儿再推开她家铺子的门,烤着炉火,夸她缝的布老虎比庙会上那些都奇巧,都水灵好看。朝凤寻思着,人间还能有这样一个无所不知的木帮小伙儿,偏还让她遇上了,心里的美滋滋就全都挂在脸蛋儿上了。

一来二去,铁匠爷爷和孙铁匠一家便熟络了。朝凤不但会缝布老虎,也会做泥娃娃、扳不倒。铁匠爷爷来回进山出山就把这些带到城里,赶上庙会时卖掉。朝凤越做越多,铁匠爷爷也越卖越多。朝凤不但感激铁匠爷爷,还认准了铁匠爷爷的厚道踏实,铁匠爷爷也喜欢朝凤心灵手巧,俩人很快就好到了婚嫁的地步。孙铁匠没儿子,还怕哑巴朝凤嫁出去挨欺负,早就说得明明白白,要招个上门女婿。就这么着,铁匠爷爷入赘到韩屯,后来又接替老丈人,当了铁匠。

起初也是两眼一抹黑,啥也不会。孙铁匠说,甭急,手艺这玩意儿,靠的就是磨手指头。于是就试着从拢木排用的扒锔子打起,而后开始打马掌,再后来才是镰刀锄头这些农具。

铁匠爷爷无儿无女,他媳妇朝凤从没开过怀儿。可他们一辈子倒也过得消停安逸。屯里孩子在铁匠爷爷眼里都是布老虎、泥娃娃,他嘴上不说,那特有的慈祥语调里却时时在说。

铁匠爷爷讲起松花江就像深吸一口烟再缓缓吐出来那么自然。他二十世纪二十年代生人,给我讲的都是他的童少年代。时光流逝,铁匠爷爷的面容早已模糊,可他嘴里的松花江却随年轮增加越发成为我东山坳岁月里的宝藏。有关松花江的一切不像故事,更像是铁匠爷爷的回忆,里面有他的爷爷、父亲,也有他自己。他说天天在松花江边吃鱼的时候没觉得鱼有多好吃,在东山坳里变成个老头儿了,才发现从前的春天、从前的江水、从前的一丝一毫都美得跟画儿似的。

"天伦小子,今儿个讲哪出?"

"捕鱼,捕鱼那出!"

"都多少遍啦,耳朵都生茧子了吧?天伦小子!"

铁匠爷爷笑完，捕鱼的故事就来了——

那是二十世纪三十年代。

"清明前后一场雨，强如秀才中了举。"有人身穿长袍马褂，背着手，边走边念叨。这样的人是读书人，他们念叨的是文绉绉的清明。我们家是渔民，清明在我们家人嘴里，不过是个节气。这个节气一到，身上的棉衣就脱掉了，养活我们一家子的松花江，也醒过来了。

云在天上飘，水在地上流。天下万物，都有它自己的地盘、自己的玄机。一条江醒过来，就像一条鱼睡醒了，它要摆尾巴、要扭身子、要不紧不慢地游动。鱼儿游动，江水就知道鱼儿活着。江水游动，天地就知道这个地方天地交泰，万物化生。有句老话，一方水土养一方人，说的就是这个道理。

松花江再浩瀚，放在天地间也就是一条鱼。这条大鱼伸展一下鱼鳍，两岸的青草就会又肥又美。它再摆一下鱼尾，转眼就是满山青翠了。属于松花江的好时候来啦。"棒打獐子瓢舀鱼，野鸡飞到饭锅里"，这可不是北大荒独有的景象，松花江两岸也是如此。只要站在江边，就能看到不时跃出水面的大鱼小鱼、顺水而行的大船小船。松花江原来不叫松花江，它的名字就多了去了：粟末水、那水、宋瓦江、混同江……这条江水大概比不上天地古老，但是比人长久多了。

那一年春江水暖时，你铁匠爷爷才不过八九岁的光景。我娘在江边织渔网，我就蹲在她脚边抠石头。抠出个小坑，舀一捧江水填进去，再围起一圈儿大大小小的石子，捡两只小虾往里一放。有一天放完小虾一抬头，我看见了一条小船，船上还有两个渔民。他们在江水上游荡，像从云彩里飘下来的神仙。

那两个渔民一个蹲一个站,手里都拿着"猎物"。站在船尾、穿着白衣服黑裤子、头戴深色帽子的,大概是这条船的摆渡人。他双手握着船桨,撑起这条咸乎(小船)的平衡。蹲在船头、身穿黑衣服白裤子的老汉,正低着头,用绳子穿过两条鱼鳃。他面庞瘦削,神态平静,穿鱼的姿态沉稳自如。

"娘!你看那俩人!"

"哪两个?"

"那里!娘,他们从哪来的?娘,会不会是八仙过海啊?"

"儿子,你转向啦?那不是你爹和你爷爷嘛!"

我定睛细看,总算看清了我爹和我爷爷的面目。这不能怪我眼珠子不中用,实在是他们跟平时像换了个人。他们哪里穿过这样的衣服,平日穿的都是补丁摞补丁的旧衫子、旧裤子,远远地就能闻到一股子鱼味儿。

我娘的表情也不像平时一样自在了,手指像僵硬的木头棍儿,指着江上说:"你看那后面,不是跟着一条大船吗,"说着俯下身子悄声告诉我:"说是《盛京时报》为了宣传松花江,让你爹和你爷爷表演打鱼。"

打鱼还能表演啊?没等我发出诧异,我娘又笑着说:"消停的,好好看吧。"我觉得我娘这么一笑,有点皮笑肉不笑的滑稽感觉,一时竟然弄得我也不会笑了。

那天是我第一次一心一意看我爹和我爷爷打鱼。没用我娘按住我,也没管我那小石头池子里的虾兵。

我爷爷当时五十多岁,我从没发现他的身体是那么自相矛盾:瘦弱,却很是挺拔;矮小,却相当硬朗。他表演的其实是他每天都要干的事,可是于我,因为从没仔细看过,倒成了一桩新鲜事:春阳俯身晒着,爷爷一下一下划着。他脚边有一根细木棍固定起来的渔网,一多半浸泡在水下,一少半在水上过着太阳。

"那是啥?"我问我娘。"咱家吃饭的家什。"见我蒙着,我娘这才给我讲解道,"这种渔网,满语叫'胡里该',是咱们渔民的好帮手。好的时候啊,一网下来,就能捕到几百斤大鱼小鱼。"

"几百斤?啥鱼那么多?"

"这孩子,也没个心。三花、五罗、七十二杂鱼,怕是你一个都不知道。"

"知道啊,三花一岛,谁还不知道?不就是鳊花、鳌花、鲫花和岛子鱼嘛!"

我这边话音刚落,还没等我娘说出五罗是鲤鱼、鲫鱼、草鱼、鳟鱼、鳇鱼,七十二杂鱼含着黑鱼、青鱼、船钉子、鲇鱼、红尾、胖头、鲵鱼、嘎牙子、白鱼、细鳞、麻口、黄咂嘴……我爹和我爷爷就收网了。爷爷吆喝了声:"收网喽!"只见藏身水中的大网唱着哗啦啦的小调,被我爹和我爷爷用力扯上了咸乎。网里数不清有多少大鱼小鱼,有的打挺,有的翻把式,有的干脆就地打滚。

"那都是什么鱼啊?"我对不上号,急赤白脸地问我娘。娘说:"鲤鱼、草根、青根,更大些的是黑鱼、鳇鱼,你看,从窟窿眼儿漏出去的,差不多都是鲫鱼和小岛子。"

那是我头回一股脑见到这么多鱼,嘴里嘟囔着:"邪乎,真邪乎。"我娘这时的表情自然多了,大概已经忘了手里织网也是表演,腾出一根手指头戳了戳我的后脑勺,又像生怕她儿子不知道她是渔民的媳妇,对我显摆道:"这算啥,叉浪才带劲儿呢!"

"叉浪?"

"对,不晓得吧?"

我是真的不晓得。为何不叫叉鱼叫叉浪?心思被我娘鼓动起来了,耳朵也就跟着竖起来,两个耳洞张得大大的:

叉浪要在春季，或者秋季，先要有个好渔叉。渔叉用啥做呢——一根长约两米、比大拇指粗些的曲柳杆，一头安上有两齿、三齿乃至四齿的带倒须的钢钎，另一头拴上十几米长的麻绳。叉浪时，要把麻绳另一头系在渔民的手腕上。叉浪要先等来浪，人要站在船上，观察自下游游向上游的鱼。每见一层水浪，根据浪的大小，判断鱼的大小。一般小浪不投叉，大浪才是大鱼游上来了。这时就要把渔叉握好，瞅准鼓浪的鱼，把渔叉"嗖"地叉下去。能不能百发百中，检验着此人是不是个好渔民，天地之间，有些好孬就是这么简单。如果叉到不太大的鱼，就可收绳，连叉带鱼一块儿拽上岸。叉到大鱼才是一番较量。说到较量，拼的可就不光是力气喽。你记着，人再能耐，人的世界也在水上，水下面，那是鱼的地盘。只要不离开自己的地盘，大鱼就算受了伤，也有一把子力气——再加上挨了叉子心里光火，它就要和人拼死命抵抗。这光景，大鱼拼的是命，渔民拼的是智。智是啥呢？不鲁莽就是智，有耐力就是智。首先你要放开麻绳，由着叉到的鱼继续在水里可劲游，直到大鱼在它这辈子最后一次巡游里面耗尽了力气。这叫遛鱼，急躁不得。要是有幸叉到四十斤往上的巨型鱼，光搭上自己的智是不行的，还要有着肯与旁人分享的心量。三个人来补叉，大鱼要分与三人，四个人就要分四份。这叫规矩。行有行规，业有业德。人啊，不管干哪行，都要守规矩。

　　正听得入迷，只见后面那条大船上有人指挥，另一条威乎划到了我爷爷和我爹旁边。我眼见着有人把两条巨型大鲤鱼——每条足有二三十斤吧，往我爷爷的船上折腾。大鲤鱼不老实，在那人怀里挣命打挺。威乎像惹怒了身下的水浪，身子晃动，失去了平稳。摇晃半天，后来用"胡里该"兜着，才把大鲤鱼弄到我爷爷的船上。大船上有个举着照相机的家伙,他指挥我爹蹲下,用"胡里该"盖住大鲤鱼的尾巴,还让我爹看着照相机龇牙咧嘴乐。我爹顾上大鲤鱼就顾不上自己嘴角,顾上龇牙乐又顾不上大鲤鱼,一副笨手笨脚的模样。蹲下的时候,大鲤鱼又打了一个挺,我爹差点趴在那滑溜溜的大鱼身上。他一这样,龇牙乐的反而是我爷爷啦。

就这样,后来报纸上登出来的,是我爷爷肩扛太阳,低头看着儿子斗鲤鱼,龇着牙,憨憨地乐。

过了好半天,我爷爷和我爹都满头大汗,大鲤鱼又被折腾到别的威乎上去了。我娘说,因为要腾出地方,表演"漂白杆子"捕鱼。

"漂白杆子是啥物?"

"儿子,你自己看。你记着,凡是自己看的,那才记得牢靠。"

我点头,算是应了我娘。

又抬眼望过去,只见我爷爷和我爹中间,这会儿竖着三根直立的树杈,纵贯它们的是一根两头削尖的长棍。这是一根白桦木杆,我娘说,它的这道白色只要在夜间投影在水面上,就会诱惑急于跳过白线的鱼儿。鱼儿们以为自己生出翅膀跃出水面的一刻,就是纷纷投入威乎怀抱之时。满族人管这种捕鱼方法叫"漂白杆子",捕到的大多是些麻口、青鳞子,有时也有几十斤重的岛子。

那时是白天,可为了表演、配合拍照,我爹和我爷爷煞有介事地对着白桦木杆指指点点。像我一样看热闹的人不知道怎么一回事,也目不转睛煞有介事地盯着看。只有我娘没忘记最重要的事,冲着我爹喊:"他爹,当心你那衣服!"

铁匠爷爷讲到这儿,会哈哈笑上几声,接下去会讲一些我当时总也记不住的东西——作为松花江世世代代的子民，渔民们捕鱼的方式早已娴熟多样。他们可以根据时间、天气，选择使用哪种方式。那时候松花江水质纯净，可以说是各种鱼类的天堂。除了绝迹的鳇鲤鱼，还有被康熙、乾隆盛赞过的水上奇珍——松花江白鱼。白鱼因它味道的鲜美，被吴大澂、张学良、曹聚仁、张伯驹等多位历史名人赞誉过。吃开江鱼的习俗，可以追溯到数千年前的原始社会末期。祖先们发现，被融化的浮冰挤压而死的江鱼，已经是道美味，而开江活鱼用江水清炖后，更是鲜美无比。到了清朝，康熙皇帝曾用春季开江后打上的第一条鱼，大摆"头鱼宴"。古老的民谣也传唱过这古老的习俗：

"谁知松江寒，年年春到迟。清明谷雨后，江开水游鱼。肉鲜味儿美，大小皆吉利。吃了开江鱼，一年都富裕。"

"铁匠爷爷，今儿个想听鹚鸟捕鱼！"
"咋又想听这个啦？"
"因为养鹚鸟的是你爹！"
"那你听好喽，最后一遍，以后可不讲啦！"
"天伦小子，人有人的喜爱，江有江的喜爱，这性情啊，适用于天地万物。你知道你爱听故事，可你知道松花江最喜欢什么？不是五谷，不是花木，不是钱财祭物，说起来，那都是人硬送它的大礼，是人有求于江啊。要是凭着江水自己，只要春风不把它忘记，这对于它，也就足矣。冬天把它冻成冰，它要抱着一张冷冰冰的脸，由着所有人误会坚硬是它的真面目。只有春风懂得它，知道它有着怎么样一副柔肠。

"它就总是盼着春风回到身边来，把它的坚硬都化掉，就像人被扯掉了面具。它想流淌，想为春风唱情歌。天伦小子，你记着，人也好，万物也罢，哪怕是一条江，它都需要有那么一个懂它的。爷爷这话或许不该讲，你还是小孩子。不过你听听倒也无妨。就说那唐明皇，三千宠爱于一身，你以为就为着那杨贵妃长得媚？不是不是，那女子一定不是一身媚骨，一定是个有秉性的。空有皮囊是恋慕不上的，牵绊的都是皮囊以外的东西。依我看，她和唐明皇是互相懂了，懂了才能看到别人所不知的那些。

"爷爷扯远了。再说回松花江吧。每年春风吹过，只要是风和日丽、春阳暖照的天气，总能看见江上划着几艘间距很小的渔船，船上的渔民手里握着木桨，缓缓拨动着船身两侧的江水。均匀的水波，倒映出渔民们的娴熟和平稳。他们头上戴着有檐帽子挡风遮阳，脸上总是一副驾轻就熟的神态。几条小船的船头和船尾，都落着扁嘴、全蹼、深色羽毛的鹚鸟，看上去个个精气神儿饱满，好像随时准备用江鱼来塞满自己空空的喉囊。渔船的船头立着一根长柄圆网，名叫"抄网"，是鹚鸟捕鱼必备的工具。渔民们不断划船巡视，发现游鱼较多的地方，就把鹚鸟赶进水里。叨到鱼后，渔民们会敲打船帮，鹚鸟听到"梆梆"的声音，便会叨着猎物游回船上。"

"铁匠爷爷，再给我讲讲啥是鹚鸟呗！"

"你总听总忘啊！"

"鹚鸟俗名鱼鹰，又叫鸀鹭（wūzé）、淘河鸟、塘鹅，是一种全蹼足鸟类。它们的嘴大约有一尺长，颌下有个大皮囊，能伸缩，可以用来兜食鱼类。用鹚鸟捕鱼，最早是清末民初跑关东的人带来的，渐渐成了东北渔民重要的捕鱼方式之一。用来捕鱼的鹚鸟，多数是人工饲养，并且要经过数十天的训练。训练开始时，鹚鸟双脚拴着长绳，培养它们入水捕鱼的乐趣。等鹚鸟习惯后，取下双脚的长绳，代之以脖子套绳，正式开始了捕鱼生涯。捕鱼时，一斤左右重的鱼，驯化的鹚鸟可以直接叨出水面，渔民用'抄网'接着。遇到大鱼时，鹚鸟会出水呼援，引来群鸟相助，'虽至巨者，无能逃焉'。约略估算，每只鹚鸟每年能捕鱼上百斤。捕鱼的鹚鸟虽然是人工饲养，但依然有发达的羽翼，飞翔仍然是它们的天性。因此脖子上要时刻用套绳拴着，这样一来，即便鹚鸟飞走，不久也会因为无法进食再度返回主人船上，求主人赐予食物。鹚鸟的羽翼也会被剪短，这样一来,纵然能飞起,却无法远行了。天长日久,鹈鸟不仅不会再飞走,还会顺安其命,每天捕鱼作业,完成后再被主人赏赐一些小鱼或'鱼下水'来填饱肚子。"

"铁匠爷爷,你爹养的鹈鸟飞走过吗?"

"飞走过,后来又回来啦!"

"为啥?为啥?"

"脖子上有套子,不能吃东西,不回来不就饿死了吗?"

"回来挨揍吗?"

"又来了!没完啦?"

"谁揍它啊?拿啥揍啊?"

铁匠爷爷采过木头,也编过木排。在木帮时,除了放排,别的都做过。

铁匠爷爷说,东北早春冻人不冻水,植物们虽然听见了流水声,却也只能继续在土地下面蛰伏。早春的江水冰凉刺骨,早春的黄昏留给他的记忆,带着一股水淋淋的惆怅。太阳此时已经西斜,残留的光芒把荒草和江水都染成了凄艳的铁锈色。

只要太阳还有一点儿影子,编排的汉子们就一直干活。他们穿着同样的装束,短褂、肥裤、水靴,头上戴的毡帽也一模一样。这时分北方人还没脱掉棉袄棉裤,可是编排这活儿一旦干起来,没一会儿身上的汗就会淌成溜儿。于是棉衣都脱掉,穿得像三伏天一样,挥汗如雨地干。汉子们要先用手中木棍撬动水中的原木,再把木头用绳子从水里拉起来,一根一根排列上。木头在水里时横七竖八,互相压成什么样儿的都有。可是不管多么粗壮多么杂乱的大木头,最终都要被编成结实整齐的木排才能放行水上,运往各地进行交易。

不怕木头大呀!——嗨呀呼嗨!

加把劲儿呀!——嗨呀呼嗨!

快干完呀!——嗨呀呼嗨!

去找姑娘谈对象呀!——嗨呀呼嗨!

汉子们喊着嘹亮的号子,水流与歌号纠缠在一起,直到把一颗水淋淋的大月亮喊到头顶上来。

"编排"又叫"串排",有着固定的一套工序:伐下的原木被搁置好后,要先用凿子将其两端凿穿,这叫"串眼",然后在串眼内穿一根横木将原木连接成木排。为了确保木排的牢固,要用"大麻绳""箸条"或榆树幼条用水浸泡后做"绕子"绑扎,而后再用大扒锔子钉固。每张木排绑扎大原木十根左右,小的5—6张、大的8—9张的木排,按前后顺序连在一起,形成宽5—6米、长30—50米不等的大木排。

铁匠爷爷说,这一带盛产木材,有"窝集"(林海)多处。从清朝中期到二十世纪三十年代,年年有大批原木顺江而下,集散于吉林,形成了"木都水乡"的特有景象。这景象背后,有关东"木帮"的鼎盛和衰落(铁匠爷爷只赶上个临秋末晚),有放排人的辛酸苦辣,也有一个逝去的、伤痕累累又苦涩难言的年代。

"天伦小子,死死生生、生生死死,天地间只有这个理儿总也不变啊!"

"天伦小子,清明是个节气,在春分十五天后,是咱中国人最重要的祭祀节日之一,也叫寒食节。你铁匠爷爷这辈子,一个后人也没有,赶明儿我死后,年年清明你念上我一声,爷爷也就知足啦!"

第十五章　告别

五月下旬,兴盛镇中学已是一派毕业前的景象。初三一百多个学生,大部分不参加中考,同学们纷纷互相留言告别。剩下准备参加中考那一小部分,或是学习较好,或是父母跟王彩霞一样,希望自己孩子能奋力一搏,实现吃卡片儿的命运。以前我的成绩一直中上,都说男孩子有后劲,我的后劲在初三逐渐显现,如果兴盛镇中学能考上十个，准能有我一个。

　　罗海燕可就不那么保准。她太忙了，一会儿找这个谈话，一会儿做那个思想工作，学习成绩自然受到影响。恰在此时，县教育局给了兴盛镇中学一个保送生名额，这事在同学中间很快就传得沸沸扬扬。全年级四个班，只有我们班一个重点班，这个保送生肯定会从我们班出。同学们七嘴八舌议论，韩松花学习那么好，肯定得是她了。也有的说，韩松花不用保送，肯定能考上，给她白瞎了这个保送名额。同学们议论时，罗海燕不插嘴，就像这件事与己无关，可谁都能看得出，上节课刚得知，下节课她嘴上就起了一溜儿火泡，红里泛着黄水儿，非常水灵。上午最后一节课铃声刚响，罗海燕就跑出了教室。郑四方捅捅我说："看到没？罗海燕找老师去啦，她肯定会说：老师啊，这个保送名额不给我，我这三年就白念啦——老师啊，怎么天底下所有倒霉事都让我赶上啦？老师啊，你看左轮，同样是人，他咋就能摊上个校长爸爸？你看韩松花，长得又好，学习又好，干晒也不黑，男生还都喜欢她、帮她，怎么啥好事儿都让她赶上啦？"

　　郑四方学得很像。那一仗之后，他变得有点贫嘴了。

　　果然，没一会儿，罗海燕的斗争脸带着未干的泪痕，回来了。郑四方往她身边一坐，上来就问："班长，咋？老师不同意把保送名额给我，你替我抱不平啦？"

　　这话倒把罗海燕问得一愣。她眨巴眨巴眼，想了半天，用全天下最标准的一本正经对郑四方说："我觉得这件事应该投票，大家的眼睛是雪亮的，我去跟老师建议去。"

　　"投票，班长好主意呀！说不定我也能得几票呢。"郑四方继续打着哈哈。

　　下午，上课铃声还没响完班主任就进来了。前边一站，查了查人数，转身在黑板上写下十二个名字。手上白花花的，一下子粉笔末，随后朗声宣布道："学校决定，这届保送生和优秀毕业生一样一名——在这十二个学生中产生，都由投票决定。"

　　每人交一张纸条，上面写两个名字。我和郑四方写的都是韩松花。班主任把纸条收上去后,并没立即公布,而是反身回了教研室。再回来时空着手,站在讲台上郑重地朗声宣布道:"根据计票结果,优秀毕业生,韩松花;保送县一中,罗海燕。"班主任好像很忙,说完又回教研室了。班里这些人像麻绳拆为两股,男生为韩松花高兴,女生为罗海燕祝贺。郑四方数了数,七个男生,五个女生。

"左轮,不对呀,咱们男生,肯定两样全投韩松花。罗海燕那保送,最多五票。不对,肯定不对。"

当时我有种强烈的预感,假如我敢站起来,当着仅剩十二个人的全班,质疑罗海燕的票数,那将是我第一次也可能是唯一一次,为韩松花公然出头,争取个公道。这仅有的一次,就足以在韩松花的记忆中留下深刻的烙印,足以让她对我刮目,甚至视我为男子汉、接近半个英雄——另外那半个是当时的身高拖了我后腿。我几乎紧咬牙关,紧握拳头——也就是俗话说的咬牙切齿,就为了让自己把屁股从凳子上拔起来。油煎火燎之际,坐在班级最后面的庞大海,腾地站了起来,大步流星走到罗海燕跟前,声音不大不小却很瘆人地对她说:

"你属蛆的吧,罗海燕?赶天儿好,把你那心拎出来,晾晾吧!"

接下来的情景,就不用我详细说出来感动大家了。我只能说,那是庞大海初中生涯的最后一句话,也是庞大海留在我与他同学生涯的最后一个形象。他确实身材高大,肌肉块儿结实,胡茬儿若隐若现,天庭饱满、地阁方圆,鼻直口阔、浓眉大眼。他说完就带着他的长相消失在教室,消失在兴盛镇中学的大铁门外。他没参加中考,也没领毕业证。他的毕业证是韩松花代领的。我相信,如果我是韩松花,我不光会为他代领毕业证,还会在心里认定,这个人简直脑门儿挨天、脚底板挨地,高大无比。

我看着窗外即将迎来燥热的校园,教室中间每到冬天就毕毕剥剥燃烧的火炉,不明白像我这样不勇敢的人,怎么敢在心里认为自己喜欢一个女孩儿。我什么也没为她做过。大概我只是一枝干木柴,扔到火里就会着起来。那团火只能是个笼统的名字,我想了半天,也许该叫作青春期。一种失落的感觉笼罩了我的全身。可我没想到，十六岁时我也想不到，前面还有更大的失落在等我。

领毕业证那天，班里的人多了不少。我注意到，韩松花的眼睛是红肿的。应该说，肿得很厉害，连双眼皮的出现都变得很困难。罗海燕像只待宰羔羊，又像即将被剥皮的兔子，隐隐颤抖着，眼光在四下里寻找庞大海。在遍寻无果后，她才恢复成一个正常人应该有的样子。

韩松花手拿两本毕业证，向我走来——老天哪！韩松花真的向我走过来了！她身上那股搅拌着丝丝甜汗味儿的热乎气，像嗡嗡振翅的马蜂，径直飞进我的鼻孔里面来了！

"左轮，咱们毕业了。"韩松花对我说，而不是对别的任何人说。我激动得像个傻子，手足无措。

"呃……是啊，真快。"那一刻，我真希望韩松花能知道，一个十六岁的少年不管说出什么愚笨的话，都是在向她贡献一颗颤抖的心。

"我……想拜托你……件事儿。"

"呃……嗯。"

"跟左大爷，左校长——说声对不起……"

"怎么啦？"

"我……不能念高中了……辜负了左大爷。"

"为啥呀！松花，为啥？"没想到，情急之下，我跟她说话竟也变得如此顺溜，"你不是想考医学院，以后当医生吗？你忘啦？"

"拜托你了，左轮。"

韩松花不想在我面前流泪，也可能头一天晚上已经把眼泪用光了。她说完这句话也转身离开了教室，跟几天前的庞大海一样。我追到教室门口，再往前迈一步，就是裸露沙土的草地了。韩松花跑了起来。她结实柔韧的腰身在粗陋的校园里快速地扭摆，乌黑的头发结成一根麻花辫儿，像鞭子一样拍打她挺拔的肩背。这是韩松花留在我与她同学生涯的最后一个形象。大铁门带着仅剩的一点儿绿漆，呆呆地站在阳光下，和我一起，眼睁睁看着十六岁的韩松花离开校园，奔向草木日渐茂密的山坳。

我还久久沉浸在自我感动和自我悲伤之中，无法自拔。我在给自己煽情方面，似乎继承了王彩霞的基因。我的耳畔一遍遍回响着韩松花写的《假如我是名医生》，我痛苦地认定，时间将永恒在这一刻，这痛苦的一天将和韩松花的作文一起，把我钉在时间的十字架上。

……假如我是名医生，即使我不能治好世界上所有的病症，可是一定会有一些人，因为得到了我的医治，告别了漫长的痛苦。当他们能下地、能行走、能用双手去改变他们的生活，久违的笑容一定会回到他们的双眼，慈悲和宽容一定会回到他们干涸已久的心灵。

假如我是名医生，我会把自己当作每个患者的亲人，用我的技术，也用我的眼睛和话语，让他们看到希望，看到只有一次的生命，会在希望的灌溉下，爆发出多么顽强的韧性。

假如我是名医生，我会牢牢记着"大医扶魄"这几个字，在我人生懵懂之时带给我的震撼。能救治一颗灵魂的医生，与攻克一项难症的医生，同样伟大。

假如我是名医生，我可能在田间地头，也可能在某家医院的红十字下；我可能头顶风雨冰雹，也可能脚踩坚冰深雪。我希望自己能出现在每一个无助的病人身旁，把他们的白天恢复成忙碌，夜晚转为宁静。

当这个世界的每个人都能日出而作、日落而息，那意味着每个人都拥有健康的身体。那一定是我作为一名医生，最幸福的时刻……

我不争气地眼含热泪。又不争气地发现，这一天的终点还是没有到来。就在这如同梦游般的幻灭感觉中，我的好朋友郑四方，也拿着通红的毕业证向我走来。

"左轮，轮子！"他拍着我的肩膀，我真希望他再拍狠点儿，让我来个大梦初醒。

"来，咱哥俩话个别。"我没理他。我的样子像是很痴迷于一种痴呆的状态。

"嘿，想啥呢？左轮，兄弟就能陪你到这儿啦。"

我还在痴呆着，不知道郑四方的嘴一开一合，在放什么屁。

"左轮，去县里读了高中，好好念，以后考上大学，我也能借光看看毕业证啥样。"说着，郑四方哭了。千真万确，一串眼泪，把我砸醒了。

"你说啥？"

"嗐，要知道咱俩只能到这儿——左轮，我知道你心里有疙瘩，其实打那天起，我就决定不往下念了——不是因为那一仗，你懂吗？我知道自个儿跟你，终归不是一条道儿上的人——左轮，你削我一顿吧！"

郑四方把我抱住啦！他的眼泪掉在我肩膀上，我终于反应过味儿，这是我和郑四方的告别啊！

"你滚！胡说些啥呀！"我给了他一拳，打下的却是我的眼泪。我也哭了。这痛苦的一天为什么没有尽头啊！

那无边无际的一天里，只有一个人走过来，跟我说了不一样的话。

"左轮，谢谢你那天投我一票。"心力交瘁的我，面对这高帽式的扒瞎，竟无言以对。

"谢谢你这三年，一直支持我工作，一直帮助我。"天地良心，我从没支持过，更没帮助过。

"到了高中，咱俩还是同学，还互相关照呗！"

我第一次在罗海燕脸上看到了如愿以偿的喜悦、前程似锦的得意。如果这一切背后不是我喜欢的人逐个放弃了学业，我估计自己能给她一个表面的客套。可这假设已经不可能成立。于是，我像最小肚鸡肠的人那样，在听到别人的好事儿时，面无表情地转身走掉了。

回韩屯，我走了一路，也迁怒了一路。

被风吹散的云片懒洋洋地趴在天上，东山上的每棵树都长满了叶子。一个月前，它们还那么新鲜青翠，现在已经绿得很浓重，快接近老绿了。鸟雀们把脑袋藏进树叶，挑衅一样对天上的鹞鹰叽叫，对地上的黄鼠狼叽叫。山里有生命的东西都在发疯一样证明自己活着，这股疯狂确实让它们长势惊人。荨麻草、刺刺秧、苣荬菜、曼陀罗、蒿草、蒲公英，也有核桃、榛子、山里红、糖李子。它们曾让我觉得东山无比富有，神秘瑰丽。阳光像会骗人一样，在小石河上铺了条谁也不能走的路。河边的芦苇在拔高，小树林披着潮湿的水雾。河里的小鱼游向盛夏，春天在它们身后变成染绿的河水。

当我孤单一人路过这一切，我感到让我此刻孤单，以后也将孤单奔赴县城的，正是这一切。它们见证了我和我的朋友过去所有的日子，可它们用贫穷牢牢套住了我的朋友。我将独自一人离开这里，而我的朋友将在这里撑起沉重的生活……

第十六章　失落的人

中考那天，庞大海的姥爷去世了。那是个清澈透明的早晨，庞姥爷从炕上坐起来，张罗着要喝二米粥。粥端到嘴边儿时，他已经安详地故去了。这件事让我接下去的许多年里，每次听到谁家的耄耋老人要喝二米粥，心里就会掠过一阵紧张。

出殡那天，韩屯人只要能下地的，还是都赶过去了。他们是为了送庞姥爷，也是为了那块儿能拿回家纳鞋底儿的孝布。这个抢孝布的风俗，让我一直也不明白，人们去参加白事，到底出于对人的感情还是对布的感情。

韩松花也去了，我确信她绝不是为了布。去之前她爸又骂了她，并勒令她不许在老庞家停留，必须立马去镇上相那门儿亲。老韩头说的人是个包工头，也算得上是个能人，单身一个从北岚村跑到城里，吃了不少苦，一点一点干起来个包工队。只是年龄大了点儿，结过一次又离过一次，已经过了不惑了。老韩头说他眼睛毒，会看人，韩松花跟了这人，这辈子就有了着落，不带吃苦遭罪儿的。这一次，韩松花不觉得骂声是好听的声响了，她对"不惑"两个字充满莫名的恐惧。她想，相差两轮，岂不是差个爹出来吗？她第一次说出了那句话："这还不如不让我活了。"

说完，韩松花就去送庞姥爷了。

下了葬，庞大海跪在坟前给庞姥爷磕头。三个响头之后，扭身就跑。

韩松花找到庞大海的地方，就是上次他救她那里。庞大海蹲在那块大锈石上，手夹在腿弯子里，下巴扎在膝盖上。远远看去，像从天上掉下来的一只大鸟，落地时摔丢了翅膀。他呆呆地蹲着，脸上淌着一个孤儿的眼泪。楸树和黄菠萝树的叶子不时拍打着枝干，松鼠把尾巴打个弯儿傻愣愣地站着，像是不知如何张口去安慰这个东山的孩子。韩松花几乎是踮着脚尖儿，一声不响地坐在了庞大海旁边。

就这么一直静默着，不知过了多久。庞大海腿麻了，就地坐在石头上，仍然背对着韩松花，用被眼泪浸泡得嘶哑的嗓音，给她讲了个秘密——

"埋我姥爷的时候，埋进去个玻璃瓶子。你看到了吗？"

"嗯。"

"上面有半个标签，影绰还能看见一个骷髅头，还有乐果、一九八三。你知道那是啥吗？"

"不知道。"

"那是我馋的证据。"

"证据？乐果？"

"当年我姥爷养的那塘鱼，不是被别人药死的，是我。我偷了仓房里的乐果，以为鱼药死了，立秋饭就能吃到肉了。"

"姥爷知道吗？"

"我一直以为他和姥姥不知道。从他那个宝贝箱子里翻出那个瓶子，我才明白了——姥爷从一开始就知道了。"

"哦……"

"可他不但装不知道，还跟铁匠爷爷一块儿跑出去，借了钱，给我买回那条红烧鲤鱼。"

韩松花说不出话来了。她十六岁的心同时受到两种情感的袭击。庞姥爷和庞大海之间那份脉脉的温情，像超越了时间和生死，在那一刻，静静连接在两个失落了梦想的人——她和庞大海中间。

庞大海是自己的好朋友。那一刻韩松花想，可能是她这辈子最好的朋友了。这么想完之后，她又觉得自己不清醒。庞大海喜欢自己，不是对朋友那种喜欢。如果感觉不到这个，那她韩松花就是傻子了。

韩富贵还在催韩松花去相亲，相亲这件事让他有了士气，有了精神头。

"松花，你这辈子能不能走出韩屯，就看这门亲事了。"

韩松花杵在地中间，不吭气。

"咱们家，你两个妹子，你这个爹，这个妈，这辈子能不能走出韩屯，也指望你这门亲事了。"

韩松花还是不吭气。松花妈把话接过去说：

"松花呀，别犟，再好看的花也只开一回，跟有钱人过的，那叫日子，要是找个穷鬼，那过的就不是日子了，那过的全是糟心啊！"

韩松花就是一声不吭。不惑之年的男人，在她眼里就是个老头子啊。

韩富贵那天突然改变了方式，他费劲巴拉站了起来，声音颤抖地对韩松花说："松花，爸求求你，你醒醒腔吧，再不醒腔，你爸今天给你跪下。"

这个方式韩松花太陌生了，她一下子就傻眼了。

"爸，妈，我去，我去相亲还不行吗？"

就这样，韩松花穿上了母亲嫁给父亲那天穿的红袄罩（当时还比较热，松花妈把红棉袄里面的棉花去掉，变成了袄罩），头发梳成一根大辫子，在媒婆李迎春的带领下，去了县里。

包工头姓史，全名叫史大庆，个头不算高，穿了一身工地的衣服，手里拎着安全帽，看上去似乎没有韩松花想象的老，也挺精悍的。可韩松花就是觉得哪里不对劲。

"那边有休息的工棚，那里去坐吧。"

韩松花杵着，不动弹。

"先溜达溜达工地也成啊。"史大庆改口说。

韩松花还是不动弹。史大庆说："搁这儿唠唠嗑儿，也挺好。"

刚说完这句，堆满钢筋和砖头的工地，平地吹起一股浑浊的风，可劲扬着灰白色的水泥，还在史大庆头顶打了个明显的旋儿。史大庆头上那层黑得发贼的头发，就随风飘逝了。韩松花眼前的史大庆就这么轻易地被一股风变成了老爷爷——他头顶只剩几根头发，还全是白色的。

那个年代的假发，质量还是没有后来的过硬啊。那副假发飘了一小段，盖在几块砖头中间，像地下冒出个人脑袋。

韩松花转身就跑。史大庆和李迎春加在一块儿，也没跑过韩松花。

可她低估了一个老男人的执着。仅仅隔了一天，李迎春就领着史大庆，直接登门了。

史大庆拎了两瓶酒、两盒点心、两瓶罐头，外加两条鲤鱼，假发下面大概抹了胶水，反正看上去很紧密很结实，不胜欣喜地进了老韩家门儿。

不争气的韩招弟直勾勾盯着那四样东西，口水吞得咕噜咕噜响。韩富贵和松花妈像从哪里借来一股神气，很整齐地一块儿坐了起来，又很整齐地一块儿捋头发、用手背狠劲蹭掉眼屎。

史大庆高高抬起腿，庄严地迈过老韩家破烂的门槛，一手拎着两样，冲着韩松花整整齐齐的父母就是一鞠躬。韩富贵两口子就像

事先演练了无数遍一样,一块儿磕磕巴巴、一块儿手脚不知往哪搁了。他们还一块儿说:

"哎呀,那个啥,哎呀,那个啥。"

都没哎呀出啥来,倒是史大庆口齿清晰地说:

"叔,婶子,我叫史大庆,叫我大庆、大侄子都行。"

松花妈这时终于回过一点神儿了,她端量着史大庆,"大侄子"三个字韩松花都感到就在母亲嘴边了,可还是没叫出口。

"坐,快坐。这家里,也没个地方坐。"

"婶子,我站着就行。"

韩松花被李迎春按着,还没来得及跑,他们已经唠到了把韩富贵两口子接到县里住哪、在哪家医院看病这一步。

"我对松花,是太满意啦。"

史大庆说到这,韩松花父母停顿了。沉默了一会儿,只听韩富贵咯了一下嗓子,说:

"大庆啊,我想问一问,你今年,到底多大啦?"

"呃——我今年四十五。"史大庆也磕巴上了。

"当真四十五?我看,不止吧?"

韩富贵说完这句,韩松花的心都要跳出来了。又沉默了好一会儿,史大庆从衣兜里摸出身份证,拿给了韩富贵。

"虚岁儿——今年——五十……"

史大庆说完这句虚弱的话,李迎春撒开韩松花,一扭身就走了。一个字也没留下。

"真没孩子?"

"有……两个……可我指定对松花好,叔,你尽管放心。"

"快别,别叫我叔,"韩富贵急忙说,"我虚岁儿才四十七。"

史大庆走的时候,韩富贵让他把带来那四样东西拎回去。别的都齐了,唯独山楂罐头少了一瓶。找了好半天,看到韩招弟蹲在后院窗户下,手里捧着空罐头瓶。

韩富贵差点气昏过去。他又恨起了韩松花的爷爷。

"爹你咋死不是死——"才说一句，又想起史大庆在，强压火气对韩松花说：

"去摸十个鸡蛋，给你史大爷拿着。"

韩松花使劲一点头，奔着鸡窝就跑过去。摸来摸去，里面只有两个鸡蛋，再加上家里的，凑上八个。她没敢告诉父亲，又跑去邻院借了两个。

就这样，史大庆拎着两瓶酒、两盒点心、一瓶罐头、十个笨鸡蛋，外加两条鲤鱼，离开了老韩家。

第十七章　离去

最后一次看到韩松花和庞大海，是高三那年。我妈因肝癌病故，我和我爸回韩屯搬家。

那时我爸果然调进了县里一所高中，不是我读的县一中，也不是一把校长，但仍然是校长。我妈是在我高二那年查出患病的，连手术带治疗，仅仅一年，人就走了。谁也不愿相信那个病竟然能被我妈得上，她看起来一直像片彩霞，开朗热情。她走的时候也瘦成了一片彩霞，轻飘飘的。在医院病床上，拉着左校长和她儿子的手，再三叮嘱，好好学习，必须挣工资、必须吃卡片儿啊。她留给我的最后一句，还是这个话。

我在县里住校，我爸在县里陪护，韩屯的瓦房空着，村里那个许端午一直想买过去。左校长料理完我妈后事，对我说，回去一趟，搬了吧。其实别的都留下了，他主要带走三样：书、我妈那台缝纫机连带着机盒里那副钩针，还有那辆大永久。

那时候，韩松花和庞大海已经结了婚。庞大海倒插门，入赘到老韩家。

搬家那天已经十月份了，天上下着牛毛细雨，风吹在身上拔拔凉。我和我爸穿着雨衣。刚走上小木桥,远远看见一只狗,肚皮贴在桥上,没精打采地趴着。它的毛淋湿了,一绺儿一绺儿的,挡住了它的眼睛。见我们沿着山脚上了小桥,它站了起来,抖了抖雨水,嘴巴张开,像是有话要说。

"爸,是毛蛋,铁匠爷爷那条狗。"

我爸说:"毛蛋,下雨呢,家去吧。"

毛蛋不动弹,也不看我爸,它看着我。

"爸,毛蛋好像有话告诉我。"

"那就跟它走一趟吧。"我爸说完,毛蛋转过身子,开始在前面带路。进了村,原先生产队大院儿旁边,铁匠爷爷那个打铁的小屋门口,毛蛋站下了。门虚掩着,没锁。我召唤了声,铁匠爷爷。没人应我。刚要叫第二声,门往里一拉,有人出来了。

"四方?你咋在这儿?"郑四方黑了不少,个头也长了。

"左轮?左轮?"郑四方又惊又喜,给了我一拳头。毛蛋溜着门边儿,进到屋里,挨着打铁炉子,又趴下了。

"铁匠爷爷,今年开春,也走啦。"

我顺着郑四方的话音往屋里看,铁匠爷爷的大围裙还在窗户旁边挂着,上面沾满铁锈,还有一些小洞,那是红铁烙下的窟窿。小时候的夏天,我透过那些窟窿看到过铁匠爷爷的肚脐眼儿,黑黑的,围了圈儿又粗又长的汗毛。铁匠爷爷从不顺溜儿赏给我故事听,总得绕个大弯子。讲故事前,他会敲敲烟袋锅,捣进去烟叶,吸溜一口,白烟冒出来,就在铁匠爷爷那张脸前面扭着白身子跳舞。那些远去的情景似乎就寄存在眼前的小屋子里,无论何时只要我站在这儿,就会回到很久以前的某一天。我并不确定,那些文武开江、熬鹰、养鹚捕鱼的故事,是不是已经跟在时间后面,风尘仆仆地跑掉了。

"我跟村里商量,想把这个小屋弄过来,干点儿啥。"郑四方说完,毛蛋哼哼了两声,哼哼声很苍老,很难听。我看了看毛蛋,问郑四方:"你窝这屋里,你家地谁种?"

"地?就靠那十来亩地,该咋穷还咋穷。马无夜草不肥,可一棵树吊死，那哪行。"

"你也打铁？你会吗？"

"会也没用，现在有几个还打铁？得干别的。"

"别的你想干啥？你又没啥手艺，别把毛蛋这点儿念想给祸害喽。"我指了指铁匠爷爷的小破屋。这里何尝不是我的念想。毛蛋走过来，鼻子蹭着我的小腿。

"看看吧，可能开个小卖店，和麻奶奶家的那个竞争竞争。这毛蛋，一点儿不待见我——左轮，回来干啥来了？"郑四方问我。

"我妈不在了……回来搬搬东西。"

接下来的一整天，郑四方一直跟我忙前忙后。

大永久早就瘪带了，我爸要打气儿，郑四方把气管子接了过去。"左大爷，我来吧。"这个活郑四方确实很在行。当年在我家当院儿，我俩偷着骑完大永久，打气儿的活都是他干。

郑四方蹲下，起来；起来，蹲下。每重复一次，膝盖就弓出一个标准的九十度角。这动作把他的腿显得很直溜，灵敏度很好。这动作也让我想起这屋子、这院子里，曾有个叫王彩霞的女人每天忙里忙外。作为全韩屯最被羡慕的人，她曾在这里度过了十八年的婚姻时光。她一定以为把儿子供上大学，她会像东山雨后的彩霞一样，在这里安详地老去，在这里看着她的孙子孙女玩耍。她的梦想，竟也失落在人生的半路。

"左轮，你还记不记得？"郑四方打断我的多愁善感。

"记得什么？"

"大永久刚来你家第二天，你爸驮着你和你妈，回柳屯你姥爷家。"

"唔。"

"那天，我第一次知道了'家'这个词长什么样儿。"

"嗯？"

"嗯……家就是……你爸你妈加上你，一起跟着大永久往村口走的样儿。"

我心里像被什么东西狠狠剜了一下。我一直以为所有人都在观望大永久，没想到居然有人在看"家"。

我苦笑了一下，对郑四方说："都过去了。"

郑四方蹲在地上，扭着气门芯的盖儿，"这辈子，我要是能有一个那样的家，有个像你这样从不光膀子的儿子，我就知足了。"

我的沉默代表我不知该说些什么。去县一中上学前我就知道，郑四方他爸，那个心眼儿活泛的郑万山，不光在城里有小蝶，韩屯吊眼梢子的白寡妇，也常给他留炕头。媒婆私下告诉郑婶儿，你也养个野汉子，你男人就回来了。郑婶儿说，郑万山不会跟个破鞋过日子的。媒婆说，他睡的那些，哪个不是破鞋？郑婶儿还是坚持说，睡归睡，过归过，不一样。我知道得越多，越不知道该对郑四方说些什么。如果我什么都不知道就好了，我就能像从前的王彩霞一样，庸俗地叹着气，再庸俗地掏心掏肺——你家也不赖呀，你爸脑子活络，你妈那么能干。

拾掇完往外走的时候，对面院子里传来喊叫声。隔着土路我就听出，这么洪亮的叫骂只能从韩富贵嘴里发出来。他骂人不会指名道姓，可是听两句就知道，骂的是韩松花还是韩金宝、韩招弟。被粪呛死的总是韩金宝，被尿淹死的指定是韩招弟。他骂完，或是韩金宝，或是韩招弟，就会拎着裤子从屋后小茅楼晃悠出来，拖着蹲得麻木的腿，战战兢兢往屋里去。韩松花既不是呛死也不是淹死的，她通常是笨死的。韩富贵的原话是：你个笨死的货、咋不笨死你呢！

这次韩富贵骂的是，哪天一个雷劈死你。在这个秋天的黄昏，我努力想着，三姐妹中的哪个会做出挨雷劈的事儿，这事儿一定比蹲茅厕和掏不出第二个鸡蛋严重得多。我祈求不是韩松花，祈求老天不要让我看到彻底务农的韩松花。我担心自己会又一次心碎，在县一中宿舍，一宿宿粘补一颗心的滋味，在失去母亲的日子里，一定更加孤独，更加难受。

"砰！"那泥草房的门被摔了一下，有人出来了。我意识到，这应该就是挨骂的人。在我想低头赶紧走掉的时候，这个人的眼神不偏不倚对上了我的眼神。

是庞大海。他就是韩富贵嘴里死于雷劈的人。我在一瞬间就明白了一切。在这个黄昏时分，被雷劈中的，难道不正是我吗？

庞大海的惊慌无措并不亚于我。他扭身就往回走。拦住他的并不是我的召唤，我已经像根木头，拦住他的是屋里出来的另一个人。这个人穿了件宽松的老太太衫，脚上是跟庞大海一样的黑色布鞋，头发随意一抓，像后脑勺撅出一把黑色的小扫帚。她的脸很圆润，粉红的嘴唇儿像两个花瓣；她的眉毛又弯又长，大大的眼睛朝着庞大海投射出温柔而忧郁的光芒；她脸上的花瓣在开合，显然是在对庞大海说着什么话。我对这张脸丝毫不陌生，却又感到脸上少了些什么。庞大海不但对这张脸熟视无睹，还不耐烦地甩掉拉他胳膊的那双手。这动作让那双手很窘迫，犹豫了几下，放在了自己的肚子上。

紧接着，大概是注定，我迎来了那个黄昏里躲不掉的心碎——

那是个巨大无比的肚子。肥大的老太太衫只能挡住它，却不能使它变小、变为平坦。那时我已满十九岁。有三四回，我在梦里闻到一股暖烘烘的汗味儿，还有个画外音对我解说着：这是女性身体的味道。解说的是个女人，我不知道这声音属于谁。声音离开我后，一些液体也离我而去。它们的黏稠让我感觉这不是普通的液体，大概是我五脏六腑的精华。我对它们依依不舍，又满怀嫌弃地又擦又洗。第一次彻底消灭它们后，我就明白了一些事。我知道女人的肚子是怎么大起来的，大起来之前有个什么程序必不可少。

我对眼前的一幕，包括幕后的一切，就那么轻而易举地了然于胸了。这没给我带来一丝半点无师自通的窃喜，恰恰相反，悲伤像暴雨后的小石头河水一样汹涌。

我飞身骑上大永久，再没有当初的舍不得，任由它在崎岖不平的土路上颠簸。郑四方快跑几步，一跃飞上了后座。

"院儿里是韩松花、庞大海！你不打个招呼？"

我连支吾一声都没有，像跟车镫子有仇，拼命往村口蹬。

"他俩上秋结的婚，婚前就怀上了。"

我跟车镫子的仇更大了,恨不得踹着它们往前骑。

"韩松花家的地,这回可有人种了,要不她爸让她跟个老包工头一块儿过。你听见没有啊?"

我没听见!我他妈啥也不想听见!我心里就这么一句,眼前只剩个圆得不能再圆的大肚子。我知道自己的愤怒毫无道理,我早该知道,这就是走不出韩屯的他们的命运。男的种地娶妻,女的嫁人生娃。可当这一切在我儿时伙伴身上成为现实,在我眼里,竟然像刚剥了皮的兔子一样血淋淋。韩松花那个当医生的梦想,像把手术刀,锋利地划过我的心房。庞大海想当军人那话儿,也成了凄凉的戏言,跟我们的少年时代一块儿,石沉大海。

"左轮,我知道你恨庞大海。你是不连我也恨哪?"

我捏了车闸,大永久直愣愣地停下了。

"没有的事。"

不管郑四方信不信,我真的不恨他。我甚至可以提前保证,一辈子都不会恨他。如果跟韩松花成家的是他,那可能就是另一回事了。

铁匠爷爷屋门前,孑然一身的毛蛋在等我。这老伙计真是又老又丑,身上的毛擀毡了,老远都能感到跳蚤在里面撒欢儿。可我不能嫌弃它,八成也是最后一面了。

"再跟你说一遍,四方,别祸祸铁匠爷爷这点儿念想。"

"旧的不去新的不来,我不占上,咱村许端午也惦记着呢。"

"许端午?"

"他跟我爸差不离,没完没了折腾。可他能折腾来钱儿,我爸越折腾越穷。再说钱这东西,换你,你能嫌多?"

我被问住了。这个许端午也该有而立的岁数了,是韩屯头号富裕户,买我家房子的就是他。郑四方说得没错,这人从年纪轻轻就爱折腾。二十世纪八十年代往后,他先是雇村民割草、打草帘子,拉到县里去卖。蹚出点儿门路,又开始编柳条筐往国外卖。可惜没两年,外贸黄了,他的"出口"生意也就黄了。可他胆子早就练出来了，四处认干爹干妈干舅，在外面闻到钱味儿，回来就埋头鼓秋。前些年光靠这些买卖，他一年就能挣个千八百。我上初三那年，还亲眼看见他骑回一辆摩托，后面驮着他当时的对象。俩人都戴着蛤蟆镜，那个女的有两条粗壮的大腿，腿上罩着大片的"黑渔网"，红高跟鞋能有半尺高。据说他们当时在乡里摆摊儿卖衣服，卖得最好的就是女的腿上那种黑袜子。要是听许端午自己说，他家也就是饿不着的水准，可要是算上地里收成，就能明白他说的饿不着，根本就是谦虚大劲儿了。

"要是这样，你能争过许端午吗？"

"我就天天赖这儿——"

"这么个小屋，他能干啥呢？"

"好像拉咯（联络）上日本人了，要加工山蕨菜往那卖。"

"你这是胳膊想跟大腿较劲。"

"我就不信了——"

看着郑四方踌躇满志的样，我想说一句祝他好运。可是毛蛋和铁匠爷爷的大围裙都在默默注视我。他们属于过去，郑四方的发财大志属于未来。在过去和未来之间，我不知道该怎么安放自己的留恋和恨念。我应该对郑四方——也对刚才院子里的庞大海和韩松花说：一定要把日子过好。可十九岁的左天伦并没有做到。

"四方，好好照顾郑婶儿，有妈没妈，不一样。"

"四方，好好干。"

"嗯哪。左轮，啥时再回来？"

我被再一次问住了。是啊，什么时候再回来？我在寝室大哥的一本书上读过两句诗，是拜伦所写——"我将如何面对你，以沉默，以眼泪。"我将如何面对韩屯和韩屯的人们，这是十九岁的左天伦无法回答的问题。

左校长跟上来了，身边围着许多人。人人都在给他塞东西，有反剪着翅膀的老母鸡，还有沾着鸡屎的笨鸡蛋、蘑菇、木耳、山榛子。左校长一直在推辞。他有好几年不戴套袖了，可这会儿左右胳膊都戴着。左面是墨绿色，右面是藏蓝色。套袖是王彩霞用布头缝的，小块儿布头，只够做一只。王彩霞说，反正写字儿也好，写板书也好，不是不能两只手一起舞挓嘛。左校长一定是生怕落下，全给戴上了。韩屯每个人都想拽住他的手，每双手与他比，都糙得像百年老树皮。左校长的表情向我诠释了四个字：不胜唏嘘。他对他的每个学生都说过那六个字：知识改变命运。可他全力帮助过的学生，又纷纷回到了他们的命运里。不胜唏嘘的表情让左校长与韩屯的人们那么相似相容，又那么与众不同。他挨个答应着，有空就回来，一定多保重。到他们终于依依不舍地松开手，又有个女孩儿的声音叫住了他。

"左校长！左大爷！"

我以为是韩松花，是我最不想见到的大肚子韩松花。我背对人群，呆若木鸡。

"左大爷！"女孩儿气喘吁吁。

"我爸——让我过来，说左大爷对俺家——大恩大德，让我给左大爷——鞠个躬——"

我没敢回头看这女孩儿，看她是怎样弯下腰，毕恭毕敬地给左校长鞠了一躬。

"金宝哇……好孩子……"左校长的声音止不住颤抖，我已经用后背看到了他的眼泪。忍一天了，终于在刺儿头韩富贵捎来的口信儿里，滴落在村口的泥土地上。

我庆幸着，来的不是韩松花。人群里没有她，也没有庞大海。我猜想，韩松花在看到我父亲的身影时，一定急忙转身，小跑着躲回了泥草房。她无法用那个浑圆的大肚子，面对人生仅有的那九年读书生涯里，对她寄予过厚望的左校长——在韩屯即将留在我身后那一刻，我竟与韩松花有了短暂的心意相通。一瞬间，我明白了那会儿在韩松花脸上没找到的东西。她的酒窝儿不见了。从前无论何时何地，那对会开花的酒窝儿一直与她形影不离。

那么多的过去都只能置身于过去之中了。我又看了眼东山，看了眼小石河,与昔日有酒窝儿的韩松花在它们的背景里,相视一笑。然后我伸手抹掉眼泪,载着我那没了伴儿的父亲,启程了……

第十八章　从天而降

后来的我与韩屯,形成了一种很奇怪的关系。

从我出生到长大——吃着韩屯的粮、喝着小石河的水、吹着东山的风——所有那些日子,我从没梦见过那一切。而当我彻底告别了韩屯,读高中、复读、考上市里那所师范专科,东山和小石河像是长出了腿脚,开始不声不响扒拉开我的呼噜,擅自闯入我的梦境。梦美化了它们。在梦里,东山总是一身夏天的盛装,没有一棵枯死的老树,没有一块斑秃的锈石。林间回响着百灵鸟永远在恋爱般的欢歌,林蛙籽颗颗饱满,用淡金色的光泽穿透油绿的草帘儿。蛇的身体那么柔软,尤其两条蛇交配,那种柔韧和痴缠曾是我最早的性启蒙。小石河清澈见底,水底的石头经年累月被河水抚摸,每一颗都像丝绸般光滑。女人们围着河水,把衣服捶打出捣土豆泥的声响。她们健壮的臂膀和瘦削的后背,像是一副身子里长出了两个人,一个男人和一个女人。

梦没把我带回韩屯,说来也许荒谬,可事实如此:越梦到韩屯,我离它就越远。离它越远,梦里的情形就越清晰。我甚至能看到铁匠爷松垮的眼皮上粒粒凸起的肉瘊子,能闻到傍晚炊烟里飘来各家各户的菜味儿,能感觉到手心摸在毛蛋脑门儿时那种皮在骨头上的滑动——可我竟一次也没梦到过韩松花、庞大海,也包括郑四方。

我无法解释这是为什么。这只是一种真实。我让王彩霞的期望变成了现实,进入体制内工作。我认识了乡村姑娘马白云,她平实的长相和简单的眼神让我自信这是我的女人。她小学老师的工作让我替我妈满意。我们跟所有适龄男女一样,到点儿就结婚了。有过短暂的耳鬓厮磨,清晨或黄昏时分,我抚摸着趴在我肚子上的那颗头颅,突然意识到这就是与我共度一生的人。我为此自我感动,暗暗发誓要护她一辈子周全。不久之后,我们开始为孩子的奶粉和尿布时有争吵。孩子戒奶前后,她得了乳腺炎,开始厌恶夫妻生活。我们的争吵上升到一个层次,睡觉时背对背成为常态。随着左凌儿冒话儿、会走、上幼儿园,"爱"这个字眼,就像那个狼来了的故事,不声不响退出了我和马白云的生活。左凌儿会写作文后,语文老师留给孩子一篇奇葩的题目:什么什么之爱。左凌儿作为没有兄弟姐妹也没有固定玩伴的独生子女、楼房囚民,只能就地取材,写了篇《父母之爱》。她虚构故事的能力引起我的重视——在她笔下,马白云是个有产后抑郁症的女性,一次要跳楼前,她笔下的父亲不顾一切抱住这位抑郁的母亲,痛哭着保证,要死咱俩一起死。正是父亲的忘我之爱,彻底拯救了母亲。这个故事也引起了老师的重视,为此特意把我找到学校,小心翼翼地询问左凌儿同学的家庭情况。我费了很多口舌,让老师相信那是左凌儿的编造,也叫杜撰。老师的表情代表她会继续持观察态度。就这样,这个故事让我不敢掉以轻心,并严令禁止马白云再看肥皂剧。从那开始,我们家的吵架再次升级,从一对一变为二对一。无果之果是一顿肯德基,而后是一趟商场,马白云从一楼转悠到三楼,顶多买件二折的衣服。

  就这么过着。中间还有马白云多嘴多舌爱掺和的妈、一棍子打不出半个动静的爸,月月按点还的房贷、按下葫芦起了瓢的装修、家庭关系、单位人际关系、楼上楼下总互相指责对方制造噪音的邻里关系——如果我说我每天都思念韩屯,思念韩松花、郑四方,那么我宁愿人们放弃我讲的这一切。我过着庸常的人生,在生活中也戴着面具——必须承认这一点。越是这样,我越是渴望诚实。这就像我的梦与韩屯的关系。

  可我会想起他们。尤其左校长健在的时候。那时我已经意识到,与我有着共同记忆的人——关于东山坞,关于过去,关于那些人——唯有左校长了。我想起他们时会对左校长说,不知道他们现在过得咋样。我并不会得到回答,或者说,我得到的回答只是他慢条斯理的回忆——"那时都是一张张白纸啊,松花、大海、四方……"

后来我想,左校长或许也不敢深想他们现在过得怎么样。他无力对我保证——肯定都不错。更不忍心说出另一种可能——未必如意吧。他只能重提那些远去的美好,在这一点上,我事后才悟得,左校长是我的知己啊!

左校长在马白云心中就是个普通的退休老头。左校长也没对她讲过半句知识改变命运。左凌儿六岁时,左校长的人生结束于一种常见的不治之症——肺癌。马白云没表现出夸张的伤心,但还是出于善良本性,面对一个生命的离去,洒下了她的眼泪。她说她最敬重的是左校长一直没找后老伴儿,没无端给她整出个后婆婆伺候。我想说她小瞧了左校长,又一想,这话一出口,我就要列举出一系列她不该小瞧左校长的理由。一想就累,于是作罢了。唯一给长眠的左校长磕头的人是左凌儿,还是我打样在先,并用好孩子的头衔加以哄劝。

左校长走后,三十出头的我成了孤儿。捧着他温热的骨灰,确实有那么一刻,我想起了庞大海。我骤然懂了小学时他那一仗的尾声,那凶神恶煞般的眼神——别他妈老欺负我是孤儿!他只不过想在无涯的天地中间,用眼神吼出这么一个意思。可他赤手空拳的样子,回头去看,竟是要多孤单,就有多孤单。

调回兴盛镇后,我不止一次去过柳屯、北岚、天岗,辖区里的村屯少说也去过三分之二。可我不回韩屯。不是没机会,而是我不回去。在别人眼里我混得不错,虽然达不到呼风唤雨的地步,可是有职务、有前途(大家的原话)。在自己眼里,我却庸常得像粒儿尘埃。陌生的村屯里都是陌生人,彼此不知道过去的样子,不用惋惜喷叹,不用动心动念。可是假如——这世上有个地方,在回忆中裹满了温暖的包浆,它就成了软肋、痈疽、一颗永远在发炎的青春痘,我连碰一碰的勇气都没有。时间不会让东山荒秃,不会让小石头河干枯,可它会改变每个人的模样。大概率,每个人也都跟我一样,看着时间打磨出来的这个中年人，都不会打心眼儿里喜欢——跟当初设想的未来的自己，相差太悬殊了。

关于我不回韩屯这事儿，我的一个女同事曾说："左助理，近乡情怯呀！是有放不下的人吧？"为她这话，我不由自主地看着她。"其实你是个感性的人哪。"说完这句，她没再说什么，替我下韩屯去了。没多长时间，她调走了，确切说，是上调。我要单独请她吃顿饭，她没同意。关于她，一直有很多传言，也许是真的。我只想说，如果我是个出类拔萃的男人，我也会喜欢她。她的眼神感性、无畏、温暖、沉静。我只是不敢喜欢而已，我配不上。

可是很多事，就像自有天意安排，早晚会凌空而降，躲不掉的。

前年夏天。那是个闷热的天儿，镇政府院儿里的蝉，在一声声替村民们喊热，喊声嘹亮。中午我吃了碗冷面，冷面馆在老街东边，吃完后我沿着老街往西走，一路看到老乡们顶着烈日摆小摊儿。这时令卖应季菜的多，黄瓜柿子茄子都怕晒，苫着湿布，隔几分钟掸掸水。男老乡头戴草帽，女的有戴防晒帽的，鲜艳的大粉色配上黑褐色的脸，汗珠像冒出的油，混儿画的，视觉效果非但不清凉，反而又黏又热。回到镇政府进了办公室，我立马打开窗户，用脸找了找，没风。就顺手敲了敲纱窗外面的蚊蝇，又去投洗了毛巾，擦了遍脖子和脸。坐回办公室，看着桌上一沓沓文件，心里涌起一股莫名的烦躁。坐办公室的人就是这样，总得把每件事落实成文字材料，只要开会，就要汇报。大概我干的事儿都太琐细，写着写着自己都烦。要是能干点大事儿，可能会超脱出这酷热之外，给我一份由衷的热情吧。

有人敲门。不够笃实，断断续续的。

"请进。"

一男一女，带点儿瑟缩的样子，进来了。

"找谁？"

"打听个人——左天伦左助理，您认得不？"男的犹疑地问道。很明显，他不常说"您"，听着十分拗口。

"我就是。"

"你就是？"男人有些故作惊讶，不过他的手脚无措倒是真的。

"我庞大海呀！"

我在抖音上看过一句话，比离别更残忍的是重逢——如果你见过从前的庞大海，再看看我眼前的庞大海，一定会同意我的说法。我受到的撞击不亚于一九七六年那块陨石落地，我已经被眼前这个庞大海震得目瞪口呆。

这人苍老，瘦削，曾经浓密的头发只剩四周一圈儿，曾经终日聚拢着一团怒火的黑色眼睛此刻写满了卑微。诡异的是，他变矮了，过去看他像巨人，像大猩猩，可他现在好像比我要矮上那么一点，尽管并不悬殊。他的骨架比我宽大，不过离开脂肪的包裹，那副骨架看上去竟有几分摇晃和单薄。真不敢相信自己的眼睛——"链轨大拖拉机"竟然能缩成"蚂蚱子"？放在二十多年前，就是用光全部想象，我也不敢这么想啊。如果走在镇里那条老街上，迎面撞个趔趄，没准儿我会脱口说出："叔，对不住。"我已经恍惚了。时间这把刀子用的是什么刀法，把壮得像头牛的庞大海变成了半个小老头。

"大……海？"

"是我，是我——哎呀，一晃这么多年啦，嘿嘿，左轮——"他语无伦次，紧接着改口道，"左助理，左助理——"

那一刻，我心中涌起一种预感。和他一起进屋、一直站在他身后的女人，如果我看过去，我的心也许会受到地震般的摧毁。这预感很强烈。我已经在韩屯以外的世界里混了这么多年，我见识过各种各样的人。通常男人与他的女人、女人与她的男人，一定会有内在的关联。哪怕他们不是夫妻，哪怕是带到酒桌的临时情人，都能从面相上看出微妙的、近似的东西。有一种逻辑叫物以类聚人以群分，还有个词叫屡试不爽，搭配一起就是——这是个屡试不爽的正确逻辑——可这其实根本不重要，我必须也终将看向那个女人。我紧张得手脚冰凉、呼吸困难——这才重要。可是，天知道地知道，消融于宇宙的那二十多年时光知道，我并不想看到庞大海有个跟他一样的女人，我不想——

"……您好……"

这同样是个不善于说"您"的女人,同样的拗口和别扭。可是已经说出口了。那个穿着黑色套头针织衫、衫子上印了红花绿叶的女人,已经用很低很颤抖很怯懦的声音,跟我打了招呼。

我只能看向她。然后我感觉到,我用眼睛把自己的心撕成了碎片。

她的容貌改变得如此彻底,以至于我还在心存侥幸——看错了,不是她,左天伦你认错人啦!这人的头发已经灰白,尤其头顶那块儿,多像盖雪的煤堆啊!她抓了个扫帚在脑后,这让她的脸无遮无拦,袒露着中年女性的褐斑和浮肿。她的眼圈儿泛出青灰色,像要告诉每一双从她脸上路过的眼睛——她是个常年睡不好觉的人。她的眼神在找地方落脚,她不敢看我。她的身体跟站在她前面那个人恰好相反,她很壮硕。而后我又无比惊讶地发现,酒窝儿,人的酒窝儿,居然能被嘴角的下垂和皱纹的纵生拉帮入伙——它们混为一谈,好像再也剥离不出来了。

假如我能看到自己,我看到的一定是不受意识控制、自动张开的嘴巴,像站在寒冬里喝西北风的呆汉,痴痴傻傻的样子。这跟我十六岁初中毕业那天,她第一次跟我说话时的痴傻完全不是一回事。完全不是啊!

"你——松花?"

貌似不可能的事一旦发生,就会沿着它的方向发生下去。像受惊的大青马只要抬起蹄子跑出第一步,天知道它接下去要跑多少步。

接下去,像梦游一般,我招呼着、比画着、礼让着,他们坐在了那个三人位的人造革沙发上。我开始局促不安地在屋子里打转儿,一会儿说着:"坐,坐,我沏茶。"一会儿又说:"好,好,白水,白水。"到我稍微恢复成一个正常人,坐在椅子上,隔着办公桌与二人斜对面而坐,他们手里既没有茶也不见白水。

我再次拔起屁股,再次张罗着:"倒水,倒水。"庞大海紧忙从沙发上弹起,坚定地拒绝着:"不喝,不喝,俺俩真不会喝。"

我只好命令自己坐下,命令自己尽快、马上像个正常人样儿。我已经把庞大海弄得不会喝水了,再张罗下去,估计得说出"俺俩真不会坐着"。

"左校长——上七十了吧?挺好吧?"

"没啦。"

"没啦?没了!这扯不扯,也不知道哇——"

"总念叨大伙儿,他那时候。"

"捎个信儿就好啦——好人哪!"

"嗐,生老病死,谁也躲不过呀——"

庞大海跟我,他一言我一语。同窗九年,我和他说的话加一块儿不到五句。那时候不管从前后左右哪个方向看他,咋看都不顺眼。总感觉除了韩松花,他随时能跟人干上一仗,而且是只赢不输那种仗。眼前的他却走到另一个极端,我想找别扭都找不到。他往前欠着身子,屁股只挨上沙发一个边儿,像监狱里的老犯见到管教,谨小慎微,生怕哪句话说错的样儿。

"还愣着干啥?快拿给左助理呀——"他扭头对旁边的韩松花说。韩松花应着,从拎来的手拎兜里摸出两包四四方方的白小米,双手捧着,想放到我的办公桌上。

"这是干啥?老同学外道个啥?"我慌忙站起,借机紧紧握住对方双手,做出接过的是金砖的表情——我不知道为什么会这样,我的心还在碎着,我的动作和语气在面对白小米时,却完全是昨天、前天、大前天的左助理。事后我总结出,刚参加工作时的演技,不知不觉中,早都润物细无声地变成了我的本能。

"快拿着,俺们才好说话。"庞大海说完,这才把屁股坐进沙发里面,两只手往上一提溜,裤腿儿就皱在了膝盖上边。他腿很精干,腿毛黑长,像林子里瘦肉型带毛野兽。

我抓着韩松花的手,内心动荡了好一阵子。时间是把杀猪刀哇,绝对是,她的手远没我的手细发,甚至能握出痊愈的冻疮和口子。这可是我整个少年时代最倾慕的人的手啊。我就知道,记忆和想象比现实美好，我就知道。这就像恋爱永远比婚姻美好，这就是我回避回到韩屯的理由。"时间太瘦，指缝太宽。"这酸话不酸了，真的一点儿也不酸了。

"松花，你看你——坐，坐，快坐。"我努力让自己听起来亲近和蔼，毫无架子。我的视线在桌子上下横扫着，庆幸这阵子收到的柳屯小米都让我划拉到了卷柜里。我不缺那东西，可是对庞大海、韩松花，那却是不擎上去就不敢开口说话的敲门砖。

韩松花下巴颏直哆嗦，还没等哆嗦出半个字，庞大海那边就跟进来时变了个人似的，呲嗒（呵斥）上她了。

"娘们儿唧唧的，号啥？见到咱左镇长了，你还愁啥？"

我像挨了颗流弹，急忙摆手制止。还好同屋那人没在。这还是当年那个话少气性大的庞大海吗？看着好大一把岁数了，嘴咋还没了把门儿的？

"大海，这玩笑可开不得。"

"嘿，左助理，谁还不知道你是未来副镇长啊？"庞大海一跟我说话，就谄媚谦卑上了。

"别别，老同学了，还是叫左轮吧，左轮多亲。"

争了半天，我坚决不同意那么叫我，他也坚决不同意再直呼我左轮，最后勉强同意叫左助理。

"左助理，看在老同学面儿上，你得伸伸手，这五万块钱我死活也得贷来！"这是他们来找我的目的，想要办贷款，养猪。

"别价呀，再缺钱也还是命要紧，上有老下有小的。几个孩儿？多大了？"

没想到，我以为的最普通的一句寒暄嗑儿，却成为我亲口喷射出的一颗流弹：这俩人居然没孩子！这近乎残酷的回答让我惊诧不已，我暗暗问自己，怎么会这样？当年看到的韩松花那大肚子，难道是假的？那是个即将临盆的肚子，生活常识告诉我，那里面是个至少七斤重的小韩松花，或者小庞大海。

"生过一个，没站住。"庞大海解释道。

狗日的人生，我心里骂了一句，不由自主。再看庞大海，又不觉得他谄媚谦卑了。只觉这人周身上下，满是饱受摧残的落魄。韩松花像在配合我的心理活动，默默地以泪洗面。

"哭啥哭？不够你丧气的！"庞大海旁若无人地损嗒（贬斥）韩松花。我心里像油煎一样。是从什么时候开始，他变得这么烦她的？当年那个风雨不误默默保护韩松花的人，那个我最嫉妒的人，居然能脱胎换骨成这副模样——此刻，有人对我说地球是透明的我都信，说冷冻的尸体能复活我更信。我什么都信，因为我此时此刻什么也信不起来了。"韩屯有一对儿婚前就偷尝了禁果的夫妻，男的把女的睡了，而且每个夜晚还在睡着她。"这念头像弱硫酸一样，日复一日腐蚀掉我回韩屯的冲动，直到我以为这一生到死都能逃离那个地方。这又是场"狼来了"之爱吗？我和马白云只不过从平淡归于更平淡，我自信永远不会走到爱的反面。而他们俩，守着我的面儿姑且如此，人后得是什么样呢？

受到训斥的韩松花，硬把眼泪憋了回去——每对夫妻都有自己的相处之道，他们不是来找我调解的，我没法说什么。

庞大海开始跟我细说为什么要贷款、贷款对他们的重要。他说这老天要是想让谁穷，咋蹦跶都白扯。那年赶上大蒜贵得离谱，他也跟风赶紧种，收成也凑合，可蒜价却跳崖似的，掉得稀里哗啦。大葱又紧俏了，到转年他们种出来，烂地里都没人要了。眼瞅着柳屯小米都要走向世界了（他说出口朝鲜也算走向世界），可韩屯落在个山坳子里，照量了好几年都白费劲，没人认。这两年韩屯有几个人，按庞大海话说，利欲熏心，用韩屯小米冒充柳屯小米搞营销，结果偷鸡不成蚀把米，让柳屯给告了，弄得那叫一个灰溜溜——这个事儿我也听说了，是满大力来镇里讲的。人家柳屯这边叫打假维权，理直气壮。

"咱屯也能种小米？"我打断庞大海。

"扯淡！在山坡子种，光照根本不够，长出来那玩意儿瘪瘪瞎瞎，跟柳屯小米，咋能比？"

庞大海又接着讲他自己:"寻思着咱也搞养殖,别的养不起,先从鸡养起吧。小时候家家都养鸡,没觉得那么好死啊。我养的鸡,傻呆呆两眼朝天,侧歪,倒地儿,死去一半儿。剩下那一半儿,又差不多被鸡瘟全给灭了。个别几只勉强撑到成年,前仆后继专往村路上溜达,被路过的汽车碾成肉饼,还他妈大义凛然的样儿。他总结道:不行,鸡那东西智商太低,养它不够糟心的。还有她老韩家!"庞大海说到自己倒插门儿的老韩家,几乎咬牙切齿。

"真的,耗子都不爱在她家拉屎,她家那破房子就占一个风水:穷!尤其她那个爹,歪三拉四,横不讲理,谁挨上谁他妈倒血霉了。"

听到这里,我已接近心如刀割。我的耳畔响起搬家那天,对面泥草房里传来那声:哪天一个雷劈死你。难道,庞大海这二十多年,一直与那洪亮的骂声为伴?

那天,直到他俩告辞,韩松花一句话都没说。毫不夸张,就是哭也没哭出一点动静。我坐在韩松花坐过的沙发上,恍惚觉得他们二人的来去如梦如幻,如左凌儿不着边际的虚构。我想告诉左凌儿,她的虚构总是太夸张、太严重。她犯的毛病跟她爸爸一样。她爸爸一直把重逢看作天大的事,起码是场无力抵挡的海啸。可事实上,一个成年人只要有颗健康的心脏,都能承受那几秒的震颤。

我一个人在沙发上坐了很久。重逢,从天而降,曾经最重要的人——为什么在二十多年的时间搅拌后,竟能发酵出这么奇怪的味道。那味道不是眼泪,不是唏嘘,不是痛苦,不不,都不是。与那味道最接近的词,在那会儿,居然是怅然若失、大脑空白、不知所云……

第十九章　坐立不安

这场从天而降的重逢彰显出它真正的力量,是在三天后。

那天是二伏第一天,马白云一大早给我来电话,就一句话,二伏，入日子，吃面。我们现在是周末夫妻，她领左凌儿在县里我们那一百平方米的房子住，我住镇政府宿舍。通常情况下我每周五回去，周一早上再离开家。也不是非得这样，兴盛镇政府到县里大约九十里地，每天通勤意味着一笔高额汽油费。马白云既心疼家里那台东风雪铁龙，又格外心疼汽油费。我的工资里有油补这一项，她早计算得明明白白：不够干啥的，正好当你晚上伙食费了。就这样，我每个月的晚饭伙食费就是油补那个数，平均算下来，一天也就合六块钱吧。我指着马白云写在草纸上（她教小学数学的）的数，问她："你问问咱隔壁，她家那条雪纳瑞一天伙食多钱？"马白云义正词严地批评我："能比吗？你还有雪纳瑞那观赏价值？"没等我反驳，她那边先笑场了。笑场是好事，笑完又额外给了我二百。

二伏的天空飘来灰色的云块儿，灰着灰着就发黑了。我那几天一直让自己屁股不沾板凳，光柳屯就去了两趟。柳屯有个大河沟遗址，早在二十世纪七十年代就有考古学家去考察过，说那一小堵土墙外加一些零碎的瓦片，是鞑靼人用过的，距今也得有上千年了。原来穷的时候没人在意，这几年柳屯人有了闲心，加上小土墙被栅栏一围，文化内涵就出来了。因为有历史价值，大河沟遗址正在申请市里和省里的非遗。我对这事儿也很积极。柳屯人现在不愁吃喝，兜里都有几个闲钱儿，得空就爱凑一块儿打麻将。这可给我找事儿了。这种仗比别的仗难拉，一旦涉及钱，别管多少，骂起来都像有深仇大恨。镇里也想了些法子，组织小剧团下乡演出，还搞过秧歌比赛，都没能治本。去年市报一名爱好考古的记者到大河沟遗址寻瓦片，回去就给镇里打电话，建议我们申请非遗，把大河沟遗址变成景点，立上重点文物保护单位的石碑，同时动员村民一起开发旅游纪念品，把柳屯小米也扯进去，充分调动村民积极性，互相推动、良性循环，实现真正的惠乡惠民。说真的，一开始镇里没太当回事儿，后来这位叫阿桂的女记者又发动了两位年近耄耋的地方史专家，写了详尽的可行性报告，从县里压给镇里，大河沟遗址就立了项。作为兴盛镇精神脱贫重点项目，由一把手阚镇长亲自负责，老邴和我都是项目组成员。这项目张罗半年多了,还没到只欠东风的地步,我就是连轴跑上十趟,也不能隔着锅台上炕,一蹴而就。满大力觉得我连去两趟是在给他施加压力,不直说,反而问我:"上头催得紧?"我心里再支支吾吾,嘴上也得理直气壮:"拿结果说话——"

"你跟上头?"

"你跟我!对了,韩屯村主任许端午电话,你给我。"

"左助理,你管我要他电话?——还别说,我有我有。"

我知道满大力肯定有,两个屯子因为小米掐架、打假,早就过招多少回合了。我跟许端午也打过照面,他每回来镇政府,都可着阚镇长那屋进,招呼是打过,别的就没啥了。

二伏那天,怕被雨拍在半道儿,我只能去办公室。进屋坐下,看着空空的沙发,三天前的情景开始纠缠我。干瘦苍老的庞大海,虚胖懦弱的韩松花,一个吹胡子瞪眼虚张声势,一个低眉顺目吭哧瘪肚。我晃了晃脑袋,一抬眼,他们还坐在那。这几天我不敢来办公室,就为这个。我好像不仅幻听了,而且还得了梦游症。这样下去不是办法,我拨了许端午的电话。

"许主任,跟你打听俩人儿。"寒暄后我切入正题。说实话,我们镇有好几十个屯,挨户发家致富不容易,可打听个人,比上山捡趟蘑菇都容易。蘑菇还有带毒的,吃不对能致命,说点儿别人家的事,最多被骂"风大闪了舌头",其实没人当回事。尤其问的是许端午,对方更是本着向领导汇报的精神,知无不言言无不尽。

庞大海和韩松花的日子过得不咋样,很不咋样。

第二十章 打听来的疼痛

当年,史大庆的事让韩松花父母领悟到,知人知面不知心,不是亲眼看着长大的,真是什么情况都可能出现。可他们不死心,也不可能死心。在他们看来，韩松花的相亲之路刚刚开始。

韩松花的十六岁到十八岁，成为一段坎坷的相亲之旅。她经历了形形色色的相亲对象，甚至包括同村的老冯家三哥。要不是冯老三那年冬天和许端午一起去县里倒腾鱼，骑摩托飞出去摔断了一条腿，韩松花和他成家的概率最大。冯老三受伤后，主动跟媒婆说不再见韩松花了，说他帮不上松花，只能拖累她。

县里的对象不是那么好找的。正儿八经县城户口的，谁也不想找个山沟里的。山沟里扑腾到县城的，要么岁数大，要么吃喝嫖赌样样通。见来见去，唯一说过想把韩松花父母接去县城同住并且给看病的，还就是第一次相亲那个史大庆。

"你史大爷那人，这么看，倒还是个好人。"

韩富贵由衷地感慨过。

"就是岁数太大了，比我都大，嗐！"

就这样，辍学后的韩松花，每天除了干活，再就是个把月一次的相亲了。每次相亲她都穿着母亲的红袄罩，冬天时里面套件棉袄。

韩松花去相亲的时候，她家的地也有人种着、有人管着、有人收割着。这人是庞大海。他说种一份也是种，种两份也是种，反正他姥爷留下的地也要种的。他说种地的时候，感觉天是他的，地也是他的，一棵苗一个穗都像会跟他说话似的。他并不知道只要韩松花没去地里干活就是去相亲了，他只知道韩松花家里担子重，种地只是担子的一头。

庞大海并不知道，十八岁的时候，韩松花觉得相亲是世间最苦的事。每次穿上母亲的红袄罩，她都感觉自己和自己家里的过去现在，又要像出集一样摊给一个陌生人，任由他讨价还价挑三拣四了。

十八岁那年春天，韩松花第一次跟一个流氓相了亲。

流氓姓宋，名叫宋保国，是县农资局的司机。宋保国脸上没写着流氓，否则韩松花是无论如何不会去见面的。他开车，见面地点定在了韩屯媒人家里。说了几句，他跟媒人说想单独跟韩松花唠唠，媒人就出去了。

"十八周岁了？"宋保国问韩松花。韩松花点点头，嗯，是的。

"你这个身段儿，可不像十八呀。"

韩松花不知道他指的什么，就不出声。

"这么丰满，跟别的男人有过吧？"

韩松花的脸腾一下红透了，热辣辣的。她开始扭头四下找媒人。宋保国已经把门关上了。

"我一摸就知道。来，让哥摸摸。"

韩松花的火一下子蹿到了脑瓜顶，感觉自己受了奇耻大辱。

"你让开。"

"想嫁给我当媳妇，还不得让我检查一下是不是处女呀？我可不想捡破烂儿。"

韩松花吓坏了，不知道这种情况可咋办。那边宋保国却已经上来了，那双手像钩子一样，一把就往韩松花胸口钳了上去。

韩松花真是急坏了，眼前突然之间漆黑一片。来不及喊，她只能跟这个流氓拼命了。宋保国的胳膊看着不粗，可抓住自己时怎么跟铁棍一样？韩松花动弹不了，只好上嘴咬。咬在宋保国左肩膀上，往死里咬，他的手一下子松开了。

韩松花开门就跑。像疯子一样跑，像瞎子一样跑，只要能跑出去，随便跑去哪里都行啊。到她一步也跑不动的时候，中午的太阳火烧火燎地照着，韩松花看了太阳一眼，太阳只用一束光就把她晃倒下了。

韩松花醒过来时，身上好像有一个男子。他满是汗珠的脑袋挡住了太阳，一股子青年男子的热汗味儿从他身体漾出来，往韩松花的鼻子里冲撞。她吓了一大跳，想蹦起来再跑，可是身子就像一张皮，怎么都撑不起来骨头和肉。她想说句话，鼻子嘴连同眼眶都像不是自己的，虚飘飘凉飕飕的。

"松花，没事吧？你没事吧？"

是庞大海！韩松花身下躺着的，是她家的苞米地。庞大海种一上午苞米了。

韩松花听出庞大海吓坏了,急坏了,他一边召唤她,一边呼哧呼哧喘着粗气。他那双漆黑的眼睛像星星掉进了鱼塘里那么明亮动人,他那年轻结实的牙齿像嚼过苏子叶一样新鲜好闻。韩松花闭着眼睛摇了摇头,想想刚才大概死了一回,她一动也不敢动。再想想庞大海喜欢了自己这么久,却从没敢碰她的手指头一下,可今天那相亲的流氓……两颗眼泪便再也忍不住,滚落下来。

庞大海一下子慌了。他想伸手给韩松花擦眼泪,碰上眼泪的时候就碰上了韩松花的脸。庞大海忽然就僵硬了,他感到自己的两只鼻孔往外喷着两团火。韩松花伸出手,想轻轻推开他,谁想手一挨上他晒得黝黑的肩膀便被热辣的太阳给烤在了上面。那副结实的膀子慌慌张张地就把韩松花搂住了,一副雪白的牙齿就叩上了韩松花的牙。他们呼哧呼哧地堵住了对方的嘴,像浑身攒了一下子力气使不出去,总算撒到了对方肉乎乎的嘴上。就这么慌慌张张懵懵懂懂着,庞大海突然喘着说:"不行了,涨死了,疼死了!"

已经来不及了。一团湿乎乎热乎乎的东西隔着他单薄的裤子,染透了韩松花同样单薄的裤子。庞大海用手掐住,那白浆一样的液体又汩汩地冒了好一阵子,才从他的抓握中撤离了。

看着那摊白浆,韩松花和庞大海都吓得不敢喘气,起身各往各的家里跑。

那天以后,足有两个多月,韩松花和庞大海都躲着对方,不敢碰面。

立秋那天晚饭,韩松花烀了茄子,松花妈一共也没吃上一根,靠在被垛上呼噜呼噜喘。韩松花心里不得劲儿,问母亲:"妈,要不,给你下点儿面条?"松花妈眯着眼睛,一声不出。晚上,给母亲擦洗身子的时候,松花妈才一把把韩松花揪住了。

"你的肚子,咋回事?谁给你弄大的?"松花妈盯着韩松花的肚子,直不愣登地问。

"啥呀?说啥呢?"

松花妈咬着韩松花的耳朵,窝火地低声问:"你身上来没来,自个儿不知道？"

韩松花这才有了点觉醒。确实有两个月身上没来了。她知道宋保国再流氓，这个结果也不关他的事。庞大海再怎么默默对她好、从不非分，这事儿也是他俩一块儿干下的。

于是韩松花对母亲一五一十讲了一遍。

"妈，真啥也没干，还都穿着裤子。"

松花妈第一次掐了她。起初松花妈哭："谁信啊？谁能信啊？"后来哭累了就呜咽，手却还在掐着韩松花："你个倒霉催的！这不是倒了八辈子血霉了吗？"

那阵子，老韩家都开锅了。

韩富贵比以往任何时候骂得都凶。他豁出手心，使劲拍着炕沿，口口声声要骟了庞大海。看热闹的邻居都知道他哪有那本事，可他喊的跟真事儿一样：两个蛋要连根儿剜下来，中间那东西要拿锤子锤扁，像骟牲口那么骟。他骂着办不到的话，那骂声听起来便全是绝望。

韩松花趴在灶台哭，除了哭她不知道还能咋办。父亲的骂声房前屋后都能听到，以后这张脸是没法要了。嘴快的当天就把话过到了庞大海耳朵，一身力气的庞大海像挨了当头一闷棍，一下子蒙了。

"大海呀，真是你干的？要不是你干的，你就说不是，韩富贵又能把你咋样？"

庞大海的老姨急得满嘴起泡，这些话也只有她能说一说了，庞大海连姥姥姥爷也没了。

"我啥也没干，可孩子指定是我的。"

"你吓傻啦？这不是胡话吗？你啥也没干哪来的孩子？"

"我——我——嗐，别问了。"

"大海呀，你要是把这胡话说出去，那可就沾包啦！"

"咋沾包啊？"

"往好了想，韩富贵得让你管那娘俩，往坏了想，他还不得让你赔偿韩松花贞操啥的呀？万一把你告了，可咋整啊？"

"老姨，那也是，也是我干的——"

庞大海的蛮劲又上来了。红苗老姨说："我去找找麻奶奶，让她去跟韩富贵套套口风。"

"别去了，全村都知道了，松花还咋活呀？"

"真傻呀，大海，你以为现在还有人不知道？"

麻奶奶当晚就和红苗老姨一块儿去了老韩家。麻奶奶进屋一直不说话，点了两袋烟，她一袋，韩富贵一袋，默默地吸了好半天。

"富贵呀。"

"麻婶子，庞大海那畜生的事，你不用劝我。"

"我不劝你。"

"麻婶子，说别的，啥都行。"

"富贵呀，你信不信，人这一辈子，生死簿上早都写得明明白白，人不到了那边，就怎么也看不透这边的事。"

"到了那边再看透，又能咋？再说了，一碗孟婆汤，这辈子就一了百了一笔勾销啦。"

"富贵，其实你是明白人。万般都是命，半点不由人啊。"

"松花要真是跟了姓庞的，她这辈子，可就再没指望了。"

"从来都是命追着人，人追不上命。拧大劲儿了，人也不是人、命也不是命了。"

韩富贵说不出话了，拼着劲往肚子里吞旱烟。

"富贵，我不多说了。早前村里就有人说，松花和大海打小长得就有点连相，按说松花长得这么俊，对象看了左一个右一个，咋就不成？唉，富贵呀，你再想想吧。"

就这么着，稀里糊涂的，又像逃也逃不掉似的，韩松花和庞大海过到了一块儿。

讲到这儿，许端午感慨着说："唉，要论蹊跷，他俩也是够一说了。"

许端午说得没错。庞大海一直喜欢韩松花，带着整个少年时代的憧憬和幻想。幻想总是美好的，起码不会跟未婚先孕、撸上的种子长成了瓜扯上关系。可偏偏就扯上了。韩富贵口口声声说庞大海把韩松花强奸了，把他大姑娘这辈子给毁了。"你个地煞星托生的！穷掉蒂把了都！我姑娘被你活活坑死了！"庞大海委屈得直想拿刀子捅自己。区区十九年的生命，一半都用来对韩松花好了，但凡他这个脑袋能想到的，不吃不睡他都默默为她去做。可他竟成了韩富贵嘴里的罪人、强奸犯。庞大海这才知道，话这个东西真是比尖刀还扎人。换上别人这么说，他想都不想就会上拳头，可是韩富贵那么说，他只能强忍着。姥姥姥爷都没了，他想诉诉委屈，却连个能容他张嘴的人都没有。想想以后就要天天这样、永远这样，不由得也打起了怵。

转年开春，韩松花做了母亲。那个春天她十九岁。

她生了个男孩儿，七斤半，挺胖，脸蛋儿像她，粗胳膊大腿儿像庞大海。看到儿子的第一眼，过去一年所有的流言，都无足轻重了。所有的沉重、无奈和后悔，也都随风飘逝了。儿子是那么健壮，那么好看。在他脸上，韩松花看到了初来人世的自己，也看到了初来人世父母双全的庞大海。她把儿子抱在怀里，那小家伙立刻紧紧依偎着她。韩松花不由得脱口而出："儿子，别担心，妈妈永远不跟你分开。"

麻奶奶给她送去亲手纳的百家被，一桄象征长命百岁的白线，还有一个名字，和顺。庞大海用一小块儿桃木抠了条鲤鱼，用红绳穿上，挂在了和顺的脖子上。

韩松花的奶水充足，和顺每天都在长膘。他那么容易知足，吃饱了笑，睡足了笑，嘴里嘟着桃木鲤鱼，就像年画上的胖娃娃那么笑。松花妈看着和顺，从最初的眉头紧锁慢慢也变成了眉眼带笑，韩松花才发现，母亲不自觉微笑的时候，像变了个人，变的是一个面带桃花的美人。

大青和小猪留给韩松花的伤痛，留在她心里的缺口，被和顺填满了。韩松花意识到，她爱大青，也爱小猪，"爱"这个字眼是泼出去的水，永远不可收回。每次她想到大青和小猪，她的心都会不能自已地疼痛。那是因为她的爱随着它们的离去，失去了依托。那不是对父母的爱，对手足的爱，对爱情的爱。当她有了和顺才终于明白，那是来自她生命深处的母性和母爱。

和顺完整了韩松花，在她十九岁那年的春天。看着不再发脾气的父亲，面色柔和的母亲，看着一股脑倾泻在和顺身边的春天的阳光，韩松花心想，一切都会好起来，一切都要好起来啦。

庞大海太喜欢和顺了。他每天下地回来就给和顺洗尿布，半句怨言都没有。夜里和顺睡了，他还攥住一只小手，像生怕一眨眼睛和顺就长翅膀飞了。入赘后，真的行了夫妻之事，再想想这孩子居然在爹妈刚摸着门框子自己就抢先落了户，庞大海更觉得这是老天对他的补偿。他恨不得把自己生来没享受到的父爱，都悄无声给了这白胖的大儿子。

老韩家那破房子的西头，一家三口挤在一铺小炕上，却感到其乐融融。那时候的老韩家，大家小家都是韩松花、庞大海小两口支撑着。那时候的庞大海，干完活总是一溜小跑往家奔，进了院就找儿子。看见韩松花用背带背着儿子，一根一根从架上摘豆角，他就竖起耳朵，像听最好听的小调儿那么仔细听。和顺一见庞大海就笑，还像天生知道鱼好吃一样，总搁嘴里嘬着他的桃木鱼。

"松花，你这么笑，可真好看。"庞大海摸了摸韩松花的酒窝，忍不住说道。

"我以前不也这么笑吗？"

"不一样啊，你老长时间不这么笑啦。"

"笑和笑还能不一样吗？"

庞大海描绘不出来，逗弄着和顺。和顺咧开嘴使劲儿乐着。

"和顺啊，你的酒窝是从你妈脸上抠来的吧？"

和顺乐得更欢了。他乐的时候韩松花心想，是不是韩屯这个地方，一茬又一茬男人和女人，都是这么过着过着就有了感情，生儿育女了也就有了爱情。她和庞大海之间，此刻就是爱情吧？韩松花的脸不由自主发烫了。她又联想着，跟那些相亲的对象，怎么可能有这种感觉呢？

韩松花看了看庞大海，巧得很，他也正看着她。

"大海，看在儿子分儿上，以后别跟我爸一般见识。"

韩松花以为庞大海会皱着眉低下头，谁想他居然嗯了一声，说："只要不骂我爹妈。"

"我爸就是口头语，板不住，万一——你也看在咱儿子分儿上吧。"

庞大海不出声。

"大海，你答应我一句，我不想让儿子看见自己爸和自己姥爷打仗。"

"嗯。"庞大海摸着和顺的小脚丫，点了下头。

老韩家终于有了一个真正的夏天。韩富贵的脾气改了不少，偶尔还能听到他吵嚷，可几乎听不到叫骂了。日头暖的时候，松花妈会坐在后院儿，手里拿个小棍儿，哄赶往菜园子里飞的小鸡。多数时候，她在静静地给和顺做棉袄棉裤，对襟的，斜襟的，有薄有厚。

那个秋天的收成也比往年好。五亩地都种的苞米，当年没旱也没涝，苞米比头一年涨了二分钱，一毛四一斤，一共卖了二百六十块钱。加上庞大海姥爷留下的三亩地，老韩家的年收入第一次到了四百块。那是韩松花有生以来，家里最大的一笔巨款。韩富贵痴痴地盯着这笔钱，对韩松花说："松花呀，宰只鸡，再打半斤酒，乐和乐和。"

庞大海接过话，说："松花带孩子累，我去宰吧。"

韩富贵没看他，继续盯着钱说："我不管你俩谁宰，我只管吃老母鸡炖蘑菇。"

松花妈说："大海，你去吧，抓那只缺半拉冠子的。金宝，烧锅开水，秃噜鸡毛。"

庞大海干活利落，很合松花妈心思。他找了块石头，把老母鸡脖子往后弯了个大弯，薅掉一搓短毛，一刀划了下去。鸡血都淌在招弟拿过去的铝盆里，老母鸡一声救命也没喊，鸡血一滴没掉在盆外。

饭桌上，韩富贵喝到了兴头，拿筷子尖儿蘸了滴白酒，让和顺嘬着。和顺先是又噘鼻子又皱眉，吧嗒了一会儿，咧开嘴乐着，伸手去抓筷子。

"和顺啊，你将来是个酒包啊。"记不得有多少年了，韩松花没见父亲这样笑过。她发现，人只要笑着，都是好看的。

"叫声姥爷，不叫可就不给啦。"韩富贵继续逗弄和顺，和顺已经会爬会坐了。

"爸，你可真能难为我大外甥啊。"招弟啃完鸡大腿，把骨头放到和顺手里。

"有了和顺，和和顺顺啊。你麻奶奶还真是玄乎，这名多好。"

韩富贵说着，又喝了口酒。提溜起酒瓶一看，只剩个瓶底了，他眼珠瞟了瞟，拿过庞大海的碗，倒了进去。

"姐夫，快谢谢咱爸呀。"韩招弟捅着庞大海。庞大海说了声："爸。"

韩富贵没应，夹了块蘑菇，嚼着说："嫁汉嫁汉，穿衣吃饭——谁让我大外孙和顺找上你嘞。"

庞大海说："我好好干。"说完一搁碗，把那口白酒一饮而尽。咕噜一声，庞大海眼圈儿红了。

入夜，全家都睡了，和顺也张着小嘴儿呼呼大睡着。庞大海捅了捅韩松花，他们俩悄悄下地，去了后院的仓房。那是庞大海花了几天工夫修葺过的茅草房，里面堆着杂物，还有一堆干草。才进去，他一把就把韩松花压在干草堆上。

"慢着点儿，别碰这里。"韩松花指了指胸脯，生完和顺它们鼓胀得又大又硬。

"管不了啦。"

庞大海那天心情奇好，怕弄出声响，用嘴死死堵住韩松花的嘴。

"松花，争取来年盖两间房，再也不用半夜跑出来冻屁股了。"

"那得好多钱呢。"

"怕啥？明年春天我争取多种几家地，再多挣点儿，不够先借着。"

一听这话，韩松花抱紧了他。"大海，真够你累的。"

"我不累。"说着，又压了上来。

"哪能不累啊。"韩松花还低声说着。

"你看我累没累。"庞大海像在涨水的河中间扎猛子，一扎到底的架势。

回到屋子里，都在睡着，和顺不知什么时候翻了个身，脸刚好迎着韩松花。

"大海。"

"咋了？"

"和顺好像吐了。"

"吐了？"

庞大海擦了根火柴，火光一闪，和顺的脸上连着前大襟，吐得黏糊糊一大片。

"咋整的？"

"大海，和顺好像不喘气儿了。"

"啊？快拍拍。"

韩松花抱起和顺，在后心拍了好几下，还是没反应。韩松花一着急，手上用了劲。和顺哇的一声，全家都醒了。开了灯，和顺的嘴窝在灯下泛着青紫。

接下去半个月，和顺隔上一两天就会这样。韩松花和庞大海都慌了。

"去乡里看看吧。"松花妈也急了。

"吐个奶，跟拉屎放屁一样，你们小时候谁没吐过。"韩富贵开始还这样说，后来把藏在柜子里的四百块钱都拿了出来：

"赶紧去乡里，不行去县里，别耽搁。"

乡医院的医生用听诊器听了半天，对韩松花、庞大海说："光听出心脏有杂音，具体咋回事，咱这医院看不出来。"

到了县医院，只有一台黑白超声仪，医生打了一通电话，帮他们联系到市中心医院一个熟人，然后说："去吧，抓紧去。"

市中心医院有彩色多普勒、彩色超声仪，还有CT。做完心脏彩超，医生就对韩松花庞大海说："不用往下做了，可以了。"

庞大海说："可以了是啥意思？"

"CT很贵的，这孩子这情况，心彩就可以确诊了。"

韩松花和庞大海好半天不敢接话，谁也不敢问，儿子是啥病。

"你俩多大岁数？"

"我二十一，她二十。"

"好在岁数小。"

"啥、啥意思啊？"

医生叹了口气，说："有点思想准备，要么手术，要么回去多陪他乐乐。平时多预备几袋氧气。"

庞大海腾一下站了起来，眼珠子通红的。

"你说啥呢？你咋这么说话？"

又一个年龄大的男医生走过来，拍拍庞大海："别激动，你稳当一会儿我再跟你说。"他是心脏外科主任。

主任对庞大海（也是对韩松花）说的是，他们的儿子有心脏病，先天性动脉导管未闭，手术的话，大概能有一半的存活率，可是孩子太小，还不能手术。

"咋可能呢！他一直能吃能喝，欢实着嘞！"庞大海好像一眨巴眼睛就瘦了一圈儿，老了十岁。

"迟早会发病，这不才发病嘛。"

他们说着，韩松花抱着怀里的和顺，只感觉天正在轰隆隆塌下来，黑色的乌云像一张大棉被，压向他们一家三口。

接下去，那个年老韩家没过，春耕他们家也没种地。跑了一年医院，不但花光了四百块，还借了上千块的外债。医生告诉他们，手术至少要十万块，孩子八成会留在手术台上，再也下不来。

和顺发病越来越频繁。不光嘴窝，连手指甲都青紫了。他越来越瘦了，依偎在韩松花怀里，有点精神头就看着韩松花，好像要把妈妈记住。

"妈，妈——"他已经冒话了。他管姥爷叫脑爷，姥姥叫脑脑，老姨叫脑姨。只要看到庞大海，他就一声接一声地叫，爸，爸，爸爸。

他最后一次发病是立冬那天。韩松花和庞大海又抱着他到县医院抢救。护士跟和顺很熟了，摸着他的脑门说："净遭罪啦，小和顺啊。"

韩松花浑身抖得要命，鼻涕和眼泪混在一起。护士给和顺插上氧气管，给韩松花几张擦鼻涕纸，摸着她的手说："再这么下去，孩子大人都熬完啦。"那阵子，韩松花瘦得快皮包骨头了。

"松花妹子，都是女人，我实在是心疼你，唉。"

"松花妹子，和顺就是手术能活下来，这一辈子也——不如趁年轻，再生一个吧，让和顺也早点儿托生。"

韩松花听着她的善心话，看着挣扎在生死线上的和顺。再生十个，也代替不了她的和顺啊。

"我谢谢你了。"

"这两袋氧气，我给和顺的，拿回去吧。"

"过两天，我来把钱交上……"

"唉，我给和顺的，又不是给你的。松花妹子，一旦有个万一，你要坚强啊，你要想，咱和顺解脱啦，他希望他妈妈好好活着呢！"护士搂住韩松花，抽噎着哭了。

那天夜里，和顺第二袋氧气还挂着，就不再睁开眼睛了。韩松花一直抱着他，庞大海攥着他的手。和顺一直在看一眼韩松花，再看一眼庞大海。

"和顺啊，你在人间有个爸，有个妈，记着托梦回来看看俺俩啊。"

和顺眼睛闭上的时候，韩松花就昏死过去了。恍惚中她看到和顺坐在一朵云彩上，奶声奶气地对自己说："妈妈，我回天上啦，你别难受啊。"

韩松花一下子睁开眼，耳朵里传来父母妹妹们搅拌在一起的号啕大哭声。

正是寒风乍起的节气,屋子里的哭声混杂着吵骂和唉声叹气,像一团腥腐酸臭的大杂烩笼罩在老韩家。风卷着这些悲切的声音,吹得满村子都是呜咽。

松花妈不顾痰喘,哀号着:"咋不让我替你死了啊?我可怜的外孙儿啊!"哭着哭着就背过气了,好半天缓过来,接着哀号那一句。金宝招弟哭声不断流儿,像丧乐队里的喇叭手,旋律又慢又悲。

韩富贵没哭,他就是破口大骂,骂声像破锣炸响,间或来一句,日他八辈儿祖宗的!也不知道他在骂谁,只知道这会儿骂的绝不是庞大海。屯里人都围在院子外边,谁也不敢往里走。

天才蒙蒙亮,老韩家院门前连人带狗已经站满了。韩金宝怀里抱着严严实实一大团儿,后面跟着韩招弟,哭哭啼啼往外走。村子里稍微有点岁数的都知道,夭折的娃不能留、不能埋,要扔后山去喂野兽。村里人都是主动过来搭把手的,默默跟在金宝招弟身后。还没走出几步,一直发呆的庞大海像中了邪,突然蹿起来冲了出去,那样子像急红了眼,劈头盖脸往下抢孩子。金宝不给,庞大海上去就是一拳头。直到这时韩松花才醒过味儿,和顺真的没啦。她也跌跌撞撞往外跑,一眼看到庞大海打金宝。韩松花扑了过去,想抱住庞大海,又被他甩开了。村里人分成了两半,一半护着金宝招弟上后山,一半留下按住庞大海。

接下去的冬天,老韩家全家什么也没干,每天就是互相看着,生怕庞大海往后山跑。父子连心,后山再大,大伙也担心他能把和顺扒拉出来。庞大海没去后山,他病了,发高烧,说胡话,满嘴起大泡,一气儿昏睡了六天。清醒过来时他就变了,他的魂儿好像不在身上了。

"大海,起来喝点粥吧。"

谁喊他也不起来,有时候喝几口粥,翻个身还是躺着昏睡。直到第二年开春,他才从炕上爬了起来。他蓬头垢面,瘦脱了相。韩松花对他说:"大海,和顺不想看到你这样。"

庞大海一甩韩松花的手，说："少说没用的。"

韩富贵瞪起了眼睛，说："姓庞的，你跟谁使横？"

庞大海像个瘦瘦的旗杆，晃晃当当往外走。韩松花说："大海，吃点东西啊。"他不听，走到院门口就趴下了。庞大海捂着瘪瘪的肚子趴在地上，惊天动地地哭着。他把全村都哭来了，他才哭不动了。

那以后，韩富贵又开始骂人了。韩富贵骂一次，老韩家就吵一次，家里的破房门就被踢踹一次。庞大海恋上了酒，没钱就去小卖铺赊。赊回来就喝，喝完就把空酒瓶子砸得稀碎。

老韩家的新房子成了泡影。给和顺看病借下的三千块钱，也不知拿啥还。松花妈的身体就是在那会儿，急转直下的。

打那往后，韩松花、庞大海都变了。一个木木张张，见人就垂下眼睛，一个恋上了酒，逢喝必醉。屯里人再没看见韩松花哭过，于是都说，韩松花已经哭得不会哭了。还说，到她再生出一个，她就会哭会笑了。可都没说对，韩松花除了见胖，见老，表情呆板，身子变壮，再没为生孩子的事哭过笑过。只有庞大海长吁短叹："怀不上了，老娘们儿再也怀不上啦。"这话说了几年，挂在他嘴边的就变成了另外一句："这辈子完了，老轱辘杆子啦，老绝户头子，彻底完啦！"

这句话就固定下来，没再变过。

庞大海也跟着这话固定下来，没再变过：农忙时候他强打精神，每天都像骗自己那双脚往地里走。他说的那些话倒也不假，不管愿不愿意干，他活都没少干，力气没少出，也养过鸡鸭，可就是白蹦跶。到了农闲他就喝闷酒，一直到把自己喝哭了才拉倒。酒这东西本来就不适合入愁肠，越喝越愁。酒还勾着他想起抱了小两年的胖儿子，越想越难受，那么好个儿子，咋就没了？那脆生生的爸、爸，被酒泡成了刀尖儿，一个劲儿往他心窝捅。庞大海就眼睁睁变老了，时间好像对他用力过猛了。他头发变稀，脾气却疯长。在外面他就是骂骂脏话，在家里，他一喝闷酒就招来韩富贵一顿骂，喝一次骂一次。庞大海就拿韩松花撒气，拳打脚踢。说是有回失手，韩松花的耳膜被他打穿了,庞大海后悔得失踪了一天,还是韩松花从东山上给找回来了。这都发生在韩松花爹妈眼皮底下,那年她妈被哮喘病收走的当口,还抠着韩松花的手,据说都抠进肉里了,拔出来时带着血,通红的。

打听完韩松花的事,窗外的雨已经不知下了多久。玻璃被雨水用力冲刷着,一时间除了滚滚而下的水帘,窗外一切我都看不见。只好又看回空空荡荡的沙发,看回命运多舛的那一男一女。小时候听铁匠爷爷讲,人生有九九八十一难,能囫囵个儿闯过去的都是好汉。哪管丢了只眼、少了条腿、缺了个耳朵、只剩半张嘴,能咬牙活到最后就是好样的!我知道铁匠爷爷不能糊弄我,可也就是拿他的话当故事听。现在知道他讲的都不是故事,他讲的是活人,是活着。

这些年,韩松花还是活了下来,庞大海也活了下来。我抹了把脸。他们活得比我难多了。我又抹了把脸。我好多年没流过泪了,那天的眼泪是我和韩松花、庞大海重逢的后遗症,一想就滂沱。我知道治好它只有一个办法:少想从前,少见面。这不是个最好的办法,甚至是会挨左校长批评的办法。可为了不让自己一次次陷入痛苦的情绪,我当时确实那样想。不过我也确定,贷款的事,我要帮他们,我必须伸手。

从那天开始,我就跟广播里那个"倩"结了怨。那副刻薄的烟嗓,骂的都是被命运踩躏多少个来回的人,还美其名曰要把他们骂清醒。这不是生硬效仿诸葛亮骂王朗又是什么?这些话我当然没法跟老邴切磋。可我确实恶心那女的。

第二十一章　战事

老宝来喝了油水,脾气好了不少,一溜烟儿跑着。到了村口,路边有家小超市,老邴怂恿我:"去,给老韩头买点儿水果拎着。"我估计这是老邴渴了,车上没带水。心里嘀咕,也没顾上细看,就往小超市里走。

水好说,农夫山泉,两瓶。"有水果吗?"我问守着电脑看《甄嬛传》(重播好几遍了)那男的,他头也不抬,往外一指:"门口,自己挑。"我到门口一看,就一个矮架子上那一小堆儿,几个苹果,几个香蕉,都萎缩得像是从果窖废果堆里白捡的——还是去年捡的。没别的了?我刚想问,就看到架子旁边有个果篮,下面趴了条大笨狗。

"这果篮咋卖?"我问那男的。果篮毕竟包着保鲜膜,狗食味儿扑不进去。他原本还在盯着清宫嫔妃们不错眼珠,不经意扫了我一眼,突然就笑成一朵花站了起来。

"这不左镇长吗?啥时来的?你瞅瞅我,不着调,光顾看那玩意。"

"你认识我?"

"咱们下届镇长啊,谁不认识?"

我一听这话就心情复杂。不由得又看看对方,这一看吓了一跳。

"你不是——麻奶奶家二叔吗?"问完我又环顾四下,超市极小,还有个门通往另一间屋子。那屋子里全是烧纸花圈纸牛纸马。麻老二还是不管我叫左天伦,问了问我爸咋样,继续一口一个"左镇长"。

"相中这果篮啦?拎着!"

"不不,那不行,该多钱就多钱。"

"啥钱不钱的。我这小店啥时上过这玩意,是后院邻居搁这代卖的。"

"代卖?"

"他家姑爷子头回登门,买个这东西,舍不得吃,卖了换现钱儿。"

来回推搡半天,最后麻老二收了六十,水白送。我被热烈欢送到门口,又被目送坐上"专车"老宝来,消失在屯里的老路上。

"遇到屯亲了？"老邴问我。

"算是吧，都没啥印象了。"我顺着回答，心里怅怅的，说不清什么滋味儿。

到了村委会，韩屯村主任许端午老远就做着握手的姿势，一溜小跑从屋里迎了出来，磁扣搭上磁铁一样，一把就握住了老邴的手。

"辛苦辛苦，领导辛苦。"

老邴也紧紧握住许主任的手，颇有点胜利会师的味道。我回想了一番路上的颠簸。其实从镇政府到韩屯，也就区区二十多里，怎么整出胜利会师味道的？错觉，太离谱了，我纠正着自己。

"进屋歇会儿，大红袍，早就沏好了。"许端午殷勤地招呼着。

韩屯最富裕的就是许主任。他是踩着钱的肩膀头起来的。这一年多光是我，就收到不少关于他的小汇报，集中在一条，谁给他上礼他给谁家戴顶帽子——贫困户。这帽子在韩屯是香饽饽，家家削尖儿脑袋争着戴。

"不坐了，都快晌午了，掐架那两家什么情况？"老邴嘴上又开始冒烟，这家伙瘾极大。

"这事儿闹的，都惊动镇领导了。这扯不扯。"许端午搓着手，频率让我想到搓腿儿的绿豆蝇。

"韩松花不是去年丢了一窝猪吗，憋气窝火，愁坏了，那可真是背了一身饥荒啊！今年郑四方家从后山林子里圈回一只，杂交的，韩松花就说那是她丢的猪，说啥也听不进去，就是让还猪。"

许端午梗概地讲述了一番。

"郑四方怎么说？"邴乡长问。

"郑四方倒没怎么出头，可他媳妇厉害呀！那娘们儿坐在谁家门口撒泼，几天几宿不带重样的。"

"叫啥名？"

"姓武，武什么梅，都叫她小武子。挺神道，会看点儿邪病，不是这屯的老户。"

"接着说说掐架，是什么情况。"

"咋说呢,小武子那可是个难缠的主儿,说是现整了个小喇叭,就是收破烂用的那种。"

"我知道,小喇叭谁还不知道,安电池的。完了咋的?"

"真是歪人有邪道哇,那娘们儿把骂老韩家的嗑录上了,逮住机会就对着老韩家院子放。老韩头气性大,骂不过喇叭,气得背过气去了。"

"还有呢?"

"韩松花那是头老蛮牛,急红了眼,去小武子家要猪,门也给踹坏了,障子也给踹折了。猪都卖了,咋还?她这不又贷来钱上山养猪去了吗,可毕竟人手不够,还得伺候老韩头那拖油瓶,脱不开身。小武子抽冷子就跑到猪圈,那家伙……带的武器太猛。"

"啥武器?"

"今儿个甩进去一兜破鞋烂袜子;明儿个甩进去条女人用过的卫生巾,啧啧啧!血糊连天、哩哩啦啦的——"

"往哪整啊?"

"韩松花家猪圈——"

"他娘的,这么恶心人!"老邴脾气上来了,语气义愤,直爆粗口。

我在车后座,身边是果篮散发的阵阵清香。我不由得伸手摸去,这清香来自里面最不光滑那家伙。它耸立在苹果橙子和香蕉中间,支棱巴翘,黄绿相间。此刻我觉得这六十块钱掏得非常值。老邴这尼古丁弥漫的车厢里如果没有它,许端午后面讲那些,"血糊连天、哩哩啦啦",都会戳在我的吐点上。欠揍!我在心里对小武子攥紧了拳头。有一阵子没看到韩松花了,这细节我也头一回听到。

"那猪到底怎么回事?"

"咋说呢,猪确实是郑四方从后山圈回来的,也确实是杂毛猪,可猪身上一没卡戳、二没写名,上哪能说清楚?"许端午说。

"这个小武子,不,郑四方家,日子过得咋样?"老邴恢复了平静,比听广播时恢复得快了许多。

"不比老韩家强多少,也就是靠小武子看邪病整点歪钱儿,捡来那头杂毛猪,说是也卖上了点儿价钱。"

"再卖上价还够吃下半辈子了?你分析,他们家这是也想养猪挣点儿呢,还是瞅着韩松花有了挣钱道儿,羡慕嫉妒,加上恨?"

"也就——这几样呗,都让邴镇长说了。"

"老韩家的情况我知道一些,郑四方家穷也是因为有瘫巴爹累着?"

"那不是。穷和穷还不一样。"

"说原因,挑骨头说。"

"懒!"许端午这回斩钉截铁,"整天做梦,盼着天上掉下个大馅儿饼。镇长,到了,这就他家。"

一瞬间,我就回到了几十年前。时光在不该倒流时倒流了。

还是那个泥草房,只是下沉了很多,让人担心它再遭上暴雨,就得趴在地上。窗户糊着塑料布,中间破了几个洞。院儿里不知哪年堆的沙石木料,混着一些同样不知哪个年月的红砖。围墙障子全都东倒西歪。院子里除了麻雀,连个活物都看不见,鸡食槽子再不撤出去,快成文物了。

虽然生长在这里,可我没住过这种房子,我怕半夜一个雷劈下来,整屋重量,包括泥墙、茅草、房梁木、糊墙的报纸、絮窝的耗子、蟑螂蚂蚁蚰蜒蝎子,外加满屋灰嘟噜,都一股脑砸我身上。我家没住过这种房子,不是因为我有这担心,是因为我有个校长爸。可眼前这房子我来过无数次,在里面吃郑婶儿烀的苞米面大饼子,听郑四方白话他爸,跟他念叨韩松花的小酒窝儿,也跟他亮过拳脚打过架。我俩都挂了彩——就在眼前这破屋里。

老邴问许端午:"危房改造款没给他家吗?"

许端午说:"前几年就给申请下来了,郑万山媳妇那年闹了场病,钱没了,人也没了。"

老邴皱着眉头。我心情沉闷却没法说:郑四方不仅是我过去同学,更是我小时候最好的朋友。先不说他这房子要是大翻修需要多少钱,就说他跟我、跟韩松花这错综复杂的关系,我这会儿就像心里有只水耗子在撕扯,在乱窜。

许端午给揪着眉头的老邴介绍起郑四方家情况。

"咋说呢,从根儿上讲,郑四方就坏在好高骛远上了,一门心思奔大钱使劲。"

"早些年,这小子总忽忽悠悠要去城里挣大钱,韩松花她小妹妹——那个韩招弟,就着了道,跟他一块儿跑了。这小子在外边混了一大圈儿,修过路,包过工程,也算风光过那么一阵子。"许端午指了指那堆沙石红砖,"那是那些年他想回家翻盖个小洋楼备的料,那时候他小车来小车去,把屯里人羡慕成啥样啊?眼睛直勾勾,直淌哈喇子。结果倒好,一直到现在,砖头备不住都长毛了,小洋楼连个影也没有。"

"那是怎么回事?"老邴问。

"郑四方受了点儿伤,干活时候把脚指头砸掉了俩。这小子,医院里骨碌了半年,官司又打了整一年,好歹是赔给他几万块钱。可外面的活不等他呀,早就让别人撬走啦!这小子没路子了,就回来了。"

我竖起耳朵听着,心里七上八下。当年最后一次见到郑四方的情形像放电影一样在我眼前晃——铁匠爷的小屋、大黄狗、一脸踌躇的郑四方。小屋和大黄狗早都没了,万没想到,郑四方到底把自己活成了第二个郑万山。前几次回韩屯我都没找他,我不知道怎么见面、说些啥。如今我好歹也是挣现钱儿、吃卡片儿的,穿得板板正正,来去坐着轿车。虽然兜里让马白云弄得溜干净,多数时候超不过二百元,可屯里人看起来,我简直光鲜夺目,要风得风要雨得雨。我担心郑四方觉得我找他是眼气他,更不敢想他在我面前也会变得跟庞大海一样卑微。小时候学课文,鲁迅先生笔下的闰土,老师讲着还红了眼圈儿。当时都当乐子在放学路上嚼舌头,现在非但半点乐不起来,闰土那声剜心的"老爷……",我一想就心颤。

"俩人一块儿走的,回来一个?"

"咋说呢,韩松花那个小妹妹,根本不是窝里的雀儿,心野着呢!人家扑棱翅膀飞出去了,哪能再回来?自己鼓秋买卖去了。郑四方也不算空手,两根儿脚指头换回点儿钱,又领回个能说会道的小武子。这小武子是外来户,街(音:gāi)边子(城乡接合处)野娘们儿。这就一垄地都没带过来,郑四方家地就比别人家少。地少,人不勤快,腰疼屁股疼的,撒点儿种子,又不给追肥,又不打药,你说会啥样?"

"补助有他家的吗?"我心里连声叹气,脸上摆出乡领导的平静,不动声色地问道。

"他家不够申请低保,能得点临时补助,可不够干啥的。郑四方后来添了三大爱好,打扑克、喝小酒、当待客(音:qiě)的。那是哪家有事哪家到哇,随五块钱份子也是随,混口吃喝儿,赚个浑和。反正是阵阵落不下,是屯里有名的道道了。"

"这他娘的不成混混了嘛!"

到了韩松花家,时光又倒流了一次。我站的地方,右手是老韩家,左手是从前的左校长家。我没往左面看,怕看到蹲在大门口肢解天牛的独生子左天伦。前几次我没到这边来,我躲房子的心情跟躲人一样。这天底下哪来什么万全之策,让人不必东张西望、不必顾左右而言他,爽着性子来去无牵挂呀?

许端午还没进院儿就喊:"老韩头!老韩头!还不爬出来迎贵客!"破房子理都不理他,一条大笨狗睡眼惺忪,晃悠着把自己挺了起来。许端午官气上身,手心朝下一按,命令道:"趴下,趴下,镇长来了,老实的。"大笨狗像安眠药吃过量了,打哈欠一样汪汪了两声,真就趴下了。六只脚就到了屋门口。

"老韩头!再偃得烘的不出动静,我可进屋搬你炕柜去啦。"许端午吵嚷声刚住下,一把铁锁头就探出了头。

"忘了这茬儿了,这脑子!都在猪圈呢,走吧,山上去吧。"

他俩往院儿外走,我却没迈步。这院儿我小时候没少端量,屋里却一次没进去过。许端午说的炕柜我也听说过,他这番故作神秘又让我生出一探究竟的心。贴在窗玻璃上往里看，还真给我看到了。那破炕连炕沿都要掉了，不知道哪年铺上的地板革，白底红花被烫成了黄底粉花。土掉渣的花朵托着一口炕柜，老红色的，描金烫画，图案看不清楚，但看上去很古代，跟那屋很不协调。

许端午说："纳闷儿了吧？这穷家咋有那柜？"

我说："那炕柜看着是不错。祖传的？"

许端午说："故事不能白讲。"

我说："开个价，我跟邴镇长申请点儿听故事经费。"

许端午说："左助理你这不是糟践俺这基层小干部嘛！这得算套取公款吧？"

我说："谈不上，谈不上，最多算个道德层面儿问题。"

许端午说："一会儿到我那，炖只鸡，烫两壶小烧，喝着讲。"

我说："大领导在，问大领导。"

老邴咯了口痰，吐在地上。大笨狗一听这声，一个激灵如梦初醒，狂吠着就要过来。老邴瞅瞅它，用手势制止，嘴里说："看门护院不行，禁止随地吐痰还挺灵。咋的？培训过？"大笨狗叫声更大了，像被呛了肺管子。老邴用鞋跟磕起一撮土，把痰埋上，大笨狗伸直前爪，押着懒腰就地趴下了。

老邴回身对许端午喝了一声："少啰唆了，讲！"

许端午谄媚地一笑，摆了个姿势。他站那个方位，背景是身后的东山，这把他的黑色带帽外套显得颜色很正，只是袖子长，盖到了手背，看上去少了点一村之长的霸气，倒有点私塾先生的味道。

这季节的东山还只是绿雾蒙蒙。我小时候听老人说，这山是老天爷扣下来的一顶帽子，狐狸和黄皮子（黄鼠狼），还有身上带绿花的蛇，都在山里成仙了。这些仙一天天在山里打坐，顶烦冒失鬼去打扰。万一不小心打扰了，要记着磕头，磕响头，还要把家里好吃好喝的送过去，一边赔罪，一边求神仙保佑——不知不怪、无灾无病、六畜兴旺、五谷丰登。

我还溜着号，许端午正式开讲了，讲的正是韩富贵他爹斗地主分浮财、抢得一堆好东西那些事。临了总结道："要说呢，这老韩头，年轻时也是个挺俊的后生，可惜光有个炕柜娶不上像样的媳妇，最后娶了个哮喘病婆娘，自己那大骨节病还越来越重，他这个家，就穷得叮当响。"

"德不配位——错了，人不配财，咋说来着？就是那个意思吧，啥马配啥鞍。"老邴啰唆半天没说到点子上，许端午接过去溜缝儿："对对对，邴镇长看得对，不会过日子，光靠点儿浮财就富了？对了，还别说，前几年，有个有收藏癖的大老板，来老韩家收过那炕柜，出价两万，老韩头不干。"

"两万还不干？够他把破房子翻盖一遍了。"

"谁道他咋想，倔得烘的，还跟那大老板放话，四万，少一分也不卖。"

"那还不给要跑啦？"

"还别说，人都贼坏子，两万时候是老板手下小臊鞑子（小伙计）来讲的，四万就是老板亲自开宝马来了。"

"这么一看，老韩头挺会嘛！也憋着劲想发财呀！"

"也就那么一回，老板来了，左敲敲，右看看，连价都没回，开车就走了。再就没人惦记他那破玩意了。"

我没说什么。老韩头上回用骂声把我拦在了他家屋外，骂得那可真叫难听。要论冤大头，我才是天下头一号。

第二十二章 贷款

挨骂的事还要从韩松花、庞大海贷款养猪说起。

你们一定会说，那天在办公室，听完许端午电话，我曾难过到落泪，加之我是仁慈慷慨的左校长的儿子，接下去我一定会拍案而起，为改变韩松花的命运口出狂言，继而挺身而出，置一切于不顾。

你们要说，这才是爷们儿，才是好干部，才是扶贫前线的表率。毕竟那是我的初恋，是我整个青少年时代唯一热爱的人。可我要在此坦陈的恰恰是，错了，都猜错了。

真实情况是，我流泪了，可就像雨水再暴也会止歇，我的眼泪很快又干了；我心痛了，甚至有些地方裂了口子，可是就连故宫的瓷器都能修补，我的心又悄无声地愈合了。我说不清这都是为的哪门子，就是像睁眼看着另外一个人那样，带几分不可思议地看到了那样一个自己。

我不介意看到这里有人责怪我格局小，甚至有点儿薄情寡义。我只不过不想粉饰整个过程中的我，哪个我都是我，没有中间各种各样的我，又哪来后来的我——你们说是不是？

自从打听出他俩的实情，我居然开始躲着他们二人。多少有些不可思议，可这就是我的真实。落花流水春去也，二十多年早已改变了一切。有些东西在情感深处成了化石，放到眼下的日子里怎么也不合称。我怀念一直没见过面的那些年，除了贫穷，记忆里哪样都是好的。如今只有贫穷没变，东山小石河没变，别的都面目全非了。韩松花、庞大海被时光斧凿成的样子，只要想起，就让我感觉命运狰狞，贫穷对他们是那么无情。我情愿扭头不看，做个逃避现实的愚汉。人怎么会主动找鞭子抽自己呢？边抽边骂自己——懦夫！卑琐！无情！左校长怎么会有你这么个儿子！二十多年对韩松花不闻不问，有什么资格对她现在这个样子长吁短叹！俯瞰她？可怜她？还不如躲开不见！

这些念头经常啃啮我，不止十次八次。我在它们的啃啮里尝试着为自己开脱。怎么说呢……对韩松花遭家暴，同情归同情，义愤归义愤，悉数搁在心里吧。既然改变不了就别瞎掺和。至于行动上——我四十好几了，有家有业有老婆孩子，哪能蹚别人家的浑水呢？我是不是清官倒没自忖过，可家务事难断那是千年古训啊。成年人就是这么明哲保身，就是这么没意思……可是谁又能总留在少年呢？啥岁数就办啥岁数的事儿吧！……我心里翻来覆去，这导致了庞大海只要给我打电话，我就像个撒谎成性的小人一样捂着嘴、嘘着声，说自己在开会，要么就在出庭。这么周旋了一阵子，韩松花把电话打了过来。

"左助理。"

这仨字第一次被韩松花叫出来，还是让我想起她最有光彩的年月。那时她几乎没叫过我，那时她的眼睛好像自动屏蔽了我……我的心咯噔一下。

"左助理。"

这第二声就把我彻底拽回了现实，"什么事，松花？"

"左助理……我也知道，张口求人是给人添麻烦，可我只有你一个人可求，求天求地不管用啊……"

"贷款的事吧？"手机像漏电了，滚烫，烤得一脸汗。韩松花显然不想提之前的事，我真后悔没接庞大海电话。韩松花不得不自揭伤疤了。

"本来我寻思，这辈子就这么地了。可我爹瘫巴后，白天黑夜我一个人伺候，我就越来越怕。我怕老了身边连个拿药的都没有，大海也怕，俺俩都怕最后成个老绝户。"

"……"

"不瞒你说，我就动了领养个孩子的心思。可你看看俺俩，一身饥荒，拿啥领拿啥养啊？"

二十多年没听过韩松花说话了。隔着电话，我又看到她当年抿着酒窝儿冲庞大海那充满感激的笑。我意外地发现自己妒意全消。

除此以外，我还悲伤地发现：韩松花说话跑调。不是五音不全那种走调，是听力受损后，听说似乎不太同步，调子就直飘忽。这肯定是庞大海造的孽。怪不得那天来找我，韩松花一直躲在身后，一个动静都没出。

我一个人喝了顿酒，酒精灌醉了我心里最柔软的地方。我的胃怂恿我吐了出去，我糟糕的心情又鼓动我再启开两瓶。啤酒让我一个劲儿上厕所，我走路有些打晃。那天晚上我真该回家，左手搂着马白云,右手搂着左凌儿,听她们夸张地嫌弃我满身酒糟味儿。那是我第一次强烈渴望拥抱她们,第一次强烈感到自己离不开那种平淡的生活。一个人回到宿舍,躺在黑暗里,我想念着我的母亲王彩霞。她和她那总爱戴一只套袖的丈夫一块儿,给了我过去的一切,给了我现在的一切。我不敢想,如果不是他们的儿子,如果生在庞大海家、韩松花家,我能不能像他们一样熬过那一道道坎。

迷迷糊糊睡了一宿。早晨的阳光给了我两个喷嚏,也给了我几分自怜。作为男人,我远不如一口一个"我太太"的老邴。我是个爱无力患者,叶公好龙。我喜欢的是过去的韩松花,从头至尾,我喜欢的一直是不能有一点瑕疵的那个少女。大概酒醒的缘故,我感到剧烈的头痛。疼痛让人清醒。我对自己说,现在的韩松花已经不是左天伦喜欢的女人,现在的左天伦喜欢调走的那位女同事,那种知性、自信、优雅、苗条、善解人意、风情万种——得不到想想又能怎样?想想又不犯错!

那天的一场醉酒和酒醒后这个结论,让我决定帮韩松花担保。还有一层原因,仍然来自许端午的"介绍"——他给我讲了韩松花和庞大海在找到我以前,曾经几次三番跟他借钱、几次三番尝试创业却赔得分毛不剩。

"难哪!创业、致富、脱贫,哪一样都不是动动嘴就行的事儿。"许端午说,韩松花下定决心创业挣钱,是在她妈去世以后。背了一身债,她再也不想这样活了。

老韩家和庞大海姥爷家合起来,一共有八亩地,其中六亩是山坡地,只有两亩在小石河边。从韩松花决心要过上好日子那天起,这八亩地里留下了她至少上万步的脚印。她从早上走到中午,从中午走到晚上。走一走,停一停,脑子里就一个大大的问号:咋让这点地出钱呢?

韩松花第一次去找许端午,手里拿着以前许端午发给村民的一份资料,是辽宁那边种植蟹田稻方面的。她说家里有两亩地在河边,她想试试。

"松花，看不出哇，你还真敢想。干啥都是，都需要第一个敢吃螃蟹的。"

"净背债啦，压得慌，不想再背了。"

"你要真想试试，我去乡里再给你弄点资料，需要联系啥，咱村也全力支持。"

不出许端午意料，庞大海第一个就反对，说韩松花净瞎扯。

"简直是梦话。水稻还不等抽穗，早被螃蟹造了。"

"水稻最喜肥，不打化肥哪来收成？打了化肥螃蟹不都死光啦？瞎他妈扯。"

韩松花给庞大海仔仔细细算了一笔账：一亩地种苞米，就算风调雨顺，按现在的价格，一年也就能收入四五百元，换上种水稻，以普通水稻价格算，一年收入能达到八九百元，如果是蟹田稻，在这个基础上至少能翻一倍，再加上卖稻田蟹的收入，一年下来好一好能摸上两千元。

"大海，如果咱能成功了，多包点地，拉的饥荒不是很快就能还清了吗？"

庞大海有些动摇，愣了一会儿又摆摆手：

"还是拉倒吧，没那个钱命，鸡也养过，鸭也养过，大葱大蒜连小米也跟风种过，就是个赔啊。"

韩松花也知道庞大海赔怕了。可是劝人的人，即便自己也怕，说出来的话也得端住一副胸有成竹的样子。

"不想点办法，就这么干挺着，啥时候是个头啊？"

一番曲折，许端午借给韩松花五千块，韩松花按照资料上教的，把两亩地修整成养蟹稻田，又联系从辽宁买了蟹苗。结果，五月末，明明一个又晴又好的天儿，蟹苗拉回来还没等全部放进稻田，忽然疾风骤雨，噼噼啪啪下了阵雹子！十分钟后，冰雹撤离，无影无踪，浑浊的水稻田里，漂浮着密密麻麻的螃蟹腿儿、螃蟹爪、螃蟹须子和螃蟹眼珠子。

就这样，韩松花的蟹田稻没种成，债，又多了五千块。

次年,许端午又借给韩松花五千块,支持她一半地种小米,另一半种葵花。这两样还都挺争气,没多少日子就发芽了。韩松花买肥料、除草,偶尔也喷了点药,可她还是拿太阳没辙啊。也不能把它架在东山山顶,每天多照照地里的葵花和谷子。该长胖的时候,韩松花眼见着葵花子瘦瘦瘪瘪,谷粒干干巴巴。

"还亏你韩屯生韩屯长了四十多年,哪有点儿庄稼人的常识?"

庞大海狠狠地损韩松花。他庆幸自己守住了三亩地,老老实实种苞米。

秋收时,庞大海那三亩地卖了一千五百块钱,韩松花那五亩地卖了一千块钱。里里外外又赔了不少。

韩松花愁眉不展,三天五天都不想说半句话。她去柳屯取经,跟着收割柳屯小米,一天下来总算彻底认清了现实:小米不能再尝试了,地势、水土、包括种植和收割方法,都没法比。许端午又帮忙联系了东丰县的养鹿场,还亲自开着面包车,组了个团,去鹿场实地考察。组的团加上韩松花一共三个村民,另两个不是别人,是郑四方和小武子。

到了鹿场,一圈儿走下来,韩松花试图养鹿的心思就分毫不剩了。养鹿投入大,光是加盟费就好几万元,从没养过鹿的门外汉,不经过培训根本就是拿钱打水漂。这一趟唯一的收获,是小武子满韩屯宣传,韩松花大手笔,就要开鹿场挣大钱了。结果第二天一大早,就有债主登门了。

"松花,听说你养鹿了?"

韩松花一头雾水,摇头说:"没有啊。"

"你都加盟了,还说没有。加盟费好几万元呢,咋,你贷款啦?"

"没有啊。"

"松花,你妈后期有病,跟我那借那三千块,啥时候能给我呀?最近我手头也紧得不行。"

韩松花解释了老半天,每一句都是证明自己没钱。一边说,韩松花一边厌恶自己。这滋味像生吞了没洗的烂袜子。

"婶儿，再容容空，元旦前我给你送过去。"

心是这个心，可是拿啥送啊？刚巧这个时候，韩富贵的低保办下来了。一共三千块，装在一个牛皮纸信封里，许端午乐颠颠给送去了。他走后，韩富贵拿出低保钱，一张一张捋了一遍，又对着窗户透进的阳光仔细检查了一遍，才重新装进信封，压在了枕头下。

第二天一大早，邻家公鸡才打鸣，韩富贵就炸庙了。

"来贼啦！来贼啦！"

韩松花说："快别瞎喊了，别人家还睡觉呢。"

"钱没啦！我的低保没啦！"

"别喊了，贼是我。"

"你说啥？"

韩松花感觉到韩富贵已经气得想点炸药包了，他使劲把后脑勺磕在枕头上，积攒了一会儿力气，坐起来的第一件事，就是抱起枕头狠狠砸向韩松花。

"你偷我钱干啥啦？"

"还债了。"

"啥债偏得偷钱还？"

"我答应的，元旦前指定还。"

"你姥姥的！韩松花，我还没焐热乎啊！为啥不让我焐热乎啊？"

韩富贵昨天接钱时成功忍住的泪水，此刻注定彻底失败了，它们在他瘦削的脸上稀里哗啦流淌。他打开炕柜门，又掏出第二个枕头，像撒手雷一样撒向韩松花。

"要是没我这笔钱呢？你偷谁的去？你他妈的，气死我了！"

"那你让我咋办？"

说完这句话韩松花就不再出声了，她心里很愧，知道父亲盼这个低保钱盼了很多年了。但凡她能变出三千块，她也不会碰这个钱。韩松花是宁可死掉也不想张嘴借钱了，每次那种硬着头皮的感觉，真是比死了还难受。韩富贵也回答不出来，他在曚昽的晨曦里干嘎巴嘴。

"金宝的钱，我就是要饭也不会借的，她都啥样啦。招弟的钱，我如果借了，你还不把房子点着啦？"

"别提那不要脸的！"

"外面欠着好几万，本想好好干，快点还上，结果又欠了许端午一万块。爸，就当我先借着你的吧。"

韩松花希望父亲再骂自己几句，再拿枕头砸她几下，她心里还能好过些。可柜子里只剩下母亲枕过那个旧枕头了，那是父亲的宝，连抓一下都舍不得。韩富贵逆着曚昽的晨曦又嘎巴了几下嘴，蔫蔫巴巴地躺下了。

韩松花开始心疼这个想把好不容易盼来的低保钱焐热乎的老人。她坐在他枕头边，内疚地对他说："爸，对不住了。"

这个老人一个字也没再骂她，反倒打起了呼噜。天就在这时亮起来了，韩松花借着蓝白色的天光看了看打呼噜的老人，她看到了跟呼噜声结伴而流的眼泪。呼噜是那么响亮，眼泪是那么浑浊。

……

"要不是走投无路，我估摸着，那两口子也舍不出脸去找你。实在没招啦！"许端午说这话的时候，脸上一点打趣、一点玩笑也没有了，下垂的嘴角围了一圈苦涩的皱纹。

这些事情如果不是许端午，我根本无从得知，韩松花一个字也没对我说。贫穷并没有毁灭她的自尊，这让我很是惭愧。想想自己又躲又藏又不接电话的一系列行为，我都恨不得替左校长骂自己两声完蛋、猥琐！再想想韩松花接连碰壁，几乎走投无路才决心去找我，我忽然理解了她和庞大海敲开我办公室门那一刻，她的所有表情和沉默。对于她，那真是硬着头皮咬着牙啊！我心里翻江倒海，还有些无地自容。所有这一切无不坚定着我的决心：给韩松花担保，一定要帮她把款贷上、把猪养上、把钱挣到！生活把她摧残得太狠了，这对她太不公平，我要帮她！

银行担保需要提供一些材料，除去身份证、银行流水、单位出具的工资证明，还有一份担保承诺书，承诺愿意为借款人提供担保，并履行相应义务。说起来，程序倒也没什么太复杂的，只是中间牵扯进两个人，情况就复杂了。

头一个是银行信贷部主任，女的，文着眼线，一脸寡相。一打眼正在心里这么评价她，人家倒来了声"亲爱的"！我没受宠若惊，而是吓了一跳。环顾左右——不会叫我吧？

"左天伦！这不是我亲爱的左天伦同学吗？"正是叫我。

"你是——罗海燕？"

"呵呵呵，呵呵呵——"罗海燕夹着嗓子的笑声立刻浪了过来，"还行啊老同学，还没贵人多忘事——呵呵呵——"

"忘了谁也不能忘了你呀，堂堂班长、团支书哇！"这种打趣反而是我擅长的，彼此都轻松，"你咋在这儿？"

"这是我们新来的罗主任。"信贷员向我介绍道。

"哎呀呀！有眼不识金镶玉呀，罗主任好！"我伸出手，热情地进行程式化握手。罗海燕的笑声确实很浪，与当年的她比，单论笑声可是脱胎换骨了。

"天伦同学，拿我取笑了不是？不会怪我没去你那拜山吧？"说完两只热情的手就握了过来。

"这位是——？"

我知道会有这么一出，罗海燕一定会看到我身后的韩松花。我心里越紧张脸上越要显得自然松弛，本来我和韩松花也没什么事嘛！帮助自己镇里贫困户贷款，说起来也是我分内之事，作为乡干部，我身上还有帮扶任务，帮谁不是帮啊？我决定把这态度亮给罗海燕。

"这就是你贵人多忘事了吧？来来来，介绍一下，这是咱班韩松花——"

"这是——咱班——韩松花？"罗海燕瞪大了眼睛，语气极尽夸张之能事，这我听得出来。

"对！我和松花来办贷款，多多关照呗，老同学？"我想把她那夸张和韩松花的尴尬都岔过去，我做这种事还是游刃有余的。

"哎呀呀！我的老天爷，认不出、认不出，绝对不敢认啦！松花呀，你咋变这样了？"说着，她还伸手去拥抱韩松花，弄得韩松花越发手足无措。

"啊——海燕——呃——"

"哎！你们不知道哇，这是我们全校当年最漂亮的人儿啊！天伦，是你说的吧？松花的眼睛像关之琳，是不你说的？哎呀呀，白瞎啦！"罗海燕有点儿像旧社会老鸨子附体，左右逢源，搂着韩松花向那几个信贷员介绍。韩松花像动物园里揽客的大熊猫，脸都憋出紫红色儿了。两只手使劲握在一起，递不出半句话。

我心里霎时装满了义愤。罗海燕还跟上学时一样，不是个东西。至于这么大张旗鼓让大伙都知道韩松花过得不如她吗？

"海燕，你想哪去了？松花一心想着致富，没空打扮。"

"白瞎了、白瞎了！当年咱校唯一的优秀毕业生，真是被家给拖累啦！"

我心想，这罗海燕多亏不是我老婆，否则我也会成为那个倩嘴里的家暴男。她嘴里说的听上去没有半句不是好话，可我了解她底细，正如同她了解韩松花的痛处。她在拿刀子扎韩松花，刀刀都在要害。我偷眼看，生怕韩松花当着这些人哭。

她没哭。定定地站着。也没有笑容，甚至没有眼神，就是定定地站着。

"哟！左助理？"罗海燕看着我的工资证明，"不知不怪哈！我上个月才从天北镇调到这边，两眼一抹黑呀！"

我心想，少废话，该干啥干啥，痛快儿的！嘴上却说："调回来好哇，调回来正好松花这次贷款就借你光啦！"

磨叽了半天，啥也不缺的情况下，罗海燕又跑了两趟领导办公室，回来说："这回行了，要不你们少说还得再跑两趟。"明知这是向我卖好，可我还是不自觉庆幸：幸好是我给韩松花担保，换上她自己来办，或者找的别人担保，罗海燕还不知要怎么折腾她、难为她。

那天是周五，我回家的日子。边往家里开车我边想，罗海燕能有今天，穿着西服套装，当着堂堂信贷主任，其实并不意外。她高中毕业考上了财经专科，打没打小抄没法知道，以她平时成绩，这个结果是高了些。不过在以结果论英雄的普世价值观里，她确实飞上枝头成了凤凰。高中毕业就再没联系，不过以她当年那不达目的不罢休的劲儿，别说银行主任，说她干到了县长、副县长我都信。

回到家，马白云正在厨房做饭。油烟机轰轰响着，蒜薹在锅里唰唰地翻飞。我伸手搂了搂马白云的腰："我炒吧。"她也不客气，拿屁股拱拱我，炒勺直接递到我手里。

"你炒就你炒。"说着拧身就要进屋。我紧忙伸手，给拽住了。

"别走哇，唠会嗑儿。"

马白云故意从锅里捏出一根蒜薹，放嘴里嘶嘶哈哈嚼着。"谁跟你白唠？费用从你伙食费里扣哈——说吧，啥事？"

"我做了件好事。"

"好事就不用说了，坏事可赶紧坦白从宽。"左凌儿胡诌八咧那出，其实全得马白云真传。她说话经常这么不着四六。趁着诙谐轻松的氛围，帮韩松花贷款、巧遇罗海燕这两折子戏，我就学给了马白云。

结果是：蒜薹全煳了，那天晚饭我也没吃成。

马白云对别的都大大咧咧，唯独对钱过敏。她爹妈也种地，仗着上头两个哥，有劳力，包的地多，日子还算过得去。只是过得去而已，她打小也不富裕。现在我俩的钱都是她管，那可真是属貔貅的，只进不出。一听我给韩松花担保，她第一反应不是我跟韩松花有啥说不清的纠葛，而是韩松花万一还不上，她就等于白掏出五万打水漂。

"你脑袋进水了！全是水吧！"

"就是个担保，你怎知还不上？"

"数数她有啥来钱道儿？数啊！没有拿啥还？"

"养了猪不就有了吗！"

马白云气得满屋乱转，手一会儿叉腰一会儿挠腮帮子，搁在平时，我得嘲弄她像个母猩猩。

"你以为养猪像放个屁那么容易？"她列出一大串养猪路上的险象丛生，撑死的、瘟死的、药死的、长痘了、掉价了，连打雷劈死都列进去了。"你真不是个好鸟啊左天伦，这么大的事你先斩后奏？"

这顿劈头盖脸让我像丢了魂似的，明知她这样为啥不提前说？明知她这样为啥现在嘴欠跟她照实说？她哪是王彩霞呀？左校长要从工资里给韩松花拿学费都拍手称赞，糊涂啊我！在生活道路上，我怎么像个刚入伍的天真战士？我对马白云的信任就这样被她践踏了，我本以为她会表扬我作为七尺男儿还算有点情怀。

"不行就去办离婚，我和左凌儿可不跟你背这个债！"

这狠话太狠了，我简直不认识眼前这女人。跟韩松花比，她什么都有，可她为了五万块竟然说出要离婚。我不想再吵，开门走了。

第二天，左凌儿给我打电话，这孩子永远神神道道的。

"爸！听说，你为了一个女人把自己抵押给银行了？"

"什么话？胡说！"

"爸呀，我倒想会会那女的，我只听说过牡丹真国色呀——嘿嘿，我爸能冲冠一怒为红颜，不容易呀不容易！"

第二十三章　窘迫

整个九月份，韩松花庞大海忙得脚不沾地，我也没好哪去，跟着左一趟右一趟，干的都是往外花钱的事。

太平镇有养殖场，我带他俩去学习取经。韩松花一眼相中了纯种约克夏大白母猪，打听从哪能买到这样的猪苗。猪苗太小不容易养,大的价格又贵。好歹联系上外地的一家猪场,规模够大,信誉也好。价是我给讲的,连运费带二十头猪苗,将近两万块。贷款的五分之二一炮就进去了。

剩下的,一些投给了猪饲料,那家猪场给推荐的牌子,价格贵一点,但配比好。另一些拉电线,买粉碎机,盖猪舍,支起锅灶,用木障子围起一圈猪的活动场地,外加一个地窨子,钱也就花得差不多了。那个地窨子是傍山坡盖起来的,有个小窗户,里面有铺小火炕,能睡两个人,韩松花和庞大海好歹也有个能歇会儿的地方。

本来猪舍可以盖在村子边上,可庞大海死乞白赖要把猪舍盖在东山脚下,说割猪草近便,二十头猪,动静大,也埋汰,在这地方养就省得影响村里人。一琢磨,他这说法也入情入理,我让许端午打了个申请,自己再动动关系,一路绿灯,很快就给批下来了。地窨子一半在地下,一半在地上,冬天烧着火炕,就把猪食烀熟了,夏天就在猪圈旁边架口大铁锅,烀猪食的热气腾云驾雾满山飞舞。我逗庞大海,忘了山上诸位神仙了?他真信了,一脸正经地说,那哪能忘,地窨子后面半山坡上,单抠出一小块儿地方供着吃喝呢。

猪苗运去没两天,一大早,我正满嘴牙膏沫子,手机在洗面池上响了。是那个养猪场场长。他用说不清哪里的口音抱怨我:"左助理,这是搞的啥子事?猪娃子哪有包换的嘛。"我没听清,问了句:"什么?"他努力调整着口音,气哼哼地说:"你那相好的,偏说有两个猪苗胃口不好,耽误长肉,要来换!你听说过这么不讲道理的吗?"

"胡说个啥?什么相好的,那是我们镇里困难户。"我解释了半天,他那语气还是让我感到话外音绕梁。"描个啥子嘛,赖个啥子?反正猪娃子又不是她儿娃子,没的换!"

我心里委屈得直抽筋。

到了单位,同屋姓郭那厮一上午用眼角瞄我,像我随时要对他图谋不轨的架势。我打开电脑,新建个文档,把韩松花养猪截至目前的花销替她记了笔账,也算替我自己记吧,银行那笔钱她还真得挣钱还上，否则我真掏不出那五万块堵窟窿。连工资卡都在马白云手里，一旦有个万一，我就是想把车卖了都卖不成，车主也是马白云。

正记着，老邴打电话，让我过去。到我回来时，老郭正忙不迭从我电脑前弹开。按说这事我有理，他摆明在偷看我电脑。可他和我都知道，谁承认谁就是弱智。两个老爷们儿为这事吵起来，兴盛镇政府可就有佳话了。我前脚进屋，后脚又掉头往外走，边走嘴里还边说："忘了忘了，大事忘说了！"

在卫生间里消磨了一会儿，我告慰自己道：身正不怕影子斜，大胆走出去，坦然面对！回了屋，老郭道貌岸然地端坐在他那头，吱溜着茶水。我余光看着他翘起的老兰花指，看着看着就想变被动为主动。

"老郭，有空？"

他放下茶水，继续翘着那指头，眼神不闪不躲地看着我，问道："有事儿？"

"也没啥大事。这不帮个贫困户担保贷点款嘛，想跟你唠唠养猪那点儿事。没空？没空那等有空再说。"

"有空有空——猪嘛，我可就没养过。"

"没养过猪？你不也咱镇老户？"

"我呀，我嫌那东西——脏！"这几个字让他说的，拐了好几道弯，弄出好几个旋律。真他妈恶心！我心里狠实实骂着，脸上还越发和颜悦色了。

"脏，是脏，可也没别的可干。你是高人，你给出个主意，韩屯那地方，还能干点啥？"

"啥也比养猪强，依我说。"

"就一座大山、一条小河，还能把山劈了卖？从河里淘出金子？"

"鸡不是肉？鸭不是肉？牛不是肉？非得可着那一身猪臊吃？"

"老郭，难不成，你不吃猪肉啊？"

人家又吱溜一口茶水，也不说吃还是不吃。我只好自己接话：

"养牛也是个好路子,母牛下母牛,三年五个头。羊嘛,也行,买上几只母羊,有个几年就能成群——问题是韩屯那地方在哪放,也没块像样的草甸子,往山上放,还不够操心的呢——庞大海、韩松花,也是难为这两口子了——"

我又念叨些啥都变得有去无回,根本不搭茬了。

老郭是兴盛镇的坐地炮,在镇政府当助理有几年了,名头后边也挂个副科级的缀儿。我来之前,他一直是接替副镇长的主要人选,这就让我俩的关系一直有些微妙。

我看着电脑,看着满屏琐碎的明细账,最上方那行标题让我猛一激灵——松花养猪明细。真不知道这几个字是哪个左天伦搭错神经替我敲上去的,松花前面亲密得连个韩都没有。不知老郭刚才听我说那些此地无银的话是忍住了多么强烈的恶心。我想敲自己两棒子,又清楚任何皮肉之苦都为时已晚。我把标题改成"庞大海韩松花贷款养猪明细",点了保存,然后带着沉重的心情离开了办公室。

已经过中午了,太阳正抓紧时间亮相,一道飞机划下的白线把那圆太阳一分为二。我肚子有点饿,却没有胃口。早该回家取件换季衣服,却一直都不回去。以前跟马白云也没少小打小闹,可是床头吵床尾和,几乎没有隔夜仇。这次因为钱,她能说出让我净身出户的话,只要是个男人,自尊心这关都过不去。可我很想左凌儿,她是我这辈子唯一的孩子,是左校长唯一的孙辈,我总在心里替左校长和王彩霞娇惯她。她这会儿肯定不在家,马白云也不在。这是我回去看她们的最好时机——家里的一切都是她们。

不到一个小时就到了,中午路上车少。钥匙在锁孔里转到一半门就开了,马白云她妈——我的岳母,站在门里。她穿着花花绿绿的套头衫子,头发齐着中间一道线,黑一半白一半。她好像很久没染发了。岳母有些吃惊地对我笑着,嘴里那两颗银色的假牙把笑容显得很浮夸。我叫了声妈,对我来说,妈这个字除非是叫王彩霞,否则跟姑、婶儿、姨差不多。岳母一连回答了我三声,点着头,哈着腰。她的身体语言在对我说:小一个月了,姑爷你可回来啦!

我的岳母不想让我有家不回,我的岳母很怕我和马白云真离婚。这感受很明显。我不知道她为什么在这儿,也不能问。我喜不喜欢她不重要,重要的是,这是她老姑娘家。

"白云哪!你看谁回来啦!"

这简直给了我一锤子!马白云怎么在家?不是周末也不是节假日。我不敢往卧室走了,突然间我就像个入室窃贼一样心虚。

马白云没答话,卧室里窸窸窣窣的,没一会儿,岳母拿了几件衣服放到我手里。马白云知道我回来是干啥的。拿了衣服,我得走了。

到门口,岳母穿着拖鞋就随我来到门外。还没等下楼梯,她把我拽住了。

"天伦哪,我老姑娘不让告诉你——"

"嗯?"

"那妈也得告诉你——"

"呃——"

"白云上个礼拜,做了个人流——"

"什么?"

我的岳母好像是老天派来专门用锤子锤我的。她的脸和表情咧得很难看,自顾自对我嘀咕着:"遭老罪了,那可不!我老姑娘太犟,说啥不让告诉你,说你单位忙——人医院大夫还问,你对象呢?这么大岁数做人流咋不陪你来?办完事儿就拉倒啦——你瞅瞅,多不好听——拿个家什,给我老姑娘这顿攉拢,那肚子左一个包右一个包的——回来就发烧了,光吊瓶就挂了三天——天伦哪,可不兴离婚哪!"

岳母眼睛挤咕挤咕的,平常我厌恶得够呛,可这会儿都无所谓了。我像股力大无穷的西北风,一转身又进了家门。卧室门从里面锁上了。敲了半天,就是不开。岳母在身后,我什么都没法跟马白云表达。只好再次开门走了。

开着车,我的心都要疼碎了。我真后悔就为那么一句气头话,摔门就走，说把家扔下就扔下了。这些年马白云跟着我，精打细算过日子，吃也舍不得，穿也舍不得，这才把钱攒下，买了房子还有了车。左凌儿都是马白云一手带大的，为了生左凌儿，马白云肚子留下一道纵长的疤。她心疼家里的钱，怎么就错了？她跟自己丈夫说句狠话，我怎么就计较起没完呢？

我把车停在道边。我的眼睛已经模糊了。

以前我说过要二胎的话，说我们作古后，左凌儿孤单一个，太可怜了。马白云不反对，反对的是左凌儿。她说我有这种念头证明我对她并不满意。我不想伤左凌儿的心，她的心太过聪敏。我那信誓旦旦的保证马白云一定忘不了，那些保证把她推进了人流室。那天我临走时甩出那句"你跟钱过吧！"变成了医生手里的刮宫器。左校长的孙子就这么来了又去了。

"对不起，白云，我一定不会做对不起你的事，我保证咱家的钱，一分都不会少。"这并不是我想说的全部的话，可是手一抖，就把微信抖出去了。我只好继续写第二条。

"让你受罪了，都怪我。过几天妈走了，我回去，你攒好劲儿，揍我。"

别的话我就说不出什么了。每当我发自肺腑说真话，我就不比哑巴和文盲好多少。我的书都白念了，这些年的班都白上了。

马白云没给我回话。

第二十四章　骂声响亮

第二天，我又回了韩屯。这一次我是带着对马白云的承诺回去的。无论如何要帮韩松花把猪养成，无论如何不能让马白云那五万块钱有任何闪失。

这些日子，东山脚下一直热闹。庞大海那地窨子得先挖个坑，屯里好几个爷们儿过来搭了把手。庞大海说,现在没钱,等猪养成了请酒。老少爷们儿就更有了积极性,一个劲儿往这送东西。依我看,都是些该扔的破烂,可又一想,他们自家也没啥值钱物儿。拎几根木棍过来的最多,再就是掉漆漏洞的破脸盆。

小猪都在圈里,粉白的,笑眯眯的。见到谁都像见到了亲妈,嘟着嘴儿,捯腾着小短腿儿、扭着圆圆的一团胖屁股跑过来,媚憨憨地往裤腿上拱。韩松花踩着凳子往木障子上绑铁丝,看见我,手往旁边抹布上蹭了蹭,赶紧下来了。

"松花,你绑那东西做啥用?"我指着绑到一半的蓝色电线,问韩松花。

"一个灯泡不够用,我寻思,再安两个。"

"别别别,"我摆着手,"可别瞎鼓秋!电这东西可不是闹着玩儿的!"

庞大海在往地窨子上苫房草,听我一说,扭头就骂了句:"瞎他妈整!"韩松花也不还嘴,又悄没声儿地踩上凳子,用钳子拧下铁丝,把电线撤了下来。庞大海那边还在来劲:"也他妈不问仔细,一个电字儿多钱?你他妈值几个电字儿?"韩松花也不出声也不看他,把钳子挂在一根粗木桩子上。

"那个牌子的饲料,小猪爱吃?"我得赶紧把话岔开。

"嗯,挺爱吃。"韩松花一直对我客客气气的。

"那就好——这回都妥当了吧?"

韩松花点点头。我回身对庞大海说:"大海,财神爷可喜欢笑面,喜欢听好听的,你这脾气,可得搂着点儿!"

庞大海闭了嘴,算是给了我面子。就地坐下,拿起身边烟袋锅磕了磕,火一擦,嘴像烟筒一样冒起了烟。听他唱道——

   一只孤雁往南飞,一阵凄凉一阵悲。雁飞南北知寒暑,
亲人遥遥不知归。

悲凉的歌声像找不到根的山风，绕着东山逡巡，飘摇。唱歌的人嗓子喑哑，声音断续，好似世界只他一人。不经意看去，恍惚当年守在鱼塘边的老庞头，瘦如刀削，眼大如球。唯独少了脖上的瘿袋。

我暗暗叹了口气。他们夫妻都是可怜人，可怜人为何还要欺负可怜人。马白云跟他们比，吃的苦又抽条了。这怎么行？一个男人怎么能这么不坚定？我咳了一声，说道："那个啥——大海、松花，你们现在是韩屯脱贫带头人，全屯人都看着你们，好好干，干出个样儿来，山上我庞姥爷、我韩婶儿，都跟着高兴——"

庞大海愣了神，缓过来忙不迭跟我保证："左助理，多亏你！多亏你！我好好干，又给俺贷款，又给一路绿灯，指定好好干！"

"这就对了，这唠的是爷们儿嗑。"

韩松花在打扫猪食槽子，回过身擦了把汗，用力点了点头。我又绕着弯儿说了些废话，实际就是为了让他们平平安安把猪养起来，赚到钱。

"那先这样，得空我再过来。有事随时打我手机。"

庞大海要送我，我没让，小猪离不了人。韩松花刚好要回家给老韩头做饭，就一起走了一道。

这些日子一起忙活，夏天乍一见面时那种不自在已经不治而愈了。韩松花很少讲话，脸上总是一个表情，具体也谈不上是什么表情，硬要形容一下的话，大概有点儿像庙里的泥菩萨。庞大海吼她，她也那个样，干活时更是那个样。菩萨这副样子人人敬畏喜欢，一个本该活生生的中年女子这样，就显得木讷、闷生生的。

脚踩在山上山下没声响，一踏上小木桥，脚下就会响起嘎吱声。这桥是木头的，并排能走两三个人。当年上学的时候，韩松花永远走在我前面，我总是故意落后。那时她只要上了桥，小石河就会闪闪发亮，那根黑漆漆的辫子在她腰间一甩一甩，比东山上最好看的花还要好看。现在我走在前面，从脚步声判断出她离我有四五步，我的后脑勺头发很稀薄，我的腰跟屁股一般粗。这样也好，如果颠倒过来,在只有我和她的小木桥上,我看着跟当年搭不上边儿的那个背影,心里又会难过。

本来走得好好的,可瞎想让我用左脚踩了右脚,把自己踩出个趔趄。我绝不是故意的。身后噔噔几步,韩松花冲过来,一把扯住我。

"没事吧?"

"没事——笨的我!"

"桥很旧了,你不常走。"

"没。没那么矫情。咱们小时候天天走。"

"脚生了。太久了。"

她说得很小声,手还放在我胳膊肘上。一只燕子傍着桥面飞过去,尖尖的翅膀像把剪刀,剪掉了韩松花扶我的手。她的脸一下子红了,好像我也是。又恢复成一前一后往屯里走。我搜刮半天,没找出半句话,这滋味真尴尬。

我的车停在村口。路过她家和从前的我家时,不约而同站住了。

"屋里坐会儿吧,吃了饭再走。"韩松花对我说。

"不了,不麻烦了。"我说着,眼睛看向过去最熟悉的那个院子。当年趁着天不亮,我也连跑带颠往门口柳条筐里放过山里红、圆枣、山榛子。这秘密,只有远远离开当年我才敢对自己讲。当年制造秘密的时候,我甚至都不敢对自己承认。这是有生以来第一次,跟韩松花一起站在她家院门口。小学时我曾幻想,假如能有一次这样的情景,让我变成以前生产队那头驴我都干。现在,我的梦想成真了。我和韩松花并排站在她家门前,身后是左校长的家。韩屯的风吹拂着她,也吹拂着我。我却坚决不会答应变成那头驴了。

我为眼前的破房子吃惊。这么破,这么苍老。房梁下那椽子就像支棱在皮肤外的肋条骨,怕是也快支撑不住了。每有风吹过,房梁下挂着的那个铜铃铛就把自己摇出悠悠的叮当声,我看着那铃铛,心想,这么多年,唯有它和它摇身子的声音,一点儿没变。

"不麻烦。吃了再走吧。"韩松花继续挽留我。还没等继续谢绝,屋里传来老韩头的声音。

"还蹽回来干啥?这不还有个馒头嘛。"边说边咳嗽。咳嗽声很是苍老,却不知怎么,这苍老听在我耳朵里竟是一种亲切。我父母都没机会变这么老,我在苍老的咳声里悄悄感知着父母的老年。

"爸,来贵客了。"

"谁?"

"帮我贷款的左助理。"

韩富贵没了声响。我对着窗子说了声:"韩叔,我是——"没等说完,顺窗户飞出一团破布,噗一声,落在了地上。我打开一看,里面裹的全是去痛片。屋里传出的不再是苍老羸弱的声音,是响亮的吼骂——不要脸的野汉子!快滚,别撩骚我姑娘!

我怔住了,呆若木鸡。一旁的韩松花却终于有了表情,像吞了钉子的表情。"左助理,我爸糊涂,对不住——"她向我解释道。

"要脸不要?自己有汉子还跟个花花肠子勾搭!"老韩头是有名的眼里不揉沙子,总说自己一辈子最恶心男盗女娼。

"爸!是——是——左校长的儿子!"

屋里又传来咳嗽声,跟刚才迥异的咳嗽声。听得出是故意的。

"我不知什么走校长来校长!你问问那家伙想干啥!帮你贷款养猪,妈的就是他想要政绩,拿你做实验!"

我亲耳听过韩富贵早前的叫骂,亲身体验被骂,却是第一次。我的心又开始委屈得直抽筋。

韩松花急了,用手捶着泥墙,朝屋里喊道:"有手有脚的人,难不成活活穷死?"

"缺心眼的笨蛋!猪那是口口不咬空的玩意儿,能把人活活累死!他们管你猪瘟猪死呢!我那低保,是他妈肯定泡汤了!"

韩富贵说的低保,一年加一块儿大概能有千八百块。这几年,他们全家只有他的低保是一笔固定收入。

"左助理,千万别跟我爸一般见识——"韩松花看向我,一双眼睛里含着说不出口的千难万难。

其实韩松花不解释我也知道,老韩头那张损嘴远近闻名。我自小几乎没挨过骂,工作后挨批是另一回事。这么连爹带妈带祖宗的,尤其左校长曾经掏心掏肺帮过他——我的脸子挂不住,实在挂不住。本想帮老韩头申请一下农村危房改造款,可这几句骂,让我心里喊了声:去你的吧,韩富贵!一踹油门,就杀回了镇上。

第二十五章　偶遇

老韩头隔着破屋子的骂让我感到羞辱。他除了把左校长说成走校长是装的,别的话字字句句都是真心。脱贫难,不光难在韩屯有先天不足,也难在老韩头这些人的观念上。他们穷得理直气壮,心安理得,对任何改变的企图都要歪曲一番,再抡起棒子横在是非之间。

未经他人苦,莫劝他人善,我在心里一遍遍赞同这话,脑海里全是庞大海的"易容"式改变,耳朵里不自觉回响着他嘬着烟袋锅哼唱的小曲儿,还真是"一阵凄凉一阵悲"啊!

把车往小火锅店门口一堵,进屋一坐我就开始喝闷酒。这家小火锅店我常来,走顺脚了。老板娘一见我就笑吟吟的:"左助理,送你两碟下酒菜儿!"我瞅她一眼,瘪瘪瞎瞎的,原先还没发现她这么难看。这副长相太对不起我此刻的苦闷了。

"天伦——"有只手拍了拍我的肩膀,力道很温柔。我一回头,撞见罗海燕那张涂着厚厚粉底的脸。她明显已经喝了不少,脸色紫红。我回头扫视一圈儿,想看看她来自哪桌。

"不用找了,我自己。"她拉开一把椅子,坐在了我身边。身上的香水味和酒精味混合成一股很浓烈却不好归类的味道,不由分说地侵略我。

"喷这么多香水儿?"我借着香水的由子往旁边挪了挪椅子。

"瞧你那样，好像我能吃了你。"

"你喝多了。"

"咱是老乡、是老同学——欸？你怎么也老哥一个？"

"我等人呢！"

"骗鬼呀？你一进来我就看见了，失魂落魄的样儿——呵呵——"

跟个女醉鬼没法说什么，我也不想多说。

"天伦，敢不敢玩个游戏？"

罗海燕拿起我的杯子就是一大口。十一度的生啤。我卜楞着脑袋，不，不玩游戏。

"真心话大冒险，敢不敢？"

"我看你是太舒坦啦！多少人活着喘气都难，冒什么险？"

"你咋这么老土？瞧你点这口玩意儿——堂堂副镇长呀！咖啡、美元、鸽子蛋，这些东西长啥样都不知道吧？"

"不知道，也不想知道。"

她自己好一阵笑，抓起餐巾纸擦了擦眼睛，忽然就一脸悲戚。

"你不玩，我自己玩。那你听好了——"

"我不听别人秘密。"说着，我站起来，这饭我不想吃了。落下我跟罗海燕不清不楚或者我占她便宜的名声，更是不好听。毕竟她工作挺体面，不像韩松花，如今就是个养猪的。

"懦夫——欸？你不觉得你在学校时就是个懦夫吗？"她把我按住了。我心里简直像口放在火上的高压锅，憋了满满的苦闷。这场景搁任何人看着，都会觉得我跟她剪不断理还乱。我不敢说话，更不敢抬腿硬走。那样拉扯起来，我和罗海燕的"私情"就会被全镇乃至全县认定了。

我带着疯狂奔逃的心安稳地坐着。我窝着满心厌恶用平时劝架的温和声调对罗海燕说："你喝多了，喝点水吧。"

"我给你爸写过信。"

我愣住了，像被弹弓射中的家雀儿。除了那封八页纸的信之外，她还给我爸写过信？我不得不对罗海燕的真心话大冒险认真了。她的头发焗成了深紫咖色，把她的脸映衬得更红紫了。那张脸看起来郁郁寡欢，闷闷不乐。

"你爸真是个正人君子——后来，我就遇不到他那样的正人君子了。"

"我大学毕业本来是要留校的，我已经预支了代价——你懂吗？可惜，他又有了新欢，嘀，比我漂亮，公认的校花。他把她留下了，还为她离了婚。"

"我输得一败涂地。他们都说我不够漂亮，输是正常的。可我告诉你，我从不那么觉得——我觉得我哪儿哪儿都不比谁差——人都觉得自己好，是不是——我最漂亮的不是皮囊，是我这性感的头脑——当年韩松花怎么样？光有张漂亮脸蛋儿有用吗？不还是被穷家折磨到面目全非，不成人形——她就是金玉其外败絮其中的典型。"

"喂喂喂——你说自己，别牵扯旁人。"我插了句话。

"说你心上人受不了啦？嘀！我那时嫉妒她，嫉妒得要死！庞大海、郑四方、你，你们男生都喜欢她——可你们看不到她身上致命的弱点，同样也看不到我身上最可贵的闪光点。"

"你不妨教教我。"

"她目光短浅，以为守着穷家、伺候爹妈就是孝顺——我从不那么想，我要飞出去，我要把我全家命运都改写。"

罗海燕的眼睛闪烁出慑人的光。我不想接话，任由她说下去吧。

"我父母生我时年龄太大了，他们没等到。他们不到七十就没在了我家那铺大炕上——你也知道我爸那眼睛，大半辈子风火老沙眼，见风流泪，上火就跟瞎子差不多，眼都闭了还是糊的一下子眼屎——我妈有癣症，痒起来恨不得拿炉钩子烧红了烙上去——他们就带着没遭完的人间罪儿——"

她看了我一眼，又继续说："至少我知道路该怎么走才是路，至少我把我大哥二哥都弄到了天北镇，至少我现在比韩松花他们强上一百倍。"

"那我也说句真心话——韩松花善良、正派,你总这么跟她较劲,心眼特别小。"

"无所谓了。我还有更让你胆战心惊的。"

"别说了吧?好吧?我媳妇等我回家呢。"

"那个女生——留校那个——后来也离开了学校,待不下去了。她丈夫犯了事,呵呵,经济问题,一蹲两年。他们一块儿完蛋了!"

罗海燕真让我胆战心惊了。我听得出那两个人的命运被她做了手脚。她黑红的脸在我眼里像野獾子一样瘆人。这种女人,谁沾上谁倒霉吧?

"你说,天伦你说,谁输谁赢怎么看?头脑和皮囊到底谁能笑到最后?"

"你赢了,你赢了——"我另拿个杯子,呷了一大口酒。这女人太可怕了,我不想跟她瓜葛上。

"本来,我也以为我赢了,可是,可是啊!呵呵——亲爱的左天伦同学,咱俩是什么缘分,怎么今晚偏就遇到你了?"她又忽然一脸悲伤落寞。

"你酒量一般吧?"

"要是借你半个肩膀头让我靠靠,你舍得借吗?"

我吓得不轻,像傻等着被瞄准的狍子。"咱今天就此别过吧,我跟我爸一样,是正人君子!"

"呵呵——你心里还是只有韩松花呀——我打赌你会后悔,指定会后悔。"罗海燕嘟囔着趴在了桌子上,半瓶啤酒碰翻了。她的眼妆早就花了,越发显得脸脏兮兮的,整个人也脏兮兮的。她嘴里还在念叨我是个无情的人,对谁都没有多深的情分,她说中学那些同学里,数我最无情。

我把她托付给老板娘,让老板娘送她回家。在罗海燕这种人眼里,大概理智和无情是一回事,我只好无情到底了。

第二十六章　金宝和招弟

养猪缺人手，可韩松花姐仨却谁也顾不上谁。除了韩松花，那姐俩早就离开了韩屯。

韩金宝和韩招弟是一个爹一个妈生的，可是从外表到性格，找不到一点骨血至亲的痕迹。要是用走路形容，韩金宝就是只顾低头走路、眼睛一门心思盯着脚尖那个；韩招弟是嘴里吃着、手里摇着、屁股摆着、眼睛还要四处飞着那个。韩金宝面相憨，骨相也憨，生来就本本分分。韩招弟比不上韩松花好看，可也只是稍逊几分，跟别人比却显然多了三分姿色。只是个子矮了点儿，一米五八，差两厘米就不高不矮了。不过这两厘米被嘴里两颗小虎牙找补了回来，那两颗小牙生在韩招弟嘴里，平添了野味和娇俏。

韩金宝初中毕业回家务农，三年后嫁给本村的尚二祥。尚二祥是老尚家那哥仨长得最窝囊的一个。当时他年过三十，眼皮生得老长，遮得眼睛只露一半，一副衰汉模样。尚大祥和尚三祥都先他娶了媳妇。尚二祥老实本分，不管谁说啥，深了浅了他都没脾气。屯里人都说，马驯让人骑，人善让人欺，一样种地糊口，二祥老实得也太什么了。

尚二祥不好说媳妇，韩金宝不好找婆家。除了穷，也是太老实了。尚二祥住那房，是仓房兼并出个破屋，屋里堆的全是破坛烂罐儿、耗子啃过的旧麻袋、生芽土豆和茄子条、黄瓜钱儿这类东西。别说下晚，白日晃晃的耗子也来回窜。韩金宝模样普通，被爹妈累赘早已远近出名，又不会说不会道，家境过得去的也不愿意找她。连说媒的都跟看热闹的嚼舌——二祥和金宝，那是肯定成不了！结果没用上两个月就住到了一块儿。

尚二祥那屎尿窝一样的屋子就慢慢有人来串门了。一个院儿住的嫂子弟妹不用说，乡亲也有过来的。韩金宝把屋子每个犄角旮旯都抠遍了，又在窗口挂了两串红辣椒。尚二祥脚上穿着新纳的布鞋，两只眼皮似乎也长上去一些，能看到眼珠里一点光了。屯里人问韩金宝："怎么就那么急着嫁呀？你看上他啥了？"韩金宝憨实实地回答："我姐说，小时候尚大爷救过俺仨的命。"问的人更糊涂了："啥时候事儿？咋没听说过？"韩金宝见说不明白，就红着脸说："那个，那个——二祥对俺好。"

两口子关起门咋好，谁也不知道。就知道韩金宝没几个月肚子就鼓出去了，又过了几个月，怀里就多了个大胖儿子。尚二祥美得直冒鼻涕泡，走路后脑勺都带着笑。可韩金宝却不下奶水，两只大奶子里不知鼓胀的是些啥东西。孩子饿，嗷嗷哭，嗷嗷叫。尚二祥四处借钱买奶粉，背上就有了债。孩子大了点儿，把破屋子翻盖了一遍，又背了一笔债。尚二祥恨不得啥活都干，挣点儿是点儿。

那年他去镇上卖秋白菜，一对男女边挑拣个头大的，边往下扯白菜帮，挨棵扯，到秤上的都是白菜的裸体。尚二祥拦了好几回，可长得太老实太衰，那俩人就当没听见。起早贪黑这一大天，怕是白搭了，尚二祥手捂住白菜说："我不卖了。"那两个人一听就来气了，看着满手掰白菜帮沾的泥，骂尚二祥是驴做（音：zòu）的，是奸商。骂这些尚二祥都不吭声，可骂着骂着就不是这些了。

"你这样的小气鬼能挣到钱？讨个老婆专门给你戴绿帽、生个孩子都得没屁眼儿！"

老婆孩子，尚二祥一共就这俩人，一遭儿都给骂绝了。尚二祥就不是那个蔫巴四十来年的尚二祥了，就突然变成了魔怔、疯子。他扑过去，又是撕又是打，还张开嘴，咬住了那个男人的手脖子。那男人是个狠茬子，甩两下没甩开，抬起脚照着尚二祥的裆下就踹了过去。尚二祥一下蹲在了地上，捂住裆，嘴里嚷着"碎了，碎了"，可是没人信。

其实他自己也不愿意信，跟了他四十来年的蛋蛋，哪能说碎就碎了。

在派出所，警察对双方一顿批评教育，对方家近，点头哈腰虚心接受后就走了。尚二祥家远回不去，只能憋气窝火地在派出所干坐一宿。

第二天一回家尚二祥就病倒了，高烧不退。韩金宝好不容易把他弄到镇上医院，大夫说是急性睾丸炎，必须手术，把蛋连根儿切掉，要不命就保不住。韩金宝已经没地方能借来钱了，她跪在尚二祥的裤裆跟前儿痛哭，看上去就像撕心裂肺地在跟碎蛋诀别。那时韩招弟早已不在韩屯，听说二姐夫不切蛋就会没命，她包了辆出租车，送来一整沓现金。临走还一个劲儿嘱咐韩金宝："你个死心眼儿，千万别让咱爸知道！该说我是用卖身钱给我二姐夫切蛋了。"

明明是想挣钱还债，可是莫名其妙的，尚二祥的债却越背越多了。

切了蛋的尚二祥一下就老了，眼皮彻底耷下来，连后背也弯了。他连地也种不了，他背的债，就只能落在韩金宝身上了。他说对不起金宝，不如死了。又说死了更对不起，金宝又得背上更重的债，就成了丧气的寡妇。废人尚二祥就变得哲学也变得深刻了，他每天都对自己说：活着，必须活着，必须为了活着而活着。

韩金宝只好走出韩屯去挣钱还债。

她在一家卖水饺的小饭店当过服务员，一次正要下饺子被老板娘骂反应慢，就顺便把右手下进去了。滚开冒泡的一大锅水，煺掉了小拇指的皮。

她还在市场卖过两年鱼。穿着水靴，扎着黑胶皮围裙，鱼是上家给送货上门，都在紧贴地面的大水池子里。夏天还将就，冬天整日露天站着，下半身又湿又冰，那阵子就开始拉拉尿。一会儿一尿，裤裆里总有股骚味儿。关节都肿胀着，全是冻疮。就想，还是换个热乎点的活吧，要不落下一身病，没钱治。

那就是当保洁员或者保姆了。

中介机构对这两个活要求都不低。要长得利索，动作麻利，还要手脚干净，人品高尚。最后一条最难证明，于是要答应至少半年的试用期。试用期给开一半工资，也就几百块。本来全额也不多，开一半想在城里活着，实在太难了，干了两个月韩金宝实在干不下去，就尝试着当月嫂。月嫂最起码要会下奶，可韩金宝自己就没下来过，吓得畏首畏尾，连着被两家退掉。一起找活的姐妹就教她，拿奶子当面团揉还不会？你要表现出会，特别会，对方的奶水下不来那是奶子的事，不是你手法的事。韩金宝实在没法子，只好照猫画虎顶上去。结果她被留下了，伺候完月子直接升格为保姆，继续伺候那一家老小。

后来，韩金宝在保姆圈里有了点儿口碑，家里有老人瘫痪在床的，都想雇她。前期的债总算还上了。可随着儿子面临上学，新的问题又来了：她要把儿子带在身边，边挣钱边管儿子念书。尚二祥说："甭管我了，你俩一块儿吧。"韩金宝撇不下尚二祥，就两个一起带走了。

到市里租了房，孩子学籍还没着落，尚二祥又病倒了。一开始不像病，像水土不服，吃不下喝不下。自己也说，土里长出来的，冷不丁全是水泥，八成身子骨不习惯。可两个月过去，不但没见好，人也蔫成了烂在蒂把上的茄子，就剩一层皮了。韩金宝拽着去医院，死活不上楼，韩金宝一咬牙，硬给背上去的。大夫说二祥的肝硬了，硬成了一块石头，想活命，肝得是软的。韩金宝说咋能变软？大夫说，找个能配上型的，还得有善心的，替换下来。韩金宝哭了，说人命关天，要是有那善心人，俺们给磕头也换。大夫拍了拍她肩膀，不忍地说，很多钱的。他们说完，韩金宝回身找尚二祥，从医院找回出租房，从市里找回韩屯，一直没找到。

韩金宝只能又回到市里，拉扯着儿子，当保姆、供儿子念书。她不敢搬家，怕二祥回来时找不到。可那出租屋去年动迁，变成了工地。韩金宝去工地贴一年告示了，隔三岔五就去贴一圈。内容特别简单，就几行字：尚二祥，咱家往北走一里地，道东，把道边儿，窗户上两串红辣椒。

韩招弟留在韩屯的名声难听极了。破鞋是最好听的,烂袜子其次,再往难听了数,可就多了:鸡、野鸡、婊子、养汉老婆、骚货。只要背地里骂起韩招弟,男人女人都像被她的骚味儿熏到过,个个都义愤填膺。

韩招弟的第一个男人不是别人,正是我的发小郑四方。

郑四方的情窦跟我一样,都是被韩松花打开的。我们俩就像互相传染了流感,又在韩松花和庞大海把生米煮成熟饭后,不约而同关闭了情窦。大概青春期的流感最威猛,可也最有望治愈。别的欲望慢慢上了身,那场流感也就悄悄贡献给免疫系统了。刻骨铭心相恋过是另一码事,我指的是我和郑四方这种得不到呼应的单恋,民间也叫单相思。

郑四方和韩招弟的事,都来自许端午。后来一起鼓捣猪圈和地窖子的间隙,庞大海也讲究过。韩屯根本没有秘密,真应了林语堂先生那句:谁还不是被人说说,又时不时说说别人。

老话说,有其父必有其子,虽不绝对,可也不无道理。郑四方越长大越凸显出他爸郑万山的基因,非常不安分。本该是个庄稼汉,却一天把头发梳上十几二十遍,总念叨韩屯这小地方瞎了他一表人才。铁匠爷那小破屋到底被他弄到手了,也开起了小卖店。可待在小卖店他就是浑身难受,只有上镇里进货时候不难受。

村里人爱赊账,而且一赊就赊到秋,赊账的人一多现金就周转不开,指望它挣大钱绝对是傻梦。常来赊账的人里面就有韩招弟,像苞米粒能招来小松鼠,每次进了小零嘴儿就能把韩招弟招来。郑四方也会逗弄,从掐一把脸蛋儿开始,没两回就往下掐到了屁股蛋儿。韩招弟佯装生气,身子却乱颤,咯咯笑得像被挠了胳肢窝的小母鸡。郑四方就痴痴地说:"你可真有那个味儿。"韩招弟非但不跑,还甩着眼角问:"啥味儿呀?"

"母的那股味儿。"

这一公一母就干柴烈火了。

这把火从小卖店烧到东山,从东山烧到苞米楼、柴火垛,搞得全韩屯人只要见了他俩,眼睛里就只看到俩字:睡觉。通常都说男的把女的睡了,说起他俩,都咂吧着嘴、晃着脑袋:郑四方睡韩招弟,韩招弟也睡郑四方!

郑四方说韩招弟这股子风情劲儿,就该生在大城市,穿金戴银,养尊处优。韩招弟说郑四方也不带韩屯的土味,就该是城里大老板的料,头发和皮鞋一样冒亮光。俩人互相说,互相都信以为真,后来就坚信不疑了。

他们离开韩屯时,韩招弟刚做了人流,戴上了节育环。俩人走时天底下已经没别人了,也就谁也不用告诉。韩招弟早就说过,别人的家或许是家,她的家就是地狱,让她大姐一个人扛着吧,阻拦的话她一个字也不想听。郑四方也没跟郑婶儿打招呼,他觉得可能这就是郑婶儿的命。他的人生在韩屯以外,快马加鞭离开这儿,这辈子才算真正开始。

到了城里,郑四方去了进货的那家商栈跑零,韩招弟直接就进发廊当起了洗头小妹。郑四方还没西装革履的时候,她已经是超短裙一穿,厚底鞋一踩,摩登起来。没用上几天,召唤郑四方的话都变了,一口一个亲爱的。郑四方警告她,这么叫别的男人就打折她的腿。韩招弟撇腿儿就骑在他身上,嘴里一连串娇嗲:"打呀,你打呀!"

"寻思我不敢!"

"忘了我咋长大的啦?偏不怕吓唬!"

郑四方不但要服软,还要不顾劳累,向她贡献无尽温存。

韩招弟不勤快,能躺着就不想坐着。在发廊也是看人下菜碟儿,手上偷懒,嘴上殷勤。那张小嘴儿又甜又巧,招呼男的,不管岁数多大、有牙没牙,一律喊哥;招呼女的,除了亲姐就是亲姨。事实证明,男的女的都吃这套。有个不苟言笑、总夹公文包的男人,第二次一进门,韩招弟一句"斯文哥",一本正经的脸就绷不住了。碰上更能端的,韩招弟就边给洗头边无辜地请教:"我一个山沟土妹子,这事儿哥你教教我,咋弄才好?"要么就是:"哥,我真是土包子,没见识过，耽误你两分钟，教教我呗。"悲哀的是，"赐教"过她的哥哥们，还都以为自己是独得芳心，是唯一能给这姑娘指路的能人兼高人。

不长时间韩招弟就攒下了很多哥。其中一个，年近四十，身材高大，开了辆日产车。韩招弟第一眼就觉得他不一般，除了钱味，似乎还有股隐隐约约的霸气味。两样混合着，韩招弟一闻就有点上头。一打听才知道，这人是大学里一个处长，负责校外办班，每年创收上千万。上千万，这还了得！相比之下，郑四方简直穷酸死了，等他混出来个样来，自己这大好青春早就泡汤了。韩招弟的心一下子就飞到这个男人身上。

给那男人洗头时，韩招弟极尽温柔，对方也被迷得春心荡漾。没有几天，他们就在那辆日产车上完成了第一次。

那段日子，韩招弟为了甩掉郑四方，什么无情的话都说过。全都不管用，郑四方死活不放手。韩招弟又用那张说过无数甜言蜜语的小嘴儿，字正腔圆地告诉郑四方——就你挣那几吊钱，能养了我？再怎么扑腾你也是个土包子，你就不配有女人！

郑四方这才感到受了奇耻大辱，挥手一个大耳刮子。韩招弟吐着嘴里的血水，像个烈女一样，语气里全是铮铮铁骨："王八蛋，我好时候都给你了，咱俩两清了！"

甜蜜和无情，都是眼前同一个女人。郑四方含着眼泪笑了。"滚吧！远点儿搋着！"他那会儿万没想到，这场决绝和青春期那场感冒绝对是两回事。对女人，他是相信不起来了。

韩招弟被那个处长养了起来，一处六十平方米的旧房子，两室，一个小厅。最初那一年，男的激情，女的欢实，像白马王子与他的乡野小白兔。可也仅仅一年，韩招弟就不再满足当金丝鸟，她要学开车、想自己当老板、想登堂入室，想把男人的身家都变成自己的。两个人就不再你侬我侬干柴烈火。

僵了半年，韩招弟以太寂寞为由，浓妆艳抹频频出入市里最大那家酒店。在那认识了全市最大那家国企的三把手，很快就搬到了一栋新楼。这回是三室,九十八平方米。

那以后,韩招弟就在换男人的路上越走越顺脚了。走着走着,就让自己踩过了而立,奔向不惑。这些年除了韩屯人津津乐道那些名声,她在市里只混了套百十平方米的楼房,还有数不清的孽缘。

韩金宝偶尔回韩屯,家门都不敢进。老韩头一见她就哀号,那声音惊天动地。他恨韩金宝命太苦,不缺胳膊不少腿,却跟他一个样,没过上一天好日子。韩金宝怕惹老韩头伤心,每次就站在窗外,低头认罪一样,临走留下一点钱,外加一兜吃的。

韩招弟也回过一次韩屯。是她妈病重的时候,开车回来的。可是她爸却口口声声骂她埋汰,骂她是一摊儿狗屎,骂她把老韩家的脸都丢尽了。她是被她爸生生给骂走了,身上还戴着孝。韩招弟再没回去过,也不知是怕挨骂,还是怕把她爸活活气死。

第二十七章　变故(风云)

偶遇罗海燕那次闷酒之后,我就没再去韩屯,没去东山。老韩头的话当时让我寒透了心,可他说我帮韩松花是为我自己,这话却像钟杵一样,悠荡着敲在我身上。说实话,我的心确实在东山脚下,那二十头小猪的未来就是马白云那五万块的未来。我为此每天都坐立不安。

我的坐立不安没逃过老郭的眼睛。就像我经常感觉对他忍无可忍一样,他大概也对我忍无可忍了才跟我开了句玩笑:"左助理,咋像小伙子失恋了?怎么魂不守舍的。"我说了一连串没有没有,他也回了几句,开玩笑,开玩笑。可我心里知道有些事就是这么解释不清,不管我怎么表白自己是担心那些猪苗,大伙也都认定猪苗是幌子,养猪那女人才是实质。

我是跳进松花江也洗不清了。唯有沉默。

可我沉默的权利很快又被一通电话给剥夺了,来电显示,许端午。

根据他的描述,我还原了一下当日情景——

韩松花那俩妹妹都在城里讨生活,很少回韩屯。养了猪,老韩家最缺的就是人手,偏偏老韩头又下不了地,离不了人,韩松花只能每天山上家里来回跑。这样一来,白天多数时间,山脚下只有庞大海和猪,晚上,就只剩猪和庞大海了。

庞大海这阵子非但没抱怨,没吊儿郎当,反而兴致一天比一天高,干着活还哼哼呀呀唱起了二人转——

人生在世不容易呀,一场风来一场雨。
几番潮落潮又起,几番坎坷和崎岖。
人生在世真的不容易呀,一场悲来一场喜。

庞大海随了老庞头,唱起小调儿又粗粝又婉转,尤其悲调,他拿捏得是如泣如诉,还拐带出几分缠绵悱恻的味儿。

"哎!胖大海,跟猪对歌哪?你家猪都叫刘三姐吧?"

"大海,哪儿惹的骚情,喂那么些猪还不够你累的,撩骚谁呢?"

屯里人故意拿庞大海打趣,庞大海像听不到,自顾自哼哼呀呀。唱罢了才回骂:"回去问问你妈,我撩骚她,她干不干。"

自打没了儿子,庞大海一直是屯里数一数二的衰人。他虽然不知道"若敖之鬼馁而"这种话,可"不孝有三,无后为大",那是不识字的人也晓得的。那话说起来轻飘飘的,却能压人于无形。如今二人转小调儿一扬,庞大海自己也有感觉:这是猪的力量,绝对是猪的力量。

碰上韩松花,屯里人不打趣,说的是:"你家那个胖大海,只要离了你家甩了你爸,又是秧歌又是戏,累那熊样还连哼带唱呢!"

韩松花没有闲心搭理,她跟庞大海比不了,那家伙一门心思奔猪使劲就行了，用屯里人话说，累也是为自己鼓溜腰包累。她得一心顾两头，庞大海能为离开老韩头欢唱，她可不行。老韩头骂她时她也气得不行，可一想到把猪喂饱了把老韩头饿瘪了，她就撒开腿使劲往家里跑。

二十头猪苗都长得挺好，能吃能睡。一到猪的饭口，猪高兴，养猪的韩松花也高兴。猪把拱嘴儿埋在猪食槽子里，吃出吧唧吧唧的动静，喂猪的听着，那才是天籁呢。猪们吧唧够了，开始用晃晃悠悠拧拧嗒嗒赞美刚刚那顿美食，圆滚滚的肚子袒露着它们此刻的心满意足。招摇了一会儿，没啥正经事可干，困劲儿就开始上头。猪之所以能膘肥体胖，吃嘛嘛香是一条，倒头就睡又是一条。这些家伙也不挑拣，互相更是不嫌弃，这个脑袋挨着那个屁股也照样呼呼大睡。它们梦了些啥不知道，就知道它们一睡，韩松花就开始乐滋滋地瞅着它们练算数。从一数到二十，再把二十乘以八，那将是一百六十只猪崽儿。就算她是笨养的，要一年出栏，就算猪肉价上下浮动，取个不太高也不算低的大约值，以每只价值三千起算，妈呀！得数太大了，韩松花第一次算出来时都不敢接了。不过人都一样，习以为常，多算几次，那个得数也就平易近人了。韩松花一遍遍看着那得数，起初她只想着一件事，还贷款、还贷款，人家左助理的钱在那押着呢！不知不觉地，脑子里又涌现出一些别的念头、别的事。她顺着那些念头想下去，眼前出现了一个活蹦乱跳的胖小子，嘴里喊着妈妈，大大地张开手臂和嘴巴跑向她。还有跟她吃苦的庞大海、不再靠叫骂支撑活着的老爹、可怜的金宝、孤零零的招弟……还有好多个乡里乡亲，家里那本经实在太难念的乡亲……要是真能有这么多钱，猪也能不白跟自己一回，住上个好些的猪舍，该上的设备慢慢置备上……

那阵子韩松花、庞大海没工夫打仗，这么说吧，打仗得先留意到对方，留意到对方才知道瞅哪不顺眼，不顺眼不顺心了才能对着干。猪把这两口子对彼此的心思全都霸占了。

那天傍晚，韩松花嘱咐庞大海，夜里别把自己睡太死，万一出点啥事儿都不知道。庞大海听的遍数太多了，随口应了句叨叨个屁呀，也没当回事。第二天一大早，韩松花趴猪圈一看就炸了庙。这回可真的炸了庙，韩松花就像变了个人。这么多年，打不还手骂不还口，人前人后从不说庞大海一句不是。可那会儿她却趴在猪圈上发疯一样喊着——死的咋不是你呀？

怪不得这女人，那圈里实在是太惨了。

昨天还活蹦乱跳的一圈猪，一夜间躺成了白花花一片。一个堆一个，像死前巴不得互相壮个胆。有的眼睛半闭，有的嘴角涎着，一二三四五，总共十四只，咽完白菜帮就把气儿咽了。那锅白菜帮偏不是别人烀的，是韩松花亲自放在大铁锅里，烧了个大开，正要起锅，心口突然一抽，只感觉是老韩头饿出事儿了。韩松花顺手盖上锅盖，脚上往回跑着扭头对庞大海喊："别忘起锅，再一个开儿就起，千万别忘了！"庞大海正佝腰起猪粪，不耐烦地应了句："要不你起？闲人废屁多！"话音没落，那"闲人"早已跑没影了。庞大海把锹立在地窖子门口，进去找他那烟袋锅。屁股沾在炕上，烟在嘴上冒着，心里刚嘀咕着猪能把人累熊，人就睡死过去了。这一睡就是一宿，梦都没做半个。那些白猪本事不小，饿大劲儿自己能拱开猪圈门，找吃的填肚子。那锅生了亚硝酸盐的白菜帮子，很快就见了底儿。除六头没抢上槽的小母猪，那头能争会抢的种公猪和十三头种母猪，都心满意足地把自己吃死了。

东山脚下，小石河边，曚昽的晨曦里，只听见韩松花撕心裂肺地哭号，嘴里就那一句："死的咋不是你呀？"

庞大海没见过这样的韩松花，谁也没见过。韩松花早把自己隐忍成了受气包，任何事，庞大海一见她那萎懦的样子就戾气暴涨。搁在以往，即便猪死了，他也会扬起巴掌证明都是韩松花错。如今韩松花这样一咒骂一哭号，庞大海心却虚了一大截——猪死了？真死啦？丧模鬼气！好着呢就死啦？

屯里人脚麻利儿，嘴也快，说上来就上来了。从后面一看，脑袋黑的白的都有，家雀啄食一样往一块儿箍着。"撞了鬼了！这一下,韩松花还不得疯?孩子没那时,也没听她这么号一声哪!""人善人欺,连鬼也欺!松花这霉的呀!"说完又纷纷上前劝。韩松花的脸众人看不见,只见她蹲在猪圈里,头埋着,搂住死透的白猪,不分脑袋屁股地摩挲。嘴里骂声没有了,只剩下呜呜哭泣声,像北风在提前扫荡着东山坳。

庞大海缓过神紧接着疯了一阵子。他不像他女人那般哭号,反而扯开嗓子破口大骂。骂山神,骂土地,骂白菜帮子,骂韩松花,骂老韩家,骂声甚是狂放不羁。这中年汉子怕是撑不住了,老天挨样给拿走,让他不知抓住哪一根稻草才能活下去。焦瘦的汉子只用骂撒气,气越鼓越旺。只见他不由分说举起铁铲,向铁锅死命砸去。"晦气娘们儿!晦气命!"平时,在人前吼韩松花,他还带一星半点表演成分,再贫苦,自己女人还可供自己呼来喝去。在空无一人的山脚下绝不是表演,总要把愤懑栽赃出去,大概这是骨子里大男子主义最后那点儿支柱。砸完铁锅后,身上最后那丝力气就近耍给了地窨子,只用了几下,地窨子就翻盖儿了。

韩屯人都看在眼里,心里暗暗庆幸:这何苦来?咱也不养那玩意儿,咱也不把自个儿整成魔怔!

庞大海的女人却没倒下。每次都以为她在悬崖边上挨了狠实实一鞭,不死也会掉下去,她却血肉模糊地又挣扎着站了起来。

韩松花知道,这样死去的猪洗干净了是不药人的。十四头猪,每头都五六十斤,怎么也能换回点钱。她拼尽了最后的力气,就着小石河水,把死猪洗了八个来回,五脏下水都扔掉,只留好肉,重新支上大锅,先烧个大开,再换水,加上好几斤辣椒、几个五味子藤圈儿,烀成了香喷喷的熟肉。那香味幽幽飘荡,穿过晚秋的荒草落叶弥漫了大半个韩屯。屯里大人孩子都蹙起鼻孔贪婪地吞吸着暖烘烘的肉香,不用喝酒也纷纷醉了。那可真是让人欲罢不能的气味,让人闻到就会忘掉心事沉疴的人间美味。可韩松花的心事却像山上锈石一般沉重,她借了辆手推车,推着整整一车亲手炮制的美味,在屯子里叫卖了一天。她嘴上全是水灵灵的火泡,嘴唇干裂出横一道竖一道的口子。她的头发被风抓得乱糟糟，又让不停冒出的汗水浸泡出一股馊味儿。她什么也顾不上了，哪怕能少卖回一些钱，总归赔得少了一点点。可是人们虽然知道她那猪肉不药人，却还是眼睁睁看着她推车路过家门口，宁可让眼睛和鼻子被香味牵着走，也不愿掏钱买个肘子或猪耳朵回去大快朵颐。韩松花此时终于明白过来，毕竟她的猪不是好死，人们胃口未必嫌弃可是心里都一样硌硬。她停了下来，瘫坐在村头老榆树下，一口接一口喘着粗气。

她把散了架的后背靠在榆树干上，指望榆树干能撑一撑自己的筋骨和五脏六腑。那些部件就是铁铸的此刻也在身子里散落了。累到这个份儿上，连眼泪都不听使唤，顺着鼻沟流，逆着心坎流。想在爹妈的心疼里猫一会儿，也想把脸埋在儿子的脖颈儿里贴一会儿。人在软弱悲伤的时候总是有着惊人的记忆力。可这些催生软弱的记忆在脑袋里出现几次，便只能硬生生推出去几次。钱还没挣到，却已背了一身债。一想到债，一切对温情的追忆和向往就自动清醒为奢望了。

韩松花咬咬牙，把后背挺起来，让身子里的部件尽量按次序铆合上。就指望着它们和自己一起还债呢。

眼前的生产队大院儿早就变成了村委会。那还是很多年前，她爸还能下地，铁匠爷和庞姥爷都活着，为了个铜铃铛，她爸和郑万山他们在这里大声吵嚷。如今都不在了，连笑眯眯解劝着众人的左校长，也天人两隔再也没法见到了。韩松花想着他们，每个人的面目都是那么清晰。她想，这也许正是因为他们离自己太远了，太远了。刚把眼泪抹掉，许端午从村委会走了出来。

"卖出多少了，松花？"许端午脸上也忧心忡忡，哪见过韩松花这样倒霉的，连带着把全屯人想脱贫致富的信心都给浇了盆冰水。

"一两也没卖掉。"

"啥事都没有一帆风顺。我带个头吧！一整只，我要囫囵个的！"许端午说着扒拉出一块连皮带肉，塞进嘴里吧唧吧唧嚼着，手就伸进衣兜里往外掏钱。

"这肉！嫩死个人，香死个人！"许端午大声啧叹着，嗓子里发出咕噜咕噜的吞咽声。

"个个都那么惜命！瞧瞧，我这不好好的！松花，别犯愁，我去广播里吵一吵，动员大伙儿过来。"

韩松花一直愣着，这时反应了过来。"许主任，你——"本想感激，却说不出话来。这样卡了一会儿，把许端午塞进她手里的钱又给塞了回去。"不要了，我不要了。"许端午糊涂了："什么不要了？"韩松花说："这一车肉，咱屯人，谁不嫌弃谁拿回去吃吧。"许端午还是搞不明白："什么拿回去？"韩松花已经转身要走了。"许主任，你去广播吧，让大伙儿尝尝咱东山脚下的笨猪肉。"

许端午这才彻底回过味来。他心里的百感交集一股脑写在了脸上，带着毫无保留的赞许点着头，嘴里说道："松花，你行啊！你能成大事！"韩松花无奈地笑了笑，许端午看出那笑容是苦涩的，心想，也实在是难为了这女子，就发自内心地解劝道："松花，车到山前自有路，人活一口气，别泄劲儿。"韩松花又默不作声地走了。

晚上，韩松花正给老韩头做饭，许端午站在院门口喊她。

"许主任，有事儿？"

许端午掏出一沓钱，笑吟吟地说："就这些，拿着！"韩松花一下愣住了。

"卖肉钱，快拿着！"

韩松花为难地搓着手，嘴里念着："我都说了，那些肉不要钱了。"

许端午抓过她一只手掰开，把钱塞进去又把手给团上，"一人帮大家难，大家帮一个人，容易。再说乳猪肉哪是这个价能买到？你只管拿着。"两人撕扯半天，韩松花攥紧了那沓钱，对许端午说："当是咱村人借我的，人人有份儿，我先借着。"

"都一个屯的，甭那么外道。"

"大伙儿口袋里也不鼓溜……许主任，我记着了。"韩松花说着，扭头把眼泪拭掉了。许端午心想，谁说韩松花不会哭，只要是女子，她就是水儿做的。哪怕冻成了冰，架把柴火点上火，慢慢也就化了。

第二十八章　来无影，去无踪

圈里只剩下六头猪，还没怎么结膘，皮肉紧实。这时候的猪叫架子猪，最灵活，圈门一开就急吼吼往外钻。钻出去还了得，那是韩松花、庞大海最后一线希望了。

这笔账都一清二楚：韩松花脱贫致富的梦想，原先摊在二十头猪身上，二十头猪能生出一百多头小猪，这么庞大的队伍，唱着歌跳着舞就能奔向梦想，再超越梦想。可现在只能靠这六头幸存猪了。韩松花一声不吭，只跟那六头猪大眼望小眼。对望了好几天，她又算明白了另一笔账：这六头猪必须多吃多产，不仅要多下崽儿，还要下格外值钱的崽儿，才有望把损失降到最小。

韩松花原本买回一头纯种约克夏大白公猪，可那只公猪也因贪吃白菜中毒死了，再去买新的公种猪，韩松花实在掏不出钱了。配当地公猪无论肉质还是成长期都不行。韩松花就做了个大胆又荒谬的新决定：任由这六头母猪痛苦地发情，让声音和气味翻山越岭，穿过满山的蒿草和树棵子，传到后山野公猪的耳畔，让那野家伙来给这宝贵的六头猪种上几窝"混血儿"。

这也并非异想天开。东山过去有狼有熊，有黄皮子傻狍子，也有狐狸和野獾，都被屯里人统一唤作野兽。如今野兽没那么多品种了，可野猪却一直盘踞在此，近几年偶尔还会闯进屯里糟蹋田地和家禽。野猪虽是猛兽，跟家猪有血亲，可是那黑皮下的肉又粗又硬，一口下去满嘴土腥。不过，也是这几年来的新鲜事儿，城里现在流行吃野猪和家猪的杂交肉，据说既有野味之鲜又不失家猪的滑嫩，单斤价格又翻了倍。韩松花就像灵光乍现，循着这线索，又是打电话咨询又是蹽去镇上查材料，才恍然大悟：这不仅不荒谬，而且是真正能致富的好道道！

她那几天像吃了灵芝草，疲惫不堪的身子里又鼓动出一股劲儿来，多少日子攒下的腰酸背痛一时没了踪影。材料上说得仔仔细细——

> 野猪和家猪是同属同种，都属于偶蹄目真兽亚纲的动物，而且野猪是家猪的祖先，它们是可以杂交并且具有繁殖功能的。实践证明，经过野猪杂交过后，生下的猪崽抗病力强，而且肉质鲜美。
> 野猪体形较大，性格比较凶猛，因为长期在山林中活动，肉质会非常紧凑；家猪体形较小，性格比较懒惰知足，行动迟缓，因为长期喂养，肉质便肥一些。所以如果能够把野猪和家猪杂交的话，那生下来的猪崽就非常有灵性了。
> 杂交的小野猪生长发育快，适应性强，对环境要求不高，无论是山川地区还是平原地区，无论有好的猪舍还是没有好的猪舍，都可以进行养殖。

韩松花看着六头白母猪，眼里冒着虎视眈眈的光。如果这圈里是满满一圈黄褐色的杂交猪，那十四头白猪就没有白死，贷款就一定能还上！她咬了咬嘴，没有退路，就这么办吧！

不知感动了山神还是感动了野猪，再不就是剩下那六头猪发愤图强，使出了浑身解数，后山一头大野猪，当真在某天半夜冲进猪圈，对母猪做了激情澎湃的情感抚慰，更重要的是——无私的生殖贡献。一夜欢愉，三头母猪就怀上了。不是一头，是三头！

韩松花从没体验过这种高兴，她以为心想事成、苍天垂顾不过是当年课本上的成语，认得也就算了。她的生活里没有那么梦幻的美事，有的都是贫病和生死。箍着生铁的大木轮子牛车总是咯吱咯吱地轧过辙印深陷的土路，从车上卸给她的全是沉重的春夏秋冬。她逆来顺受惯了，从不拂逆，从不哼呀疼和累。那两个字也是给有人疼的女子的，哪怕自己疼自己呢。她没有那个精力，也不指望庞大海还能变回当年的痴心汉。她倒是经常忍不住怜惜大海的遭际,孤儿一个,又没个能得济的后人。倘若不是到了她家,或许还不至于。韩松花不知怎么养就的,总能从自己身上找出错来。人人都说她怕庞大海,给打得服帖了。她没争辩过,怕或不怕,又有什么区别。就像一天和另一天,除了阴晴雨雪,也就没有别的区别了。可母猪怀孕却让她自里到外地高兴了,老韩家的天,真要亮了吧?

这股子高兴劲儿持续了三天,韩松花又开始犯愁:剩下那三头,咋办?正在发情期,是找公猪把崽儿配上,还是守着空闱,等野猪再次临幸?

"得啦!见好就收了吧!"庞大海打起了破锣,"哪有回回那么寸的事儿,瞎猫也只能碰上一回死耗子。"他这些年也早就变得败兴,东山坳不管有怎样的热闹,只要他一到,就算收场了。

"那也不能!"

"咋叫不能?"

"不能找咱当地公猪配种!就等着,等野猪再来!"韩松花是豁出去了。

"瞎他妈整!"庞大海口头总挂着这句。

"习性不一样——家猪崽儿得让那野猪崽儿欺负死!"韩松花说得头头是道,庞大海心知论起这些他是草包,只好不再犟了。

母猪的性欲被韩松花生生地给镇压了。每天不分日夜,庞大海要一波接一波地忍耐三头母猪那浓烈而孤寂的春情——嚎叫、不吃不喝、打转儿、拱圈、焦躁地嚎叫。庞大海听着听着只感觉到一股怪异,蔫了足有一千天的裆下死物像蠢蠢欲动的种子要发芽破土。他按了两按,越按那东西越拔高了个子。他心想,这下糟了,它怎么活泛过来了?又想,才四十多岁儿,它不活过来还总死着?倒真是死寂好几年啦,一进老韩家那破屋,一躺上那终日横着腐尸般老韩头的火炕,人就被阉割了。手一碰到韩松花那肉乎乎的身子,就阉割得连蛋都没了,跟她二姐夫一样。当初多好,杨柳细腰细皮嫩肉,第一回光听着她喘气儿就一泄如注。一千天前他喝多了还想过,除非是个细腰的女人，让他搂一搂摸一摸，除非是对儿袖珍的小奶在他眼前晃上一晃，不然他可真要把那东西判死刑啦！可韩屯这地方，哪有？都是些敞开怀儿就奶孩子的主，都是五大三粗的大奶牛。今儿这是咋了？连想着那副肉乎乎的败兴身子都不管用了，越想越虎实，胀得生疼！

不到四个月，怀上的三头母猪下了二十一只黄棕色的杂交猪崽儿。这些猪崽儿为了证明自己跟家猪不一样，展示了一系列没被管束过的天性——生下不长时间就活蹦乱跳，乱拱乱窜，三天两头就从圈里跳出来，怎么吆喝也当耳边风。养猪那两口子弯腰驼背地调教这些猪崽儿，又怕把它们归拢得过头，长大了油头粉面，木讷呆傻。为保持杂交猪的野性，最主要是肉里的野味儿，他们决定扩大猪圈，任由这些猪尽情疯闹，让它们在猪生结束前，撒着欢儿自由成长。这个想法把这俩人累得蓬头垢面，老远就能闻到熏人的酸汗味儿。他们得把猪圈加高加固、一个劲儿打扫猪粪、用猪食堵住那些猪嘴。好在猪崽儿们没让两人白受累，每天都用更多的天性博取着养猪人的欢心——淘气皮实，不爱生病还生龙活虎。

这让养猪人稀罕不够地围着它们团团转。越转，就越勾起韩松花更大的指望——那三头母猪也怀上该多好！可眼看着两个发情期过去，野猪还是没来。韩松花当着庞大海抱怨：那野猪，咋不是猪中色鬼呢？

一句无心话，又把庞大海活泛成了男人。他扯住韩松花结实的臂膀，不由分说就往重修的地窖子里拽。韩松花一愣，随即反应过来，嘴里推托着，不行，不行。庞大海却越发起劲，手抓住韩松花的裤子就往下扯。韩松花下意识抓紧裤腰，脸上腾一下布满的不是红晕，却是为难甚至还有抗拒。太突然了，她的身体和她一样没准备。上一次都像上辈子的事了，家里成天骂骂嚷嚷的，满脑子春种、秋收、一冬的吃喝拉撒，满脑子病危老妈、瘫巴老爹，人就像绝了那个念想，带发修行人一般。此时她只想着给猪配种的脑子不得不拐到眼前的男人身上。庞大海既不瘫也没老，整天只能守着山根儿与猪为伴，也实在是太苦行僧了。这么想着，韩松花迟疑着松开了抓裤子的手。才要就着庞大海的劲儿进了地窖子，圈里的猪就像存心跟庞大海争夺她一般，突然一股脑嗷嗷嗷地乱叫。韩松花像挨了电击，一把搡开庞大海，回身就往猪圈里跑。给猪这么一冲，想满足自己男人一回的心思，又没影了。

被掐断了念想的男人又开始骂骂咧咧。"你越发不是女的了！"

他坐在地窖子旁边，烟袋空着，敲在地上听响。小曲儿大概都在心里憋着，一个字也不唱。"你比母猪都不如！"

这种骂对韩松花似乎没什么杀伤力，她又变成半聋半哑似的，丰满的身子像被野猪施了魔法，蹲下起来、起来蹲下，只知道向那些杂交猪崽儿献殷勤。

第二十九章　月夜奔逃

韩松花的心病其实早就落下了，只是不说罢了。她没有一夜能睡实，总能梦见野猪下山了。

那天半夜，韩松花睡着睡着一个激灵就醒了，耳朵里全是刺耳的猪叫——嗷嗷嗷！往四下看，只看到她爹呼呼地睡着，间或把槽牙咬出个声响。她套上衣服，蹑手蹑脚走出房门。大笨狗看见她，迷迷糊糊就要贴过来。韩松花竖起指头对它嘘着，万万别出声！多年的老伙计了，会了意就乖乖趴下了。韩松花轻轻关上院门，抬腿往山上跑。

凉月当顶，也不圆，也不扁，跟大豆一个形状。房山头杨树干被毛驴啃掉了皮，闪着一块白印子。村头麻奶奶寿衣店多日未开门了，她那两个店，一个小超市一个寿衣店，常常只有超市开着。这会儿寿衣店里面亮着昏黄的光，影绰看见麻奶奶和儿媳妇守着一大沓锡箔，在叠元宝。怕是村里又有老人故去了，那店里今夜才有人影。看月亮的位子,该是已过了子时,白森森地照着寿衣店招牌下那串岁数钱。凉风吹过,岁数钱像抽了骨头的身子,踉跄地扭摆,好似对屯里挥别似的。韩松花涌起一股寒战,女人家家,真不该深更半夜往山里跑。

心里抖着,脚下却继续跑着。边跑又边想到梦里那猪叫——野猪真来了?它是惦记着没配上那三头呢,还是要把给它生了崽儿的母猪勾搭到山上去?一这样想,心里的害怕又不见了。

过了村头,韩屯里外漆黑一片,只有远处小石河在隐约泛着星光。韩松花使劲跑,恨不得手脚合着飞奔过桥。到她总算过了河,跑到山脚下,扑在猪圈上,一看,大猪小猪都睡得呼哧呼哧,那个香甜样儿,好像月亮砸屁股上都不会醒。韩松花眼泪就像忽然来了场急雨,哗哗往下掉。

她想起小学时养的那只"小拉渣",红鲜鲜的,又瘦又蔫,都说活不长。想起起早去割猪草、烀猪食的日子,金宝在身边跟着,招弟在后背趴着。想起和小猪的最后一面,她和猪竟然都傻乎乎地笑着。想起突然就空了的院子,卖猪钱用来给她妈续命。在后院儿不敢哭出声,心里却发誓,再也不养猪了,我这辈子!

没想到人的发誓却是过期无效的。没想到自己这辈子和猪的缘分大概像吊着木桶的老井那么深。好像能为自己改命的早就注定是猪。

眼泪掉了一阵子,韩松花耳朵里还是猪叫,嗷嗷嗷的。她以为这是突然魔怔了,要么是被打穿过的耳膜又漏了,抬起手,先左后右,冲着耳朵拍了好几下。也怪,忽然就听清了——地窨子!

韩松花幽灵一样朝地窨子摸过去。她知道庞大海打呼噜,更知道庞大海的呼噜是怎么个调调。忽高忽低,时粗时细,有时像野牛,有时又像逗鸟的哨子。可这哪里是呼噜声?分明是女人发情的嗲叫!跟猪打圈子一样,嗷嗷嗷的。韩松花扒开门,冲了进去。

里面那像猪一样叫的女人终于发出人的动静,"妈呀"一声,抓起衣服,摸黑就往外跑。韩松花也不知哪来的邪劲,比母猪发情还暴躁，庞大海抓住胳膊就丢了手脚，怎么都拦不住。两口子摔跤的这个当口，那女人已跑到了门外。韩松花一口咬开庞大海的手，趔趄着往门外追。野女人狗急跳墙，先一脚踢翻了猪食桶，又一把拔掉了猪圈的挡板。

小猪本就是野猪的种，又能跳高又能翻墙，猪圈围墙因为它们，又是加高又是加固的。这下子城门大开，它们可得了自由，像比赛一样，眨眼就跑没影了。野女人趁混乱，奔着小石河对岸，一溜烟儿没了影。

韩松花声嘶力竭地喊猪，猪连头也不回一下。她又声嘶力竭骂那女人，人家更是没搭茬。黑夜笼罩的东山脚下，只听见韩松花像头母兽，扯开嗓子喊："骚货！我杀了你！"还喊："我的猪，我的猪啊！"可惜，韩松花非神非仙，分身无术，只顾得上披头散发满山里钻，喊声响彻东山每个枯树洞，每个蚂蚁窝。

天蒙蒙亮了，韩松花盯着猪圈里剩下的三头"处女"猪，人彻底呆了。跟野猪交配过那三头，也跟杂交崽儿一窝蜂，跑掉了。天光大亮，庞大海从山坡上走下来，光着腚，两只胳膊夹着两只小猪，赶着一头母猪，跟头把式地走下来。远远一看，像扭在一起的怪兽。

"我的猪，我的猪啊！"韩松花一见他，疯得更厉害了。不光喊着，还抄起烧火棍子冲庞大海抡了过去。庞大海硬生生地挺住了这一下，把两只猪崽儿关进了圈。韩松花又把棍子高高抡起。庞大海也急了，一把抓住棍子，口里叫喊："那几只母猪，白日黑夜发情，嗷嗷叫唤，没切蛋的，谁受得了？"韩松花啥也没听见，只管抡着手里不长眼的棍子。庞大海不再喊了，他撒开腿跑了。是朝着河对岸跑的，不知跟夜里跑掉的野女人脚印重合了多少，只看见光着精干的屁股，也是一溜烟儿就没了影。

庞大海是真没了影，据老韩头说，回家抓了身衣服，胡乱套上，就跑了。

第三十章　第二次贷款

我连闷酒都喝不进去了。

同屋那男八婆老郭，话里话外地说，庞大海这虎老爷们儿，这么多年给老韩家当牛做马，钱还没挣到手，这不提前给倒地方吗。这话当然不是当着我面说的，是我刚好走到办公室门口，门虚掩，自动溜达到我耳朵里的。

我真想血性一把，进去跟他干一仗。我看不惯他不是短时间了，老兰花指，一个假娘们儿。才这么一冲动，一个念头就给了我一撇子：那不更说明我跟韩松花有事吗？没准儿还会坐实庞大海那档子事是我布的局呢。做人可真难，我明明坚决不想蹚这浑水，可这会儿都蹚到水中央了。我没进屋，屏住呼吸，转身走掉。

银行那五万，我得还——可我拿啥还啊？都应了马白云当初的话：数数韩松花有啥来钱道儿？没有，拿啥还？马白云省吃俭用攒下的五万块真的打了水漂，我也终于知道没脸面对老婆孩子对于男人是什么样的痛苦。

即使这样，我还是坚定地想当个男人。我不能让我的女人承受赔钱的痛苦，我想到了借。

我最先想到的还是向银行借，想用信用卡透支五万。可是银行比我精，信贷员态度和蔼地告知我，上一笔借款没还，不符合透支条件。我说难道不可以拆东墙补西墙吗？银行说，额度有个上限，您的收入决定了您已超过上限。无奈，我只能掉头向亲朋好友借。

我有个亲叔，太平镇财政所退休的。我叔有两个姑娘，没儿子。那两个姑娘管我叫哥，平时来往不多。我去找我叔的时候，他在养老院，我婶儿十年前就没了。

到了养老院才知道，我叔去年中风了，现在勉强能下地，不过大小便失禁，随时尿裤子。养老院院儿里有一帮老头老太太，见到我先是送给轮椅上的我叔一阵艳羡：这大儿子，开着车、夹着包，一脸官相！我叔说话费劲，咧开没戴假牙的嘴，真诚地笑着。我一想，让他们以为我是我叔的儿子也挺好，父以子贵，免得平时欺负我叔。我就没反对，可也没管我叔叫爸。

把他往屋里推的时候，遇见个女护工，五十多岁，很壮实。女护工指着我叔对我说："看看看，说尿就尿，正好赶上了，当儿子的给换吧！"我于是给我叔里里外外洗了三条浸满了尿的裤子。算裤衩的话，是三条半。女护工给别的老头倒便盆，看到我又说道："头回来吧？你那俩妹妹心也贼大，半年了，一人来一回。"我不好说我妹妹啥，不是一个爹也不是一个妈生的。刚把裤子晾上，光着屁股的我叔放了个屁，我一看，褥子上一小撮排泄物。

我爸没这样过，他最后只住了三天院，最后那点排泄物是马白云给撤下去直接扔掉的。我叔的排泄物让我再也不敢往那家养老院深走。后来我再去，都是把拎的吃喝放门卫就走了。

我叔的钱，我就没好意思借。我觉得只要张口，我简直就不是人了。

我只好在我同学身上想办法。大学以前的同学就免了，我的收入基本上算是最高的。大学同学我第一个想到了勇敢裸辞下海卖汽车的胡宝荣。

为显出诚意，更为确保成功，我开车跑了趟市里，张罗请胡宝荣吃顿饭，唠唠嗑，叙叙旧。他来了，开的是宝马X6。我一看，信心就奔涌了。五万，他打麻将一晚上输赢吧？

胡宝荣夸我在镇里干得不错，问我有没有希望挺进市里，我照实说，没有。他哈哈一笑，用ZIPPO打火机点了支烟，黄鹤楼——流金岁月，自己没抽，先递给我，说："尝尝。"我俩住过上下铺，互相闻过臭脚丫子味儿，我就接过流金岁月，很不见外地狠吸一口。

扯了会儿淡，然后我说："你得帮帮我。"胡宝荣说："有难事儿，找宝荣，说吧。"我就真的说了："借五万给我。"

他就把我批评了:"能不能整点儿新颖的?咱同学只要找我都这事儿——创新!这词儿别人不懂,你是乡镇干部,你还不懂?"

我说:"新颖的?那你给我换个媳妇吧,换个大户人家出来的,别他妈管钱叫祖宗。"

胡宝荣说:"俗套,更俗套了。"

我说:"你整个新颖的,我学学。"

胡宝荣说:"譬如你找我是要送给我一块市里的地皮,让我把4S店挪过去,是税不用交,是活动不用赞助,挣的钱一分是一分,都他妈是老子的。"

和胡宝荣这一面,除去重新认识了一个全新的胡宝荣,正如你们所料,我是一分钱也没借着。他说他资金链都是一骨节一骨节的,前后连不上,账上回来点儿钱都不够给销售员开支提成的。不管是不是真的,他这么说,我也只能这么听。生意人有生意人的难处,这道理我倒是也清楚,可就是心里不是滋味。

我又把手机里外翻了个遍,即将放弃之时却看到一个久违的名字——桂重。这家伙也是我大学同学,虽然不像跟胡宝荣那样住着上下铺,可当时桂重家挺难,我的饭票总是一分为二,给他一半。那些饭票放到现在根本不算什么了,当时却解了他燃眉之急。毕业后我们很少联系,却也不时能听到他的消息,有好有坏。

实在没辙,我拨了桂重的电话。里面的女声告诉我,此号码是空号。

接下来那几天我又有事干了——可哪翻桂重,有一丝线索就顺藤摸瓜,结果并无悬念:我大失所望。

第三十一章 大学同窗

城北偏西有个住宅小区,叫锦西公馆。不算大,横三竖四,十二栋高层。这些高层自二〇〇八年盖起,中间像十二副骨架,风里雨里、溽热酷寒，一站就是六年。人传开发商抱着钱袋跑了，一跑就是几万里地，跨了几大洲几大洋都不好说。他那钱袋里全是老邻居的血汗钱——这个开发商就是我那个大学同窗，桂重。

直到他没影那会儿，这地方还不叫锦西公馆，还叫过去的老名字，三角地。三角地原来都是些三层的老楼，矮趴趴的，对面一大片平房，更矮。桂重一家老少三代，蜗居在三角地那栋老拐把子楼一单元三楼，楼下是条马路。从他家窗户看出去，那片平房恰好尽收眼底。

桂重他爸在造纸厂当工人。他妈没工作，家庭妇女。四十平方米的家里除了桂重和两个姐，还住着不恋男人只恋猫狗的他老姑（以及他老姑的那只猫），还有桂重的爷爷老桂头。

桂重小时候很顽劣，经常打着好奇的旗号，把邻居家棚子顶的油毡纸掀开，美其名曰探结构。桂重的捣蛋行为引起邻居们强烈反感。人们说这不光是闲得蛋疼、淘得没边儿，这叫搞破坏，也叫心术不正、思想顽劣。说完这些，人们还会用一句话加以概括：这就是典型的上梁不正下梁歪。

上梁指的是桂重的爷爷老桂头。

老桂头过去是个纨绔子弟。他爹开药铺挣了钱，把药铺开了左一家右一家。老桂头年轻时啥也不干，除了爱写毛笔字就是斗蟋蟀、养观赏鸽、喝花酒、逛窑子。他年轻时享的福到老都变成了遭的罪儿，那些年挂过牌子挨过斗，也下跪磕头认过错。一次正跪着突然当着众人的面，一个激灵就尿了泡长尿。尿完老桂头就魔怔了。

一九七六年往后，老桂头的魔怔症状见轻，虽然上下嘴唇还像失去弹性的松紧带一样闭不严，嘴里依旧不停地嘟嘟嘟，可他见人知道打招呼了。

一九七九年，桂重他妈借遍整个三角地，凑上几十块钱，买了个手摇毛衣编织机。织一件毛衣收一块钱加工费，毛线自理。她逢人就说，没办法呀，孩子贪长，老爷子小姑子吃闲饭。

到了一九八一年，老桂头症状又轻了些。

楼后老柳树下有个石墩,老少爷们总在那扎堆儿下棋。看热闹的人里有个收破烂的,外号熊瞎子。一九八一年春天,熊瞎子正在老柳树下擦边儿,只听有人低声说道:熊老板。他吓得脑瓜皮一紧,叫谁呀?

叫他的不是别人,是老桂头。

大约过了一个月,平房那边,三角地第一家小卖店——"八不远"食杂店开张了。这小卖店是老桂头指挥熊瞎子开的。白色牌匾上那六个抓人的大字就出自三角地的老魔怔之手。一时间"八不远"人来人往,生意兴隆。

一九八二年入秋,老红楼董四家把南窗砸开,改成了门,门楣上横着块牌匾,"不二门小饭馆"。这匾上那六个字也同样出自老桂头之手,这小饭馆也是老桂头鼓秋董四开的,从一开张就宾客盈门。

说着话就到了一九八五年。"八不远"修缮了危房,"不二门"扩大了门脸儿,唯独桂重家那个毛衣编织机一年闲着大半年。邻居就问老桂头:"八不远"和"不二门"都红红火火,轮到你自家,大儿媳咋还干瘦干瘦?老桂头多了个头颤的毛病,眼角也露出了粉肉,嘟囔道,自家的,自家的,没有门市,也只能绕线团。

一九八五年秋天,老红楼紧挨老柳树那家开了一家药铺。墨绿色横匾,三个大金字,正和堂。进门是U字形三趟柜台,西药在两侧,中药居正中。里面两人,一位坐堂中医,白须老叟。一个抓药医师,削肩后生。

老桂头有事没事就在正和堂门前转悠,嘴里念念有词。"本草明言十八反,半蒌贝蔹芨攻乌,藻戟遂芫俱战草,诸参辛芍叛藜芦。"削肩后生一听,断定他也是杏林中人,于是下了台阶,搀扶起老桂头的手臂,把他让进药铺。谁承想,一看见端坐在堂中的白须老叟,老桂头突然又魔怔了。扑通一声跪在了坐堂中医面前,光秃的脑门儿磕向地面,咚咚作响:"爹呀!儿不孝,儿不孝,儿大逆不道——没守住家业啊!"说完一头就倒在了地上。众人手忙脚乱把他弄回家,昏睡了三天,老桂头就咽了气。

三角地的人说，都以为老桂头早好了，谁承想，临了临了还是个老魔怔。不知谁起的头，楼房平房的人都跟着说。熊老板、董老板也跟着说。

桂重当时十来岁，最爱在松花江里练狗刨。他顶烦别人说他白，尤其加那么一句，随根儿，像他爷。他想晒黑，男的只要黑就显得骁勇，能打，也抗揍。大伙说那些话的时候，都没留意桂重。

桂重是他家第一个大专生，毕业进了造纸厂子弟中学，没教几天课就辞职下海了。在本地折腾了一阵子，出床子、倒磁带、倒车票、倒钢筋，除了地底下不去，哪都去。然后就没影了，他妈说他在深圳。

二〇〇八年，桂重回到三角地，开辆路虎。不算黑，微胖，下嘴唇厚。邻居们说，这叫福相。桂重鞠躬抱拳，眼含热泪，声音沙哑："爷、奶、大爷、大娘、叔、婶、姑、姨，兄弟姊妹，人总这样，离得越远想得越甚，我做梦都想回来，做梦都想叫你们一声，离了三角地我就没根儿，天上飘、地上飘、海上漂，没着没落，难受哇！"

邻居们都眼泪汪汪。世易时移、时过境迁，回头想想老桂头，竟也是可怜人一个。三角地最先富起来那两个人，全多亏了他。于是就说了："桂重啊，你们家根儿好，你爷爷那时候就帮过不少人。"桂重不接这个茬。人散后他妈问他："你爷当时回光返照，跟你嘀咕些啥？"桂重端量他妈，一副蜡头也不高的样儿，拍了拍他妈肩上的骨头，说："可别活成你爷爷这样啊。"

"啥？"他妈是真没听清。桂重加了句："我爷说的。"

三角地动迁，就因为开发商是桂重，坐地户不但没捞上动迁款搬走，还东挪西凑，交了扩大面积费。熊老板，董老板，更是信任有加。临街的门市，熊老板两套，董老板三套，都是全款。正和堂当年抓中药的削肩后生，也想买套门市，唯独他被告知卖了。

而后，就有了而后那些事。

几经周折，锦西公馆终究取代了三角地。政府接盘，兜住老百姓的损失。可桂重却从此人间蒸发，下落不明。

第三十二章　最初的爱情

找桂重都成了做梦，找他借钱，简直就是梦中泡影了。

接着讲讲我和胡宝荣的事吧。没有当年这些事，我也不会想到向他借钱。

我读大专时跟胡宝荣上下铺，他家就在市里住，可他不回家，偏要住校。胡宝荣那时跟我对脾气，两瓶啤酒一包花生米，外加两个松花蛋，我俩就能在周末没人的宿舍里唠半宿。我俩探讨过这是为啥。我的答案只有三个字：合得来。他的答案七个字：青年男子性苦闷。说完一起大笑。

至少三个女生喜欢胡宝荣。有本市的，也有跟我一样来自山村的。她们的长相位列中文专业前三甲，可胡宝荣不搭理她们。胡宝荣外形优越，年底联欢会清唱那首《云河》倾倒了整个中文系的异性，包括两名年轻女老师。他还有股舍我其谁不在话下的劲儿，上着学就开始做各种买卖挣钱。当时每个人每个月能有一百元就相当富裕，他总能掏出两三百，是同学中的大款。

胡宝荣有一回问我，怎么不挑个女生追追，谈个恋爱。我没说话，笑了一下。胡宝荣对我的笑很不解，问我怎么笑得那么不屑。我说："没有啊。"他说："不实在，明明不屑了，你是没有相中的吧？"

三天后，周六，寝室空了。他用在百货大楼门口卖帽子挣的钱买了一箱啤酒，把自己灌个半醉，才对我说："老九（我在寝室排行老九），你心挺高，我挺佩服。"我说："没有的事。"他说："真的，那几个女生在你眼里都是一般人，你没看上。"

他说得很认真，说到了我心坎儿上。可我嘴里还在犟："别这么说，我有啥资格看不上人家。"胡宝荣递给我一瓶酒，说："我就敢承认，我就没看上。"

我说:"你是你,我是我,出身不一样。"

胡宝荣又启开一瓶盯着我,说:"这么着老九,敢不敢说你为啥没看上她们?要是敢说,你就拿我当兄弟了。"

我一口气灌了自己大半瓶,红头涨脸地说:"我心里有喜欢的。"

胡宝荣使劲拍着我肩膀:"老九,这才是哥们儿,我就猜到你见过漂亮的。"

我又喝了几大口,而后摇了摇头:"不光是漂亮——咱班这几个,跟她没法比。"

接下去,我和胡宝荣都打开了心里那个上锁的话匣子。我告诉他,咱班这几个自以为漂亮的女生,没有哪个会镇住狂奔的大惊马,更没有哪个能撑起破败的家还能笑出甜美的酒窝儿。我说永远失去她之后我才发现,没有哪个女孩儿像她那么没缺点,找不出毛病。我还说了很多,说到后来涕泪俱下。

胡宝荣也听哭了。他说:"老九,爱情这东西一生只能有一次,你信不信?"

"我不知道。"我照实说着。那一刻我很感激胡宝荣,我第一次对别人倾诉韩松花,这人就把"爱情"两个字送给了我。喜欢了那么多年,我一次也没敢碰过这两个字。

爱情。我使劲喝着啤酒。我咽下的每一滴在那一刻都是这两个字。它们美丽纯洁得让我胸腔颤抖,浑身哆嗦,热泪盈眶。

"我和你一样,喜欢一个女孩儿,爱而不得。"胡宝荣喝醉的样子很有魅力,我理解了女生为什么都喜欢他。喝醉后他的眼神有几分忧郁,还有几分迷离和不羁。他一这样我就想起古龙写的李寻欢——"他目光中虽带着一些厌倦,一些嘲弄,却又充满了伟大的同情。"

"出身不一样,她和我。"他回到了刚才那个话头上,"我父母都是工人,她父母是教育局干部。"

后来每次跟胡宝荣喝酒,他说的都是这个"遥远的像夏天"一样的女孩儿。"她叫盛夏。姓盛,叫盛夏。"

胡宝荣父母都是水泥厂工人,厂里经常发劳保用品,手套、口罩、工作服什么的。胡宝荣少年时代穿的裤子都是他妈用女式工作服剪出个前开门儿改的。那时他没觉得这有什么不好，他上头两个哥，也是这么长大的。

盛夏家住在胡宝荣家前楼，是那一片儿唯一的红砖楼，别名老干部楼。盛夏从小就穿皮鞋，只穿皮鞋。

最先喜欢上盛夏的是他大哥。大哥学习好，后来上了大学。高考发榜后大哥给盛夏写了封信，自豪地告诉盛夏自己被天津一所重点大学录取，他愿意在那个校园一心一意等盛夏长大。

大哥没收到回信。他背着行李离家那天，眼里全是对盛夏家窗户的依依不舍。

二哥学习不好，技校没毕业就去工厂实习了。二哥没给盛夏写过信，他说自己写字像蟑螂爬。二哥实习那年被流氓误伤，石头砸中脑袋，眼睛一闭就走了。他留下一把口琴两本日记。胡宝荣看了二哥的日记才知道，每一篇都是给盛夏写的。二哥说盛夏像皎洁的月亮，只要她走过，灰尘都变成乖蛋趴在了地上，柳条也打着立正在树上一动不动，全世界都安静得只有她这一弯白月亮。

胡宝荣那年上初二，盛夏上高一。他开始跟着盛夏。晚上就拿出二哥的日记对照，越对照越觉得二哥写得对。盛夏走路姿势好看极了，就像她的脸庞，那么明媚动人又那么安静端庄。

那个夏天，胡宝荣遇到一场特别的雨。那场雨把盛夏的连衣裙浇成了半透明塑料布，紧紧裹在身上。回家后湿漉漉的胡宝荣急忙在二哥日记里翻找，他没找到对盛夏身体的描述。他心急如焚，想自己写下那个身体的形状和曲线。焦躁地写了一宿，只写了一片空白。

他的焦躁一直折磨他。他下决心要亲手写出那副动人的曲线，于是突然出现在盛夏下晚自习回家的路上。他忘了给脸蒙块儿布，家里那么多劳保口罩也都闲着。

胡宝荣裸着脸挡在了盛夏面前。那是他第一次站在盛夏面前。月亮和盛夏之间吊着路灯。

盛夏平静地看着他，漆黑明亮又温柔似水的眼睛在和他说话，可他听不懂，只感觉自己像只卑微莽撞的蟑螂。

就是那漆黑明亮的眼睛，让他回到家就毁掉了所有后改出前开门儿的女式工作服裤子。也是那双眼睛，让他对别的女生没了兴趣。

胡宝荣曾无限怅惘地问我："老九，我们这样的，最后又能找个什么样的，又会过成什么样？"

他指的是，我和他这种心里藏过爱情的人。

第三十三章　救我于水火

桂重和胡宝荣都是城里人，在我小时候，城里人曾是最遥不可及的梦。他们像生活在电影里。对我来说，他们就是电影里的人。我感叹时间太无情，为什么要把我推到电影屏幕背后。喝啤酒吃花生米的夜晚，城里人的少年时代褪掉了神秘，我知道了荷尔蒙这东西不光不会放过乡下野小子，同样也不放过城里的白衬衫和前开门儿。如今桂重的消息又像他爷爷给我配的一剂猛药，让我彻底消灭了蜕变为城里人的念头。那种大起大落的人生不适合我，在兴盛镇我才是个有尊严的男人。人都有光鲜和难处，人都有正面和背面，这跟城里乡下没什么关系。

那天跟胡宝荣的那顿酒，他没提起年少时的盛夏，我也没提起年少时的韩松花。我们的嘴一直在探讨钱，没敢沾爱情一下。

借钱路上一波三折，连着碰了好几次壁，我反而更深地理解了马白云对钱的在意。矛盾的是，我同时也越发赞成韩松花挣钱的决心。穷在闹市无人问，单看这句也不能说那些不理不问的人都一样无情。我想也有一些是没法理也没法问吧，自己都泥菩萨过河呢！

马白云没错，韩松花更没错，那就是我错了？我给不出答案，也不敢回家。

只有宿舍那张单人床，任我辗转。总会有办法的——我在每个夜晚都这样为自己催眠一番。直到我的手机突然收到马白云的微信。

"你明天回家一趟。"

那一夜我是怎么催眠都不管用了，我像死刑犯收到了处决书。看了一宿月亮，我什么也没想明白。我只是一遍遍对月亮重复着：几家欢乐几家愁啊！几家欢乐几家愁！我心里其实一片空白——像那满地月光。

第二天中午，我内心沉重但表情平静地回了家。要杀要剐，我听之任之。从马白云的角度看，我是败家爷们儿，这是铁定的事实了。

南面阳台晾衣架不太灵敏，我进屋时马白云正踩着凳子晾床单。我们住五楼，她踩着小圆凳，凳子腿儿很细，看上去很不安全。我走过去，从后面抱住马白云的双腿，她没踢我。我又得寸进尺，缓缓移到她的小肚子，把她抱了下来。她还是没踢我，也没有咬我的意思。我想这应该是风暴前的沉默，是博尔特在等待比赛的那声枪响。我再不敢做什么了，虽然我怀抱的是自己女人，很长时间不敢碰的合法老婆。马白云继续不出声，还把脑袋放在了我的肩膀上。我更加害怕，手不知觉中松开了。

"我爸病了，好像不是好病。"马白云小声咕哝着。我眼前出现了吭哧瘪肚的岳父。"看过了吗？别瞎猜！"我放松了警惕，这是马白云内心无助的时刻。"昨天骗到医院去取的样，病理结果下周才出来。"

"哪儿？"

"胃。"

"别上火，该治就治。爸不是有农村合作医疗吗？"她父母都有，我帮着办的。

"要是手术，也就能报回来一半。前期住院是一笔，后面放化疗又是一笔。"

"你哥他们还能一分不拿？"独生子有独生子的难处，孩子多有孩子多的攀比，我见得太多了。

"能不能拿、能不能顺当拿，谁知道？"马白云叹着气，坐在了沙发上，"都是口挪肚攒存下那几个钱，我大嫂乳腺还那个样。"

"咱手头不是还有一些吗？"

马白云沉吟一下："二加三、加四点五、加三、加二——就这么多——将近十五万吧。"

"让我回来，是想跟我商量拿多少吧？"我能给韩松花担保五万，轮到马白云的亲爸，她该不会少于这个数。

"唉！我也不知道，心里乱得蚂蚁窝一样。"

那个中午，我和马白云什么也没做。没吵架，没怄气，没重温久违的夫妻生活。我也没张口向她"借"五万，去堵银行的窟窿。临走时我尽量大度地对她说："先一万一万拿吧，啊？"听我这么说，她终于恢复了一些元气，颇为鄙视地斜了我一眼，说："你心疼的那个样儿！自己一炮押出去五个一万，那阔绰劲儿呢？"

她这样一说，我心里画了魂儿：韩松花那么大的事，能传不到她耳朵？心里一躁，嘴上就走调儿："有话你就直说，总这么连挖苦带讥讽——"

"自打你那养猪的旧相好跟你连连上，家里就没好事！"

我就知道马白云不可能变成哑巴，知道疖子里的脓不鼓出来早晚也是事儿。

"咱俩吵，少拉上别人。"

"连我娘家都跟着倒霉——"

"你素质咋这差了？嘴啥时变这毒！"我以为这句能一剑封喉，让她别再翻扯韩松花，她倒是真的气抖了，嘴里却继续说着："你以为孩子真是做掉的？都没有那么邪性的事儿——我刷碗，手一滑，我一抓——就没了！我儿子就没了！"

马白云又赢了。被一剑封喉的又是我！看来她连我岳母都给糊弄了。

"儿子？"

"我怀的我能不知道？"她呜咽上了，"这下好，连我爸也要——"

我心里扎了一百把刀。哪个男人没做过儿子梦,我的儿子在我人到中年真的横跨宇宙星云扑奔我而来,可惜他走的时候我连送都没送,连看他一眼都没能。他一定是感受不到当爹的有多盼他来,备不住以为自己没爹,匆忙就走了。万箭穿心哪!我失魂落魄。和马白云之间,再不是小吵小闹那么简单了。欠她的不再只是五万块钱,跟我儿子那活鲜鲜的生命比,钱,又算个什么东西。

我抱住她。我认了错。我心甘情愿地对她说:"那十五万,你愿意,就都拿去给咱爸治病——再挣,再攒——你有我呢!"

我给韩松花打了电话。

电话那头说:"左助理。"就开始了长久的沉默。

我搜肠刮肚地找着话头。"前两天镇里开会,贯彻落实最新扶贫政策。松花,只要养猪这事儿能形成一些规模,让大伙儿看到发展前景好、示范带动作用强,你就可以做个预算,咱们申报上去,就能申请扶持资金。这笔扶持资金数目不小,有了这笔钱,就能继续扩大规模,那可就是良性循环,就把雪球滚起来啦!"

"松花,困难都是给人克服的,你骨子里有这股魄力——想想上学那会儿,我连跟你说句话都不敢,连大青马都能被你镇住——其实最难的阶段都挨过去了,最难是开头那段,两眼一抹黑,你想是不是?"

我又嘟嘟囔囔说了不少,几乎一直在给她描绘蓝图。

"左助理,银行那五万,这会儿咋还?"她终于说话了。第一句就问到了点子上。

"那个——那个嘛——我担保的,暂时由我负责偿还。"

"左助理,我这会儿——还不上。"韩松花很是为难。

"这个——由我来想办法。你下一步——"我屏住呼吸等着韩松花的回答。屋漏偏逢连天雨,钱没挣到,又背了五万的债,我心想,她会不会也走韩金宝的路?她永远不会成为韩招弟,这个我铁了心相信。

"我想——我想——"

韩松花断断续续犹犹豫豫的空当,我的心紧张得快要不跳了。

"我想第二次贷款——想——继续养猪。"

我一下跌坐在椅子上。这是我要的答案。尽管我并不知道再次贷款拿什么担保、会不会继续打水漂。

"松花,榜样的力量是无穷的,你要给咱屯人打个样。"话听在我自己耳朵里,就像秋天的拉拉秧一样乱七八糟,没有秩序。

"那五万——你能……替我垫上?我寻思,家家不都有本难念的经嘛,万一你有难处……"

韩松花这话,让我突然想跟她一块儿坐在小饭馆,一碟花生豆两瓶啤酒,像"人生得一知己足矣"那样唠唠这些日子的糟心事。如果她不是韩松花我不是左天伦,那是会变成真事儿的。可惜从来没有那么多如果。我只能像蹽懒驴那样照自己屁股狠狠来上一脚,而后劲头十足地对韩松花吹嘘着:"你忘啦?我可是挣工资吃卡片儿的,哈哈!"

韩松花给我写了张欠条,我也收了。说真的,我对她有生之年能还我这个钱,没寄多大希望。可我不要欠条,她就会一直被歉疚死死捆住。我已经更理解了她和庞大海。是我那没缘见面的儿子让我更理解了他们。他们硬吞下了最无法下咽的痛苦,他们的儿子被扔进东山的草窠和乱石岗。我不敢仔细想那一幕,已经死去的和必须活下去的——一个要孤零零地等待时间把自己幼小的身体风干,另外两个,要在亲生骨肉日渐风干的地方活着,站立并呼吸着。他们都很坚强,韩松花尤其坚强。

除了这些,我还另外留了个心思,有这欠条在,编派我跟韩松花有不正当关系的家伙们,多少能把嘴闭一闭。要真是那种关系,这五万,只要还自认是个男人的,也就认了。

借给我五万块的,不是别人,正是我的老债主,马白云。

我给她讲了韩松花的儿子,讲韩松花现在是在拿最后一点本钱和命赌。她的本钱是她变得壮实的身体。她男人原来和她一块儿赌,可现在跑了。马白云没说话，可只要看一眼她的眼神我就确定，她以后不会再诅咒韩松花了。她这人有一样好，心里有她信的一些东西。譬如嘴下留德、积善之家有余庆，尽管多少有鸡汤之嫌，倒也督促了她自我约束。

她那美丽的自我约束，让我看到了整个人类的希望。林语堂在书里写过：所有的婚姻都如同舟行海上，都是一场赌博。我不是个赌徒，可我竟然是赢家。这有点匪夷所思，却也让我暗自庆幸。

第二天，马白云给我打语音电话，告诉我刚刚给我转账五万，专款专用，赶紧去把银行窟窿堵上。"万一上了老赖榜，姑娘上大学备不住都受影响。"说完她就挂断了，一丁点感激涕零的机会都没给我。

老话说，一分钱难倒英雄汉。我对着手机屏幕行了半天注目礼，伸手点了接收。

第三十四章　罗主任

我跟许端午过了话，韩屯贫困户排号，让他把韩松花家排第一号。我拿着排好号的名单去找阚镇长签字，等来的第一句话是："她家是韩屯最困难的吗？"表情和语气一样严肃。我说了一大堆，包括老韩头每天一把一把吃去痛片。阚镇长盯着名单，继续沉吟："那就说明她家是最困难的了？"我又说了韩松花没孩子，为领养孩子先养的猪，结果猪又差不多全丢了，打算第二次贷款。阚镇长还是继续沉吟，好半天，我以为这事泡汤了。接过他递给我的名单一看，已经签上了"同意"二字。我谢过领导，刚要走，又一声沉吟："注意影响啊！"

很明显，在阚镇长心里，我跟养猪贫困户韩松花挺般配。

老邝的签字就属于走过场了，毫无问题。

第二次贷款那些材料我已经轻车熟路。到了银行,我首先就是找罗海燕。怎么也得经过她,不如先跟她打招呼。看了一圈,没见她人影,我问信贷员:"你们罗主任呢?"信贷员看看我,说了声:"主任没在。"我又问:"主任不签字,今天能办上吗?"信贷员说:"能,副主任代理。"

这态度倒让我狐疑了。看来罗海燕不是临时请假没来。我又问道:"罗主任调走了?"信贷员开始审查我那些材料,不答我的话。我心里嘀咕:八成是又调走啦!不过,这调动也太频繁了点儿!到手续办完,我又锲而不舍地问信贷员:"你们罗主任——"信贷员抬起头,看看我:"哦,你们是同学?"我首肯。信贷员笑了笑,说:"那您还不知道?还用问我?"

不软不硬,噎得我好不尴尬。路过营业厅,一个业务经理拦住我,推销理财产品。我装模作样问问,要来一份彩印广告,说回家推荐给我爱人。趁着业务经理笑靥如花,我赶紧打探:"问一下,信贷部罗海燕主任——""哦,罗主任呀?她没在。"没等我追问,对方靠近我一步,一只手遮嘴,小声说道:"一时半会儿来不了啦!您想想,那么大个手术,切了一个——"她比画一下前胸:"一直没来——好几个月啦!"

韩松花在银行门外,她先走出去了。业务经理的话从我的脑子一直凉到了腿,我看着韩松花,心里充满兔死狐悲的伤感。从来没喜欢过罗海燕这人,也从来没想过她会得这个病。上次在小火锅店,她趴在桌子上醉醺醺地指责我的情景,恍如昨天。

韩松花谢过我,就去汽车站了。直到汽车摇摇晃晃地开走,我还在我的车里发呆。我不明白,为什么到了这个年纪,曾经那么厌恶的人,当她遭遇不期之虞,竟也让人这么难受。

三天后,我接到银行电话。是用座机打的,只看一眼我就兴奋上了,肯定是贷款批下来了!想想不远的从前发生过的那些曲折,这第二笔五万元可真叫来之不易!我赶紧接起来,事后回想,连那声"喂"都让我喊出了过节放假却给发加班费的雀跃感，听上去一定喜兴极了。

"喂，左助理吗？"对面的声音很是耳熟。

"对对，我是。"我在这边敞开怀抱等待关于钱的好消息。

"你好，我是信贷部罗海燕。"

"海燕？哎呀，海燕？"我又惊又喜，在那一瞬间。来上班了，说明她身体康复了吧？"好久不见，你挺好的吧？"

"是这样的，左助理，我找你是关于你三天前办理的贷款事宜。"罗海燕没接我的话茬，我似乎看到她又绷起了一张斗争脸，故意弄出满脸严肃。哦，对了，她怎么是用座机打的电话，还有这冷冰冰的语气——想干吗呀？

"哦，贷款，对，二次贷款，那天你没在。"

"抱歉，这个材料没通过审批，暂时批不了了。"

"审批？没通过？怎么回事？"我大失所望，这算哪门子好消息，贷款不批，韩松花咋办？马白云咋办？我可咋办？

"哪个环节出的问题？跟上次几乎一样的材料——"

"上次是上次，这次是这次。"罗海燕一副公事公办的语气，这让我忘了前几天对她的同情，重新开始讨厌她。我继续追问着到底是哪里出了问题，好在还没忘给她戴个高帽："能有什么大问题？有老同学在，不用我吱声也会帮我通融，你说是不？"

"要不是我通融，全都得给退回来。"

她越这样说，我就越发开始不信。"到底是什么原因，你说明白点。"我心里涌出一股怒气。

"不是谁为难你，是韩松花的身份证即将到期。"

"即将到期不是还没到期嘛，还至于——"

"你可真是学文科的呀左助理，你这思维可不是财经思维。现在都即将到期了，贷款期间不就彻底沦为废品了？"

强压愤怒和失望，跟罗海燕拉锯了好半天。最后商定，韩松花马上去镇派出所重新办理身份证，拿到后再去银行办贷款。为防止罗海燕刁难韩松花，我在拉锯的尾声主动提出到时由我去送身份证，并请罗海燕吃饭。以为她会痛快儿答应，结果却成了我上赶着求她吃顿饭。临了不情不愿地说："到时候再看吧，不一定有时间呢。"

真他妈的！不够她装的！我心里骂道。

办身份证、取身份证，又是整整一星期。我什么心思也没有，满脑袋都是钱。我甚至在心里揶揄自己，假如我姓钱，一定给自己起个名字叫钱万能。那几天我过着一种对钱极度渴望的生活，这与从前四十几年的我迥异，但愿也跟以后几十年的我毫不搭边——我暗自希望，诚心诚意地希望。

一个星期后，我怀揣韩松花的新身份证奔赴在与罗海燕见面的路上。我的心情丝毫没有友人相见的轻松和愉悦，倒也谈不上偏向虎山行的孤勇。我也并不担心此行会失去作为男人的"贞洁"。跟自己打心眼儿里不喜欢的女人吃顿饭，谁能把谁怎么样呢。

罗海燕看着并不消瘦，反而有些虚胖了。中年女人的虚胖就像袋装食品被取走了防腐剂，给人保质期已过的感觉。没看到我前她有说有笑，虽然我不知道说的笑的都是什么。看到我时她的脸来了个生硬的降温，说真的，一秒之内由笑脸变成冷脸，她可真没有奥斯卡影后斯特里普那功夫——太雕琢太刻意了。

我笑容可掬地递上身份证，又谦和有礼地跟她打招呼。她看了我一眼，算是招呼了我。然后她亲自扫描了身份证，过程中一直跟其他同事谈论着县级以上各位领导——当然都是好听的话，当然都是我也熟悉的名字。她在各位领导听不到看不到的地方逢迎完之后，又忽然面露巧笑，大声说道："在各位县领导面前别忘给我们行美言几句呀，左助理！"

不知她葫芦里卖的什么药，我这会儿只惦记钱。我问她："罗主任，还缺啥不？"她颇为深沉地说："谁知道呢，报上去试试吧。"

"试试可不行，要准话，着急用钱呢！"

"你看你！按照前些天那些条条款款，补个新身份证是行了。

万一这几天又有新规定了呢？就得跟上面规定走，报着看。"

她说的是句滴水不漏的话，尽管这话让我心里光火，可是没办法，我是镇里负责劝架的民政助理，不是行长，也不是她那会儿赞不绝口的县长。我隔着办理业务的大玻璃努力忍气吞声。这样做的后果是我弯下腰，尽量把嘴放到大理石台面和玻璃之间的缝隙里，压低了嗓子对罗海燕说："老同学，中午了，赏脸吃个饭？"

人家笑了。搁我我也笑。为了五万块钱，我已经在自己讨厌的女人面前摧眉折腰了。只听这女人也用压得低低的嗓子，妩媚又暧昧地说道："你请客，我买单。"

人生竟能荒谬到这个地步。我和罗海燕这一幕，连我本人都觉得真像各有各家的一男一女成功勾搭上了。我暗自唾弃着这一幕，却像终于如愿以偿抱得美人归一般，用压抑不住的喜悦应声道："我请客，我买单！火锅店，我等你，不见不散。"

说完，我在脑海里、意念里，还有我的心里，掌掴着刚刚的左天伦，我的双脚却大步流星地往银行门外的阳光下走去，往自己刚才定的那家火锅店走去。

人生这东西，真是能难出各种花样啊！

罗海燕姗姗来迟。屁股还没坐稳，手里就抄起一瓶啤酒，咕咚咕咚几大口。我没拦她。几天来她给我的感觉一直像团闪烁跳动的火苗，有种难以描述的情绪在燃烧与熄灭之间摇摆，极其不稳定。

"怎么？听真话听上瘾了？你不是不听别人秘密吗？"

我没出声，手拄在膝盖上，看看啤酒又看看她，半天才说了句："吃菜，吃菜。"她没吃，又灌了几口啤酒。她的脸迅速变成红紫色。我想起上次她醉醺醺地对我说——你会后悔。

"什么时候手术的？也不告诉一声。"

"上次跟你喝完酒的次日。次日懂吗？就是第二天的意思。"

我愣了，愣了好一会儿："现在——怎么样了？"

"嗐，还能怎么样，"她指指胸前，"空的，里面。"我留意到好几滴眼泪排着队滴落下来。我拿起她面前的杯子，倒满啤酒，轻轻放下:"别对瓶吹,女同志这样喝酒,不好。"说完,我又把纸抽轻轻推到她面前。

这一系列动作造成她捂住脸,嘤嘤哭上了:"老天就是跟我过不去——就是过不去!"

我心里也说不出什么滋味儿。想想还是应该说点儿什么,于是说道:"别这么想——其实谁也不比谁容易。"

她停止了哭泣,抬起眼睛直视我:"站着讲话不腰疼——手术的又不是韩松花,又不是你媳妇,你当然觉得轻巧——"

这个节骨眼,我认为沉默是不对的,我认为由着她这个思路更是不对的。我继续说道:"韩松花辛辛苦苦养猪,结果死的死、丢的丢,她男人还——还跑了,没影了,剩下她和她那瘫巴爹。唉!养猪你也知道,那是什么强度的体力活?一个女人家,你想她得多难——"

"再难还有我难?再难不是还有你这么一趟趟为她跑?"她指了指前胸,"这地方的疤还没结硬实呢,他就跟我离了!"

罗海燕的哭声越发凄凉。那会儿在银行时,那张摆谱的、表演的脸,彻底被此刻的哭声出卖了。如果她心里没那么虚弱,那会儿又何必做作出那副嘴脸?我也忽然明白,赶上她这番经历这个心态,第二次贷款怎么可能顺当呢?

"唉!你确实太难了,最难的就是你啊!"我尽量无比诚恳地说着,"能帮上你啥,你就说话。"

"韩松花还想咋样?一个山坳子里的老农民,那些个难都是她自找的。"

接下去,罗海燕在当年的底色上,借着身体与精神双双陷入泥沼的由头,把骨子里的苦大仇深尽情发挥了一番。韩松花养猪成了她嘴里的"野心勃勃",韩松花那副壮硕的身板尤其那结实丰满的胸脯,都成了老天的偏心,成了命运的恩赐,是专门用来眼气她罗海燕的。

我没反驳她。我认为那样做一定会弄巧成拙,会成百倍地增添她对韩松花的嫉恨。我只是很不解,如今终日蓬头垢面与猪为伍的韩松花在罗海燕眼里，竟然还是头号眼中钉肉中刺——这真是不合逻辑，这究竟为的哪般啊！

第三十五章　出路

　　柳屯这几年俨然成了小米王国。满大力在屯里成立了合作社，把分散到各家各户的二十多垧好地全部集中起来，都种上了谷子。那都是松花江畔的黑油沙土和白浆土，是稷米（小米）最喜欢的土壤。谷子这作物要想好吃，地就要种一年歇两年，穿插着种玉米大豆。柳屯人对那二十多垧地宝贵得什么似的，都顺着谷子的喜好。

　　早前柳屯人也用过耩谷子法种谷子。这方法要用牛在前面拉着耩谷，耩的时候一人扶耧把、一人在前面牵牛，还要有个人跟在后面拉着能骨碌的木头碡子。那碡子像女人绕线的轴子，它骨碌过去细小的谷种子就敷上了土。耩谷子既要有牛又要跟上三个劳力，对一些村户是难事儿。后来，柳屯人种谷子用的都是"点葫芦"法。点葫芦是种古老的农具，用的是自家种的葫芦。做法也不难：葫芦长成后，把葫芦的一头凿出个窟窿，连接上一根一米多长的空心方木条，方木条的一头再和笤帚筷子做成的扇形出籽口连接在一块儿，这就成了点籽用的点葫芦。点籽时，柳屯人把点葫芦用绳拴好背在肩上，一边走，一边用小木棍敲打着长方木条，葫芦里装的种子经过震动，通过方木条，一点点滑落到笤帚筷子做的出籽口上，种子均匀地散落在田垄，点籽的活就算完成了。随着时间推移，柳屯人又额外用个布袋装种子。布袋装种子不仅装得多，背着也方便。不过点葫芦方法没有改变，一辈一辈传了下来。

　　点籽有许多说道，点稀了影响产量，点密了又长不开，种子放多了会浪费，放少了，怕出不齐苗。因此背着点葫芦点籽的，甭管高矮胖瘦，起眼不起眼，都是村里多年的老"庄稼把式"。

这几年很多地方都用上了谷子播种机，连开垄带盖种、点籽、底肥，播种机一开过去就全都完成了。可柳屯仍然坚持用老式点葫芦，而且又是拍照又是录像，又是上报又是短视频，目的就一个，宣传柳屯小米古老质朴、以不变应万变的优良品质。不服不行，满大力的脑子确实活络，对营销和宣传也确实动脑筋。他还注册了一家网店，起了个时髦的名字——穗穗平安小米店，店铺首页赫然写着：每一粒柳屯小米都有老祖宗的良训，每一粒柳屯小米都来自纯手工操作。这两行字是他央求当时在山东上大学的儿子给想的。他儿子说比他想那些步步高、年年乐、喜相逢啥的，好了不止一百倍。"咱俩根本不在一个档。"这话是儿子给满大力的赠品。

每年谷雨一过，鸣鸠拂其羽——布谷鸟不停鸣叫，在枝头抚弄着羽毛。增多的雨水和柔软的春风，都在提醒人们，播种的季节到了。太阳节节升起，烘暖了北方大地被冻得僵硬的身子。这副身躯布满冬天留下的裂口和疤痕，等待着雨水滋润那些干裂的伤口。它是这世间万物的依托，没有一双脚不是踩着它在支撑身躯和头颅，那些大小形状功能嗜好各不相同的胃，无不靠它提供赖以饱腹和生长的食物。它用冒尖儿的青草，呼应天空里的滚滚春雷。那是天与地的盟契，是它的铮铮铁诺：作为土地，只有蛰伏，从不敢懈怠疲惫。

柳屯人用烀熟的紫苏做口肥，拌在谷种子里，敲一下葫芦下几粒谷种；下几粒谷种，再用脚一蹚。踩格子是个轻巧活，一般都是女人干。不过一天踩下来，女人们的腿肚子也软得像没了筋骨。赶上种谷子的春天，柳屯上空到处回荡着"哪哪哪"的敲葫芦声，中间夹杂着赶来凑热闹的布谷鸟叫声。这样的和声是柳屯人最爱的小曲儿，曲子里唱的都是秋天谷满仓、兜里满当当！

农历八月就到了收割的季节。柳屯人割谷子不用镰刀，更不用收割机，通体金黄色、弯腰低头的谷穗要一棵棵用剪刀剪下来。因为怕有沙子混进去，剪下的谷穗不能沾地，每个剪谷穗的人脖子上都挂着个大大的编织袋。这时全屯的农妇就都凑到一块儿了。手把快的一天能剪小一亩地，手把慢的也能剪几百米长，一个秋收季节下来，平时娇嫩些的小媳妇，十根手指头总要肿上几天。剪下的谷穗全部平铺在干净的空场上，用碌子碾轧成谷粒，经过扬场、过筛，再经过脱壳，这才成为珍贵的柳屯白小米。这些跟现代化毫不沾边的种植收割方法，让每粒小米都保留了最天然的营养。

过去柳屯穷主要是白小米卖不上价，空有个老祖宗留下的老名声——柳屯小米是贡米。这几年价格上来了，眼下最普通的十块钱一斤，谷尖制成的母婴米，一百八十八一箱，合三十多块钱一斤。满大力说得没错，如今这时代，干啥都没必要回避商业性，人家写首歌、走个穴都明码标价呢，农民辛辛苦苦种出的好小米，怎么就不能卖出它应该有的价钱？对于商机和赚钱，满大力素来有他那一套理论，也正是他那一套，让他在柳屯一呼百应。不过种谷子必须倒茬种，一年的产量基本就是固定的六七十吨，后面是两年的空缺。这样一来就给了邻屯"商机"，赝品层出不穷。满大力可不能让这两年的空缺肥了别人家，就把这二十多坰地分成三大块，谷子、玉米、大豆轮换种，这样不但避免了空缺，还控住了产量。物以稀为贵，满大力深通此道，正宗柳屯小米的价格就更高了。

为打假维权，满大力也算得上呕心沥血了。申请品牌专利、在柳屯开专营店，在乡镇乃至市里开直销店；电视专题片，拍过；广播节目，做过。经过不懈努力，稍远点儿的赝品逐渐销声匿迹，打不死的小强却偏偏来自"乡亲"和"近邻"。真是外鬼好敌家贼难防，越知根知底越不易防备呀！赝品中数韩屯的模仿度最高，甚至连包装上最细微之处都没稍作改动，悉数原样照搬。里面的小米全部来自低价收购的廉价货，去掉成本每斤能赚上四五块钱。两个屯子为此争执不断，终于对簿公堂。韩屯自然是败诉方，不过法院来执行赔偿金和罚款时，并不顺利，几个投机取巧的人哭哭唧唧说出那句话倒是给了现场人不小的刺痛——你们不也穷过吗？俺们不是还穷着吗？

穷竟然成了假冒伪劣的理由。

因为韩松花养猪这些事，我跟许端午联系上以后，他就常跟我诉苦。许端午说，庄稼人管土地要出路，那是一万个要得着。土地不给他们出路，就管村主任要。他以前觉得要不着，现在年龄大了，想法变了，觉得其实也是要得着的，毕竟是一村之长。这几年他这个村主任也不是白当的，为了村民致富他也是煞费苦心绞尽脑汁，下了好大气力。他带头搞过杏鲍菇养殖，培育过黑木耳，还拿出几亩地种植五味子。不管搞哪样，不先投入就不存在产出这一说。投入啥？投入钱！他搞的这几样，每一样都投入很多钱，可最后那些钱连同全屯人寄托的希望一起，鼓成个大大的肥皂泡，眼睁睁地破灭了。韩屯的情况就是这样。许端午说来说去都是围绕村官的难做，上面压下面顶，他在中间好像豆饼一样难受。

过去我没有过多留意过许端午，不管当年在韩屯还是后来我在镇里。我说你也不用把自己说那么苦楚，你更不要辜负镇里对你的信任。他就又恢复成对上面的模样，一个劲儿唯唯诺诺。人都是自己的对立面，我也并不觉得奇怪。其实他再坚持一会儿，再往深里诉一诉遇到那些难事儿，我可能就要被说服了。可他一谄媚，即刻又变成我眼中的韩屯首富，一人吃饱全屯不饿。

许端午也许真想当个满大力那样的村主任，只是他拿不出成绩来说话。在韩屯搞杂交猪养殖，以此带动全屯人致富这个建议是他跟阚镇长提的，为此阚镇长还专门开会讨论过。大家集思广益，都认为可行。镇里还形成意见，建议先组织韩屯人学习养殖专业知识，镇里负责找农校老师去给讲课，再由信用社给各户发放小额贷款买猪苗。方针都制定了，等许端午回屯里一落实，不知怎么，味儿又变了。别说学习班没人参加，就是免费给资料、贷款分配给每户三只猪苗，村户也不响应。我一度怀疑许端午工作能力真有问题，怎么好事经他一布置一动员，就像喷洒了百草枯的水稗草，大伙儿不但不往上冲反而蔫蔫巴巴地退下来了。

韩屯眼下就是这样的实际。假冒小米的事，偷鸡不成蚀把米；鼓励养殖，要么家里老弱病残没人能吃那份辛苦，要么抱着膀观望韩松花到底能养个咋样——这也是许端午总结的。

第三十六章　父女养猪

第二个五万落实到位，韩松花马上又买了猪苗。这次没经过我，以至于哪天运到韩屯的我都不知道。

猪圈是现成的，地窨子里驻扎上了老韩头。许端午说，老韩头这回是主动要来的，不同意都不行，说爬也得爬来。他说不能再让韩松花一个身子扯八瓣了，时时想着跑回家给他整饭吃，累也累死了。韩松花也实在分身乏术，就把老韩头背来了。可养猪哪是一般的活，稍微一松懈，就会看到那一圈已经干成橛子的猪粪、听到饿了就尖锐刺耳的猪叫。二十多头猪，韩松花就是长出三头六臂也养不过来，只好在屯子里雇了个帮手，讲好了，等猪卖出钱来再结工钱。这人二话不说就来了。是个五十多岁的汉子，说起来也不算外人，是尚二祥的弟弟尚三祥。

尚三祥既不像尚大祥那么躁，也不像二祥那么窝囊，哥仨数他性格最好。尚全有在世时，最得意老儿子尚三祥，尚三祥跟老爹感情也最深。万没想到尚全有会是那么个死法，三祥不光当时哭得最悲切，过了好几年也还是不过劲。他几乎天天要进山一趟，不为别的，专为去尚全有坟上看看，坐一会儿，夏天拔一拔野草，冬天把雪清理一边儿去。

那年夏天，还没等走到尚全有坟头，一阵低低的啜泣让他不由站住了脚。

"尚大爷……我怎么感觉你并不怪大青呢……我感觉，不是别人说的那样……可大青自己怪自己，你不知道它后来都啥样了……"

"尚大爷，我没办法让你活过来，我也没法替你管大青……"

"尚大爷，一定是你冲到马背上，把大青拉住了……我知道一定是你救了我，尚大爷……"

三祥彻底愣住了。透过茂密的树林，他看到老爹坟前跪着个女孩儿，乌黑的辫子垂在背上。不知怎么，女孩儿的话让三祥心头猛地一酸，那滋味甚至比埋葬尚全有时还要酸楚。自打尚全有过世，大青一直被视作晦气物，没少挨三个东家的打，被全屯人嫌弃更是家常便饭。他没想过大青心里的痛苦，没想过死在大青铁蹄下的尚全有，大概是唯一不怪罪大青的人。死去的和留下的，到底哪个更痛苦？三祥又联想到自己。自己虽然活着，可是没有一天不想念有老爹的那些时光，没有一天不痛苦。女孩儿跪在坟前说的话，三祥从没听别人说过，这些话给他心里注入一股暖流。他才知道，想着自己老爹不怪大青，心里有块大石头才能搬开。心里宽敞了，整个东山坳才又有阳光照进来。他顺着那温暖的阳光看去，看到的不再是老爹尚全有满脸怒气恨怪大青的神态，那张脸又恢复成笑眯眯的，柔和的目光摩挲着英武的大青，说不出的慈祥和安宁……

那天以后，三祥心里住了个小菩萨，这小菩萨不是别人，正是韩松花。在三祥心里，韩松花不光模样好看，她那颗心才最金贵。可他从不靠前。三祥就这性格，越是在意的，越是搁心里装着。他对自己老爹也这样。

韩松花和庞大海那个儿子，后来放在了石砬子的大缝里，身上用石子儿压着，盖了几片树叶。好一阵子，三祥天天去看看，把吹落的叶子再给盖上。除了山上的风，谁也不知道三祥来过。直到有一天，石砬子缝里空了，连树叶也没了。三祥看着那空当，拿手背抹了把眼泪，跪在石头上，对着西面的天磕了三个头，而后颤声说道："老天爷，求你保佑松花那娃托生到好人家，有副好身板吧！老天爷呀，我求求你，保佑松花别再受难了，那是菩萨心肠的好姑娘啊！"

那时三祥已有媳妇和小日子，三祥媳妇又凌厉又泼辣。他能为韩松花做的，也只能悄没声，也只能这么多了。

三祥随他老爹尚全有，踏踏实实种地，没别的心思。韩屯由于地势问题，可耕地有限，家家分到的地就更有限，即便再勤劳，三祥家日子也是清汤寡水。韩松花雇他过来帮忙养猪，三祥恨不得对韩松花说，不要工钱，只要能帮你一把。可这么一说，他家里就得炸庙。只好装模作样跟韩松花说了几句工钱的事。

这阵子因为韩松花、小武子打仗，许端午没少去地窨子。老韩头以前一见许端午就发牢骚，说些不着四六的话。张口闭口就是他老许家坟茔地比他老韩家好，要不这辈子他许端午怎么就滋润得冒泡，他老韩家没完没了地吃瘪。许端午也不跟他戗，心里叨咕一万遍，再怎么一手好牌摊上你也是稀烂。心里想着嘴里却睁眼说着瞎话：老韩头，三穷三富活到老，你的好日子在后头呢。有时老韩头又一副没精打采灰心丧气的样儿，说自己活着已经不光是累赘了，简直就是个祸害，早该替好人死了。他一这样，许端午就难答对了，还不如听他虚张声势吼两嗓子、斗斗嘴儿来得轻松。

到了地窨子，老韩头又变了。一见到许端午，噤起鼻子龇着结满牙石的大牙，玄乎乎地吹嘘自己能驱邪除魔、降妖捉怪。他比比画画地说："有我老韩头在这镇着，天上飞的，地上跑的，只要是活物就甭想来打猪的主意。"许端午当笑话听了，嘴里还一个劲儿应承："敢情了！韩富贵是谁！"嘴上给打气，心里忍不住嘀咕：这老二皮脸，不自量力。没等嘀咕完，老韩头那边忽然"嗷"了一嗓子，把许端午吓得脸都黄了。见他这样，老韩头又诡异地笑笑，斜了一眼。

"别小瞧我这老瘫巴，这个熊样儿了——喇叭，咱也有。"

许端午一看，那枕头边还真有个喇叭，安电池的。

"老韩头，你这嗓门再加上两节电池，这东山不用请山神啦！"

"你寻思呢！再敢来欺负松花试试！"

许端午想说，小武子不是该咋来还咋来吗？你这威风劲儿咋不灵光了？闹得都惊动镇里了，这还吹牛吹得震天响。可一扫见被子里那干干巴巴一小堆儿，又变了心思：就让这瘫巴老头痛快痛快嘴儿吧。

除了老韩头和喇叭，猪圈旁边还有几个破脸盆。都是早年铁皮刷搪瓷的，搪瓷没了，铁皮也烂出了洞。可挨排摆在一起，临时还能当破锣敲敲。废纸和纸壳也堆了不少，都用塑料布苫着。这些都是给后山野兽预备的，万一半夜来瞎祸祸，就把破脸盆敲上，再把火堆点着，用老韩头的话说，那是砰砰响，呼呼地着！

"可别胡来啊，老韩头！脸盆子可以敲，点火坚决不行，违反森林防火条例，出事儿可就是大事儿！"许端午给老韩头晓以利害，"整不好，咱们都要吃不了兜着走。"

这话管用。第二天再去，东山挨着小石头河这一侧的山脚下，除了猪圈、猪崽儿和地窨子，就剩下了破脸盆、几根圆木棍子还有韩松花爷俩。

前一阵除了早晚各照一面儿，爷俩没时间朝夕相处，韩松花有一阵子没听到老韩头的吵骂了。这会儿天天在一块儿，韩松花和那些猪又都成了一无是处。猪不叫，老韩头说是撑的，苞米粒掺多了，胀肚。猪一个劲儿叫，又说遭受韩松花虐待了，这么给饿着不带贴膘的。韩松花给他做面条，他说稀汤寡水像从猪食槽里抓出来舍给他的。给他做了疙瘩汤，又说面块儿太大，简直一嚼一口烟儿，像吃了生土坷垃。韩松花不搭理他，他就吵吵：丧良心的！赶明儿别说你有老子！

健全人都是嘴是嘴，腿是腿，互相挨不上，各干各的事儿。可老韩头的嘴不光是嘴，还要用来当腿当脚。腿不能站，脚不能走，只好拧麻绳一样拧成怨气和焦躁，顺着一张嘴喊叫出来。韩松花知道老韩头哪天不吵了，不说反话了，哪天就不会再醒来了。吵吧，能活着就好，她早就习惯了。

韩松花累得身上像散了架，干起活不敢停下，一停下就像一时半会儿站不起来了。有时把后背靠在木桩上，一下一下撞着，解解乏。又不敢真正懈怠，连伤风感冒都怕沾上。以前有庞大海在，一根扁担两人挑，还能分分肩，如今老韩头在，只给她肩上又压了块大秤砣。每到这时候，风就把"庞大海"三个字吹进脑袋里。她使劲晃了晃，使不得，使不得。她男人睡了别的女人，她把自己男人打跑啦！那根棍子现在就立在地窨子门口。她不想扔了它，又不愿意看到它。要不是它,她还不知道自己和庞大海竟然互相恨得那么深。韩松花每次想到这里就不敢往下想了,就会使劲咬住嘴,用大白猪的身子把眼泪蹭一蹭。嘴里紧跟着开始吆喝:啰啰啰——啰啰啰——

韩松花上顿下顿地喂猪,猪除了摇头晃脑,眯着眼嗷嗷叫,别的不会表达。韩松花也上顿下顿地给老韩头做饭,擦洗,端屎端尿,可爷俩还总是怄气,打仗。韩松花就得出个结论,猪比人好伺候,没说道。她就巴不得一天二十四小时盯着猪,她觉得猪的眼神比人有感情,不挑剔,又不像神仙那么遥远,让人看不透。总结下来就是,猪比神仙和人离她都近。

韩松花经常勾着腰,弯着背,直了半天才直起来。她几乎不说话,攒下的力气还得打扫猪粪,归拢到一块儿,能当肥料卖点儿钱呢。

那个冬天,不知怎么,雪迟迟不下来,搞得人和猪都心烦意乱。麻奶奶挂着拐棍儿过来跟老韩头唠嗑儿,坐在小火炕上抽了会儿老旱烟丝儿。麻奶奶说话声比锉还粗,腔子里总拉着风箱。

"老富贵,身子那个样儿了,活一天儿少一天儿,可别闹腾闺女了。"

老韩头看了眼麻奶奶,想说什么,咽了下去。麻奶奶看他这个样子,心又软了。"老富贵,你婆娘走了有三年了?"

"她是享福去了,两眼一闭,再没啥可愁了。"

"她的罪儿是遭够了。"

"来这一趟,净遭罪儿了——到我那天,万一眼闭不上,你可给我多阖一会儿。"老韩头一跟麻奶奶说话,就没了大嗓门儿。他的连喊带骂早就成了韩屯一件带点儿娱乐性质的事,没人在乎。他这样不吵不嚷说话,反倒有点惹人不放心,怎么听都只听到绝望。

"谁走谁前头,指不定呢——怎知你阖不上眼?"

"搁你,摊上这样三个,你能阖上?"

"我那大儿,不也没了。谁比谁省心?"麻奶奶清醒后就做起了走阴人，专门帮人办后事，再后来开了她那家殡葬店。屯里上了岁数的都爱跟她套近乎，死后一堆事，都想交给她这个明白人办，还有指望来世托生好人家的，也要在活着时候巴结麻奶奶，松花妈的后事也没例外，炕上抬走一个，还剩一个。剩那个死死攥住走的那个手不放，嘴里还狠实实地撑着："早走早好！"

"你看松花累的——钱哪是那么好挣？唉！得有那命！那个姓武的，臭养汉老婆，还成天来糟践她。"

"老富贵，也甭那样讲，女人家有掐架撑着，反而倒不下。"

麻奶奶走后，老韩头就感冒了，喉咙里像塞了火炭，别说吼骂，说话声都很难听见了。韩松花一见他这样，心里又急又疼，一股火也跟着蹿上来了。她去抓了几服中药，一服药熬三回，一勺一勺哄着老韩头喝了。剩的药渣她又熬了熬，自己喝了。感冒倒是躲过去了，可那些日子身上不知怎么回事，就像有块石头坠在肚子里，疼着疼着，竟然出血了。

第三十七章　就医

起初韩松花没发现，扫猪舍的时候，看到有只猪在地上拱，拱完鼻子就是红的。韩松花以为猪鼻子受伤了，搂过来看。这才发现地上是自己出的血。她算了算，前不着村后不着店，日子根本不对。又一想，又能咋样？农村女人，备不住乱经早，也就没当回事。

到了第三天，血出得越来越多，韩松花一蹲一站，裤子就透了。她眼前发黑，头沉沉的，喝了两缸子浓糖水也不管用。她有点怕了，怕万一昏过去，万一醒不来，老韩头怎么办，这些离不了人的小猪怎么办。一想到这些，心里知道，不去看看不行了。

去趟镇上，怎么也要半天的时间。尚三祥一再叮嘱她千万别着急，一定把病看好，韩松花不回来他就一步不离开猪舍。说了半天，韩松花才惴惴不安地走了。她穿了件能盖住屁股的棉袄，口袋里揣着一大包纸。村里的小客运，是许端午亲侄儿开的，她一下都不敢坐，怕把车座弄脏了。到了镇医院，又是彩超又是内诊，大夫说她子宫内膜异常增厚，不刮宫止不了血。

"那就刮，现在刮！"

"你想得容易，要抽血化验，还要各项检查。最早也得明天。"

韩松花一听这话，心里就着了一把火。这一宿把猪扔给三祥，万一再出点闪失，她可就撑不住了。这念头越滚越大，越想越怕，趁着去交款，就从医院大门溜出去了。打听了一路，好不容易找到一家私人诊所。韩松花一进屋，就捂着肚子说要刮宫。大夫六十多岁，是从县医院退下来的老大夫，女的，说什么也不给做，怕出事儿，就是往镇医院推。韩松花说着家里的情形，一个爹、几十头猪，又把在医院做完的检查单子、诊断书都拿了出来，说自己身体好着呢，没啥毛病。可大夫还是不肯。韩松花叹了口气，像是对自己说："那只能先回去了。"走出十几步，听后面喊她："回来，韩什么花，你回来！"

刮宫用不上十几分钟，韩松花却起不来了，感觉自己身上轻飘飘的，总像要飞起来。她心想，那就躺会儿吧，一会儿就会有力气了。谁想到这样想着就睡了过去，更没想到睡得比什么时候都沉实。不知睡了多久，只听庞大海叫她："醒醒，醒醒，猪上房啦！"这才激灵一下惊醒了。四下里看看，没有庞大海，也不知这是在哪儿。

女大夫见她醒了，走了过来，解开她手腕上的带子。"怎么样？肚子疼不疼？"韩松花动动腰身，"不疼。"说着往窗外看。只看了一眼，一下子就坐了起来。"天哪！几点了？天咋黑成这样啦？"

"才八点，你这情况，应该观察一天一宿。"

"我不行，真不行啊！"边说着，韩松花边挣扎地坐起来，心里琢磨着从这儿打出租车回韩屯要多少钱。她问大夫："咱这儿的费用是多少？"大夫说："刮宫，打了针安定，又挂了瓶消炎药，收你两百吧。"韩松花又使劲儿掏着衣兜，里外掏个遍，身上也不足两百块。

"大夫，我只能先给你一百，剩下的——我还得打车回去，能不能——先写个欠条?"

女大夫的脸色变得很难看:"不给做,偏要做。"

"明天我一定来,一定把钱送来。"

女大夫皱了半天眉头,说:"写个欠条吧。"

回韩屯的出租车一路颠簸着,韩松花紧紧按住肚子,生怕再被颠簸出毛病来。活着活着反而娇气上了,这是什么道理。可是心里的怕又那么真切,千万不能再出毛病了,钱遭殃人遭罪不说,那一大摊子实在扔不起。"庞大海,你可真是个丧良心的!"心里不由自主这样骂着。

整个冬天,韩松花都跟猪滚在一起,她的样子要多寒碜就有多寒碜。头发,十天半个月也洗不上一次,油腻腻的,打着绺儿,花白的发根儿沾着明晃晃的头皮屑。手上除了裂出的口子、黝黑的胶布,还终日糊着猪食和猪粪。身上穿的棉袄是过去庞大海穿过的,外面挂着油亮亮一层泥壳,里面全是酸烘烘的汗馊味儿。棉鞋穿不进猪圈,天再冷也要换上那双大了好几码的黑色胶皮水靴。水靴有年头了,缓了冻、冻了缓,鞋底先是裂了小缝,后来干脆张开嘴,合不上了。韩松花穿着这样的水靴干活,生了满脚冻疮。每天入夜第一件事,就是烧盆热水,放上秋天晒的辣椒,一边烫,一边拿辣椒揉搓。那也痒得钻心,嘴里忍不住嘶嘶哈哈。老韩头终日躺着,却好似时时醒着。经常会听见他长叹一口气,嘴里骂道:"你个笨货,这是要把自个儿活活累死!"

韩松花怕把猪吵醒,一声不吭。老韩头每每此时便会自顾自又说道:"我韩富贵替那好人死了吧!死了你能少受点儿累!"然后就是一串诅咒自己的话,话里包含着各种各样的死法:睡觉睡死、喘气噎死、放不出屁憋死。总得韩松花冷冷地来上一句"你消停点儿,大半夜的,别吓着猪",才能堵住老韩头喋喋不休的嘴。

大雪那天,猪们突然咳嗽起来,一个传一个,猪圈里都是猪的咳嗽声。韩松花又一次被吓住了,顾不上雪大路滑,跟头把式地去找兽医。兽医来了,搂过一头猪,手放到猪耳朵后面摸了摸,锁紧的眉头打开了不少,嘴里说道:"有眼眵,耳后拔凉,感冒了。光是感冒,问题倒是不大。"韩松花的心却还在紧紧揪着,一个劲儿问着兽医耳朵里的"废话"。

"见吃的都不馋了,就这么没精打采的,不会有别的事儿吧?"

"人感冒了不也不爱吃不爱动?猪也一样。"

"我就担心有别的事儿——"

"你好像信不着我呀。"

"唉,我就是担心——"

好在兽医人不错,没跟韩松花那一根筋一般见识。挨个给打了针,安乃近、青霉素。猪不老实,打针时扭着身子嗷嗷叫。兽医不理会,还是一针一针往那耳朵根子的皮下扎进去,拔出来。临走时看着四下漏风的简易猪舍,兽医对韩松花说道:"你这猪要想长久养下去,猪舍这个样,可不行。"韩松花指着圈里垫的那些稻草,说:"现在的猪也娇气了,不抗冻。"

"弄严实了,能好不少。不过夏天还是事儿,不通风更得病。"

"宁可我得病,也别让猪得病。"

兽医闻听此话,无奈笑笑,揣了钱,冒雪回去了。

兽医走后,韩松花对三祥说:"三哥,你照顾着它们,我弄些草垫子去。"三祥心里并不赞成韩松花苫猪舍,却也知道她是个什么性子,便点头应承了。韩松花又借了手推车,像个收破烂的,满屯搜罗。还就是走到了许端午家门口,端午媳妇从仓房掏出两张旧棉花套、修房顶撒下来的油毡纸,韩松花才算没白跑一遭。这些东西都没过宿,韩松花回去全堵在了猪舍上。

过了几天,猪的咳嗽声渐渐听不见了,韩松花那颗心才算平稳下来。

这就是韩松花的生活,苦的、辣的、酸的,独独没有什么甜味儿。除了小武子去捣乱,她每天都那么过。庞大海一直没回来,不知道还能不能回来,回来了是让韩松花的生活更正常还是更不正常。这事儿别说给我传话的许端午不知道,我断定连韩松花本人也搞不明白。庞大海没跑之前,她肯定觉得跟他连打带闹那日子才正常呢。

这事儿在我这也没答案。自打被老韩头骂走,我没再去韩屯。

第三十八章　照面儿

东山总也不显老,不管韩屯人咋变,它总是那个样。越往山里走,林子越密,山风越飒爽。没有什么特殊事儿,韩屯没人去后山找飒爽,神仙都在那边打坐呢。这还不说,过去山里有狼有熊,也下山来咬死过牛,叼走过羊,后来狼熊渐渐隐遁,大家都说,那是被神仙劝走了。神仙是吃了咱韩屯人的供果才给韩屯人办的事。不过韩屯人很知足,口口相传的是:不怕神仙要供果,只要给咱办事,那就是好神仙。

小石河里都是些大大小小的石头,河虾泥鳅还没露头。过了河,远远就看到韩松花一截彪悍的后腰。她正一手拿着猪食瓢,一手握着锅铲,蹲下起来地烀猪食。那后腰虽然彪悍,可动作却相当麻利。远远闻着,那锅猪食让她做得就像东北铁锅炖那么诱人。韩松花这体态让我感觉她食量一定不止我两倍,要不每天这个强度的劳动量,身上还不只剩一把柴火棒?

韩松花看到我们,愣住了。大概猜到我们来的原因是她和小武子那番纠缠不清,脸倏地红了。"来啦。"这两个字是跟我说的,声音不大。

这是韩松花棒打庞大海后我和她第一次在韩屯碰面。我在她脸上寻找着痕迹。来的路上我想,她经历了跟猪有关的多重险遇,脸上一定刻下了怨毒,嘴角一定留下了诅咒。第一轮搜索失望后,我就暗暗寄希望于韩松花已经大彻大悟,真成了无悲无喜的菩萨。可菩萨只有眼睛,没有眼神。韩松花有眼神,我在她的眼神里看到一个困惑不解的我。

还在胡思乱想，老邴把话接了过去："这是特意慰问你家老人的。"说完就主动伸出了手。韩松花慌了，急忙摆手："邴镇长，我这手太埋汰了。"老邴要跟韩松花了解情况，看看我，说："去把水果给松花她老父亲送过去。"我心里迟疑了一下，表面还是很痛快："好。"我怕老韩头又把我骂作他深恶痛绝的野汉子，当着我领导的面。可我只能把怕揣在心里，猫着腰往地窖子里钻。

大白天的，老韩头居然睡着了！

我心想，可能这是山里神仙保佑我吧？把果篮放火炕上，从地窖子钻出来我又想，老韩头不会是装睡吧？会不会去痛片吃过量了？我刚刚看到撕得锯齿獠牙的一长帘去痛片，一半被老韩头枕着，一半往地上悬着。我的心也跟着悬了起来。

一只蚰蜒摇着暗红的身子往地窖子里爬，像在告诉愚钝的人类，你们总是只看到表面，错过这世界真正的秘密。我跟上它，有心消灭它，可它隐身了，变成了地上的土。那帘去痛片还在悬着，比刚才多了晃动。老韩头不仅还在睡，还打了两声呼噜。刚要把心放回肚子里，外面突然传来尖声尖气的叫喊。我以为是猪为了混口饭已经学会模仿人的哭喊，仔细听才听出，这是纯版人声，绝非猪的模仿。就在我奔着外面声音而去的一瞬间，眼睛的余光给了我难以置信的一幕：果篮被扯开了，苹果橙子香蕉都在，杵在中间那个最粗糙的大家伙，那个菠萝，不翼而飞了！

"镇长啊，亲镇长，听说你来了，你可给做个主吧！"韩松花的声音我能听得出，这丝毫不跑调的嗓子能是谁呢？没有蚰蜒开路，我也照样跑出了地窖子。

正把老邴的手往自己手里扯的是个女人，四十来岁，从体形到嗓音，都比韩松花多了女性的柔美。女人摇着老邴的手，扭着蛇腰说道："这东山是韩屯的山，咋就成了她姓韩的养猪场了？我捡的是东山的猪，山里神仙赏的，凭啥让我把卖猪钱给她？镇长你说，凭啥？"老邴像被蜂子蜇了，一把甩掉那女人的手。

"你就是——小武子？"

"咋？我小武子是《聊斋》里出来的呀？"

"就是你往人家猪圈里甩这倒那的？"

"亲镇长哟，这可是血口喷人哪！你没见她是怎么踹我家门的呀！"

我从后面看过去，怎么也不敢相信这个小武子就是许端午嘴里的小武子。同时还有个念头掠过我的脑海：郑四方家徒四壁，可艳福还不算浅呢！正想着郑四方，郑四方就踩着小木桥一踮一颤地跑过来了。他头戴红色鸭舌帽，隐约可见某某旅行团字样。帽子褪色很厉害，四周一圈儿油泥很厚。我知道捡来这样一顶帽子有多容易。他脚步很拖沓，这与他的急切跑姿形成奇怪的对比。他那两个肩膀一高一低，像四四方方的长方形被扯变了形。还没等跑过来，嘴里的咒骂就把小木桥骂出了咯吱声。

"小武子你个贱货，又出来丢人现眼！"话音没落，一块石头子儿就奔小武子撇了过去。

小武子惊得把身子扭了个麻花，嘴里"妈呀"一声，像拉了警笛儿。

这一声妈呀，引起两个人的剧烈反应：小武子一下子把正脸儿对上了我，那只明显的"玻璃花"眼睛，几乎让我目瞪口呆。韩松花就像被当年的大惊马附了体，浑身散发着腾腾怒气，大声喊道："小武子，那天半夜，是你！"

韩松花像是抄惯了圆木棍子，眨眼已经抓在手里，冲小武子就奔了过去。"姓武的，我听出来了，那晚上是你！你把我男人睡了，把猪放跑了，我跟你拼了！"我惊讶地发现，韩松花大声喊起来，跑调的毛病竟然一点没有了！

四月的小河流淌，山风荡漾，草在拔高它的身子，树在怂恿它的叶子。小石河对岸站了不少人，都因为镇长的到来会集到小河边，像是结帮去赶个大集。这情形我还是小时候见过，那时小河中间有沙洲，两岸生着茂密的柳树趟。郑婶儿去山上捡蘑菇，被邻屯一个二流子盯上，给扯烂了衣服。郑婶儿长得丰满健壮，一边跟二流子撕打,一边喊来了她家大狗。大狗本来贪玩儿,早就不知野哪去了,又不知怎么感应到的召唤,只见它气势汹汹,野狼般飞来,一口咬住了二流子一条胳膊。那天屯里屯外好多人都在小石河对岸站着,说不清是想看男人的血肉模糊还是看女人的衣冠不整,只听他们嘴里念叨:那二流子看上老郑家的啥了?壮得跟头老母牛!我和韩松花都在看热闹的人堆里,韩松花踮起脚尖儿巴望热闹,我扒拉着别人盯着看她。我在人缝里看到的韩松花,像是荒草甸里开出的一朵马兰花,水灵,鲜嫩,却又在荒草中间显得不那么协调。那时我怎么也想不到,若干年后她会抄着最原始的武器,杀气腾腾,不顾一切。她也变得跟当年郑四方他妈一样健壮。眼前吹过一缕风,我浑身像被抽了筋,突然一股疼痛。

郑四方又捡了块石头,正奔着自己老婆边骂边冲过去。这样一来,就形成了他和韩松花一男一女夹攻小武子的阵势。小武子手无寸铁,灵巧地闪到老邴身后,躲避着石头棍棒。

许端午加入进来,不敢迎面挡韩松花棍子,从后面把她拦腰抱住了。这就把郑四方剩给了我,我只好死死抱住我曾经的同学、最知心的发小。时隔二十多年,我和郑四方的再度相见竟是如此特别,是以我的脸跟他的后脑勺打照面开始的。

韩松花拼命挣脱,气急败坏。小武子在老邴身后躲来躲去,倍显柔弱。韩松花跺着脚,棍子不时敲上无辜的许端午。小武子吓得直眨巴"玻璃花",嘴里妈呀妈呀乱叫,叫声娇滴滴、莺莺燕燕。可这叫声听在韩松花耳朵里,却全是那个难忘的夜晚回荡在风中的刺痛。她手中的棍子越发失去了准头。这场景任谁看着,都会觉得韩松花就是一匹疯马,拉架的一个不留神,小武子随时会被铁蹄践踏。

郑四方扔了石头,正好扔在我脚面上。我一撒手,他就接替了老邴,拦在了小武子前面。别说棍子,就连子弹也打不到小武子身上了。随时都可能挨棍子的郑四方,一边舞弄两只胳膊抵挡韩松花的棍子,一边回头骂小武子:"丢人现眼!"

"姓武的,姓郑的!你两个不是人做的,一唱一和坑俺老韩家！"喇叭里传来的声音盖过人喊和猪叫，自地窨子里喷了出来，"郑四方，王八犊子！我那老三就是让你勾搭坏的！姓武的，你个破烂儿货，撬走招弟的男人又睡松花的爷们儿，我非撕烂你不可！"喇叭就像在播放骂人课，字字铿锵。河对岸"听课"的人群，笑声把四月的小石河翻起一圈圈儿水浪。

老邴对我命令道："左天伦，还不去把喇叭拿过来！"

正和韩松花对峙的郑四方猛一回头盯住我："左轮？你是左轮？"

我无比尴尬地应了一声。

我知道，郑四方那扁平的后脑勺告别我正脸儿的一瞬，就是我和他正式重逢的一刻。

第三十九章　世间多怨偶

郑四方自从和韩招弟分开，越来越变成了四不像。其实他自己并不清楚，这样的他也不全是拜韩招弟所赐。离开韩屯前，他骨子里的不安分是他逃不掉的郑万山的基因，他内心深处对安稳家庭的憧憬，则来自他妈，我郑婶儿。可他的男性荷尔蒙选择了韩招弟，这种选择无异于某种自戕，注定他关于家庭的理想会像肥皂泡一样破碎。

当年在人们眼里，他和韩招弟虽然男未婚女未嫁，怪的是，没人把他们在一起说成正常的男女恋爱，只要说起他们，总像在议论不正当的男女关系，也叫偷情。那时的郑四方不在乎，他觉得以韩屯人的见识，根本不可能理解真正的男女。他的心态来自对韩屯外面的世界那种踌躇满志，甚至他想，除了他，没人理解韩招弟那蓬勃的内心和灵魂。躺在破败的小房子里夜不能寐时他还想，韩屯人啊，一辈一辈也结婚、也睡觉，可那不过是最蒙昧的传宗接代，他找不出屯子里哪一对男女真正有过恋爱才结婚。真正的恋爱是什么？郑四方惊讶地发现并不是喜欢上对方的优点，而是想把对方的缺点据为己有。韩招弟爱钱，虚荣，可他就是得意她那副嘴馋的样儿，见到好吃的和见到钱一样嬉皮笑脸，嘴巴登时就抹了蜜的德行。韩招弟的胳膊上有树杈划开皮肉留下的一道疤，韩招弟自己嫌丑，可郑四方偏偏最爱这个地方。每次都会亲吻抚摸，甚至觉得那道疤比韩招弟还韩招弟。

可韩招弟还是决绝地走了，为了尽快抽身，不惜用最锋利的刀子去刺痛一个男人的自尊。郑四方当时在工地已并非啥也不是，他能套近乎会来事儿，往上很得包工头的心，往下又跟民工们拉扯成一片。一来二去，手里就攒下了两种资源——需要找人干活的包工头、需要找活干的农民工。

韩招弟的离开，一度让郑四方心灰意懒。偌大的城市，两个外来人抱成团儿跟只剩一个游魂般的自己相比，那种感觉真是从天上掉进了地狱。他想过再次逃跑，却不知能逃到哪儿去。从韩屯到市里，他感觉自己是从人变成了鸟，这种改变并不是人们看起来那么简单，离经叛道也好，荒诞不经也罢，都靠勇气撑着。从市里还能逃到哪儿去？去再大点儿、再远点儿的城市，仅有勇气又根本不够了。

思来想去，除了硬着头皮在这地方撑下去，再找不到第二条路。郑四方像故事里吞鸦片膏的人一样，硬把冷冰冰的现实吞进了肚子里。他自认这城市对他已经足够大了，假如能在这里有一页户口、有一个钢筋水泥盖起来的房子——哪怕只能放一张床呢，也是老郑家在他郑四方这辈儿彻底改了风水。祖上也不知多少代了，都是韩屯生韩屯死，都是面朝黄土背朝天，如果到他这儿真的变了那是不是也就光宗耀祖了——郑四方被这念头支撑着，从他和韩招弟租的小房搬到了工地。

当时的老板姓王，名叫王晋，原来是城乡接合部的菜农，后来修桥修路挣到了钱，手里也就不缺活了。那年他通过竞标从市政揽过一个修路项目，规模不小，毛利能达到二三百万。去掉工人工资、租借设备款，最后能净赚个小百万。前提是活干得漂亮，该进户的钱能乖乖落袋。可是偏偏让钱落袋从没有"乖乖"的时候，王晋最挠头的就是这一环。手底下农民工倒是都老实得什么似的，跟财神爷市政公司闹翻可万万不敢。眼看工程都要结尾了，可首付款才到账一半。那些天，王晋也是心烦意乱，成天叽叽歪歪骂人。郑四方那阵子正颓唐，也被一块儿骂了进去。

"都伸个黑爪子管我要钱，妈了个巴子的，都他妈这点能水儿。"

郑四方看大伙挨完骂，还都低头红脸，局促得像傻子，像呆子，像做了多大的错事，他心里忽然涌起一股说不清的滋味。这滋味让他张口就来了句："不管你要管谁要？"

王晋的脸一紧，老板的面子碎了一地。给他下不来台的不是别人，正是平时最会笑脸相迎点头哈腰的郑四方。

"跟谁说话呢，姓郑的？"

"太拿俺们农民工不当蒜了！"

王晋一腔子苦闷没处发泄，叽歪几句还换来这样的质问。郑四方小时候的毛病又犯了，为一封信跟我大打出手的虎劲显然又迸发出来了。王晋并不了解他，更不知道他眼下过不去的不是一封信而是个活生生的女人，这女人决绝地抛弃了他。

"反了你了，能干干、不能干赶紧滚！"

这话像扣动了扳机，郑四方立即化身成一发子弹，朝着王老板就要扑上去。一霎时，两个男人内心的压力、对现实的无奈、憋屈和不满眼看着都要变成拳打脚踢。民工们心态百样，看到有人为自己出头，很多都兴奋起来。有的也担心打仗，吓得大声喊叫。

还是几个老点的能扛事，见到这势头急忙上前拉住郑四方，也挡住了王老板。就在这时，只见王晋把手捂在胸口，大口大口喘起了粗气，脸上汗珠如豆，噗噗滚落。紧接着那魁梧的身子往后一挺，躺倒在地。

这么不禁吓唬？这就死了？郑四方和拉架众人都吓得瞠目结舌。偏偏拉架的人里又传出抱怨声："郑四方，你嘚瑟啥？他要是死了，俺们跟谁要工钱去？"

这话让郑四方的腿肚子立马就转了筋。摸着王晋还有气儿，背起来就往医院跑。到了医院,王晋醒了,看到医生,有气无力地说:"我有糖尿病,低血糖了。"

世上的事总是荒谬。这一场仗下来,郑四方不但和王晋不打不相识,还在民工们心里留下了仗义的口碑。管市政要钱变成了他和王晋共同的事,两人分工合作,双管齐下——明着的,王晋负责。暗里的,郑四方操办。明着的事明着办,王晋天天围在财务处长身边,递烟送水说好话。暗里可就得下点狠功夫了。郑四方四处打听,跟梢定位,终于摸到那个财务处长的家,仗着自来熟,围前围后给人家当起了勤杂工。扛煤气罐、背秋菜、楼上楼下照顾处长年迈的老妈。那笔钱一回来,郑四方就成了万元户。

王晋说,以后只要有活,他就找郑四方。民工们说,只要是四方揽的活,他们准跟着干。众星捧月一般,郑四方就成了工地里那个特殊角色——四处揽活,招兵买马,当起了不大不小的包工头。好的时候,他一年能赚上个大几万,那时候的郑四方,真有点尝到了被钱追赶的滋味。

郑四方收获的还不只这些,民工中几个有点姿色的女人也围上了他,其中一个就是武春梅。武春梅是王晋的远房表妹,刚来时在王晋的工地做饭,后来也帮着表哥管点小事儿。这女人也被郑四方和王晋那一仗给征服了,有事没事就给郑四方送上妩媚的秋波。

郑四方感觉到了几个女人对自己的围拢,也不反感武春梅送上来的秋波,只是还没想通,自己究竟哪里特别,居然总能吸引这类货色。他想到了鱼找鱼虾找虾,想到了臭味相投,想到了苍蝇不叮无缝蛋,越想也就越沮丧。那岂不说明自己真是郑万山转世?也一肚子花花肠子?于是他就抗拒,就不想在一块石头上摔几个跟头。跟韩招弟还知根知底呢,结果不照样翻脸不认人?那种女人,那种女人——郑四方恨恨地想着,却不忍心骂出什么恶毒的话。他怕自己再想下去,想出什么韩招弟回来找他重归于好的情景,他会臣服在自己的想象里,最要命的是,还会没出息地应承下来!

"怎么就忘不了那贱货呢?"

偏这武春梅也不是个轻易善罢甘休的角色。在工地，她勤快，热心，对每个人都表现出关爱。嘴里经常挂着的都是些自以为很文化、很高端的词。像心怀感恩啦、与人为善啦、不能娶了媳妇就忘了娘啦，听起来十分靠谱。她还一改以往跟男人打情骂俏那一套，闲下来就坐在工棚里打毛衣。民工们都觉得她变得很诡异，其实是感觉她做作，却找不到准确的词儿。知道是表演给郑四方看，又只能私下里议论几声：老娘们儿一旦相中哪个老爷们儿，恨不得屁股上都擦粉。

可郑四方那会儿不缺女人。都是些风月场里的女人，你情我愿，花钱买醉，两不赊欠。郑四方觉得跟她们在一起轻松，不用说实话，说了她们也不想听。更不用有真心，她们只需要纸钞，那是她们判断一个男人有用无用的唯一标准。郑四方很蔑视她们，有时会故意把钱弄脏再戏弄般撇给她们。每当这时他的快感才会油然而生，他侮辱了无数个韩招弟，这无数个韩招弟都是那一个韩招弟。

武春梅如果不那么假，以她的腰条，再加上是王晋表妹，给她增加一份青春的体验也不是不行。可那娘们儿总整酸词儿，看样子早不是处女了还动不动给他耳朵上刑，什么别辜负青春的岁月，什么青春就这一次，有去无回。听得郑四方浑身起鸡皮疙瘩，心想，这是他妈啥地方？都是些最没文化的大老粗，你个满身骚气的娘们儿念叨青春，这不是潘金莲上庵堂，假装正经吗？又想想，不对，应该是潘金莲给武松敬酒，别有用心嘛！

转机出现在一个活干完、工地散伙那天。

那次修的是市郊的一座桥，那座桥连着桥北的繁华桥南的荒寂。桥北是城市，万家灯火。桥南当时还是大片的荒地，荒地远处有一些长势不那么茁壮的庄稼，隔着奇形怪状、披头散发的野生老柳树向北面张望。秋天的夜晚，星星离人很近，像蒙雾的玻璃被擦拭得铮亮。民工们坐在星光里，嚼着花生米，撕咬着烧鸡、五香干豆腐卷，还有一些毛葱蘸酱、南瓜玉米炸茄子。项目结束了，大家都拿到了钱。一些人将要转到别的工地，一些人则要回家收秋。分手之时意味着离别在即可也是收割情感的时候，一杯接一杯的小烧和啤酒，让几个月的相处变得难舍难分。不知不觉就从天边薄暮喝到月上柳梢，杯子空了再满，衣服脱了再穿，脸上哭了再笑。

武春梅一直坐在郑四方旁边。她已经喝多了，连夜色都罩不住眉眼的红紫色。偏要跟郑四方干一杯，郑四方耍滑头，装作把嘴喝木了，找不到杯口。武春梅直勾勾地看着他，看了半天，忽然把脸一捂，呜呜哭上了。

"四方……我知道你看不上我……我知道自己咋做也配不上你……"

"哪儿的话呀？喝酒吧，来！喝！"

"我不喝……我知道你没瞧起我，不想跟我喝。"

"哪有哇，来！"郑四方快冒汗了。

"我个子小，不起眼，没啥能耐，还——还——"

郑四方这下真的发蒙了。应付纯粹的风尘女他不在乎，而且有一套，应付这种明明很风骚却深谙用清纯无辜包装自己的女人，他是真的没经验。

"没有……工地上谁不说你小武子俊俏——"

武春梅低下头，咬咬嘴唇又轻轻抹着眼泪，看上去越发楚楚可怜。"我还——我还——有只玻璃花……"说完这句，哭声更连贯了。

郑四方知道武春梅一只眼睛有毛病，终日灰蒙蒙的，真像罩了层磨砂玻璃。

"那又能咋样？耽误吃还是耽误喝呀？不知道的还以为你有一半是外国人呢，哈——"说完，见武春梅更加伤心，只好严肃下来，认真地问了句："说真的，咋弄的？"

武春梅又抹了抹眼泪，幽幽地说："不知道你做没做过傻事，反正我——做过傻事。"

郑四方心想，傻事？跟韩招弟之间，算不算自己做的傻事？除了这个以外，离开韩屯绝对算不上傻事。他看了眼武春梅，没言语。

"早先，我们村里人都没啥文化，我爸妈那辈都没几个认字的。

就是我这辈儿,多数也就是认几个字的水平。这样一群人里,突然有一个能写会画、见到啥都能变成诗的人,你想会啥样?"

郑四方被问住了。他想到了左校长。虽然左校长不写诗不作画,可那是全韩屯最有文化的人了。

"受待见呗!"他张口说道。左校长确实是韩屯最受尊敬的人。

"如果再眉清目秀,尤其是——再一孤独——"

"孤独?"

"对,跟谁也没话说,谁也不理解他——"

"你就去理解了?"

"那时候我十六,他二十,他考上大学了,让我等他。我就真等了,等到第三年,他才回去一次。我可真跟过年似的,那个高兴啊!他说想跟我到山上去,有话跟我说——"

"什么话呀?非得山上才能说?"

"我也是这么问他的,他说,对,只有俯瞰大地才能感到大地的博大,我们自身的渺小。到了山上——是山顶,山不高,一百多米吧,他跟我说的是分手。他说我连李白杜甫的诗都背不上几首,别说雪莱和什么托夫了。他说他需要的不是简单的崇拜,他需要心灵的对话,甚至是心灵的降服。他说不是一类人勉强在一起,两个人都会痛苦死。"

武春梅说话声音很黏细,自带几分妩媚动人。这些话由这副嗓音说出来,像长了钩子,谁要是认真听,谁就会被钩进去。郑四方侧歪在一根木桩上,故意保持着平时的痞劲儿,吊儿郎当。

"要是我同意了,也就不傻了。偏偏我嘴上同意了,心里却恨得要死。再恨也不能把他杀了,那会儿我只会作践自己。"

"那可真够傻的——"郑四方说这几个字时,嗓子有些沙哑。作践自己,谁还不是呢?韩招弟走后,他三天不吃不喝,后来又报复性地暴饮劣质酒,喝到一直腰就狂吐,足足两个月啊!差点没吐死。

"也没别的作践法,那山也没崖子,想跳个崖都不行。干脆,我就地躺下,顺着那个陡坡往下骨碌。"

"嘀！"

"骨碌到一半，一截干树枝戳进了我眼睛——我差点疼死！你知道我当时咋想？我想，都说老天有眼，眼在哪儿啊？"

郑四方吊儿郎当不起来了，对武春梅说："你这是何苦来？犯上犯不上？"

"犯不上，现在真觉得一万个犯不上！可当时也真是死的心都有……四方你说，当时也是我，眼下也是我，想法咋就这么不一样了？"

武春梅说着，似乎忘了要在郑四方面前装出一副正派纯情，从衣兜里掏出一支烟，默默点上了。烟雾随秋夜的风蜿蜒飘荡，把凛冽的空气变得温暖暧昧起来。城市在桥的北面闪烁着尚未熄灭的几窗灯火，相向而坐的两个人像是城市以外的两簇夜火，光亮正好够对方看到自己的脸。

他们搀扶着去了江边。那里有一片正在荒芜的草地，有潮湿的鹅卵石。郑四方进入的一瞬间，听见武春梅黏细的声音在身下说："郑四方，我跟定你了！"郑四方有几秒的踯躅，为这话。他不想背负起一个女人，更没想过要背负起武春梅这样的女人，他不愿相信她——她的人，她的话。可那个冰凉的秋天的夜晚让他舍不得从近在咫尺的温暖中抽离，武春梅抽烟时落寞的样子是他唯一相信的东西。那个黏细的声音发出激烈的喘息："我就是跟定你了！"郑四方被这话惹得一个激灵。还没人对他说过这话，这话在这个背井离乡的夜晚，像把锥子，猛地一刺，他的愤懑失意便如瀑布飞泻，狂奔着冲向另一具肉体。

武春梅说到做到，跟定了郑四方。郑四方事后却没那么坚定，好多次想方设法挣脱武春梅这根绳索。他不知道自己能不能遇到所谓的好女人，只是男人的本能告诉他，武春梅不是他想结婚成家的对象。他们时常吵架，有时在工地，当着大伙，他就对武春梅动粗。可第二天一早，武春梅就坐在他后来租的屋子门口，圆睁着那只灰蒙蒙的眼睛，像无家可归的流浪猫。郑四方心又软了。这样重复了很多次,他有些倦怠了。加上后来郑四方受伤,武春梅像伺候亲爹一样伺候了半年,郑四方的心在倦怠中又掺杂了太多说不清的东西——就这样吧,不就是混日子吗,谁跟谁不是过。两个人搬到了一起。

武春梅怀过一次孕,两个多月小产了,后来就像绝收的地,一次也没再怀上。武春梅三十几岁那年还得了场大病,高烧不退,胡话连篇,醒来后就变得神神道道的。都说她那场病是替郑四方扛的,郑四方那年在工地出了事故,丢了两根脚指头,要不是武春梅病那一场,说不定还有什么祸事等着郑四方呢。众说纷纭,结果却只有一个:武春梅变成了挣钱的主力,尽管与没负伤时的郑四方相比,她挣的都是些零碎的小钱。不过自那以后,两人的生活幸亏有那些小钱支撑着。

工地出事故是常事儿,从没赶上过的可真是祖上积了厚德,烧了高香。郑四方是被小翻斗子车砸掉了两个脚指头,如果砸在腿上,腿是指定保不住的。为了要赔偿,他带带拉拉在医院住了半年,出院后打官司又耗时一年多,他的上家下家就被这一年半的时间都冲散了。两根脚趾获赔四万,竟然成了在外打拼这么多年唯一留在兜里的现钱。无路可走,无处可去,暂时能接纳自己的,只有韩屯,家里那破败的老房子。

回去那天,郑四方恨不得变成老鼠,神不知鬼不觉地溜进屋子,再也不出来见风见雨见太阳。可惜,这不过是幻想。

回去那天,全韩屯人,除去不能下地的,都眼巴巴看着他。这情形与几年前简直一模一样。那次他开着桑塔纳,后面跟着辆大卡车,拉的全是砖头水泥、沙子木料。那时的郑四方在韩屯人眼里是大老板,兴师动众地回来,就为了把破屋子翻盖成二层小别墅。大伙列道参观着郑四方大老板,眼里的羡慕像不断涨潮的江水,一波波把他淹没。如今小别墅早就成了泡影,他郑四方像个草寇,丢盔卸甲地逃回来了。

屋门虚掩着,像个老家伙挂了件满是窟窿的破褂子。外屋地的锅灶糊着厚厚的油泥，上面覆盖着从门窗钻进来的泥灰。窗台上横躺着不知多少年前的玻璃奶瓶。一小块儿曾经抽芽的生姜，皱巴成一粒干巴"石头"，瑟缩在水缸盖子上。炕上有个放针线的笸箩，线轴上绕着一骨节一骨节的白线，看样子是拆完棉被特意把线拆下来绕上去的。大概还没来得及把被绗上，郑婶儿就一病不起了。

郑四方打开炕柜，掏出过去盖的那张旧花被，一头攥了进去……

再怎么没脸见乡亲，人总得活下去。原来直直溜溜的郑四方变成了村路上的跛脚汉，刚回来那半年，谁迎面看见他，都会露出一副往肚子里咽牙的表情，把惋惜写在脸上。慢慢地，习惯成了乡亲们最熟悉的表情，跛脚郑四方也取代了直直溜溜的郑四方。郑四方凑热闹很有一套。不管谁家有事他都是先凑上去打听，打听完就慢条斯理地议论，然后再给支招。跟韩屯人比，他见多识广，不管大小好坏，只要是热闹他就能掺和出门道来。这么一来，郑四方几乎成了韩屯的万能表。

"咋样？劝住了？"

"不听！咋劝也不听！"

"四方都劝不住，俺们就别照量了！"

一来二去，郑四方有了些新的"口碑"。谁家有事都去找他，他也就一跛一跛地赶过去。完事通常能给他张罗二两小酒，要么就着煮毛豆，要么蘸酱菜，算是答谢了他。红白喜事是郑四方最爱参与的，最多随五块钱，甚至有时不随钱，只要那张巧嘴张弓拉箭，白吃一顿席还皆大欢喜。再后来，郑四方就成了"待客"的，靠嘴皮子给自己混吃喝。

武春梅可不是省油的灯，只要俩人一口角，甭管门开着关着，左一声"瘸鬼"右一声"废物"就从破屋子里往外飞。屋里连着南炕北炕有两个木头箱子，有年月了，不值钱却是郑四方爹妈唯一留下那点财产。箱子上并排摆着郑万山和郑婶儿的黑白照，是有一年镇照相馆派人下到屯里，免费给全屯人拍的标准照。郑婶儿不知死于啥病，说是染上了风寒，迟迟不好，就找来邻屯一个大仙儿给跳一跳。跳的时候把人横在当院儿，大风口里。等到唱完了，跳完了，郑婶儿也僵硬了。郑四方回韩屯时，家里只有这两张照片等着他，他亏心，怕那两张照片像怕什么似的，毕恭毕敬，一下都不敢碰。那天武春梅又骂他废物，借着酒劲儿，郑四方扬了一巴掌。武春梅像发了羊癫风，抄起那两张照片，连着玻璃和框子，一块儿扔到了后窗户外面。

那一仗之后，家里箱盖上光光溜溜，啥也没了。没过几天，上面多了块红布蒙着的牌位，说是武家大仙在此。武春梅算是正式出道了，仙号小武子。小武子自称会看邪病，还会看风水。谁家搬家盖房，迁坟下葬她就拿个罗盘过去，东方角、亢、氐、房、心、尾、箕；西方奎、娄、胃、昴、毕、觜、参地念叨着，手上指指点点。屯里人都是宁信其有不信其无，一来二去，小武子也算有了点名声。给人看病时坐在南炕，要烟酒伺候。每回要半瓶白酒一口气灌进去，才能翻白儿抽筋，大仙附体，"哈苏哈那，尼玛查哈，标拉顿格"地念叨几十遍才返阳。看完病，来人要往牌位前的香炉下面压些香火钱，钱数全凭自觉。小武子说那钱跟她没关，她连一眼都看不到。病人走时她还在冥界虚脱着，阳间的事儿阳间的人，统统跟她没关系。

话这东西，落到想信的人耳朵里，怎么听都是真的。屯里人几乎不怀疑，大伙儿背后合计："瞧老郑家穷得那样儿！钱要是落到她手，哪还至于！"也有人说："一年到头，一共做不上十次八次法，里外里闹不上千八百块，就是都揣进兜里，又宽裕到哪儿去？"

郑四方就指望着小武子每年这千八百块呢！他爹妈的照片，他给拿到坟前烧成了灰儿。看看坟上有个洞，不知是獾子扒的还是野兔子打窝，他把照片灰儿塞了进去，又捡块石头给堵上了。心里似乎平静了许多，却又好像更亏空了。他跪下，磕三个头，直起身，拄着后腰，对那坟说："妈，獾子扒洞，兔子打窝，不就为活着。你儿子跟它们没啥两样，呵，活着就得寻思活着的事儿，呵——"郑四方说着，咧开嘴苦笑。东山的风像铁匠爷当年打出的铁剪刀，剪的树叶遍地。

第四十章　熄火

"你是——四方？"我一边弄出满脸惊讶，一边再次往地窨子里跑。

我的样子一定很虚假，可我此刻有什么办法呢？我心头塞满"无处话凄凉"的悲伤和无奈，人生里的每场重逢难道都要这么离谱、这么酸涩吗？在郑四方眼里，现在的我肯定是混出了一副人样，穿得板板正正，有房有车有存款，他却还是那么穷酸。可是天知道，我不过就是驴粪蛋子表面光、绣花枕头一包糠啊！事到如今，我万万不敢再揽事上身了，念头都不敢有。给韩松花担保贷款，我几乎搭进去全部身家。再来个郑四方，我眼瞅着就得倾家荡产了。

对不起了，四方！我心里喊着。这滋味真叫难受，我唯一能做的就是抬脚往地窨子里迈。我的脚缺少理直气壮，喇叭又传来一声："不要脸的野汉子，过来我掰折你腿！"我心虚的脚步差点给自己绊倒。

"小心着，左轮！"我身后传来郑四方关切的声音，这语气来自时间深处那个曾与我最亲密的郑四方。时间改变的，岂止我们的皮囊啊！

小石河冰凉的河水又被人群的嘀咕声翻起水浪，哗哗作响。我不敢回头看，也不敢往里走。我的人生是怎么走到这种进退两难地步的，我不由问自己。

"左天伦！想啥呢？还等他再骂出啥来？"我的领导在严厉责问我。他也在我身后。

"看我不掰折你腿！"喇叭更大声了，突然便无遮无拦直接袭击着我，让我再不敢往前挪动一寸。就在我最为踯躅彷徨的时刻，却看见一个人，正在地上艰难地爬着。不是别人，正是老韩头！他用两只胳膊肘支地，用嘴拱着喇叭，下巴全是土，全身都在地上拖着。他拖得那么沉重，好像拖着的不是一副干枯的身子，而是那苦不堪言的命。

我能说什么呢？面对这样一副咒骂我的身子，我的第一反应是跑上去，把他抱起来，哪怕他龇牙咬我，拿唾沫啐我，都要把他抱回小炕上去。湿凉的土地会吞掉这干瘦的身子，他看上去多像只有眼珠还在动的蝉蜕啊！可就在我稍一愣神儿时，另一个人已经越过我，冲到了老韩头跟前。

是尚三祥。

他刚从自家地里赶过来。一没拉架，二没往下抢韩松花的棍子，脸上的表情充满了对小武子的愤怒。没承想老韩头突然来了这样一出，三祥二话不说，冲上去就把纸扎人一样的老韩头抱进了地窖子。

韩松花扔了棍子，两腮的肉随着她奔跑过来而震颤。她像一只忍无可忍的母兽，一笔抹去了我和她自幼的相识。这个韩松花我从没见过。别说小武子，就是她那二十多头猪都扑上来，这会儿好像也不是她的对手。她又愤怒又悲伤，好像要去炸毁所有痛苦的源头。我只好闪开，给她让道。

韩松花踢开喇叭，一头冲进地窖子。喇叭不偏不倚骨碌到郑四方脚下，他弯腰捡了起来，吹口气试试，听不到回音。喇叭坏了。

战势瞬间发生了变化。外边的人都静了下来，站在原地。尚三祥安顿下老韩头，赶紧就出来了。地窖子里的声音在一片寂静中清晰地回荡——

韩松花吼老韩头："你这叫恩将仇报，你知不知道？！"

老韩头没动静。

韩松花呼打着什么大东西，嘴里喊道："你到底想咋样？啊？你对得起我左大爷吗？"

老韩头还是没动静。

"我迁就你，迁就你——我迁就了你一辈子——别人不是你生的，别人不欠你！包括庞大海，他也不欠你！"

"你身底下藏的啥？给我！给我！"韩松花像是发现了什么，喊声突然停住了。老邴和我在内的几个人，都趴在门口往里巴望。

老韩头盖的被，被韩松花撇到了门口。老韩头疙瘩柴一样的两条腿上只套了条齐头裤衩。裤衩中间杵着个大东西，黄绿相间的糙皮，几层带锯齿的叶子。

是那个不翼而飞的菠萝！

韩松花看到这个菠萝，忽然变回第一次去办公室找我的表情：下巴哆嗦，干哆嗦出不来一个动静。一直到哆嗦出一脸眼泪，她捡起被子，走过去给老韩头盖上了。伸手要拿菠萝，老韩头先是往身子底下藏，藏不下又抱在胸前。

韩松花没再抢，盖上被，伸手摸着老韩头的脸。怀里紧抱菠萝的老韩头，脸上的表情像知道犯了错的老小孩儿。

"爸。"韩松花一手摸，一手捂住嘴，哭得直噎气儿。

"我躺这跟死了，没啥分别。我不死，不是我韩富贵怕死。"老韩头说话了，苍老的声音平静得像河边的鹅卵石。接下去，爷俩有了一番各说各话。

——我妈快不行了那天，就想吃菠萝，老二赶回来，买了一个。

——我一死，你连个壮胆儿的也没啦。我总寻思，庞大海早晚得回来，不信你看着，早晚能回来。

——我妈心是那个心，嘴都张不开了，到给我妈烧完头七，切开菠萝一看，烂的呀！

——等他回来，你领养个小崽儿，我再死。

——我妈到了那头，也不知能吃到不？

——老三不学好，不要脸，这辈子不带有个正经家的，唉！老二太苦命啦！你看她老得，说六十都有人信。

——等我挣到钱，就好了。

——她俩再不易也没有你难……实在不行，你把炕柜卖了，卖多少都是你的。

——爸，想吃菠萝？我给你切去。

——不吃！别动！给老二留着！

爷俩刚不再各说各话，老韩头又突然吼了一嗓子。

我像从彩云之上跌回凡间。这样的韩松花和这样的老韩头，我都是第一次见到。这样的他们却让我更加难受。我甚至开始自责，被老韩头骂几句又能咋样？除了虚张声势和躺着等死，他什么也没有。

我身旁站着老邴，又在大口抽烟。

"得好好教育教育小武子那两口子。"老邴吞着烟对我说。那些烟从他鼻孔直直地喷出，成了两道烟柱。

许端午凑了过来："邴镇长，你说，我给老韩家排贫困户头一号，应该不？还有另外那几户，你说，说我收礼那些孙子，缺德不？"

"你有经验，想想，像小武子这样的该怎么处理？"老邴没搭他的话茬，继续对我说。

阴损老娘们儿真他娘的欠收拾！郑四方还就是个大尿包，自己老婆都管不住！那时分，我心里愤愤不平，不暗自骂上两句，嘴上的话无论如何顺不出来。

"邴镇长，小武子这事儿确实够处理的，怎么办？要不，先找郑四方唠唠？"

"那得带上小武子。这样吧，去我家，两顿饭一起吃，边吃边唠。"许端午说。

我和老邴连中午饭都没吃，看看太阳，已经打斜了。现在赶回镇里，这一天白挨饿了，事儿还没解决。老邴说："我给我太太打个电话，报告一声。"

许端午家过去曾经是我的家。可他似乎不想谈论此事，只在进院子时客气了一句："左助理对我这院儿不陌生吧！"我呵呵一笑，我也不想谈论此事。我对现在姓许的这个院子恰恰很陌生。房子已经挂上了水泥面儿，刷着鲜艳的粉色涂料。柳屯满大力的房子贴了满墙瓷砖，我过去的家现在贴了齐腰一半儿；满大力家的瓷砖拼了幅《八骏图》，我过去的家现在推门进去就是幅一人高三人宽的《花开富贵图》。不是国画，是很大一幅裱框十字绣，跟外面的粉色涂料和粉色瓷砖一样，鲜艳夺目。很久以前，就在《花开富贵》这个位置，我父亲挂了幅世界地图。他经常背着手站在地图前看世界。

我过去的家已经跟我毫无瓜葛了。如果它会说话，也许还会反问我一句客从何处来。那样我会更加无言以对。于是我不再打量，直接进屋了。

饭桌早就摆在大炕上了，小鸡炖粉条，四六八碟也都摆好了。老邴盘着腿，夹一口鸡肉炖粉条放进嘴里，边嚼边说："老韩家竟然还有那么一出。小左，你故意的吧？买了个菠萝。"老邴瞅着我直接问。我连连摇头："真不是。"

许端午吧嗒一口小烧酒，说："小武子，你说说，老韩家的事，你听着心里啥滋味儿？"

"许主任，你说能是啥滋味儿呀？我在哪都是孤零零一个，我爸妈早就没了，跟人家韩松花可比不了，这个屯，恨不得谁见我都踩两脚。"

小武子和郑四方上不了桌，并排坐在地上一个长凳上。

"那你说说，那天晚上，到底是不是你？"老邴撂下了筷子。

"咋能是我呢？镇长你说，我身边就睡着自己男人，三更半夜，咋能是我呢？"小武子语调带着几丝颤抖，几颗眼泪刷刷就下来了。我心想，这下完了，老邴那颗心又遇上强酸了，还不得软趴趴拿不成个了？

"韩松花所有损失都是你造成的。"我赶紧板着脸说出这话，冲着小武子，"这还不算你圈回来那头猪。"

老邴看向我，眼神里居然带着几分赞许。

"四方，你得说说呀。"许端午又开始在那儿冲淡气氛了。

"我？我活得比猪都窝囊，我有啥可说的。"

"那你也得说说，这事到底是谁的错？"

"邴镇长，左助理，许主任，到了这个地步，我只能说，今天的事都怨我家那个贱货。"

郑四方明显在避重就轻，可他的话还是让我心里沸腾着男人的沮丧。我真不想亲眼见证他已经厌到这个地步，开门见山就把自己女人当成了挡箭牌。

"怨我？都怨我？"我以为小武子得一下子蹦起来，谁想，这女人动也没动，语气还越发幽怨上了。

"郑四方，今儿守着亲镇长、亲助理、亲主任，咱把话说清楚。嫁汉嫁汉，穿衣吃饭，我跟着你，吃到啥、穿到啥了？"

才说完，郑四方倒是蹦了起来，一把揪住小武子衣服，大概捎带了胸部脂肪，小武子哎哟一声。

"那你就去猪圈惹事儿？你到底偷没偷人家汉子？"

"我偷汉子？谁看到啦？还有，说咱家圈回的是韩松花的猪，凭啥？猪那是咱俩在后山圈的，圈回来养了个把月，搭进去多少猪食啊？搁啥证明是她的？"

小武子不冲郑四方说这些，冲着老邴和我。我自是能看透这女人，可老邴呢？

正悬着心，老邴说话了，语气阴沉沉的："小武子，你别整半仙儿附体那出。这件事坐实了，你就得进去。你那是破坏生产，听明白没有？郑四方你再跟着演戏也没用。左助理，找到庞大海，核实情况，整理一下材料。"

小武子那张三角形狐狸脸，挂着难分真假的委屈，还想出点动静，让郑四方按下了。

"你俩先回去吧。"老邴手一挥。

郑四方捡起红帽子，跟出门口，和小武子嘀咕了几句，又回来了。

"邴镇长，让您生气了，我代家里的给您赔个不是。"到底是个在外面闯荡过的，郑四方说完，走到桌前，端起个酒盅，嗞溜一口，见了底。

老邴把那张黑脸板得紧紧的，没有半点儿松开的迹象。郑四方有心想再说点啥，许端午一个眼色给挡住了。"你先回去吧，好好教育教育你媳妇。"

郑四方又走到门口，停了下来，回头对着我："左轮，你真不够意思，门儿都不登。少说二十多年了吧？"这等于在骂我。我只好起身下地，跟了出去。

"四方，说了你可能不信，这几年清明，我给我妈烧纸，都是单独另画个圈儿，给我郑婶儿烧两沓。"

"信，我信。我妈活着时候，咱同学那么多，她不咋就那么惦记你。我跟你说——唉，左轮，过日子没摊上个好老娘们儿，咋扑腾都完蛋。"

他确实扑腾过，扑腾掉两根脚趾。我的心又软成了柿子。

"你捡了头猪，都能伺候干净得卖上价，四方，要是也跟韩松花学，好好养上几栏，钱包不也鼓起来了？"

"我个半拉残废，"他指了指脚，"不是不想干，是干不了，真干不了了。"

"那不一定。就看想不想干。"我说。

"不管咋说，左轮，咱俩好一场，这回你可一定得帮我。"

十九岁那年跟我爸离开韩屯那天的郑四方恍惚萦绕在我眼前。那天我对他说，四方，好好干。十六岁初中毕业那天，郑四方对我说，以后考上大学，我也借光看看大学毕业证啥样。那时的我们都真心真意地说着实现不了的话。

"快进去吧，轮子，帮哥们儿啊！"

我回到屋里，老邴和许端午还在喝。许端午一看就多了，拉着老邴的手絮叨："镇长啊，咋说呢，这基层的工作是真不好做呀！郑四方家是这屯里的大家，本家兄弟六七个，让小武子进去了，郑四方就得记恨我老大个疙瘩啦！"

从外面往这屋子里看，肯定是一派祥和景象，气氛热烈。从屋里往外看，却是黑乎乎一片。天彻底黑了，老邴和许端午酒意正酣，只有我，心里一大团纠结。正苦闷，手机响了，韩松花。

我挣扎了几秒。出去接？这俩人铁定认为我是接相好的电话。桌上接？韩松花想跟我说啥呀？

"快接呀！"老邴说。一不做二不休，我干脆打开了免提。

"松花，我们在许主任家。有事儿？"此刻我的脉象其实就一个字：虚。

"我爸说，让我把菠萝切了，给你们送去——主要，主要是给你。我一想，天都黑了，这边离不了人——要不，你们过来吃完菠萝再回去？"

我才想说不用，老邴在我旁边点着头。我对老邴已经有些刮目相看，于是对着电话说："行。"

第四十一章　野猪来了

路上，老邴狠狠吸了口东山坳的空气，手背在身后望了望天，对我说："小左，这次来有成绩，回去好好整理一下，弄出个像样的材料往上报。"想着刚才在酒桌上与老邴的珠联璧合，这一趟韩屯之行竟有了几分意外收获、完美无瑕的意味。我连连点头。

老邴清清嗓子，月光下，他魁梧的身材在我眼里有了股让我陌生的风度，跟电视里的人物似的。他的声音在我耳朵里也变得空前爽朗，这爽朗的声音说："韩松花这女人，挺不错，有扛劲儿，要强，能吃苦，有味道。"

怎么说的是这个？这话我听着，怎么都不对味儿。一个男人当着另一个男人夸一个女人是好女人——这话很拗口，可我越咀嚼，心里越是升起一股不妙的预感。

"男人嘛！谁不想当英雄？解救女人的男人，那就是英雄。"

"……"我该说什么？该怎么说？

"不瞒你说，我就把我太太给救了。"

"镇长，不是——"

"当年，她台上演出，我就恋上她了，那模样，真是俏！可她都不认识我老大贵姓，她恋的是什么剧团团长，结果，结婚没几年，那犊子蹿到副县级，就变卦了，妈的，变成拳打脚踢。"

"唉，我不是——"

"把她打抑郁了，割过手腕子，都没人样了。我还不瞒你说，跟我前一个老婆，我就是英雄不起来。可我那年碰到她，我就英雄起来了。"

"镇长，你是爷们儿，我不是——"

"一辈子就那么几十年，掏个心窝子死不了人。说说，你咋打算的？"

必须转移话题。除此以外，我不知道自己还能怎么办。

"镇长，邴镇长，你看小武子怎么处理？郑四方咋办？"

"咋办？小武子必须教育，该罚就罚。"

我还是纠结，十分纠结。老邴认为我帮韩松花，是一个男人在解救一个女人，就像他解救现在的"太太"。这真是天大的误会。于是我说："镇长，咱去郑四方家，现在就去，那也是我发小，我任可借钱，给他也担保，帮他贷款，让他也养猪，你看行不？"

老邴在月光下睥睨地看着我，我从他嘴角的方向预感到，接下来应该有一阵放声大笑。为此我率先笑了笑，星光可鉴。

老邴的笑还在酝酿，我有些手足无措。半天，老邴收敛了笑意："你小子，两头讨好，能有出息。"

我不知道这是表扬还是挖苦，只知道有些错误的念头一旦扎根就很难铲除，可我又偏偏不知道该怎么澄清我跟韩松花之间的关系。就在我彷徨的时刻，横在眼前的小石河，突然把对岸的猪圈之光——那几盏十五瓦灯泡的光亮，变成了刺耳的嚎叫送至耳畔。我、老邴、许端午都站住了。

"什么声？"

"坏了！会不会是——野猪真来了？"我说。

"野猪？"老邴说。

"韩松花是真能自作聪明！让野猪跟家猪干，专要杂种！这下完了，她这些猪——还他妈都是猪崽子啊！"许端午不再后屁股跟着了，撒腿跑了上来。

跑在他前边的还有两个人，是从小石河那边跑出来的，一男一女。

"听！韩松花在喊人，敲破脸盆子呢！"

"快！"我和老邴赛着使劲跑。

"母猪也没发骚情，野猪咋会来的？"

"咋会来的？"

"靠！能不能菠萝味儿给引来的？"

"靠！这蠢女人！切那玩意儿干啥？"

"那还不是你给买的！"

"那还不是——对，我买那玩意儿干啥？"

刚跑到桥上，就听见"咋回事？咋回事？"，听着像郑四方的声。接着又听到"韩松花把野猪招来了！妈呀，野猪来了！"，这是小武子的声。老邴和许端午还是岁数不行了，我第一个跑到了山脚下。

猪圈的灯都亮着，韩松花跪在地上，手里杵着根圆木棍子，呼呼喘着粗气。她没穿外衣，不粉不红的一件旧线衣，裹着她健壮的身体。线衣被汗湿透，溻在身上，严丝合缝。她那硕大的胸脯像两个暄暖的被垛，乳头大而高耸，直愣愣地顶着湿乎乎的旧线衣。线衣在灯泡下接近肤色，打眼看到，就像一尊散发着母性生命力的雕像，原始山民的雕像。我身上像突然连了电线，一个冷战，木了。

"野猪呢？"老邴大汗淋漓，毛孔里的烟味儿四下飘散。

"圈里呢。"韩松花跪地上淌着汗，用手背抹了一把。

我们几人，手里都多了棍子。棍子壮了人胆，大家一起走向猪圈。圈门已经插上了，里面的猪都在嗷嗷叫，不像受到性侵犯，像在七嘴八舌唠家常。

"野猪呢？"老邴又问。

"不是野猪，就是那只。"韩松花撑着棍子站了起来。

"哪只？"

"那只，杂毛的，最大个那只。自个儿从后山找回来了。"

那天晚上，小石河水也像松了口气，卷着水上的星星，流得格外欢畅。韩松花从地窖子里把菠萝端出来，逐条分给我们几人。我一眼也没敢再看她，更没敢跟老邴把眼神对上。

我说不清为什么，可我就是没敢。

第四十二章 机遇

第二年秋天，柳屯小米大丰收，一个个饱满的谷穗再也招展不动，在发黄的秆子上弯腰垂首。站在柳屯的村路上，抬眼即是无垠的谷子地平整的穗面，每穗谷子都是一张饱经日晒、肤色健康的面孔。村路弯弯曲曲地够向松花江，越远越细窄，路过谷子地前面的玉米地，踏过一片细碎的沙石，在一处几乎寸草不生的江汊，连上了青蓝色的江水。

满大力又成了满司令，每到种谷子、收谷子的年头，这个爷们儿就是这个称号。妇女们尤其喜欢这么叫——满司令，好像积攒了多时的女人味儿都在这三个字里浓郁地出击，继而又伴着嘻嘻哈哈的笑声飘散在秋日响晴的蓝天下。女人们可不会白叫，满大力雇她们收谷子，一人一天三百块，中午管饭，喝水管够。女人们干活前特意去乡里做了指甲，厚厚的，上面粘着亮晶晶的水钻。做过指甲的手剪起谷穗就像是一出盛大的手舞，赤橙黄绿青蓝紫，迎着赤金色的秋老阳，上下翻飞，穿梭起舞。

史上收成最好的年头，也就是八十吨，当年虽未突破，可也持平了。满司令叉腰站在村头地里，一张脸笑得像真打了场大胜仗。

人就这样，没有无来由的底气，也没有无来由的欢欣。柳屯这些年蒸蒸日上，不光过去的老房子一间不剩，家家户户的院子还都变成了白钢围栏，一年四季闪着永不生锈的银亮的光芒。屯里要求各家院门口必须有绿化，免费提供灌木苗和花种子，全村百姓都一个劲地响应。不过柳屯人的审美倒还停留在"鲜艳夺目"的阶段，门口盛开的除了一丛丛艳粉色的百日草，再就是大黄色的万寿菊。偶尔也有鸡冠花，顶着紫红色的花冠，像是从二十世纪八十年代一直穿越到当下。花墙配上统一刷成亮蓝色的大门，放眼望去，秋天的柳屯真是一片浓妆艳抹的姹紫嫣红。

这都是满司令的业绩。他熟悉柳屯就像熟悉自己的指甲、伤疤和嘴里的虫牙。他小时候柳屯啥样，如今啥样，只要往这儿一站，都跟电影特效一样，时空随时切换。青灰色的老土路摇身变成干爽的水泥路，路上那些花瓣形的牛羊蹄印儿、半圆形的骡马蹄印儿，被永远盖在了水泥下。那时的秋天时而也能看到沉甸甸的谷穗，跟老农的脸一个颜色，一个表情。老农笑，谷穗好像也笑。老农愁眉苦脸，谷穗也跟着唉声叹气。那时满司令还只是满大力，抹着鼻涕，冬天从来捞不到一条新棉裤穿。那时别说谷穗不听他指挥，地里干活的老农也从不搭理他。他飞跑着穿过苞米地，只有爬满小虫的苞米叶子锯着他的脸，只有老农"小兔崽子闲得蛋疼"的骂声忽远忽近地撵着他。

满司令的神思长久地滞留在喧响的时间河流里，滞留在不成形状的往事里。他有些自我陶醉，对自己的作为沾沾自喜。韩屯这几年还有人蹲在小石河边，敲着棒槌洗衣服，柳屯早就没有了这古老的画面，洗衣机算什么，笔记本电脑、苹果手机，柳屯人想用就能用。

这时的满司令，唯有手机铃声能打断他的沾沾自喜。

"喂！左镇长，对，我满大力！啥事儿，指示！"

满大力接的正是我的电话。七一期间我的公示期满，左天伦正式成了兴盛镇副镇长。我的顶头上司还是老邴，正镇长邴晟。他接替了去南方合资企业当老总的阚镇长。

"满主任,有个事儿,跟你打个招呼。乡里今年的致富模范,就不从柳屯出了。"

"啥?难不成选韩屯?韩松花?她那个业绩,够吗?"

"乡里认为,韩松花够。"

"左镇长,咱算算,她盈利了多少?有没有给咱乡里创收?解决了多少人就业?我说领导啊,致富模范是有线儿的,线儿上线儿下也得差不离不是?"

"她现在正在起步,势头好,乡里就得鼓励嘛!咋?你这个模范当上瘾了?换个人都不行?"我打趣着。

"那不是——模范不跟着乡里的扶持吗,这扶持年年有,突然没了——我咋跟村户交代嘛!"

"推我身上,谁有疑义让他找我!"真是官升脾气涨,职位上去了,底气都不一样了——我发现这条真理也有两个多月了。这样说话我感到非常痛快,直到电话挂断,我还沉浸在说了算的豪迈情绪中。

说真的,这事儿我是真想说了算,于公于私我都想好好扶持韩松花,让她得到理应得到的一切。这并非我一个人的想法,老邴比我更坚决。也并非只有老邴坚决,我媳妇马白云也比我坚决。

马白云一次也没见过韩松花,虽然她两次把积蓄借给了韩松花。可韩松花的事已经成了东山脚下的一个传说,我无需添油加醋就足以让马白云像喝醉的鸭子一样五迷三道。而韩松花又不停更新着传说的章节,无意中吊起闻听者的胃口——

那晚韩松花的杂毛猪自己找回猪圈后,圈里的白猪就成了一群窝囊废。吃也抢不上,喝也抢不上,被拱了也叫,被占了地盘还是叫。韩松花只好当机立断,用木障子把猪圈一分为二,杂毛猪和白猪井水河水,泾渭分明。钉障子的时候尚三祥就说,杂毛太野,未必拦得住。韩松花说,拦不住也得拦,要不咋整?等障子钉好,果然,没用上一天,杂毛一个小小的加速度,横着身子使劲儿一撞,咔吧一声，碎裂的障子便只好用作烧柴了。韩松花没法子，把杂毛五花大绑，借车拉到了市里一家名叫新生的肉联厂——我说的真啰唆，其实就是"新生肉联厂"。

这是家私营企业，不过规模可不小，员工足有大几百人。肉联厂给杂毛做了体检，结论是身强力壮、活泼好动、野性未泯、猪龄适中、瘦肉率高、适宜屠宰。结论出来就开始跟韩松花谈价，也是正赶上猪肉行情好的当口儿，几乎没费口舌，整猪以六千元成交，一手钱，一手猪。韩松花宛如被飞来的横财砸中，表情很是难以置信。肉联厂负责同志见状，认定这是个朴实本分的养殖户，于是紧急跟进，很快就掌握了韩松花许多第一手资料——包括养了多少、地点、水质、饲料配比，还包括以前有没有跟其他地方的肉联厂合作过、成交价都是多少。韩松花照实回答：这是第一回卖猪。负责同志一听，心里乐得开花可脸上并没有花骨朵，严肃而诚恳地说："这样吧，我们可以和你签个销售协议，你也不容易，一年出栏多少，我们全兜着。"

韩松花就带着养猪以来的第一笔收入——人民币六千和主动送上门的销路，乐颠颠地坐上新生肉联厂的面包车回了韩屯。那位负责同志也跟来了，到了猪圈又是拍照又是勘察，转了好大一圈才回去。隔一天，他又带了一帮人过来，先到的村部，把许端午捎带来了。

那会儿的东山坳，可以说是春光正美。东山泛起嫩绿的青翠，燕雀在青翠中亮开喉咙，逡巡在半空中赛歌赛舞。蒲公英刚抖落开黄色的花瓣，好似女人散开发辫飞甩着秀发。紫花地丁把每个石头缝都染上了来自大地深处的纯紫。山蕨菜、山薇菜个个蜷缩成一圈圈紫绿，像山间冒出的无数个问号。野鸭子在小石河里静静地漂浮着，多数时候纹丝不动，谁也不知道它们这叫什么游法。

肉联厂来的几个人像发现了世外桃源，不住口地夸赞东山和小石河。其中两个穿着入时的年轻女子更是兴奋异常，一会儿像踩弹簧一样弹跳到半空，一会儿又斜着身子横卧在草地上，摆出各种扭捏夸张的姿势拍照。屯里人像看大熊猫金丝猴那样看着这帮人，对他们的行为只感觉四个字：不可思议。尤其对趴在河边手里挥舞丝巾的两个女同志，更是觉得俨如怪物出笼。

"她们那是干啥？"

"照相吧？"

"鸡肠子似的一条小河沟子，趴地上能照出啥？"

"不知道，瞅着像电影里打鬼子，要执行啥任务似的——那姿势，像不？"

来人中有个国字脸、厚嘴唇、悬胆鼻的大个子，挺拔英武中又自带几分儒气，大家叫他万总。其他人都看风景，照相，就他，领几个男人围猪场前前后后转了三圈，还往东山上走了很长一段，才回到了猪舍。

"小韩哪，这样，刚才许主任向我们介绍了你，说你很能干，也很辛苦。今天我们来就是想跟你商量一下合作的事。我们有心思把你这地方扩建成新生肉联厂的养猪基地，你看怎么样？"

韩松花多少有些预感，这些人不是白来这里的，但还是不明所以，眼神里满是问号——建养猪基地？怎么个建法？我这个猪舍怎么办？

见韩松花半天没回答，万总又说道："哈哈，是突然了点儿，那我细说说。我们是想在这里投资，建个大规模的养猪场，前期扩建费用我们出，产品也完全由我们来销售。你呢，就以你原来的猪场入股进来，具体算多少我们再商量。建成后你就负责养——主要负责养杂交猪，我们派来管理人员和技术人员协助你。你再从你们村招募一些人来养猪——可不是三五个呀，怎么也得——几十人吧！都归你领导，你看咋样？"

韩松花第一反应是愣住了。卖一头猪能牵扯出这么大一件事？半天缓过神来，脸上还是难以置信——真有这样的好事？那么大个养猪场，可不是闹着玩儿的！

没等韩松花说话，许端午早就急了。他可是见过世面，知道这样的机会那是烧香拜佛都求不来呢,不赶紧应承还在那犹豫哪门子啊!许端午又瞄了韩松花一眼,还是杵着不动。他吃不住劲了,走过去说道:"松花,这是天大的好事儿,甭担心,啥事都有村里,还有镇政府呢!"说完又转过来语气殷勤地对万总说:"万总,您放心,您那养猪场遇到别人能不能成我不敢说,遇到俺村松花那是准能成!松花老能干了,就没有她这么好的人!上次镇长来还撂下话了,支持松花养猪,镇里要大力扶持她养猪!"

许端午说完,还夹了下眼皮,给韩松花使了个眼色。万总倒很有些乘胜追击的意思,咧嘴嘿嘿笑了一串,语气不紧不慢地说道:"你们可以打听打听,我们新生肉联厂的口碑、规模,不瞒你们说,小白山那边我前几年就建了新生牧场,当地农民给我养牛,我卖牛奶——也卖牛肉。你们如果同意跟我一块儿干,咱们也可以按那个模式操作,实行股份制。再说具体点儿就是我们用现金投入和技术指导入股,村里用地入股,松花你用现有的猪场和管理入股。大家合作,把养猪基地办起来,怎么样?"

许端午又激动又着急,手心直冒汗。正恨不得替韩松花使劲点头,听到韩松花用恍然大悟的语气说了句:"行,行啊!"

许端午可算松了口气,心里默念了句,这老蛮牛,你是要活活急死谁呀?

"这也是你们镇里一件大事,许主任,你看什么时候向镇里汇报一下?这件事还需要镇里支持啊!我们听听意见,之后再商议。"万总说起话来滴水不漏,从样貌到语气,都给人踏实可信的感觉。

许端午哪敢怠慢,转过身就掏出电话。巧得很,那会儿我也正在讨论钱的事,是跟几个干部商议乡里脱贫攻坚扶持款使用事宜。氛围就可想而知了——各村都为自己村里项目争吵不休,峨峨得那叫一个比饺子开锅都热闹。接到许端午电话,我那在争吵声中僵硬发木的脑袋立马兴奋并迅速运转起来——新生肉联厂,投资几百万,建大型养猪场?今天啥日子?怎么会突然砸下来这么大一件好事儿?这要是落实了,在全县不拔头筹也能排个二、三啊!老邴和我刚上任不到一年就能有这么大的招商项目，岂不是天降大任于韩松花、捎带着给我和老邴打灯笼都难找到的天大成绩吗！为了招商引资，我一次次甘当导游和解说，拉着胡宝荣和他生意圈那些朋友满镇转悠。也不能说毫无收获，从他一个会唱京剧的朋友嘴里听说，桂重回来了，戴着手铐回来的。我嘴里还对许端午说着"等信儿，你等我信儿"，手已经敲开了隔壁老邴的门。一秒都没耽搁，一字不落向老邴汇报。老邴一听，直接就上头了，干脆起身，抄起办公桌上半包烟卷往兜里一揣，嘴里蹦出仨字儿：走，马上。

不到半个小时，邴乡长和我就坐着那辆八成新的别克赶到了韩屯。

万总、韩松花和许端午几个已经在村部了。进屋后一番寒暄，落座，就听万总继续和韩松花唠了起来。

"小韩哪，你的猪场加上你的管理，我给你算百分之十五股份，怎么样，这手笔不小吧？"话音刚落，还没等我们搭茬，只听韩松花清晰利落地问了句："那我们村村民呢？他们能给多少股？"

包括我在内，谁都没想到韩松花会问出这么一句。万总显然也没这份考虑，眉头微微皱了皱，像小石河水流着流着遇到了块儿凸出水面的石头。顿了会儿，才语气试探地说道："村民？你是说——来干活那些村民也要给股份？"

"也不能光我自己有股份啊。"韩松花说。

"村民们不能有股份，他们来干活就给开支。"万总摆了摆手，摇摇头，没答应。那双手跟我们都不一样，看起来修长绵软又厚实。

"为啥呢？"韩松花满脸不接受。我身旁许端午咳嗽了一声，满屋子最紧张的就是他。

万总没接韩松花的话，转过头，跟身边那个矮个子男人说起了话。"小刘，你估算一下，前期投入得多少钱？"矮个子男人说："基础太薄，前期投入得很大。我大致估算了一下，这里能办一个存栏量五千头的养殖场，前期投入怎么也得五百万。"万总点点头，还是没回答韩松花刚才那个为啥，却转过来面向邴镇长和我。

"需要修路、修桥，还需要动力电，想问二位领导，咱们镇里，能不能给予支持？"

老邴明明跷着二郎腿，一听这话赶紧收起，大手一抬："万总，你放心，镇里肯定全力支持。"

万总这才又看向有些窘迫的韩松花。"小韩哪，不是我不给村民股份，你们没做过企业有所不知，入股是有责任的，股东盈利了分红，亏损了，可是要担债的啊！"

韩松花此时已经领悟了股份制的根本，可她还是没说行，也没说不行，看看我，又看了看老邴。

老邴不含糊，赶紧接过万总的话，说道："虽然镇里财力有限，但这个项目，我们肯定会大力支持。"我一听，镇长明确表态了，有些话此时不说何时说？打铁要趁热，就把镇里正在商议的扶贫攻坚专项资金简单介绍了几句。许端午擅长察言观色，接话说："那个啥——上次镇长来我们屯，亲口承诺松花了，下半年给松花申请扶持资金，专门用于杂交猪养殖。"

这算不算一唱一和呢？这种一唱一和大概多多益善吧！

都说完，韩松花才又说话了，说的又是谁也没想到的一番话："万总，我们村穷，家家户户都挺穷的，怎么着干一回猪场，让大家也该得些实惠——我是说，要让他们心里有底，有保障。要不，从我的股份里分出一些给大伙——您看行不？"

老邴和我，几乎是一起转动眼珠转动脖筋，一起看向坐在我们左面的韩松花。不光老邴和我，万总也用略带吃惊的眼神盯着韩松花，看了半天。他没想到现如今还有这样对钱谦让的人，而且还是个"穷人"，这倒让他投资办猪场的心思又坚定了几分。他久战生意场，阅人无数，眼前这女人如此淳朴可信，这分外给他好感。

"呃——小韩哪，不是你说的那回事，"万总说话也没那会儿那么行云流水了，可是眼睛和脸却越发洋溢出微笑，"不是你出或我出，而是最合适的办法就是按点儿给开支。入股可不光是分钱那么简单啊！还要承担赔钱的风险。小韩，你琢磨琢磨，唯有按点儿开支，才等于旱涝保收，你想想，是不是？"

最不含糊的还是老邴，果断接过话来。"松花呀，咱们没办过企业，都是外行，万总说得对。"又对万总说："万总，一会儿咱们到镇里去坐坐，一些细节再敲敲？"

万总说："好哇，环保评估，用地审批，用电增容这几项都得咱们镇里支持呢。"

临上车，老邴拍了我一下："小左，你留下，和松花他们再唠唠，晚上回去咱俩再碰。"我说了声，好。

老邴和万总他们一行人前脚坐车刚走，许端午就乐颠了馅儿，兴高采烈地对韩松花说："松花，这下好了，这下你可真成了全村致富带头人啦！"没等韩松花出动静，我打趣许端午："怎么着，许主任，你是怕松花把猪场干起来，抢了你村主任宝座吧？"许端午这次没叫委屈，虽然还是顺着我的话起了话头，可是说出的却是我没想到的一番话。

"左镇长，你说得对，谁不怕竞争对手啊？谁都怕。可我也怕也不怕。我今年都五十几啦？眼瞅奔着六十就出溜过去了。你们没到我这岁数体会不到，好时候就跟那蹿天猴似的，嗖一声就没了！"

我没想到许端午会这样说，就给了他一个赞许的目光。

"我是英雄气短啊！也算为屯里扑腾了几年，可也没把咱屯带起来。咋说呢——所以说我也不怕，不怕松花干起来。咱东山坳能有松花，那是老天开眼，注定咱们穷到头啦！松花起来了就等于韩屯起来了！是，我承认我干不过满大力，脑子没他灵光，我那一套，就像车轮子上锈了，跟不上时代了。可松花能啊！松花成长起来，我比谁都高兴！咱屯这担子，除了松花，没有谁能扛动啊！"

许端午的话让我心里一阵一阵百感交集。韩松花的经历几乎都是许端午学给我的，我甚至能想起他说的时候曾是怎么一声声叹气惋惜。许端午这会儿说得没错，他的怕不怕也都是真的。

"许主任，说得好哇！今天这事儿做得好，再好好扶持扶持松花，咱屯致富的希望系在你俩身上。"

韩松花一直没说话。许端午走后，她看着远去的身影喃喃自语般说道："最难那会儿，多亏许主任满屯给我卖猪肉……"

只剩她和我，我不敢看她了。应了一声，嗯。她又说："左镇长，要不是你，哪有后来，哪有今天……"

我慌了，心里骤然一阵紧张。我知道她感谢我，可我害怕她说出来。我和她之间不该有那个场面，她一句哪怕是天下最诚恳的谢谢，我的心酸会连另一个世界的左校长和王彩霞都能感觉到。一切都不是谢谢那么粗糙，一切更不该是谢谢那么遥远。我必须打断她。

"松花——那个，猪场要是真办成了，那可真是天大的好事儿。"

韩松花看着我，点了点头。她显然明白了我的心意，没把那两个字说出来。我狠狠低下头，不能再看她。她的眼睛现在越来越有光彩了。这光彩让我越发不敢直视，还让我哪怕只搭个边儿就两腮发烫。

老邴可真是个认准了谁就八头牛拉不回的主儿，骨子里相当自负。今天的事又一次验证了他这副脾气——他说过韩松花是好女人，就一定会把他的判断落到实处。我知道他一定会大力支持韩松花的。

"我这辈子最受不了两件事——老实人挨欺负、好人吃亏。我对我太太好——都这么说——那是你们不知道她好。她这辈子，就两个——原来的那个，再就是我。再没啦！就凭她年轻那样儿，咋风流还不行？偏偏死心眼儿，还割了手腕子。我就想，这么好的女人，咋就不能这么爱我呢？楚霸王走投无路，虞姬舍命陪他，我他妈真有那天，她也能——嗨！就是觉得值得，我咋对她，我都觉得值！"

这番话是坐在东山脚下，吃着菠萝说的。那一刻老邴在我眼里只是个性情的汉子，不是我的领导。那会儿我才明白，他手机来电铃声，其他人都是嘟嘟嘟，只有他太太，是屠洪刚唱的那首《霸王别姬》。

"我心中，你最重，悲欢共，生死同。你用柔情刻骨，换我豪情天纵。"

后来每次听到，我都会不自觉地愣神儿。老邴在我眼里，不仅懂爱情，他也有爱情。在爱情已经无比矫情无比现实的年代，老邴的爱情却在他心中万马奔腾。"我太太"三个字再不会让我反胃，相反，我知道很难再遇到这样的佳话了。

有镇里大力支持，韩松花跟新生肉联厂的合作进行得非常顺利。立项、用地、增容用电等手续都是镇里出面办理。镇里还申请下来一笔专款用于修路修桥，唯独在卫生防疫方面费了一番周折。为确保养猪场废水不污染小石河，投资方特地在养猪场下方修了很大一个化粪池，这样就能保证污水不流入松花江。股份的事由老邴亲自出马，把韩松花个人持股比例争到了百分之十六，还为韩屯村争来百分之五的股份。猪场从出图纸到落成，总共用时四个月，耗资千余万。韩松花的猪舍和地窖子原地保留，以此处为中心点，往南北各自延展成两趟猪舍，共占地近十万平方米。这样一来，现代化养猪场所需要的动力线、变压器、饲料加工车间、消毒室、化验室、水厂、化粪池等，一应俱全。建成的新生养猪场，可同时饲养基础母猪一千头，肉猪存栏可以达到六千头到八千头。

一个中型现代化养猪场在东山坳建成了！

第四十三章　执拗的女人

东山脚下沿着小石河，又流出一条亮蓝色的小河。那是新生养猪场连绵的屋顶。屋身是清一色的洁白，远看像白云堆积在山脚。韩松花雇了三十二个村民，大多数都是主动冲上来的，也有几个是她上门游说来的。村里人觉得她上门游说的样子好像在哪儿见过，一时又叫不准。后来终于有人起了个头——当年，左校长挨家劝说让孩子继续上学，不也这个样、这个劲头吗？

韩松花这阵子打扮得利落多了。新生肉联厂有统一工作服，一身藏蓝色的衣服裤子，脚上还配了双崭新的黑胶皮靴子。这身衣服一穿,韩松花像变了个人。那副壮实的身板给掩藏了,原本已经发腮的脸忽然秀气了许多。屯里人紧盯着她,不时有人喊上一句:"真精神啊,松花!"韩松花不再埋着头,也不再像扎一针不知疼的木头。她迎着人们的声音笑过去,嘴里还要跟上一声:"你来,你也有!"这样说完,有人发现韩松花的牙看上去还是那么结实,润白透亮。再看上几眼,又发现那张黝黑的、生长着再也无法抹平的皱纹的脸上,其实还有两个跟皱纹不一样的东西。它们若隐若现,像时光特意留给人们的谜题,至于谜底,时光当然不会再轻易亮给只跟韩松花泛泛相交的人。

韩松花走到麻奶奶寿衣店门前,犹豫了几秒。麻奶奶的生意不好,小超市勉强支撑,寿衣店半死不活。韩屯人没那个财力为丧事大操大办。大儿子没了,剩三个儿媳、两个儿子,都在店里糊着,隔三岔五就吵上一回。麻奶奶只是辈分大,实际不比老韩头大几岁。上回还跟老韩头说,她不是不想死,是不敢死。她眼睛一闭,这店里还不打出人命来。想想这话,韩松花倒坚定了,推门走了进去。

屋里四下堆着成摞的烧纸,成袋的金元宝。一些烧纸浸透了潮气,和着满屋灰嘟噜,散发着湿乎乎的霉味儿。地中间的铁炉子黑黢黢的,炉盖儿上横着早年铁匠铺最常见的炉钩子。地上连砖头也没铺,早已踩实的土面儿一见来人,就借着堆满纸牛纸马的窗户缝隙透过来的光亮,慢腾腾地向上飞舞。麻奶奶常年在这小屋里坐着,一身宽大的黑衣黑裤,一张黑黄多皱的脸。不细看,分不清是真人还是纸扎的替身。

韩松花还在原地愣着,只听麻奶奶粗哑的声音脱口问了声:"咋?你爸——"韩松花吓了一跳,这才看到一列花圈旁边坐着的是个真人。

"啊,麻奶奶——"

"哎哟,不怕不怕——你爸他?"麻奶奶看出韩松花被自己吓到,嘴里安抚着却还是担心老韩头是不是走了。

"没有,不是——"

"哎哟！松花，你吓得我！"老了老了，也不知怎么，村里那么些好脾气的唠不来，就跟那火冒三丈了一辈子的韩富贵，麻奶奶一开口就能掏心窝子。

韩松花说了来意，麻奶奶点着烟袋锅，又大又鼓的眼睛缓缓转动了一圈儿，回头看了看通往她家院子的后门，压着嗓子说道："依我看，够呛！除了你大婶儿，剩那两家，恨不得成天里盯着电视剧窝吃窝拉，窝儿里那被褥——唉，恨不得长毛了，那也是能躺着就不坐着——松花呀，饿鬼好答对，懒鬼难打发啊！早都惯惯儿的了，让他们去受累干活，唉！那是让他们死那么难受！"

韩松花满眼懂得，看着麻奶奶。以为她起身要走了，说的却是："麻奶奶，来都来了，我去试试。"

当天果然是一无所获。可万没想到，韩松花第二天又去了，接下来的第三天、第四天、第五天，她没有一天没去。第六天，韩屯下着冰凉的秋雨，韩松花的工作服湿漉漉地溻在身上，头发上的雨水又顺着脖梗把里面的衣服也给湿透了。韩松花一个劲儿想打喷嚏，又怕影响说服效果，喷嚏一涌上来她就紧紧地掐住鼻子，掐来掐去，鼻子通红的，像得了酒渣鼻。老二和老三媳妇大概怕了她这个劲儿，怕她一年三百多天能来四百次，不得已用了缓兵之计——让自己男人先去猪场干着，自己继续候在小店，等麻奶奶一归西，把店抢到自己手里。

韩松花心想，谁还跟钱有仇？一步一步走着看吧！到时候手里捏了钱，心意自然就变了——麻奶奶家算是告一段落，下一个目标，她盯上的不是别人，是郑四方家！

猪场开起来后，全韩屯心情最复杂的要数郑四方和小武子。屯里人只要腿脚灵便的，没有一个不爱往猪场凑合。整个东山坳因为这猪场，有了跟从前完全不一样的气象。魏峨的东山被猪舍勾画出几许活泼，像巨兽粗壮的脚踝多了一截蓝白相间的袜桩。乍一看很有点喜感，看惯了又感觉大概这就叫时尚。来这"时尚"地方凑热闹的人里，唯独没有郑四方和小武子。

尚三祥有一天对韩松花说，郑四方有个破望远镜，早年小孩儿玩的那种。少说有两回了，尚三祥路过郑四方家，都撞见他举着玩具望远镜往东山这边张望。尚三祥问他看啥呢？郑四方说看天气、看风向。尚三祥问韩松花："松花你说，天气有啥好看的？"韩松花听完，出神了好一会儿。她没回答尚三祥，第二天上午直奔郑四方家。

　　郑四方家院子韩松花太熟悉了。那个单薄的院门，跟邻院中间架的那道更单薄的院障子，都在她的脚力下摇晃破碎过。这么长时间了，被踢残的院门还在旧门框上残破着，院障子还是邻院儿找了些铁丝，勉强给牵连上，对付着障在两院之间。院子里没有一星半点过日子的气息，别说福字、对联和锹铲，连串风干在岁月里的蒜瓣子都找不见。大门锁不上，轻轻一推就开了。韩松花知道这跟她有关。脚往里迈着，心里满是不一样的滋味。当初愤恨小武子的时候，从没想过自己那不顾一切的几脚，对这个家，可真是雪上加了霜。

　　两口子都在。韩松花没打算跟小武子说话，她没把自己想那么大度。即便不去想小武子对她养猪的那些破坏，单就小武子和庞大海的那一幕她便永远忘不了。可只要一想到郑四方，心里就止不住翻腾。韩招弟甩了人家，也伤了人家，即便老韩头再怎么拿不是当理说，男女之间的事，该怎么就是怎么。郑四方落魄，不光是那两根脚趾，还有没指望没奔头的日子。回想当年，郑四方给自己写那封信，字字句句现如今都扎她的心。她是存心要拉郑四方一把，再不拉他，人生短短几十年，他就这么直接掉进土里又直接成烟成灰儿了。

　　一进屋就看到小武子坐在南炕上，盘腿，闭眼，两只手平放于膝盖，嘴唇在不停地吧嗒吧嗒，念念有词却听不到一丝声响。郑四方站起身，才召唤了声"松花来了——"，额上已沁出了细汗。原本能说会道的郑四方忽然成了件窘迫的摆设。"松花找我有事儿？咱当院儿去说吧！"这明明是往外推韩松花，韩松花非但不往外走，反而往里走了两步，立立正正地在屋里站定了。"确实有事儿。就在这儿说。"盘腿闭眼的小武子发出个声响，眉毛中间抽出个大大的"川"

字。郑四方瞥见,身子不自觉抖了一下。看小武子没再发出声音,暗暗松了口气,却也如临大敌般语气防备地问道:"什么事?"

韩松花这才反应过来,自己贸然登门,这两口子心里不盘算着又是来翻扯旧账才怪。心里虽然想明白了嘴上却还是耿直的本性,张口竟说道:"大海到现在也没回来,我一个人,又是猪场又是我爸——"一听"大海"俩字,炕上的开始用咳声清着嗓子,郑四方吓得什么似的,赶忙伸手按住小武子肩膀,被狠狠地耷开了。

"我这过的这个样儿,你也看到了,松花——"郑四方头发梢都往外冒着为难,说话支吾着。

"不是那个意思,我不是——"韩松花也急上了,结过梁子到底是不一样,怎么揣着一颗好心也被当成驴肝肺、看作是来挑衅斗仗。小武子眼睛已经睁得大开,浑身一股摩拳擦掌的气焰,破旧的小房里腾腾冒着没有形状的硝烟。郑四方熟悉这股子沾火就着的火药味儿,急忙对韩松花说道:"先回吧,松花,有事咱去村主任那说。"

他这么一说,韩松花的犟劲儿忽地就上来了。"偏就在这儿说了,又没啥见不得人的。"停了停,继续说道,"四方,猪场那边需要人手,饲养员就不缺了,缺管事的!咱村上上下下,就你合适,我今儿是来请你出山的。"

韩松花看出小武子也是一愣,她这会儿却已经镇定了,继续说道:"四方,钱你是见过的,你打拼出天地那个时候,我还以为自己这辈子不是被日子压死也得穷死。现在好不容易有这机会,有人投资给咱们事儿干,你想想,有生之年——咱们有生之年,咱屯还有没有比这更好的机遇?你要说你另有更好的机遇,我就不再劝你,你要说没有,我真要请你去帮帮我!"

郑四方像个呆呆的哑巴,嘴里什么也说不出,眼眶却止不住发热。韩松花这番话,纵是个呆人也听得出是诚心要拉扯他一把,何况他郑四方是何等七孔八窍伶俐之人。他清清楚楚知晓一股愧疚是怎么从心底往脑瓜顶蹿了上去,知晓韩松花这么说话,是怎么样顾及了自己早就被小武子看扁碾碎的脸面。唉!这个韩松花呀!

正努力着要把眼泪忍回肚子里，只见韩松花从衣兜里掏出几张钱来。是卷在一起的，弯下腰，放在了炕上。

"这钱，是赔你们家院门和篱障的——"

这下郑四方的脸再也挂不住，抓起钱来跟韩松花撕扯。"松花，快别这样骂我，这简直——"

"快收下，一码是一码，我给糟践的我就该赔。"

"你这不是管我要猪钱吗？"郑四方脱口说道。

"院门和篱障是你家的，那头猪可未必是我的——可别多想。"

两个人一番推搡撕扯，小武子倒没处搁放自己那只玻璃花眼睛了。只好又闭上，只是那嘴唇磕磕绊绊地哆嗦着，开了又合，合了又开。

郑四方没撕扯过韩松花，那健壮的身子已反身往门外走去。一些无法说出口的旧事前尘像工地里的搅拌机，不由分说又翻江倒海般搅动郑四方的心。只听他站在屋门口，冲着韩松花的身影说道："松花，宰相肚里能撑船，你是一个！我服你！"

第四十四章　始料未及

养猪场运营一个月后，一边上岗一边接受培训的三十几个村民，身穿统一工作服、排着队，去财务室领工资。

"你开多少？"麻老二问一个村民。那人正在数钱，想说又不想说，不想说又不得不说。

"一千……八。你多少？"

"你多少，我就多少。"麻老二似笑非笑，虽然努力掩饰，表情里还是透着三分得意。麻奶奶说得没错，他是懒鬼托生的，冷不丁朝八晚五，就把自己当成了全世界最能吃苦的人。他不憋屈，但长了满身攀比的心眼儿。之所以问那个村民，是因为那人倒班，而他只上白班。

一听说倒班的跟自己开的一样多,麻老二的心情和手里崭新的人民币一样舒展。刚走出门外,一眼看到了郑四方,麻老二就想蹲下系鞋带,可大家穿的都是黑胶皮靴,哪来的鞋带?麻老二于是把手一哆嗦,手里的工资十分配合,飘出去四张,落在四个地方。

谁都怕被赖上,谁都站着不动。麻老二哈着腰,磨磨蹭蹭地捡钱。这时财务室传来声音:"三千五,郑四方,我给你过一下钱。"验钞机随即哗哗响了一阵。这阵响声狠狠拨动了麻老二的心弦。"三千五,差不多是我两倍啊,凭啥呀?"带着这巨大的疑惑,麻老二走出养猪场,走过小木桥,回到了家里。

第二天早上,麻老三走了好一会儿,麻老二还在被窝里赖着。麻奶奶忍不住在他屋门口吵嚷:"这就不去了?刚学会扫扫猪舍就又回来当猪了?"见屋里不给个动静,麻奶奶又质问道:"你对得起谁呀?"

这回出动静了。"我他妈谁都对得起,谁对得起我了?"

"放屁!谁对不起你啥了?也敢觍着你那张脸说这话!"

"那个韩松花,凭啥给我开一千八,给郑四方开三千五,她狗眼看人低!"

麻奶奶气得直想拿烟袋锅敲炕沿,可是院子里哪有炕沿,她就啪啪地敲着自己的胳膊肘,嘴里骂着:"你混蛋!人家郑四方是管事的,你就是个干活的,也不称称自己几斤几两!松花可真是瞎了眼!"

屋里的二儿媳妇也不干了,隔着门窗喊道:"你总这么胳膊肘往外拐,你啥意思?"

吵来吵去也没吵出个头绪,麻老二说啥也不去养猪场了。韩松花没再过来找,她已经忙得脚打后脑勺、分身乏术了。麻老二原本以为韩松花能来劝他,备不住还能主动给他加工资,结果,懒在被窝好几天,也没等来韩松花。

来养猪场上班的村民,大多数还是勤劳朴实、踏实肯干的,郑四方在管理和培训方面也确实上心,下了大力气。这一个月,全靠着郑四方和她一起没黑没白地骨碌，一帮散兵游勇才基本上道了。养猪场眼下只有投入，还没有一分钱效益，开的工资都是万总干掉钱。直到这时韩松花才切身感受到，干企业真不是只靠吃苦耐劳就能成的事。单说这没完没了的资金投入，就不是一般人所能承受的。又想到郑四方那几番起起落落，心里生出真切的佩服。

"从来没爬上过山头，和从山头掉下来，那是两回事。四方，难为你怎么撑过来的。"韩松花操劳瘦了。以前光干体力活，不瘦反而变壮了，如今又管人又管事还要管猪，操心事一股脑上来，整个人明显见瘦。这么一瘦，皮肉贴合得反倒紧实了，看上去年轻不少。

"什么难为不难为的，到了那份儿上，谁都一样，都得硬着头皮往下活。"郑四方这阵子也熬得精瘦，不过眼睛却有了光亮。韩松花说话不多，可是总能把话说到他心坎上。他掩饰着心里的那股子温热，不敢盯住韩松花看。

两个人难得有一点空闲，在车间里刚说上这么几句，办公室小崔气喘吁吁跑了过来。

"韩场长，郑主任，出事了！"

韩松花脑袋嗡的一声。"怎么了？"郑四方比她见识多多了，可是一看小崔焦急的样子，也屏住了呼吸。"出什么事了？"

"有一伙村民，把咱猪场告了！"

"告了？告咱什么？"韩松花睁大眼睛，紧张地问道。

"说咱猪场排污，把小石河给污染了。"

"咱们有专门的排污池，手续批文也齐全啊！"

"刚才市畜牧局和环保局都打来电话，说要来调查。"

韩松花急得满脸通红，问郑四方："咱屯村民告咱们？四方，咋能呢？"

郑四方早就反应过来是怎么一回事，摇摇头，说了声："人哪！恨人有笑人无啊！"韩松花不说话，困惑地看着他。郑四方只好继续解释道："让他们来干活，他们不来；等到来干活的开了钱，他们又眼红了。松花，准是这么回事。"

"那咋办？我找他们去做做工作？"

"你这思路，根本不对。不是哄劝的事，按下这个葫芦，指不定又起什么瓢呢！"

"那咋办？"

"兵来将挡水来土掩，就这一个办法。"

韩松花的脸红一阵，白一阵。她着急，也恨自己太天真。她总以为靠着一腔诚恳，又是为大伙做了好事，韩屯不可能再出现第二个小武子。没想到，就为着嫉妒一部分人有了工资，有人就干脆越过猪场、越过她，直接把暗箭射到了主管部门。"这简直——比小武子歹毒多了！"韩松花心里这样想，嘴上却没有说出来。

"松花，你给左镇长打个电话，这事得从根儿上解决。我去村里走一走，看看能不能走出一些线索。"

那天我又在开会，学习上级文件。一看来电人是韩松花，我还是赶紧接了起来。"什么事，松花？"

一听我压低嗓子，韩松花不安地说道："你不方便，那待会儿再说吧。"

邴镇长主持的会，我指指电话，用嘴型说了句："韩松花。"邴镇长仰了仰下巴，示意我赶紧去门外接。出了会议室，我终于可以大大方方问道："怎么了，松花？"

韩松花一五一十跟我学了一遍。我听出她嗓子哑了，这种事，她哪里经历过？"松花，先别上火，我跟邴镇长汇报一下，你等我电话。"

邴镇长听我说完，眉头拧出个"川"字，沉吟了一会儿，对我说："真他妈不是东西！不过，这种事，估计早晚不等，你说呢，左镇长？"

"要不咋说脱贫致富不容易呢！规模小的时候吧，有小武子那种个别人破坏，规模一大，搞破坏的就拧成了一股粗绳子。"

"这样吧，左镇长，你派人去畜牧局和环保局了解一下情况，看看到底合不合格。"我知道邴镇长是希望我亲自去，可是话不能那么说。

"我去一趟吧,这事挺关键,咱们镇最大的招商引资项目,千万别出岔头。"

"也好,需要我出面,我马上到。"

畜牧局和环保局给我的答复基本一致:新生养猪场确实存在污染隐患。随着猪场运营,猪的数量增加,现有排污池很可能会成为摆设,污水粪便如果直接排进小石河,污染指数会相当高。"停业整改是早晚的事。"一听这话,我想问他们,当初的批复难道不算数?怎么就知道一定会污染到小石河呢?对方继续说:"水质污染检测,对我们来说相当容易。当初没检测到,不等于后来检测不到。"说完就拿给我一份检测报告,我一看,污染指数确实接近超标。

"怎么会呢?眼下大部分猪还没进场,进来的都是些小猪。"

"跟猪大猪小有什么关系?只要大小便排进了小石河,那就是污染。"

听到此处,我彻底感到新生养猪场要想运营发展下去,堪称道阻且长啊!一股火也在我心里腾地烧了起来,韩松花哪有经验面对这些问题,我作为镇领导,这正是我该发光发热的时候。可尴尬的是,这不是劝架,我对企业运营,也没有切身经验。

到我汇报完,邴镇长反而乐了。"看把你愁的,这要不是韩屯的猪场、韩松花管事的猪场,呵呵,你能这样?"

我也跟着尴尬地乐,算是默认吧。

"邴镇长,看来呀,备不住需要大动干戈。"

"咱俩想一块儿啦!"

第四十五章　迎难而上

还没等我把邴镇长和我研究的方案跟韩松花沟通,镇政府就来了一大帮韩屯人,有男有女,高矮胖瘦都有。我数了数,一共二十一个。他们扯了面条幅，上面写着：还给我们青山绿水！

"怎么还搞出这么一出？"邵镇长问我。

"是啊，以前没发现韩屯人这么不厚道啊！"我说的是心里话。以我从小对韩屯人的了解，除了许端午、郑四方见过一些世面，别人哪知道这种扯条幅闹事的把戏？可是那两个人连掺和这事的可能都没有。我想着该怎么处理，心里也竖起一个大大的问号。

"乡亲们，来来来，大家先坐下，喝点热水，有话咱们慢慢唠。"

有人坐下了，有人坚决不坐，摆出一副誓不罢休的架势。我能感觉到，他们对我，也是满腔敌火。

"韩屯人祖祖辈辈，从老祖宗到俺们，都是守着这座山这条河过日子，她韩松花为了挣钱，霸占了大伙的山、污染了大伙的河，你们镇领导如果不管，俺们就去市里、省里，再不济就去北京！反正北京也不对俺们农民关大门。"

这话差不多说了二十一遍，换了声音、声调，可内容基本一致。

要是等他们说完，估计天都得黑了。我对大伙解释道："首先，韩松花不是给她自己挣钱，她是咱韩屯的致富带头人，肩负着带领全村共同致富的重任；其次，新生养猪场刚开业不长时间，各项手续都齐全，环保部门没界定造成了环境污染，大家就不能下这种结论。"

嘴上这么说着，我心里却气不打一处来。人哪！宁可大家都穷着，也看不得有谁累死累活比自己先富起来。尤其这个人是韩松花，过去最穷、最倒霉的韩松花，她还没翻身呢，有手的就来掐尖儿了，有脚的就来踩上他们的大脚丫子了。我忍不住义愤填膺，却又告诉自己必须表现得心平气和。

"你们镇领导如果这么护短，俺们就得重打锣鼓另开张——去市里堵领导了！韩松花这是对生态环境的破坏，是跟国家政策对着干！"

说真的，我听到这些话、这些词，几乎瞠目结舌。全镇最贫穷最落后的韩屯人，几时有了这么高的觉悟，对生态环境、国家政策都了如指掌、张口就来了？

"别拿大伙当傻子、当二百五,韩松花想凭着猪场的业绩当村主任,当韩屯的父母官,别以为俺们心里没数!"

最较劲的时刻,庆幸的是,我的理智依然占了上风。我把话锋转了个方向:"各位乡亲,天底下没有第二个韩屯,也没有第二条小石河,大家一定还记得,那也是我左天伦的母亲河,谁要是糟蹋它,我肯定跟大伙一个立场。"

显然,这句话出乎所有人意料,叽叽喳喳声登时被过滤成大眼瞪小眼。二十一双眼睛齐齐看着我。

"口说是虚,行动才是实,大伙看我的行动,咱们也一块儿等着看韩松花的行动,好吧?我如果纵容破坏生态环境,我保证不坐在这位置上,愧对咱韩屯人的老祖宗啊!韩松花如果真把咱韩屯生态破坏了、真违背了国家政策,什么带领韩屯致富、什么不断吸纳韩屯人进猪场,她连镇里这关都过不去!猪场,肯定让她关门!"

偌大的会议室此刻只剩安静了。他们谁也没想到,左天伦左镇长竟然会这样信誓旦旦地保证。邴镇长这时走了进来,冲着大伙点点头。

"各位韩屯的父老乡亲,大家大老远来一趟不容易,这也中午了,咱们中午大楂子水饭,酱疙瘩咸菜,吃饱了我派辆面包车送大伙回去,回去还能干半晌活。"

邴镇长这个做法果然奏效。临上车,他又对来人说:"以后有什么意见、建议,欢迎大家来找我、找左镇长反映。但不要再用今天这种方式,有话咱们好好说。本乡本土的,咱们祖上没准儿还能攀上亲戚,哪能一家人不认一家人呢!"

邴镇长这个人,永远粗中有细。回到楼上,他把门一关,嘴上刚冒出第一缕白烟就把手朝着左面一指:"是那家伙!"

我做了个兰花指,回应道:"肯定是他!"

我和邴镇长又一次不谋而合。这些闹事的村民,一定是受了兰花指老郭的挑唆,那家伙没提上副镇长,接替我当了民政助理。过去我当民政助理是拉架,是平息矛盾,轮到他,则是在关键事情上制造矛盾、煽风点火。

"吃饭的时候,我跟一个村民唠了,这阵子老郭没少下韩屯。"

"这往后也不可能不让他去啊!"

"缓兵之计嘛——我先派他出去考察,至于别的法子,走一步看一步。"说完,邝镇长站起身,"左镇长,后生可畏呀!你处理问题,行!"

我正要谦虚几句,下面的话又来了:"不过,话既然说出去了,就得赶紧想法子做到。新生养猪场污染隐患的问题,别等别靠,马上着手解决!"

哪敢等哪敢靠啊,第二天我就开车赶到韩屯,拉着韩松花去见万总。万总的态度就一个:抓紧想办法。我知道他作为投资人、董事长,养猪场一旦开起来,他就没了退路。而我主动和韩松花一起去找他,则代表了镇政府的态度:全力支持,出现任何问题都不会居高临下抱膀观望。

万总对韩松花说:"韩场长,我想听听你的想法,你想咋办?"

我刚想替韩松花解围,万总冲我微微一笑,说:"左镇长,我相信韩场长肯定有她的想法。"

这又是在考验韩松花!可我转念一想,万总想得也对,韩松花现在是猪场场长,不让她接受锤炼让谁接受啊?不培养她解决问题的能力,培养谁啊?我看了韩松花一眼。我希望自己的眼睛能告诉她:松花,你行的!

"万总,我想过了,只有一个办法。"韩松花说话了。

"说说看。"

"这个办法——需要再一次资金投入。万总,您——"

"接着说,韩场长。"

"我们把排污池进行扩建,再进几样新的设备,把猪场排污物进行专门处理,让它们变成有机肥。"

万总没说话,连沉吟一下、点一下头都没有。韩松花说的这两项,不是一笔小投入。我把手心捏出了汗,心里琢磨着,万一万总不同意,这笔资金可怎么办?

"还有吗?"万总终于问了一句。

"有。"

"说吧。"

"咱们把有机肥送给种地的村民,惠顾他们,帮他们提高粮食亩产量。这样一来,村民们种地成本减少、收入增加,就能从根本上解决矛盾。"

"你是说,把有机肥免费送给韩屯村民?"

韩松花迟疑了。停顿了一会儿,说道:"对,免费送。"

万总继续看着韩松花,目光炯炯的。我发现,他只要一看韩松花就是这种眼神,在我看来里面似乎千言万语,多少有点深不可测。

半天,万总的眼睛浮现出意味复杂的笑意,点点头,说:"按你说的办吧。"

韩松花似乎也没想到万总能这么快同意,吃惊地圆睁双眼。

"不过,"万总又说话了,"你就不怕喂出一帮白眼狼?这次的事,不就是以怨报德吗?"

"也是,也不全是。"韩松花说道。她脸上的表情告诉我,对于村民上告和闹事,她确实想了一夜又一夜。她说的话是经过深思熟虑的。

"大伙害怕水质受到污染,是真的。搁我,我也会担心。这种情况下,就要靠咱们怎么做去打消大伙的担心,事实胜于雄辩——万总,我这么想,您说对吗?"

这是只有韩松花才有的思维,也是只有她才有的想法。她一直有些理想主义,有些单纯和执拗。我不知道万总会怎么表态。

"从长远看——你想的,是对的。"

万总和韩松花,在一些理念上,有着他们很合拍的一面,而且,似乎不是一般的合拍。当我再一次意识到这一点,我的心头又一次掠过一抹酸楚。

第四十六章　一波又起

　　转年开春，新生养猪场的第一件事，就是扩建排污池、引进新设备。污水在已有处理模式的基础上，进一步细化、改进、加强为深度处理模式。要求严格做到把猪舍的废水经集水池、固液分离、调节、厌氧、缺氧、好氧、二级沉淀、消毒等各个步骤的处理后，最后达标排放。这种处理模式比较彻底，出水水质经过多次检测，能够达到优良标准。

　　治污又是一笔不小的投入，万总跟邴镇长谈，态度很明显，他希望镇里给出这笔钱。邴镇长说，他倒是想给出，可是上哪去弄钱？镇政府不设这笔经费啊！万总说，县级政府、市级政府都有治污资金，但是需要层层审批，非常麻烦。邴镇长于是建议，你们组织材料，你们跑，需要镇政府做啥，肯定一路绿灯。万总没表现出不高兴，只是开始举以前的例子，养牛场那边也申请过市里的治污资金，跑了一溜十三遭，最后市里把那笔钱给了另一家养殖企业。

　　"邴镇长，干企业难啊！镇里既然保证大力扶持，得让我们看到行动，你说是不是？"万总这话不软不硬的，话外音却很令邴镇长上火：这是埋怨镇政府作为不够吗！

　　"这样吧，万总，我去县里、市里都试试——"

　　"邴镇长，试试哪行？什么事一说试试，可能性就只剩下一半。"

　　"你听我把话说完——我尽量跑，跑下来多少这会儿还不敢确定，如果数额不理想，治污这个事儿，万总，怎么办？"

　　"那就是后话了。总之，不能由我全出。"万总笑得依旧温和，实际上却寸步不让。

　　邴镇长来来回回跑了不下十趟市里，市级治污资金也杳无希望。他又开始一趟趟跑县里，跑了三趟才跑来一句：准备材料吧。跑到第七趟，总算跑来了结果：新生养猪场获得该年度县级治污资金四十万元。按照相关部门给我和邴镇长算的那笔治污费用，这四十万元也就够个零头。不过，我和邴镇长一致认为，钱多少是第二位，我们的诚意在万总眼里是第一位。说实话，跟他的投入相比，这区区四十万，是个啥呀？

"左镇长，你给韩松花打电话，报个喜，治污资金下来了，别管多少，她在万总那里也好说点话。"邴镇长咕咚咕咚喝了半缸子水，还把话故意说得风轻云淡。

"还是你打吧，邴镇长，这是你一趟趟跑下来的，好人却让我来当，别价，我惭愧。"

"让你打你就打。"

我知道拗不过他，就拨通了韩松花的电话。结果，接电话的不是韩松花，是郑四方！

"天伦啊，松花手机掉地上了，没在她身上。她都快急死了！"

本来是要告诉她喜讯，反而被吓得不轻。"怎么了？什么事急成这样？"

"我也正要赶过去——死了七头猪，车间里！"

"猪死了？怎么回事？"

"还不知道呢！轮子，我先过去，待会儿让松花给你回电话吧！"

这可真是一波未平一波又起，老祖宗这些话难道都是为韩松花发明的？对于养猪场，猪生病是大事，猪死掉那是大事中的大事。我转身对邴镇长说："我过去一趟吧？"以为他能把烟一掐把手一挥，说跟我一块儿去，没想到，邴镇长反而摇摇头，阻止我说："先别去，等一等。"

"咋？"

"看把你急的！哪个猪场不死几头猪？只要不是传染病，问题就不大。"

"不是一头两头，死了七头！"我又着急又尴尬，一双脚却动弹不得。

"七头？"轮到邴镇长瞪目了，"赶紧问问，怎么回事？"

我的着急忙慌一下子顺理成章了。给韩松花连打两遍电话，都没接。我又给郑四方打，他像跟韩松花商量好了，也不接电话。我等着邝镇长斩钉截铁的三个字"去一趟"，偏偏也等不来。火上房的节骨眼，我的手机忽然铃声大作。看都没看，我立马接起。

居然是个骗子！像拜年一样恭喜我中奖了，一台笔记本电脑。我没好气地说："送你了。"对方像没听见，又没脸没皮恭喜了我一遍。我这回不送给他了，我说："你回去问问你妈，我已经送给她老人家了。"

心烦意乱地挨了将近一个小时，郑四方总算回了电话。

"猪到底咋死的？"多年的发小了，我直奔主题。

"唉，谢天谢地，不是传染病。"

我也跟着长出一口气。"那是咋死的？"

"毒死的。"

"毒死的？"

"有人给投的毒。"

一听这话，我的脊梁骨直冒凉气。养猪场有一套严格的安全管理制度，外人不让入内，本场职工没换上工作服、没经过消毒、不戴上口罩和帽子，也不让入内。难不成内外勾结给投的毒？我被自己这念头吓了一跳，这么歹毒的事，不会发生在我生长的韩屯吧？

"四方，你赶紧详细跟我说一说。"

郑四方于是仔仔细细给我讲了一遍。

这些猪几乎都是六个月猪龄，体重已超过二百斤，达到出栏标准了。按照眼下猪肉行情，每头猪能有几千块的收益。之前猪场一直只有投入，包括每天的猪饲料、水电费、人员工资等，花销巨大。如今第一批猪如果顺利出栏，意味着新生养猪场在运营半年后，终于迎来了第一笔收益。韩松花、郑四方、尚三祥这些人，心都揪在嗓子眼。他们默念着投入、产出，没有投入哪有产出，有了那么多投入，可一定要顺顺当当产出啊！

原定今天上午，肉联厂那边过来三台货车，车头全都扎着大红花,来接第一批二百头出栏猪。韩松花和郑四方早早赶到猪场,把自己打扮得利利索索,送第一批光荣的大白猪去肉联厂。刚走到车间门口,就看到统一着装的尚三祥和麻老三,像在车间里撞见鬼了,满脸煞白地跑出来。

"松花,不好了,猪死了!"韩松花认识尚三祥这么多年了,他还帮她看过猪舍和地窨子,可韩松花从没见尚三祥这样过。像刚刚丢了魂,整个人都没了筋骨。

"三祥哥,咋回事?"韩松花忙不迭扶住尚三祥,手机掉在地上都没发觉。那一刻,她只感觉自己的头发都一根一根竖起来了。

"死了!七头哇!太惨啦!"尚三祥腿一软,人跌在地上,隔着口罩还把早上吃的东西给吐了。韩松花知道,三祥哥这是受了极大的刺激,他几乎没黑没白跟这些猪在一起,看着它们从小不点儿长到几十斤、上百斤直到变成一个个大白胖子。她跟郑四方说:"快,你扶住三祥哥,我去看看!"

这是韩松花第二次经历亲手养的猪在她面前集体死亡。她只感到脑袋一阵阵发麻,鼻梁子发木。跟上次比起来,这次猪的块头更大,死状更惨。这些猪死前曾经剧烈抽搐,浑身哆嗦,双眼发直,僵硬的舌头吐着绝望的白沫。这让它们的死相非常扭曲,每一只都面露狰狞,表情痛苦。问题显然出在饲料槽子里,有一头猪的嘴还没来得及从槽子里抽出来,就直接把白沫吐在了里面。

"所有车间,停止投食,马上!"韩松花当机立断,饲料不安全了,必须马上给所有猪断食。

"把这些饲料,拿去化验,马上!"韩松花浑身也在哆嗦,甚至每根汗毛都哆嗦。可眼下不比从前,她没有哭的资格。那时她能扑在死去的猪身上,大声痛骂庞大海"死的咋不是你",此刻不行了,她甚至连难过的时间都不能有。猪为什么会中毒而死?猪场这么多大猪小猪,只有这一栏的七头猪会是这么个死法吗?如果大面积中毒,导致的结果将是大面积死亡——不堪设想啊!

化验结果很快就出来了:猪食槽里发现了耗子药,吃过这个槽子里饲料的七头猪，无一幸免。

"我刚从化验室回来，松花去调监控录像了。"郑四方说道。

挂了电话，我向邴镇长汇报，果不其然，他脸色又沉又黑，对我说道："这么个死法，性质可就严重喽！走，咱俩得过去。"

刚走到门口，迎面遇上了老郭。他那两条腿也不知道想往哪迈，说是办公室吧，他正在关办公室的门；说是上厕所吧，他手里还握着他那大茶杯。邴镇长看了我一眼，伸手招呼老郭："郭助理，一起走一趟吧。"

"镇长净是要紧事儿，我能跟着干啥。"老郭似笑非笑，以前在一个办公室的时候，他曾说过，凡是有大造化的——菩萨、佛、圣人，凡人是看不出他们到底笑没笑的。他这是一直奔着大造化在努力呀，也不知道能不能修成正果。

"新生养猪场，有人毒死了几头猪，你是民政助理，必须去。"

"呀！这可是大事，这属于破坏生产，是犯罪呀！"

我观察着邴镇长的表情，只见他一脸严肃，毋庸置疑。老郭抬了抬右手，说道："我把茶杯料理一下。"明明就是进屋放个茶杯，也能被他说得这么做作。我和邴镇长先往楼下走，我低声问道："能不能又是他出谋献策？"

邴镇长一下就领会了，也低声对我说："小鼓秋，他敢，投毒这种事，借个胆子给他，他也不敢。"我点点头。

先到村部，带上了许端午。不一会儿，新生养猪场会议室里面就麇集了一帮人。邴镇长问韩松花："韩场长，打算怎么办？有没有处理方案？"

韩松花摇摇头，意思是还不知道谁干的，没有处理方案。

"那就要先去报案，把案子先立上，让警方介入调查。"邴镇长给出了指导性建议。

许端午搓着手，不安地说道："松花，你估摸着，能是谁干的？"

郑四方正要说话，韩松花张口了："这可不能瞎猜，监控录像出故障了，还没查出来呢。"郑四方听她这么说，只好把话憋了回去。

没等我说话，老郭先发言了："必须马上报警，这可不是闹着玩儿的，破坏生产啊！这是犯罪！你们法律顾问在不在？"

我想说，我是法律顾问，够格不？又想想自己如今的身份，只好跟刚才的郑四方一样，把话憋了回去。据我所知，新生养猪场没有专门的法律顾问，万总的肉联厂那边有一个，好像还是兼职的。

郑四方反应快，说道："法律顾问没在这边。"

老郭甩了个脸子，说："岗位都没设置全，就敢开张营业？"

许端午闻出了一丝丝剑拔弩张的味儿，于是说道："邴镇长，要不，开个全体村民大会？哦，对了，猪场职工和村民一起的大会。"

"好！这想法好！"邴镇长拍一下桌子，大声说道。

第四十七章　各执己见

没多时，村委会大院儿里横了一排桌椅，没有暖壶、没有水杯，没有桌签，只有一根黑色的加长电线，连着从广播室抻出来的电喇叭。椅子上依次坐着郑四方、许端午、老郭、邴镇长、韩松花加上我。

院子里站无虚席，抄手的、猫腰的、抖腿的、咬耳朵的、嘴里往外飞瓜子皮的，各式各样，一应俱全。电喇叭一开始在许端午下巴上，他吹了吹，家长骂孩子一样来了一嗓子："赶紧的！都给我拿出个人样！那个谁，别整副偷鸡摸狗的德行，这是开会，镇长给咱开会，都立正儿站好了！"

喊完好了一些，但还没全好，许端午又接着发威："还能不能登上台面儿了？你们那些废话啥时候不能说？镇长来韩屯给咱开会，问问你们爹妈，这是不是咱屯头一回？赶紧的，都把巴掌给我预备好，跟着我，一二三，鼓掌！"

邴镇长站起身，跟满院村民挥手致意。刚坐下，电喇叭已经到他下巴底下了。

"各位父老乡亲，老少爷们儿——"刚说完一句，就感觉自己的声音如坠云雾，一股子脚不沾地的别扭劲儿。许端午越过老郭，哈着腰赔着笑，边鼓秋电线边说："多少年的旧玩意了，接触不好，镇长你说话前，先吹吹。"

这临时决定开的大会，经过一阵子忙乱，总算都进入了氛围。邝镇长首先讲了一番新生养猪场对带动韩屯致富的意义："功在当下，利在千秋。"讲了足有十多分钟，这才扭头对老郭说道："今天发生在新生养猪场的事，需要专业人士给大伙讲讲。郭助理，你来吧。"

说着就把电喇叭挪到老郭跟前。许端午正带领村民为邝镇长的讲话拍巴掌，只见老郭捏着喉结摆着手："不行啊领导，重感冒，这嗓子，三句都说不上。"邝镇长怎么下指示，老郭就那两个动作：捏着喉结，摆着手。还是郑四方有眼力见儿，起身弓着腰，低声对邝镇长说道："邝镇长，要不，我先把这事儿给大伙介绍一下情况？"邝镇长有了台阶可下，点头说道："也好，是应该由养猪场这边先把情况说一下。"

郑四方就把死了几头猪、猪的惨烈死相、养猪场的化验结果说了一遍。

他说完，这次没等邝镇长再尴尬，我主动伸出手，示意郑四方把电喇叭传到我这边。没办法，现任民政助理一个劲儿推托，我这个前任，只能冲锋陷阵了。

"大家可能不知道，这是典型的破坏生产，是否已经达到定罪标准，需要公安机关立案后，检察机关进行认定。如果定性为破坏生产罪——再具体点儿说——定为投毒罪的话，根据刑法第二百七十六条，涉案人必须承担法律后果。"

"啥后果？挨枪子儿还是蹲大牢啊？"人群里有人问道。

"这得根据造成的后果，由法院量刑。咋？好好活着不好吗？还偏得犯下重罪、把小命交代喽？"

人群里的脑袋都像通了电，齐刷刷地摇着："不的不的，活腻啦？干那傻 × 事！"

"没干的，不用怕，谁干的，想躲，那也是没有可能。那句话大伙肯定都听过：天网恢恢，疏而不漏啊！"

话音刚落下，早前生产队叫驴住的单间儿那个位置，有人堆缩着坐在了地上。许端午也不管下巴底下没喇叭，扯开嗓子就喊上了："那不麻老三吗？咋啦？咋啦？"一时间，村委会大院又像回到了几十年前抢铃铛那天，只不过这次漫天飞舞的不是脚丫子踩踏出来的灰尘，而是村民们嗡嗡的嘀咕声、嘈嘈切切的好奇和议论。

"麻老三咋了？"

"那不休克了嘛！"

"吓的吧？"

"他干的？"

"这不闲的吗？这下有地方待了！"

出现这种情况，村民大会就成了众人看热闹大会，大家都等着看麻老三的下场。等着看下场的人，心态也一分为二，咋说的都有。

"咋下这黑手啊？你说要是真抓进去，活该不？"

"一时糊涂吧？真抓进去，他老娘可咋整？孩子老婆的，可咋整？"

这会再这么开下去，一点意义也没有了。邴镇长让许端午收秋，他和我们几个，加上被我和郑四方架着的麻老三，进了村委会。

进了屋，麻老三也彻底醒过来了，薅着自己耳朵，眼泪鼻涕连着脑门上的虚汗，一起往下淌。

"各位领导行行好，我知错了，饶了我吧！"

都是韩屯人，论辈分，那还是我和郑四方、韩松花的叔叔辈，我们三个谁也没法吱声。老郭此刻来了一碗水端平的劲头，用带病的嗓子说道："总得有原因吧？哪有无缘无故的爱、哪有无缘无故的恨嘛！"看了一眼麻老三的可怜相，又说道："赶紧说说啊，是不是受了什么不合理待遇，才用这种方式表示一下不满？"

没承想，麻老三很不上路，摇头晃脑地继续哭着："没有，都没有。"

"你要这么说，可就要吃罪啦！"老郭也没辙了，一副哀其不幸怒其不争的表情。

"你要是不说实话，罪更大！"邴镇长黑了脸。转过头问道，"你们猪场，想怎么处理？有没有意见？"

突然就没了声音。好半天，郑四方转过身子，背对着麻老三，缓缓地说："我认为，应该交给公安机关处理。"

麻老三一听，又蒙了，不男不女地哭唧着："别价呀！千万别价——上有老下有小的，我可不想蹲大牢啊！"

郑四方一咬牙，还是公然坚持自己的态度："亏你下得去手！猪场有多难、工资咋开出来的，你知不知道？"

"松花呀，三叔对不住你啦！看在你麻奶奶分儿上，你高抬贵手啊！"

我想替韩松花挡住麻老三的哀求，可是我发现，这个嘴实在是张不开啊！小时候一声声三叔叫着，那时候的称呼，刻在心里改不过来啊！

许端午又犯难了，使劲搓着他那两只手。看了一圈儿，对我和邴镇长说道："一时糊涂，嗐！这就是一时糊涂啊！"他实在是想替麻老三求情，又怕韩松花恨他，一副里外不是人的表情。

"松花，你给个态度吧。"邴镇长必须要韩松花一个明确的态度。

"镇长，这件事，我还是想由我们猪场自己解决。"韩松花总算是说话了，全屋人都看着她。

"我提个醒，你们猪场对员工，是不是有什么不合法行为在先？"老郭一脸严肃地问韩松花。

"郭助理，这一点我可以向你保证，对员工，猪场没有任何不合法行为。倒是安全管理方面——通过这件事，给了我提醒，我们经验不足，管理上存在漏洞，必须提高安全生产意识。"韩松花说得非常肯定，语气没有半点含糊，"包括我在内，从没在企业里待过，要学的太多太多啦！"

第四十八章　心痛

　　从村委会出来，天彻底黑了。韩松花先回了猪场，郑四方送我和邴镇长出了韩屯，才又回到猪场。前脚刚迈进韩松花办公室，后脚就听到走廊里传来小武子黏细的喊声。

　　"郑四方！郑四方！你在哪屋？"

　　尚三祥下午打了个吊瓶，打完就让他直接回家休息去了。办公室连着走廊这会儿安静得不像养猪场，像刚刚经历过狂风席卷的偏僻山谷，寂静里带着疲倦。郑四方和韩松花在小武子的呼唤声里，一扫这一整天的紧张，两双眼睛同时焕发出异样的光彩——郑四方惊悚，韩松花惊讶，两个人像是不约而同陡然意识到，这大半夜的，他们正孤男寡女身处一室！

　　再看向门口，小武子已经进来了。眼睛四下看着，两只手臂就抱在了胸前。

　　"我说你怎么天天不着家，三更半夜躲在这狗扯羊皮，还用得着回家吗？"

　　郑四方为了今天送猪出栏，昨天刚理了个发，还特意把工作服洗得干干净净。搭眼一看，和拖着一只跛脚、邋里邋遢的混子郑四方，简直不像一个人了。小武子剩下那只眼睛在灯光下蹿跳着嫉妒的火苗，像当年在江边把郑四方喝醉那晚一样的火苗。

　　"姓郑的，你也不要个脸，打个幌子就出来偷鸡摸狗！"

　　小武子没参加下午的村民会议，她去邻屯给人看邪病去了。过去欺负惯了郑四方，好几个月没见到，眼前这个精精神神的郑四方真让小武子发疯。她不敢直接冒犯韩松花，领教过她的蛮犟，可是离了她居然改头换面的郑四方，光是骂都不解气，她恨不得扑上去抓他、挠他、一口咬掉他一块肉！没经小武子同意，他怎么敢变成这样？他怎么敢不再落魄、怎么能连韩松花都拿他当个人物了？

嫉妒和霸占霎时间让小武子没了人形，伸出两只手，像疯掉的母鹰一样抓住郑四方的衣领子。

"不要脸的东西，赶紧跟我回家！不要脸的东西，敢勾引我男人！"

小武子像从前那样口不择言，郑四方却不是从前的郑四方了。他反抓住小武子的衣服，咬牙威吓道："你再血口喷人，看我不揍你！"

小武子明明想抓郑四方回家，被他这么一抓一骂，也忘了自己要干什么了，疯疯癫癫吵嚷着："你跑猪场来跟她睡觉，你把我扔在凉炕，你来跟她睡觉！"

还没说完，一个嘴巴就糊了上去。

两个人打得难解难分，谁也没留意到，韩松花默默地走开了。她走在夜色中的韩屯，朝着家的方向。每天不管多累多晚，她都要回家，她的老父亲在等她。猪场开上以后，韩松花雇了邻院嫂子，帮她照料老韩头。每天晚上她都是一路小跑，从猪场跑回家。今天却变成拖着两条铅腿往回挪动双脚。比这两腿更沉的，是她那颗心。

以往她看韩屯人，都是一个最贫困、最挣扎之人的角度，她看到的也都是一些贫困挣扎的人，只不过各有各的难，各有各的苦。如今当她站在养猪场场长的位子，看到的却是人们的阴暗面。这比猪场遭受一些损失，更让她心痛。在今天的死猪面前，韩松花不得不逼迫自己承认，人心难测，远超她的想象啊！一旦承认了最不想承认的事实，那种感觉，简直是给了自己一个最沉重的打击。小武子的吵吵闹闹，对如今的韩松花已经是一阵过耳风，别说跟小武子抢棒子，就是回一句嘴的怒气，韩松花都鼓不起来了。在她眼里，小武子不过是瞎咋呼，眼下遇到的明枪暗箭，哪个不比小武子阴狠啊！

她一个人落寞地走着，路过麻奶奶家，她站住了。殡葬店门前今晚没点灯，院子里也漆黑一片。她想着那个院子里发生过的事，麻大叔、铁柱、魔怔了那么多年的麻奶奶，心里像扎了把刀子一样难受。时间真是奇怪，它把过去看得那么重的一些东西，给变得像今晚的小武子这么轻；它又把过去曾经以为会淡忘的悲伤，在此刻，变成了扎心的刀子。比起人的生死、比起活着要遭受的重创——想到这里，韩松花止不住发出一声长长的叹息。

拐了个弯，走上了自幼走过无数次的那条土路。这条路上，她遇到过惊马，送走过儿子和母亲，也亲眼看到过刚从地里干完活回家的庞大海，背起休克的老韩头，不顾一切往村卫生所跑——

那是松花妈下葬之后，老韩头的腿早就一点知觉也不剩了。他搂着松花妈枕过的枕头，好几天不吃不喝，一心求死。

"桃子啊，你等等我，你别远走，你围着咱家小破屋多转几圈儿。"

韩松花怎么劝他，怎么把饭端到他嘴边，他就是不吃。庞大海看着也着急了，硬给塞进嘴里一口，老韩头给吐了出去。

"爸，我妈托麻奶奶告诉我，让我好好活，让你借我的光，替她享几天福。"

"你骗我。"

"爸，是麻奶奶亲口说的，你忘啦，她可是阴阳两界来回走，专门捎信儿带话的。"

"唉，没有你妈，什么福也不是福啊。"

"爸，我和大海好好种地，去淘弄些产量高的品种，看看能不能再搞点养殖，先把我妈看病的饥荒还上，就带你去市里看病。"

"我不去。"

"别犟了，我已经下决心了。"

"你要把自己累死啊？"

"累死也比穷死好啊。爸，我妈要是活着，我挣到钱了能给你俩花，我妈没了，你再没了，我就是挣到钱了，花给谁呀？"

老韩头没动静了。

"爸，你俩我总得有一个，我才有动力好好活下去。"

韩松花还说着,庞大海走上来,探了探老韩头的鼻子,说:"快别说了,不喘气儿了!"

说完他背起老韩头,忙三火四往村卫生所跑。村路上一颠一颠的,只见老韩头焦黄的尿液顺着庞大海后背往地上滴答,庞大海的裤子呱呱湿。

到了卫生所,村医用一根粗大的注射器抽满葡萄糖,照着老韩头干瘪的血管扎了进去。老韩头醒了。

"这是哪儿?"

"爸,村卫生所。"

"闲的你们,我刚才差点拉住你妈了。"

村医给老韩头量了量血压,嘴里说:

"韩富贵,别不识好歹了,看你把姑爷给尿的。"

"我能尿到他?他自己没有把门的。"

村医又对韩松花说:"松花呀,你爸严重营养不良,低血压,可千万按时按点给他吃饭,万一低血糖,那可危险了。"说这些的时候,庞大海就溻着被尿湿的裤子,一动不动站在一旁,直到老韩头打完针,他又给背回了老韩家……

想着想着,不知不觉已经站在了自家院门前。凉月当顶,状如扁豆。大黄狗年初过世了,院子里除了月光和一堆干柴,再就空无一物了。没有母亲、没有妹妹、没有小猪、没有和顺,也没有庞大海。只有屋檐下那个落满灰尘的铜铃铛,还和许多年前一样,月亮摇它一下,它就睁开睡眼,轻轻地招呼一声:松花,回来啦。

一股温暖夹带着一股悲凉,一块儿堵在韩松花的胸口。她问自己,这么苦苦挣扎、苦苦奋斗,究竟是为了什么啊……

就要推开院门那一刻,韩松花的手机响了。那个时候是夜里十点,我第一次鼓起勇气,在这个钟点给她打了电话。我已经足足为她焦虑了一整天,白天守着那么多人,又是开会又是乱饳饳,心里想说的,一个字也没对她说上。

"松花。"不管韩松花会怎么想,我都决定不再装模作样。

"你怎么样了,松花?"

"我没事。"韩松花的声音听上去确实很平静。

"我……我是想告诉你一个好消息,白天一直没说上——县里的治污资金,邴镇长给你跑下来了,就今天上午。他把能求的人都求了个遍,他——"

我磕磕巴巴说着,电话里传来低低的啜泣。

"谢谢你,天伦,谢谢邴镇长。"

"松花,我知道你难受,我也不知道——怎么才能让你不难受。唉,别因为个别人个别事灰心,我虽然没多大能耐,可只要能为你做的,我——"

韩松花没说话。我仍然能听见低低的啜泣。

"你不知道,在我,不,在我们男人眼里,你是个多么好的女人,我——"我简直语无伦次,几乎不知道自己在说些什么。

"松花,我知道,对你打击最大的不是这个事儿,是干下这个事儿的人。你不愿意把人想得那么坏,我知道——"

"左镇长,不早了,早点休息吧。"我听得出来,韩松花需要一副肩膀,让她靠在上面,好好哭一场。可是当我想把肩膀交给她的时候,她还是忍住了哭泣,用这样一句客客气气的话,轻轻把我推开了……

第四十九章　成年人的抉择

第二天,郑四方看到韩松花,一颗四四方方的脑袋恨不得直接窝进脖腔里。要不是投毒的事亟待解决,他真想直接扎进车间,不跟韩松花照面。反而韩松花就像昨晚的事情从未发生,对郑四方说道:"郑主任,我有两件事,想跟你商量。"

"松花——韩场长,什么事?你觉得——我能做明白吗?"郑四方大概一夜没合眼，眼睛通红，脸上还有几道抓挠的痕迹。他满脸内疚，连说话都不顺溜了。

"说啥话呢，四方？"

"松花，猪被毒死了，都是我监管不力，是我的责任，还让你挨了昨晚那顿——"

"哪跟哪啊，四方，这个节骨眼，我只有你能商量。"

郑四方抬头看着韩松花，看到了一双跟他一样布满血丝的眼睛。他知道，这双眼睛也一定彻夜未眠。韩松花说得对，事情有轻重缓急，别的话只能留到别的时候再说吧。

"监控录像，你是不是看到了？咱们什么时候去报案？"郑四方问道。

"录像，我看到了，没丢，也没坏。至于报案——"

韩松花眼睛看向了窗外。再过些天，春耕就要开始了，韩屯的土地上又会长满一排又一排苞米。小的时候，茂密的苞米地对于她，意味着秋后能换来收入，意味着家家户户的铁锅里将会有饭菜，烟囱会在一早一晚冒出象征过日子的缕缕炊烟。那时候她最怕自己家烟囱哪天不冒烟，她怕粮食会断流儿，日子过不下去。眼下她的担忧变了，这屯里谁家日子过不下去，谁家屋顶空剩一个不再冒烟的烟囱，她都会心如刀绞——何况是对自己有恩的麻奶奶家。

"其实，那天我一搭眼看到麻老三和三祥一块儿从车间出来，我就猜到了。一定是麻老二撺掇麻老三干的，麻老二不服我，觉得我以前跟他一样，混日子。结果到了现在，我挣的却比他多那么多。他是心里不平衡，才不过来干活了。"

韩松花默默看着郑四方。郑四方果然聪明，把麻老二和麻老三看得明明白白。猪场的大事小情，也只有郑四方，能跟她想到一处。这就是所谓的默契吧！

"你别那么说自己，四方，一辈子那么长，谁知道几起几落啊。"韩松花说话，真是永远绕开别人痛处，从不让对方难堪。正因为她这个性格，郑四方才像变了个人，一改这些年的吊儿郎当，忙着蹶子给养猪场出力。

"那两个不孝子,真是有爹生没爹教,不知好歹,早就欠收拾!"

"正因为是他们,四方,我想跟你商量,真不能报案了。"

一听韩松花这话,郑四方彻底急了。"松花,这次如果姑息,这次如果不杀一儆百,这次如果你妇人之仁——先不说别的,你想想,你咋跟万总交代?"

"万总那里,我一定会有个交代。万一麻二叔麻三叔抓了进去,跟麻奶奶,我没法交代。"

郑四方坚决不同意韩松花这种态度,脖子上青筋都胀起来了。

"松花,你现在是管企业,不是个人小作坊,这一次不走法律程序,你想过以后会有啥后果?"

"四方,这件事如果闹大了,老麻家哥俩抓进去,你觉得咱屯人还会把猪场当作是韩屯的希望吗?你不觉得好多人会就此跟咱们离心离德吗?"

"他们现在跟猪场同心同德了?你看看这左一出右一出,干的都是什么事?"

"老话说,以德服人,才能让人心悦诚服啊!猪场要想长久干下去、发展下去,就不能高高在上,要让韩屯人发自内心觉得这是给大伙带来福利的事儿。来干活的,有钱挣,留在家里种地的,也能免费得到有机肥,种的苞米能被猪场以高一点的价格回收——四方,我想来想去,这就是唯一的长久之计。"

"我说服不了你,松花,你还是想想怎么跟万总说明白吧!"

韩松花点了点头,又继续说:"这是我要跟你商量的第一件事。还有第二件事。"

"什么事?"

"你在外面关系多,认识的人也多,我想拜托你——"

"嗐,我认识的都是些泥腿子。"

"我想——让你帮我把庞大海找回来。"

郑四方愣住了。许多复杂的心绪拥堵在他的脸上,许多不能出口的话,被挡在了嘴角。韩松花为什么想把庞大海找回来?她原谅他了?她想报复小武子昨晚的无理取闹?她对我郑四方不满意了?想让庞大海回来取代自己在猪场的位置?一时间,各种各样的心思撕扯着郑四方。当初如果庞大海没走,韩松花找他来猪场,他能来吗?不来猪场,有现在的郑四方吗?最主要的是,有这半年的朝夕相处、患难与共吗?

"这个——你觉得我有这个能耐吗?"郑四方说得犹犹豫豫,他真正想问的是:你认为我就是答应了,还真能帮你把另一个男人找回来?

"四方,这两件事都只有你能帮我。我想让庞大海回来,让他和三祥哥一起负责饲料和喂养,这样就从根儿上安全了。"

郑四方想说,你最信任的人,还是那不争气的庞大海啊!他背叛你,还撇下了你,如今你刚要好,最惦记的竟然还是那家伙!就像空着肚子喝了整瓶醋,郑四方一个字也没说出来。

这两件,都是韩松花昨晚走在夜色中的韩屯,想着过去,想着无法忘却的一幕一幕,做出的决定。跟郑四方商量完后,她今明两天要做的事还有好多:第一件,去见万总,汇报一喜一忧两件事,治污资金、损失七头出栏猪,努力做万总的工作,为猪场的长远发展,力劝万总,一定要把这件事的影响控制在最小;第二件,去麻奶奶家,跟麻老二、麻老三摊牌,让他们知道她有足够证据,也让他们知道她是在事实确凿的情况下,决定不追究,同时决定用自己的收入,替他们赔偿猪场、赔偿万总;第三件,请许端午出面,再次召集全村村民开会,登记各家各户土地面积,根据面积逐步发放有机肥。同时重点宣传万总这几天刚刚确定的新生养猪场经营理念——用猪场带动土地的改良和增收,鼓励一家两制,即女同志或不适合种地的人口来猪场工作、挣固定工资,棒劳力则以种地为主,鼓励继续种苞米,秋后猪场将以高于当年市场价的价格,全部回收,从而实现真正的利民、惠民。

"让全屯每家每户的生活,都从根本上发生变化。"那天的全村村民会议座无虚席。韩松花对着麦克风，一字一句，说得铿锵有力。她不知道的是，许端午的手机一直开着，我和邴镇长一直在电话这边一字不落地听着。

当然，还有一件事她永远也不会知道，在电话这端，我想着多年前的小韩松花，想着如今鬓有白霜的韩松花，两行滚烫的眼泪，不知不觉滚滚落下。

第五十章　归去来兮

季节在北方，是隆重的加冕，也是庄严的覆盖。秋季的东山在层峦叠嶂之间，延展着无际的时间，也连接着派生万物的天地。山梁上、河沟里、一道道坡、一道道梁、一声声的呼叫与应和，艰辛与悲怆，都在季节变换中变得莽苍无际，又无限接近着灵魂中最柔软的角落。

老韩头的生命在这个秋天走到了尽头。那么多年贫苦的日子，他一直在叫骂，他的火爆脾气远近闻名。可那个秋天他彻底变得软弱了，眼泪就像涝年的雨，顺着生锈的眼睛汩汩而下。他的大嗓门儿被外面几乎不间断的猪叫声淹没了，失去了大嗓门儿的他变成东山飘下来的一片干树叶，随时等着第一波北风把他卷走。

韩松花操持着猪场，猪场里的猪与她的生活息息相关，也与全韩屯人的生活息息相关。这么想下来，她与全韩屯的关系，就变成了轴承和链条，百分百地息息相关。现在她主要负责"技术"，养猪的技能她是天天学、各种养殖书她是天天看。她发现自己这颗脑袋还真是最合适学东西，看过就不忘、学了就准会。

郑四方主要负责管人，管的都是猪场里的韩屯人。他被放对了地方。经过那几次"事件"，人员逐渐适应，管理也逐渐捋顺。跟上头——新生肉联厂那边，除了万总以外的其他人，只要是沟通的事，他也都能唠得上去，协调得明明白白。眼下还看不出他和小武子到底会啥样，他还是不回家，吃在猪场、住在猪场。

许端午有一回私下跟我说，郑四方看韩松花那眼神儿里有话呀！我问他，是什么话？许端午拿出一副意味深长的样：还能什么话？想跟韩松花过下半辈子的话！我说，那韩松花呢？她啥意思？许端午嘿嘿笑：左镇长，瞧把你急的！你说韩松花能啥意思？我这才反应过来自己有些失态，急忙把话往别处拉扯。可是说了什么，自己都不知道。大概有两句是"那不乱了套了？韩招弟咋想？"之类的。我的眼前自顾自晃动着郑四方和韩松花一起走过小木桥，郑四方怀里还抱着个孩子，他俩的孩子。这虚幻的想象让我心里五味杂陈。要真是那样，郑四方这辈子的理想才算实现了——那才是他理想中的女人，理想中的"家"。兜兜转转大半生，他的人生理想最终会因韩松花实现吗？——我竟没有一丝高兴，哪怕那是我少年时代最好的朋友，哪怕那是他只对我说过的理想——没有，我真的没有一丝高兴啊！

东山脚下，作为新生养猪场场长的韩松花，这一年来，不管遇到什么事，她在每个人面前几乎都是笑呵呵的。这不由得让人想起她小的时候。那时她家里日子那么苦，可她从没有过罗海燕式的苦大仇深，怨恨毒誓。罗海燕在属于她的命运里继续浮沉，其实韩松花又何尝不是。

秋风继续把北方的秋天往深里吹，笑呵呵的韩松花心里在不时地泛起酸楚。

最后一个跟自己相依为命的人也要走了。这人生了她，养了她，却也把她的人生路从十几岁就拧了劲儿。她这半生都在伺候他，也许不是因为他，她也早就离开韩屯了吧？可恰恰因为他，自己才有了破釜沉舟这一搏，才有了养猪场，韩屯人才有了自己的致富路。韩富贵干瘦的身躯隐藏着命运的考验和超度，终其一生他都没有靠近过富贵，如今日子真的要好了，他却要走了。

"爸，再吃一口，就一口，你不是做梦都想吃黄桃罐头吗，你看，这都是。"屋里摆着好几瓶黄桃罐头，都老老实实站着。老韩头嘴也不张，韩松花喂进去的罐头汤，又从嘴角流出来。

"爸，你想金宝和招弟了吧？我知道，你不见金宝，是疼死了她。不见招弟——唉，你是觉得丢了脸面。爸，不管怎么，那也是你亲闺女，见一眼，她们也还知道有人疼着——"

老韩头嘴巴抖动着，眼泪横流。不晃头，也不说话。韩松花对着门外看一眼，召唤道："进来吧——"

韩金宝和韩招弟一前一后进来了。韩金宝头顶几乎一片花白，韩招弟也不是当初离开韩屯的模样了，也许是一直在哭的缘故，眼睛下面黑乎乎的。倒是韩松花，看上去像座小山一样平静。

韩金宝先过去坐在了老韩头左边，叫了声爸，见没有惹来骂声，又摸上老韩头一只手，紧紧地攥在手里。韩招弟站了会儿，也走过去，坐在右面，攥住了老韩头另一只手。

干树叶一样的老韩头，就在一直避而不见的两个女儿的相握中，眼泪清清楚楚一滴又一滴地，沿着两鬓滚到耳壳儿里，又依依不舍地把眼睛闭上了。一时间，要说的还多着，却没法再说了。要悔的也多着，也都没法再悔了。再怎么要人命的心酸苦楚，恨怨懊恼，这一闭眼也都烟消云散了。韩金宝和韩招弟第一次发现，自己爸在没有牵挂、没有心事、没有暴怒的时候，那如同睡相般的脸竟也是安详静谧的，甚至还能依稀看得出这张脸年轻时英俊的轮廓。

出殡那天，韩屯人惊讶地发现，打灵幡的是个熟悉的身影。很瘦削，脸上刮得很净，眼珠被眼睑盖着，看不到里面放了些什么。这人身穿孝衣，腰上缠着孝布，胳膊上也有一圈儿黑布，迎风走在最前面。骨灰入了土，韩招弟手里拿着敞盖儿的酒瓶召唤道："姐夫，洗手，来，你先。"那人培上最后一锹土，跪地磕了三个头，才站起来洗了手。

是庞大海。庞大海头天晚上回来了。他送了老韩头在阳世的最后一程——尽管每个人的最后一程都很短，恩怨全都来不及清算，爱恨只能随有数的步子一笔勾销。他还亲手刨开碎石泥土，挖了个坑，把与他纠缠不清数十年的老韩头归还给山脊，归还给韩屯的山川日月。屯里人实在忍不住内心的感叹，事实上真正的庄稼人本就是这样直来直去的性格，他们起了个话头就收不住，像树上成熟的果子只要一摇晃，就会噼里啪啦掉下来——他们纷纷说着——

"别人女婿顶半个儿，老韩头这女婿顶三个儿！"

"到底还是得了大海的济——这老韩头！"

"是儿打不走是财撒不散哪！这个大海，还真是，真是！"

庞大海回来就没敢正眼看韩松花，韩松花也没看他。谁也不知道韩松花在想什么，不知道剩她和庞大海俩人时，她会做出什么。埋葬了老韩头，两个人从山上下来，一前一后，不约而同走到了猪场。地窖子还在那儿，以沉默的姿态等待该到来的人到来。庞大海看了看门口，烟袋锅还在那里挂着，像知道季节的人想跟老庄稼把式慢条斯理地拉一拉家常话。他的脸掠过一丝怯意，挂在那儿的是他的老伙计，他好像听到老伙计在骂他混蛋，十足的混蛋，居然伤了那么好的女人。他把下巴抵到胸口，手在胯骨上来回搓着，不敢走到老伙计身边去。

一只不晓得人生，不晓得死生契阔、悲欢离合的瓢虫落在了门口立着的圆木棍子上，它展开鞘翅，舞弄了几步，又停下了。它是误打误撞落在棍子上的，不知看到棍子的人心里是什么样的翻江倒海。一个健壮的女人走过来，拎起了那根圆圆的棍子。瓢虫抖擞着身体飞走了。女人把棍子拎到猪圈门口，拿出一把斧头，乓乓乓地劈了起来。棍子开始溅起了碎木头。小猪们听到声响，一脸好奇地扑过来看，女人摆着手，去、去！

庞大海慢腾腾地走过去，拍了拍女人肩膀，大概用眼睛对女人说了句，真不要了？女人没把斧头交给他，大概也用眼睛说了句，我来吧。

光滑的圆木棍很快就变成了碎木柴，添到了熬猪食的火焰里。火焰越发起劲儿地熊熊燃烧着，直到把身边那一对男女的脸膛染得通红，烤得滚烫。

第五十一章　漂泊的日子

庞大海从没想过自己会离开韩屯,他觉得敢离开的人,多少都有点本事。他也绝对没想过,自己会被韩松花追赶得如同末路野鬼、丧家之犬、过街老鼠,跑成一溜烟儿,屁滚尿流地逃走。

庞大海边跑边提溜着裤腰,别说没扎裤腰带,那裤子里面除了光溜溜的屁股,连条裤衩都没有。跑到公路上,路边有棵树杈缠了两圈儿旧电线,庞大海给拆下来,把灰撸一撸,当成裤腰带缠在了腰间。好歹不会掉裤子了,可是走到晚上,比掉裤子闹心的事像干燥的大象突然不再便秘,排泄物一股脑糊在倒霉蛋脸上。庞大海要招架的难题,简直跟大象排泄物一样多。

他的肚子已经饿得稀瘪,一个劲儿鸣枪放炮。他单薄一层衫子和裤子,在深秋的夜晚被夜风一呼嗒,简直成了布扇子,扇得他直打哆嗦。连跑带走,起码已经离韩屯四十里地。口干舌燥,这会儿有人装一瓶尿给他,他都得当成水喝进去。这么冷的夜晚,蜷在哪儿睡过去都要做好冻死的准备。庞大海捂着肚子,逼自己继续走。这里是镇子,有几盏路灯,有一些矮趴趴的临街门市,最高三层,台阶不超过四五级。再就没别的了,连村子里的干草垛、柴火垛也没有。转来转去,终于发现一个四下用铁网围成的简易仓库,里面左一袋右一袋,堆放着紫皮小毛葱。庞大海没看到有人睡在仓库里,就踩着几块砖头,翻了进去。

大量干燥的毛葱皮多少能冒充一下草垫子,他悄悄趴在上面,掏出两个毛葱,狼吞虎咽使劲嚼着。咽到胃里,胃就像被辣椒水勾芡了,火烧火燎,咽也不是,吐也不是,难受得他在黑暗里直翻白眼。也不知过了多久,屁股好像又撞上了韩松花的棒子,乓乓两声,疼得庞大海一个激灵爬了起来。

"偷这来了？看不打折你腿！"一个浑身酒气的男人，没有面目，没有岁数，只有醉醺醺的酒气和吼叫。眼看着棍子又要抡上来，庞大海踩着毛葱垛蹦了出去。

又不知跑了多久，天光浮现，太阳眼看着要露头了。庞大海蓬头垢面，衣衫褴褛，像个天地为家的流浪汉。饿到眼睛发绿的流浪汉不记得勾引自己的女人，不记得和那女人还没把事儿办上就被棒打，不记得怎么找回的那几只猪，甚至不记得是怎么来到了这里，他只看到眼前出现了一个垃圾堆，那里有饭店倒的剩菜、有被城里人唾弃的地沟油、有深绿色的啤酒瓶子，还有几个烂苹果、几个豁牙漏齿的快递袋子……他直勾勾地走过去，抓起剩菜往嘴里塞着，好像那不是自己的嘴，是一口需要填满的废井，是一个深不见底的破洞。塞着塞着，眼睛像被什么东西连上了松花江，江水一旦冲出眼眶，就开始一路暴走，疯狂肆虐地流淌……

庞大海确实来到了市郊，那个垃圾堆紧挨着一处工地。几经周折，庞大海被工头亲自带领，去补了个临时身份证，开始在工地干起了力气活。工地的活也分三六九等，他啥技术也不会，只能搬砖、扛水泥、卸沙子，一段时间后，才干上了和沙子水泥的活。他的报酬也是最低的，一个月一千块，可以睡在工地帐篷，但是不包饭。庞大海挺知足了，毕竟不用继续流浪，毕竟每个月还能拿到一千块。他心想，慢慢来，以后学会砌砖抹灰儿，工资也就多了。一旦学会了，这个工地结束，再去别的工地找活，几年下来，也能攒下一些钱。兜里有了钱，这双脚才敢往韩屯迈，这张被剥光了皮的脸，才敢出现在韩松花面前。

庞大海干着最重的体力活，一天只吃两顿饭。早上两个馒头，一小袋咸菜，晚上照样两个馒头，在附近小饭店点一碗汤。如果按顿吃，一碗煎粉要八块、一个小小的茶叶蛋还得一块，要是嘴馋想吃一张洋葱牛肉馅饼，那就要六块，别的就更不用说了。庞大海实在是舍不得。三个月后，又到了开工资那天，庞大海太缺油星了，脚脖子的骨头简直要从薄薄一层皮里支棱出来了，他一咬牙，去市场买了半斤生花生米，外加一瓶啤酒，跟另一个情况跟他差不多的工友，稀罕吧嚓地打了顿牙祭。

那时候他每个月挣的钱都在他裤衩里——单独缝了个小兜，比百元钞票宽一点、长一点。庞大海从没进过银行，也没有自己住处，钱只能贴身跟着他。那天打完牙祭回工棚睡觉，半夜起来撒尿，他就感觉小肚子冷飕飕的。一摸，摸到了两层布，里面那沓钱没了！这一下可把庞大海的尿给吓没了，他怎么使劲也尿不出来了！这几个月，他发现自己已经失去了那个专属于男人的功能，连勃起都没有。他心想，活该！被韩松花给吓阳痿了是活该！可是尿给吓没了可不行，那不就离死不远了吗？

庞大海去找工头，工头说，这也没法管啊，除非你当场抓住是谁偷的。庞大海想说是昨晚一块儿喝酒的那个工友，可是又一想，明明昨晚刚交过心，那个人刚跟自己一五一十说完他家的难事——老婆是精神病，一犯病就砍他，把他砍得满身是伤。老妈脑萎缩，骂起人来比精神病老婆还花花。他本来老老实实种地，可为了在老婆刀下留一条活命，只能跑出来打零工。想着这些，庞大海就把话生生咽了回去。结果，那个工友果然从此没影了，工头说，他也才知道，那家伙身份证是假的。

庞大海连憋气带窝火，也只能打了牙往肚里吞。社会这么险恶，人心这么叵测，他真是连想都不敢想。这么比起来，老韩头那种骂骂咧咧算个啥呀？韩松花那倔了吧唧的劲儿算个啥呀？他们哪懂坑人害人啊？

管工头借了些钱，庞大海又跑到了医院。他又一次感慨着医院真是个吃钱的地方。多年前，他抱着儿子跑医院，后来韩松花她妈有病、住院、急救，哪一趟不是钱啊？这回轮到他自己了。进了医院，又是化验又是彩超，足足折腾了一上午，后来确诊为急性前列腺炎。

"大夫，是不是绝症啊？"

大夫看了他一眼，说道："打针，吃药，热敷，怕累。去吧，先去收款处交钱。"

庞大海又怕得了不治之症,又怕治病需要花钱,浑身止不住地突突着,用借来的钱,把针打上了。针头还没往里扎,只见他脑门冒出黄豆粒般的汗珠,脸色焦黄,惹得护士十分不满意,说道:"挺大男的,怎么还晕针呢?"没等说完,庞大海眼前一黑,晕了过去。就这样,他又多花了一份钱,往静脉里推的那管葡萄糖钱。

接下去的一个月,庞大海的工就是为工头一个人打的——他那一千块工资,正好把欠工头的看病钱还上。越想攒钱越出岔头,越想攒钱越拿不出钱,在外一年了,庞大海连一千块都没攒下,他迟迟不敢回韩屯。

可他没有一天不想韩屯。他想的其实也不是韩屯,他想的是韩屯那个女人。不是勾引他那个骚女人,是他曾经一看就烦、是把他打跑的那个犟种女人。他万万没有想到会这样。

他想这个女人想得毫无章法。最开始是梦到她,她抱着和顺,在豆角架前边捉蜻蜓。浅紫色的豆角花围着她和和顺,娘俩一笑起来,一人脸上一对儿小酒窝。他就醒了。明明刚刚就在眼前,可那样的日子早就没有了。接下去的一整天,他心情都非常不好,可他不想再骂韩松花了。他觉得以前太欺负她了,心情一不好就拿她撒气。自从没了儿子,她从来没那么笑过了。要不是这个梦,他都忘了韩松花笑起来的酒窝是那么好看。后来,他听到有对男女在工地附近吵架,还听到那个男的清清脆脆地扇着那个女人的嘴巴,他就像梦游一样走上去拉架了。他觉得哀号的女人是那么可怜,她手无寸铁,嘴角流血,再大的哭声都发泄不了她的心碎。拉架的时候,他特别心酸,特别想念韩松花。韩松花每次挨打,连这种哭声都没有,她再心碎也会顾全他的脸面。在市里一家医院干扩建活的时候,他看到一个被急救车拉进医院的女人,也不知她得了什么病,那张脸像纸一样白,一只手紧紧攥着她丈夫的手,身边围着一大堆亲人。庞大海突然感到一阵心慌,独自守着猪舍和地窖子的韩松花,万一她病了,可怎么办?谁能管管她、谁能帮帮她啊?

那是冬天，他顾不上大雪纷飞，把自己捂得只剩两只眼睛看路，偷偷回了趟韩屯。站得远远的，他看到尚三祥在猪舍门口，蹲下起来地干活。他还隐隐听到老韩头的咳嗽声，不知怎么，他感觉那声音像东山山顶飞过的年迈的山鹰，孤独中透着无边无际的凄凉。他一直没看到韩松花的身影，这让他像丢了魂一样坐立不安。为了能把魂找回来，能把工继续打下去，第二天，他又悄悄溜回了韩屯。隔着小石河，他终于看到了韩松花。她穿着他的旧棉袄，旧水靴子，两只手不时捂住后腰。东山坳的风像刀子一样凛冽，撵他赶紧离开。可他的心就像冻在了河水里，不硬拔出来就是动弹不了。一股强烈的感觉猛然塞满他的心口——韩松花一定是病了，韩松花一定在咬牙挺着，让自己别倒下。可他必须噙着眼泪低头走掉了，小石河那么窄，韩松花只要一回头，一定会发现他。他知道，别说捂成这样，就是真变成一把灰了，韩松花也能把他认出来……

郑四方的泥腿子朋友找到庞大海的时候，因为冬天几乎找不到活，庞大海的裤衩口袋里只攒下了三千块钱。庞大海觉得太少了，拿不出手，没法交给韩松花。可是等他真的交给韩松花的时候，他听到韩松花哭出了声音。很低，很隐忍，却又很连贯，很难突然中断。

第五十二章　不期而遇

偶然间听到的一首歌让我彻夜未眠。我决定回趟韩屯，在接下来的十月的那个周末。与公事无关，这一趟韩屯，纯属私行。

我身边坐着马白云，后面是左凌儿。左凌儿说她想看树上的榛子、带虫子眼的榛子，不是干果店里卖的冒着油光的进口大榛子。我心里毫不犹豫地答应着她，嘴上却在警告：别以为闹着玩儿，那山上可有野猪。左凌儿说她信，知道有野猪，可野猪不知道她来，不会啥也不干专门在半道儿等着她。

"左镇长，你忙，野猪也不比你闲呢！"

她快上大学了，我们的父女关系一定会越来越友情化，我已经十分珍惜她的胡诌八咧了。有时间这东西在，最不用担心的就是一切都会随它而去。我也很不成年人地好奇着，她回趟韩屯，又会虚构出什么不着边际的作文吓唬老师。在我和左凌儿的小斗智中间，只有马白云堪称具备了成年人的心智。她给左凌儿的肚脐贴了姜片以防晕车，又为万一颠簸而出的呕吐物准备了几个方便袋，坐安稳后注视着前方幽幽地说："都别跟野猪较劲，你俩互相哄哄得了。"

我有些搞不清，她是因为晕车药这东西没有打折一说才没买，还是因为土法对人体没有副作用。那么厚的姜片会不会把女孩子的肚脐辣到红肿，我委婉的担心又一次被她当作耳边风。

通往韩屯的公路像小石河之外的另一条河流，流到屯子路口如同汇入了土黄色的河道。车子过不了桥，我把它停在桥这面，离山脚不远。一阵风刮过来，落叶、草屑连同所有轻飘的东西都被风刮得原地打转。空气里弥漫着秋霜的味道，山路上能看得见人们磕磕绊绊相继走过的脚印。太阳被山挡在后面，即将枯透的草木下是我熟悉的锈石。我们往山腰走着。我想对左凌儿说，很多年以前，我和我的同龄人曾以为一辈子也翻不过这座山，城市——哪怕只是县镇，那些灯火辉煌、铁路纵横的地方，是山那边一个遥远到像天堂像月球的地方。我想告诉她什么是人生的兜兜转转。告诉她她回过头就能看到的、匍匐在她脚下的韩屯，在她眼里只是个披挂着山峦细水的村庄，一会儿就能往返一趟。可那个村庄我活到现在都走不出去。我曾一个人走了出去，但我又回来了。屯子里别人的命运落在我身上，我的命运又落在他们身上。

我想告诉左凌儿，这里每个人的命运都改变了，这里才跟着变了。这是个逻辑问题。贫穷曾是这里的麻药，第一个敢大声喊痛的人要用嘶哑的喊声来唤醒第二个、第三个、第一两百个。那条水泥小路上，走着越来越多醒来的人。他们应该感谢一个叫韩松花的女人，过去左校长、某个时段的那些村官们，他们都没做到的事，这个女人做到了。

"这个——这就是榛子。"

我从榛柴棵上抓了几颗下来，指着还绿着的叶子和绿壳，对左凌儿说。我还是做不到郑重其事地对她讲韩屯的改变，也不想带着她和马白云去观摩韩松花的猪场。我说不清原委。

"差不离吧——跟我想的！"左凌儿雀跃了一下，笑得那么纯真无邪那么没有收敛。那几片榛子叶都被虫嗑成了筛子眼，她举在眼前，透过虫子风干的牙印仰头看着天空和白云、大山和小河。

"爸——你说，什么样的人最幸福？"不知筛子眼过滤给左凌儿一个什么样的世界，她忽然这样问。

"大概——骨高气醇，要么，憨直迂腐——都不一定吧，撞概率吧！"

"她们幸福吗？"左凌儿撂下筛子眼，指了指不算远的几个人。我看过去，踩着厚厚的落叶往这边过来的，那三个高矮胖瘦全不一样的人，不是别的村户，正是韩松花姐妹三个。我心想，世间总有这么巧的事！大概是去后山给老韩头烧七吧？三七？五七？

"这么巧！"我抬起一只胳膊，主动招呼着。

"左镇长，这是来——"说话的是韩松花，她身后韩金宝拎了个空篮子，韩招弟挂了根登山拐杖，穿着登山鞋，一身户外运动的行头。

"孩子要来认认山里的物儿——白云，认识认识，这是咱们乡致富模范——"没等我说完，两个本应被我介绍的人已经把手抓在一起，热乎乎地摇动着。

"请都请不来，碰却碰上了——走吧，去家里认认门儿。"

"转完山再说，你忙你的去。"

身后，韩金宝韩招弟姐俩愣愣地看着，心里估摸着跟我一样奇怪。她们什么时候又是为的哪般认识的？直到她们姐三个又踩着落叶往山下走去，我才捞着问马白云："是怎么认识的，你和她？"

"我爸手术那个钱,你知道谁借给我的?"

"难不成——是她呀?她那会儿不正一身饥荒吗?"

"谁晓得——大概是从她妹妹那里硬借了两万,给我送过去了。"

我找不出什么话可以说了。我想说的话只有脚下的东山能听得懂了。我的母亲曾教育我,人活在世上,帮人就等于帮自己。类似的话我的父亲用多种形式对我讲过无数次,直到此刻我才脱离了形而上的理解。我的女儿还在有一搭没一搭地问我刚才那几个是什么人,据她判断,里面长得最好看的那个应该最幸福。

"哪个最好看呢?"马白云接过左凌儿的话头。

"很壮实的那个。"

"为什么?"

"她好像没那么鬼精,心眼实——就是一根筋吧!看着顺眼!对了,她还有两个小酒窝儿——妈,我咋没有呢?"

我的心陡地猛跳两下。我以为韩松花如今的酒窝儿只有我看得见,所有人——包括老邝、许端午、郑四方和庞大海,甚至还有当年不见韩松花不闭眼的大青马——一定都以为她嘴角只剩下若隐若现的皱纹。没想到,左凌儿竟一眼看出时光在韩松花脸上虚晃的枪法。左凌儿,我这冰雪聪明的女儿啊!

东山上,大片小片的树林依然保持着季节特有的斑驳和苍黄,空气就像滤出林间的泉水,透彻明亮。树枝间有鸦鹊穿梭飞动,白花花的杨树枝聚拢上扬。又有一些人从我身边路过,有人年轻,有人苍老。有人上山,有人下山。他们中没再遇到认识我的人,他们也没停下脚步,像打量陌生人一样打量我。在他们看来,我们三个衣着朴素,相貌平凡,应该来自这山前或山后的哪个屯子。

这让我心安,让我高兴。这让我听着脚下簌簌的落叶声,在心里一遍又一遍确定,自己仍然是也将永远是这座山的孩子……

第五十三章　天心月圆

算起来，韩屯的老人能爬过百岁这道坎儿的，往上数三辈，里里外外翻遍也没翻出一个。古稀耄耋成了两面高高的围墙，挡住的人，一概不分男女。

好歹，麻奶奶把两面墙都翻过去了，也不知是什么支撑着她，竟然活成了韩屯的老寿星。莫说她一辈子那些坎坎坷坷、沟沟壑壑，又是守寡又是疯魔，只说她晚年的光阴，整日里守着满屋子烧纸假人烟不离手，谁也不敢想她能够活到八十六岁零三十七天。

麻奶奶走的前一晚，早春的一轮圆月把她家当院照出了几分料峭。麻奶奶从寿衣店后门进了当院，摸出腰间的旱烟枪，哆哆嗦嗦地点上一管。白烟徐徐飘起，绕过杏树的老枝新叶，摇荡出一个苍老嘶哑的声音。

"老二，老三，把你们那窗户打开。"

半天，对着的两屋窗户，吱扭着打开了。灯灭着，两扇窗像两个洞口，黑黢黢的。

"听着，今下晚，你们再困、再懒，也要套上你们那身皮，把该办的事办了。"

"妈，三更半夜，你又发什么疯？"麻老三那屋忍不住出了动静。麻奶奶没接这话茬，又吐了一缕白烟在夜色里。

"就在我站这个方位，架上停灵板，待我僵硬后，前屋柜子里那套寿衣给我换上。不要动我的手脚、脸面、指甲，我都料理过了。平放到停灵板上，左手给我握几个打狗干粮，右手给我握上打狗棒，我已经和面蒸好了。"月光悱恻，四下幽幽的蓝光里，泛起一阵密集的咳嗽。

"塞几个铜钱在我嘴里，黄布盖脸，红头绳捆住双脚，老二，你用短杖猛敲外屋门楣，大声喊：妈呀！走西南光明大道！有多大声你就喊多大声。纸幡挂在大院门口，男左女右，八十六张，再额外加上两张过头纸。"一抹淡雾似被月光自老人嘴里扯出，绕了几绕，不知去向。月悬天际，星光点点，院里的人又说了"过浆水""送盘缠""辞灵""摔丧盆"。

"你们两个，最在意的是让谁抱头、让谁扛灵幡，我告诉你们，不用抢，也不用人脑袋打成狗脑袋，这点家底我已经一分为二，遗嘱，早就放在了韩松花手里。"

这话说完，院子里没了人影，也没了粗哑的嗓音。杏树的老枝刚鼓出小小的芽尖，袒露在月光里，一副不知所措的神情。

第二天，韩松花和一众韩屯人赶来时，走阴人麻奶奶已经离去多时了。她是坐在寿衣店那个小屋里往生的，嘴里还含着人间最后一口旱烟。麻老二麻老三都说昨晚好像做了个梦，梦见老娘站在院儿里，一副巴不得快快走掉的语气交代后事，也不知人是哪个时辰走的。韩松花问他们该做的都做了没有，又亲自检验一番，才缓缓说道："我知道是哪时走的。"

一屋子韩屯人，包括张罗着招呼来人的许端午，全都瞠目结舌。只听韩松花说："我都好久没睡个囫囵觉了，偏偏昨晚，八点还不到就睡了。睡着睡着，看见麻奶奶穿着一件新衣服，盘扣，脸上好像开着桃花，粉亮粉亮的，眼睛却结着雾水，忧忧郁郁的。冲着我说，松花，奶奶也要走了。忽的一下，我就醒了，睁眼看，十一点整。"

说着，韩松花跪在了麻奶奶脚下，一张一张烧着纸钱。灼人的火苗燎着眼睑，眼泪簌簌落下。

她有三个月没来看麻奶奶了。猪场开业三年，韩松花成了冲浪人，在时而低沉、时而滔天的巨浪中苦拼了三年。刚开始那年，尽管风波不断，可猪行情一直很好，乡亲们按月开支，拿到钱就喜上眉梢。可市场这东西哪有定数，行情说变就变。一年后，猪肉开始掉价，一开始掉了两三块，掉着掉着便刹不住了，又过半年，原来买一斤猪肉的钱,能买到二斤里脊或五花了。

"猪肉这东西,好一茬坏两年,准准的!"每张嘴都这么说,人心就越来越宕动。韩松花理解乡亲们的宕动,因为,开支确实不顺溜了,第一年年底给众人发的红包和福利,到了第二年年底,任她怎么想瘦驴拉硬屎,也是拉不出了。抱怨声不绝于耳,人心这东西,还真是风一吹,草就动。

韩松花去找万总,她想不出什么好法子让乡亲们与她患难与共,一起熬过困难期。她和万总商量,拿出自己的一部分股份换钱,给乡亲们开支。可是不解决根本,猪场仍然困难。无奈,只得遵循企业管理的规律,要么人员精简,要么压缩存栏数,却仍然行不通,谁也不愿被辞退。眼看着,饲料供不上,猪越来越瘦,万总痛下决定,杀猪,停产。韩松花坚持留母猪,保留再翻身的基础。就这样,苦熬了将近二十个月,市场又来了场循环:猪行情终于再次上涨!韩松花和养猪场,宛如劫后重生,度过了最困难的一个时期。

三个月前,在邴镇长和我的帮助下——当然也是仰仗着万总的大力支持,韩松花单独成立了自己的企业:东山坳养猪场。这是完全脱钩于母公司的独立企业,法定代表人、董事长都是韩松花,出任场长的不是别人,正是我的发小,郑四方。韩松花每天都脚打后脑勺地忙碌着,分身乏术,神经紧绷,和麻奶奶,也就一直没捞着照面。

"奶奶,你这是咱村的白喜事,是喜丧,我说得对不对?"韩松花一边往黑泥瓦盆里放着烧纸,一边跟麻奶奶说起了话。

"奶奶,这几年,起起落落,却不知怎么,我想通的事反倒比从前多了。在过去,我是那么不喜欢我爷爷,就连一想到'骨血'两个字,心里都不是滋味。我内心深处,一直不想承认我是爷爷的骨血。"

"可是现在,我不但承认了,还每年都给他烧纸。别说他是吃地瓜撑死的,他就是偷别人家馒头噎死的,他也是我的爷爷。他想活着,想吃饱,这不是他的错。"

"奶奶，我想说，二叔三叔是你的骨肉，再怎么气、怎么恨，你心里放不下的，也是他们。你呀，嘴上越冷，心里越疼，不到万不得已，你才舍不得走啊。我猜想，你昨晚走的时候，一定表现得云淡风轻的，好像巴不得走似的。"韩松花顿了顿，又说，"你是在掩盖自己不想走啊！奶奶，你看我爸对金宝招弟，不也一样嘛。"

麻老二麻老三都披麻戴孝，听到这里，突然脑门着地，磕起了响头。

"所以啊，奶奶，你就放心好了，这个家，就是分成两份，也永远是一个家，一笔写不出两个'麻'字，二叔三叔，永远是亲兄弟。"

麻老二和麻老三的头，磕得更响了，落在早春的地面上，乓乓作响。他们面前的黑泥瓦盆，高高的火苗突然恋恋地闪了几闪，节奏跟饱经沧桑的老人的心跳，没有二致。

我也在院子里站着，耳闻目睹，一个细节都没落下。

农历壬寅年三月二十二，韩屯最长寿的老人麻奶奶寿终正寝，东山坳养猪场董事长韩松花，用她与岁月换得的成熟沉稳，睿智淡然，再一次，让我暗自惊叹。

（全文完）

2024年2月　第八稿　修改于吉林

图书在版编目（CIP）数据

东山坳 / 杨逸著. -- 北京：作家出版社，2024.8.
--（新时代山乡巨变创作计划）. -- ISBN 978-7-5212-
2949-3

Ⅰ. I247.5

中国国家版本馆 CIP 数据核字第 2024A6A556 号

东山坳

作　　者：杨　逸
责任编辑：史佳丽
封面设计：末末美书
出版发行：作家出版社有限公司
社　　址：北京农展馆南里 10 号　　邮　　编：100125
电话传真：86-10-65067186（发行中心及邮购部）
　　　　　86-10-65004079（总编室）
E-mail:zuojia@zuojia.net.cn
http://www.zuojiachubanshe.com
印　　刷：唐山嘉德印刷有限公司
成品尺寸：152×230
字　　数：260 千
印　　张：20.25
版　　次：2024 年 8 月第 1 版
印　　次：2024 年 8 月第 1 次印刷
ISBN 978-7-5212-2949-3
定　　价：55.00 元

作家版图书，版权所有，侵权必究。
作家版图书，印装错误可随时退换。